巧讀紅樓夢

（清）曹雪芹◆原著　高欣◆改寫
余秋雨 推薦

經典著作優秀改寫，全白話無障礙讀本，
內含精美手繪插圖，人物、典故、成語、知識點隨文注釋，
是一本適合青少年閱讀的國學入門書。

我们也许逃不过这样的荒诞：阅读极其泛滥又极其荒凉，文化极其壅塞又极其贫乏。

这里倒有一条安静的自救小路：趁年轻，放松心情读一点经过选择的经典。

余秋雨

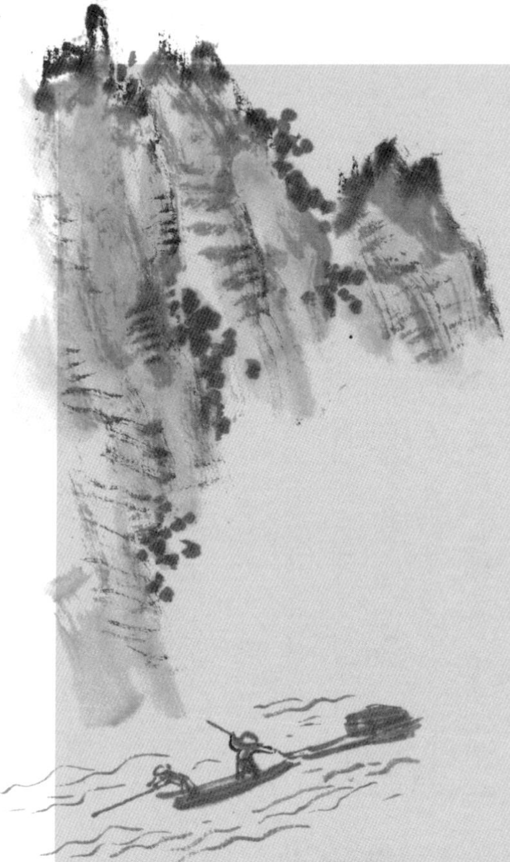

目錄

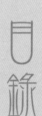

經典

梅子涵

成年人文化多，知道得多，上下五千年，心裡著急，恨不得把一切有價值的書都搬來給小小的孩子看。

成年人關懷多，責任多，總想著未來幾千年的事，恨不得小小的孩子們都能閱讀著幾千年的經典，讓未來因為他們的經典記憶風平浪靜、盛世不斷，給人類一個經久的大指望。

我們要說，這簡直是一個經典的好心腸、好意願，唯有稱頌。

可是一部《資治通鑑》，如何能讓青少年閱讀？即使是《紅樓夢》，那裡面也是有多少敘述和細節，是不能讓孩子有興致的，孩子總是孩子，他們不能深，只能淺，恰是他們的可愛；他們不能沉湎厚度，而只可薄薄地一口氣讀完，也恰是他們蹦蹦跳跳的生命的優點，絕不是缺點！

這樣，那好心腸、好意願便又生出了好靈感、好方式，把很長的故事變短，很繁複的敘述變簡單，很滔滔的教誨變乾脆，很不明白的哲學變明白，於是一本很厚很重的書就變薄變輕了。是的，它們已經不是原來的那一本那一部，不是原來的偉岸和高大，但是它們讓孩子們靠近了，捧得起來了，沒讀幾句已經願意讀完了。於是，一種原本是成年後正襟危坐讀的書，還在小時候沒有學會把玩耍的手洗得乾乾淨淨的時候，已經讀將起來，知道了大概，知道了有這樣的經典和高山，留在他們的記憶裡當個「存目」，等他們長大了以後再去正襟危坐地讀，探到深度，走到高度，弄出一個變本加厲的新亮度來，當成教授和專家。而如果，長大了，實在忙得不可開交，養家糊口，建設世界，沒有機會和情境再閱讀，那麼那小時候的閱讀和記憶也已經為他的生命塗過了顏色，再簡單的經典味道總還是經典的味道，你說，一個人在童年時讀過經典改寫本，還會是一種羞恥嗎？還會沒有經典的痕跡留給了一生嗎？

所以經典縮寫本改寫本的誕生，的確也是一個經典。

它也許不是在中國發明，但是中國人也想到這樣做，是對一種經典做法的經典繼承。經典著作的優秀改寫，在世界文化先進、關懷兒童閱讀的國家，是一個不停止的現代做法，是一個很成熟的出版方式，今天的世界說起這件事，已經絕不只是舉英國蘭姆姐弟的莎士比亞戲劇的例子了，而是非常多，極為豐盛。

所以，我們也可以很信任地讓我們的孩子們來欣賞中國的這一套「新經典」，給他們一個簡易走近經典的機會；而出版者，也不要一勞永逸，可以邊出版邊修訂，等到第五版第十版時簡直沒有缺點，於是這個品種和你的出版，也成長得沒有缺點。那時，這一切也就真的經典了。連同我在前面寫下的這些叫做「序言」的文字。

為孩子做事，為人生做事，是應該經典的。

導讀

《紅樓夢》的作者曹雪芹生於清朝康熙年間的一個貴族家庭。曾祖父曹璽，祖父曹寅，父輩曹顒和曹頫相繼擔任江寧織造達六十餘年之久，頗受康熙帝寵信。曹雪芹在富貴榮華中度過了童年和少年時期，擅長吟詩作畫，是一個典型的富家公子。雍正初年，由於統治階級內部鬥爭的牽連，曹家遭受多次打擊，曹頫被革職入獄，家產被抄，曹家從此日漸衰落。

曹雪芹在經歷了一系列家族變故後，深感世態炎涼，一貧如洗的他開始專心寫作，因為對貴族之家種種黑暗與罪惡有深切的體驗，這成了他創作《紅樓夢》的重要基礎。

曹雪芹創作《紅樓夢》前後共花了十年時間，憑藉堅忍不拔的毅力，經五次增刪修改，完成了正文的大部分。真可謂是「字字看來皆是血，十年辛苦不尋常」。可惜，《紅樓夢》書稿沒能完全流傳下來。我們現在所看到的《紅樓夢》前八十回的絕大部分出於他的手筆，後四十回則為他人續作。

《紅樓夢》的內容是以榮國府的日常生活為中心，以寶玉、黛玉、寶釵的愛情婚姻悲劇及大觀園中點滴瑣事為主線，以金陵貴族名門賈、史、王、薛四大家族由鼎盛走向衰亡的歷史為暗線，展現了窮途末路的貴族社會走向滅亡的必然趨勢。

《紅樓夢》的藝術性，主要表現在人物塑造方面。在這部小說中，有名有姓的人物形象就有四百多個，其中有皇妃、王爺、兵丁、太太、小姐、丫鬟、僕人、村嫗、伶人、尼姑、道士……展示了紛繁複雜的社會人生，塑造了一大批獨具個性、栩栩如生的藝術典型：叛逆的賈寶玉，多情的林黛玉，藏愚守拙的薛寶釵，兩面三刀的王熙鳳，寧死不屈的晴雯，剛烈的尤三姐，迂腐昏庸的賈政等等。

這些人物形象，無不血肉飽滿、個性鮮明、生機勃勃，囊括了世間百態。看似龐雜瑣碎的情節，在讀者面前徐徐展開，有條不紊，點點滴滴的情感，水到渠成的感悟，逐漸蓄積，最後到達極高的文學境界。《紅樓夢》是中國古代小說的巔峰之作，在中國文學史乃至世界文學史上都有著重要的地位。

《紅樓夢》的價值，除了文學價值之外，在民俗學、社會學、歷史學、中醫學、建築學等領域都具有很高的研究價值，被後人譽為「中國封建社會的百科全書」。

第一回　賈寶玉見林黛玉

傳說，當年女媧[1]煉石補天，用掉三萬六千五百塊頑石，最後剩下一塊，棄在青埂峰下。誰知這塊石頭已經有了靈性，能來去自如，可變大變小，想到別的石頭都補了天，唯獨自己被閒置，整天唉聲歎氣。一天，山上來了一個僧人和一個道士，見到這塊石頭，非常喜歡。僧人對石頭說：「看起來，你倒算是個靈物，將來帶你去富貴人間走一趟吧。」石頭很高興，問他去哪裡。僧人笑著說：「日後你就明白了。」說完便和道士飄然離開。

不知過了多少年，有人在夢中見到一位僧人和一位道士，並從他們口中聽到一個故事：西方有條河叫靈河，靈河邊有塊石頭叫三生石，三生石邊長了一棵草叫絳珠草。這石頭原本是女媧補天剩下的靈石，整天逍遙自在，見到絳珠草可愛，就每天用露水灌溉。後來絳珠草

❶【女媧】中國古代神話中的女神，人首蛇身，曾經用泥土造人，並教人戀愛結婚，後來天塌地陷，她曾經煉五色石補天。

修煉成為女人，發誓如果靈石投胎人間，她也會跟著一起投胎，用自己一生的淚水補償灌溉之恩。而這僧人和道士，正要帶著這塊靈石去人間投胎。

這年京城發生了一件奇事。貴為城中四大豪門之首的賈家得了一個男孩，這孩子一生下來嘴裡就含著一塊寶玉，因此得名「賈寶玉」。這塊玉被家人看作他的命根子，整天讓他戴在身上。

一年後，在南方的蘇州城，賈寶玉有位表妹也出生了，名叫林黛玉。沒有人知道，他倆前世便是那靈河畔的三生石和絳珠草。

林黛玉的母親去世早，她的外祖母，也就是賈寶玉的奶奶，決定將外孫女接到身邊來照顧。起初黛玉不願意離開父親，但是父親說：「你年齡小，身體又弱，在我身邊沒有母親教養，更沒有兄弟姐妹扶持，不如去你外祖母那裡，和舅舅家的孩子在一起，對你也好，我也放心。」黛玉便收拾東西，帶奶媽、丫鬟一起登船，遠去京城投靠了外祖母。一路隨行的還有黛玉的老師賈雨村。

黛玉離船登岸的時候，外祖母早就安排好轎子等著了。以前黛玉聽母親說過外祖母家如何如何，而今天光是看這些低等僕人的打扮，就更知不一般。路上她從紗窗中向外看，只見京城街市繁華，人群熙熙攘攘。走了一陣子，忽然見到大街北邊有三扇獸頭大門，門口蹲著兩尊大石獅，門上一塊大匾，上書五個大字：「敕造❷寧國府」。賈家當初兄弟二人，哥哥被封為寧國公❸，弟弟被封為榮國公，二人住的府邸也就被稱作寧國府和榮國府。這兩座府邸隔街相望，佔了大半條街。林黛玉的外祖母人稱賈母，住的地方是榮國府。過了寧國府往西不遠，便到了榮國府。

進門下轎後，在眾人的引導下，黛玉來到後面的大院。正房五間，雕梁畫棟，兩邊又有廂房❹和遊廊，上面掛著鸚鵡、畫眉等鳥雀。臺階上坐著小丫鬟，個個穿得花紅柳綠，看到黛玉一群人來了，都站起來笑臉相迎，說：「剛才老太太還念叨呢，這麼巧就來了。」爭著撩起門簾，有人向屋裡通報：「林姑娘到了。」

黛玉剛進屋子，就見兩個人攙著一位鬢髮如銀的老夫人迎上來。黛玉心想這肯定就是外祖母了，剛要行禮，卻被外祖母一把摟入懷中，一邊大哭一邊喊著心肝兒。眾人見此情景，都跟著落淚，黛玉也哭個不停。慢慢地，在眾人的勸解下，賈母和黛玉才止住不哭。黛玉這時才行禮拜見外祖母。賈母吩咐下人：「今天有客人遠道而來，讓姑娘們不用去上課了，都

---

❷【敕造】奉皇帝命令建造。

❸【國公】中國古代封爵的一種稱號，清朝公爵分三等，國公屬第一等，僅位於親王和郡王之下，再往上便是皇帝。

❹【廂房】正房兩側的偏房叫廂房，如坐北朝南的四合院裡，北邊的叫正房，東西兩側的偏房分別叫東廂房、西廂房。

過來吧。」

不一會兒，來了三個姐妹。第一個名叫迎春，是大舅賈赦庶出❺，她身材適中，略顯豐滿，看上去很溫柔，讓人覺得親切；第二個名叫探春，是二舅賈政庶出，她身材高䠷，鴨蛋臉、眼睛俊俏，一股書卷氣；第三個名叫惜春，是寧國府裡的，現在年齡還小。賈政的長女元春被選入宮中做女史❻，這時候不在府上。

黛玉趕忙站起來向三個姐妹施禮。眾人見黛玉年齡雖小，但舉止不俗，言談得體，只不過身子有些虛弱，就問她吃些什麼藥之類的話。賈母說：「我這裡正配丸藥呢，叫他們多配一服吧。」

話音剛落，就聽後院裡傳來笑聲，還說著：「我來遲了，不曾迎接遠客。」黛玉心裡納悶：「這裡的人個個嚴肅，大氣不喘，是誰敢這麼放肆？」只見幾名丫鬟圍著一個人從後房門進來。這人身材苗條，衣裙華麗，宛若仙女，丹鳳眼❼、柳葉眉，雖是滿臉笑意，卻帶著一種不怒自威的氣質。

黛玉連忙站起來。賈母笑著說：「你不認得她。她可是我們這裡最潑辣的，你叫她『鳳辣子』就是了。」黛玉正不知該怎麼稱呼，一邊的姐妹們都告訴她：「這是璉嫂子。」黛玉曾聽母親說過，大舅賈赦的兒子賈璉，娶的媳婦名叫王熙鳳，想必就是眼前這位了。黛玉連忙笑著施禮，稱她為嫂子。

王熙鳳拉著黛玉的手，上下仔細打量一番，笑著說：「天下真有這樣標緻的人啊，我今兒才算見了！這樣子哪像是老祖宗的外孫女，簡直就是親孫女，怪不得老祖宗天天念叨。只可惜我這妹妹命苦，姑媽偏就去世了。」說著，便用手帕擦淚。賈母笑著說：「我這才剛好了，你又來招我。」王熙鳳轉悲為喜，問黛玉：「妹妹幾歲了？上過學嗎？現在吃什麼藥？在這裡不要想家，想要什麼跟我說，丫鬟老婆子誰對你不好也只管告訴我。」

隨後，賈母讓黛玉去見過兩位舅舅。於是大舅母邢夫人帶著黛玉出了門，來見賈赦。賈赦在書房，但沒有出來相見，只是派人傳話說：「最近幾天身體不適，見了姑娘彼此傷心，所以暫且不見。在這裡跟家裡一樣，不要太想家。」黛玉告辭後，又去拜見二舅賈政，也沒見到。二舅母王夫人說：「你舅舅今日齋戒❽去了，以後再見吧。我有件事不放心，叮囑你

---

❺【庶出】中國古代實行一夫多妻制，正房妻子生的孩子叫嫡出，偏房即妾生的孩子叫庶出。封建時期，人們十分注重長幼尊卑，往往是嫡出爲大，長者爲大。嫡出的孩子地位在庶出的孩子之上，具有優先繼承財產和爵位的權利。

❻【女史】中國古代女官名，負責王后的禮儀或者嬪妃的書寫文件等事務。

❼【丹鳳眼】眼睛類型的一種，特點是眼角上翹，並且狹長。

❽【齋戒】古人沐浴更衣、不飲酒、不吃葷、不娛樂，清除內心中的不淨，叫做齋戒。是修身養性的一種儀式。

寶玉早就發現多了一個妹妹，趕緊上來施禮，還笑著說：「這個妹妹我曾見過。」

一下：你那三個姐妹都很好，就是我那個禍害兒子，人稱『混世魔王』，今天去廟裡還願❾去了，還沒回來。要是見了他，不要理睬他就是了。」

黛玉早聽母親說過，二舅母家的表兄出生時嘴裡含玉，非常頑皮，厭惡讀書，就喜歡跟女孩子一塊兒玩，因為外祖母非常溺愛他，所以沒人敢管。黛玉問：「舅母說的是不是那位含玉出生的哥哥？我聽家母提過，說他大我一歲，名叫寶玉。」王夫人說：「不招惹他還好，多和他說一句話，他心裡一樂，就會惹出事來。」這時有丫鬟來喊：「老太太吩咐去吃晚飯。」王夫人忙帶黛玉去往賈母那裡。

王熙鳳把黛玉安排在賈母身邊第一張空椅子上，黛玉推辭不肯，賈母笑道：「你是客人，坐這兒吧，你舅母嫂子們不在這吃。」黛玉這才坐下。迎春、探春、惜春依次入座。賈母問黛玉讀過什麼書，黛玉回答：「唯讀過《四書》。」還問：「姐妹們都念過什麼書？」賈母答：「什麼念書，只不過識幾個字罷了。」

就在這時，外面一陣腳步聲傳來，丫鬟們笑著說：「寶玉來了！」話還沒說完，就進來一位年輕公子。黛玉一見他，大吃一驚，心想：「我怎麼看他這麼眼熟，像是哪裡見過一樣。」賈母命寶玉：「先去給你母親請安。」寶玉轉身出去，不一會兒又回來了，這時身上

---

❾【還願】迷信神靈的人，當神靈滿足他的願望之後，兌現之前報答神靈的承諾。

已換了另外一套衣服。

賈母笑著說：「還不見過你妹妹。」寶玉早就發現多了一個妹妹，趕緊上來施禮，還笑著說：「這個妹妹我曾見過。」賈母笑他胡說。寶玉說：「雖說沒見過，但是看著眼熟，就當作久別重逢的舊相識好了。」

寶玉走到黛玉身邊坐下，問：「妹妹讀過書嗎？」黛玉回答：「只上了一年學，認識幾個字。」說過一些話之後，寶玉又問黛玉：「你有沒有玉？」黛玉心想可能他有玉，就問我有沒有，於是回答：「我沒有。你那玉肯定是個寶貝，怎麼可能人人都有。」寶玉一聽，立即摘下脖子上的玉，狠狠摔在地上，罵道：「什麼稀罕玩意兒，我也不要了！」眾人趕忙去撿。賈母急得摟過寶玉說：「要生氣，打人罵人都行，幹嗎去摔那命根子。」寶玉哭著說：「家裡姐姐妹妹都沒有，就我有，現在來了一位神仙似的妹妹也沒有，這肯定不是個好東西。」賈母趕緊哄他說：「你這個妹妹也有玉的，她說沒有，只不過是不想張揚。還不趕緊戴上，小心讓你娘知道了。」說著從丫鬟手裡接過玉，給他戴上。

晚上，賈母安排黛玉暫時住下，等過了殘冬再好好安置。見她帶來的奶娘太老，丫鬟又太小，於是又另外給她安排了一個丫鬟，名叫鸚哥。晚上，黛玉想到自己初來乍到就惹寶玉生氣，差點把那塊玉摔壞了，忍不住一個人偷著傷心落淚起來，在幾個丫鬟的勸說下好不容易才釋然入睡。

第二回　葫蘆僧亂判葫蘆案

黛玉早上醒來後，拜見完賈母，就去了王夫人那裡。正好看見她與王熙鳳在看一封來自金陵的書信，邊看邊竊竊私語，還把兄嫂處的兩個媳婦叫來說話。黛玉很是納悶，但也不知道是什麼原因。後聽見探春等私底下議論，原來是金陵城內姨母薛家的兒子薛蟠，依仗家中的財勢，在外面橫行霸道，如今竟打死了人。現在應天府正審理此案，薛家派人來報，說希望能讓他來京城躲一躲。

應天府的知府名叫賈雨村，曾是父親為黛玉請的老師。他之前曾做過地方官員，但因為得罪權貴而被免職。後來朝廷重新啟用被革職的官員，他藉機去求了黛玉的父親林如海，希望能再謀得一官半職。林如海則修書一封，把他推薦給了黛玉的舅舅賈政。就這樣，靠著賈政的關係，賈雨村得到了應天府知府一職。

這賈雨村剛一上任，接到的就是一樁人命官司。詳細問後才知道，原來是兩家爭買一個婢女，互不相讓，以至於大打出手，傷及人命。雨村立即傳來原告審訊，那原告說：「被打

死的是我家主子，一日買了個丫頭，誰想到是人販子拐來賣的。這人販子先收了我家主子的銀子，說好三日之後來接人，背地裡他又偷偷把這個女子賣給了薛家。被我家主子知道了，就去找賣家，想把這個女子給要回來。這薛家本是金陵一霸，倚仗財勢，竟叫奴才把我家主子打死了。現在主犯已經跑了，只剩下幾個局外人。我告了一年的狀，竟沒人能替我作主，求老爺能緝拿凶手，伸張正義，小人沒齒不忘老爺的大恩大德。」

雨村聽了大怒道：「還有這等事！凶犯竟然這樣跑了。」正要發簽❶把凶犯家屬拿來拷問，只見案邊一個門子❷對他使眼色不讓他發簽。雨村心裡很是疑惑，只得停下手。退堂進了密室，令僕人都退下，只留下門子一人。門子忙上前請安，笑問：「老爺這些年升官發財，才八九年就忘了我了？」雨村道：「看著眼熟，一時想不起來了。」門子笑道：「您是貴人多忘事，可還記得當年葫蘆廟裡的事嗎？」

雨村一聽大驚，這才想起了往事。這門子原是葫蘆廟裡的一個小沙彌❸。雨村當年因為家貧，進京趕考時曾住在那裡，不承想在這裡遇見了他，笑道：「原來是故人。」便讓他坐下聊。雨村問：「為什麼你剛才不讓我發簽呀？」這門子說：「老爺到此上任，難道沒有抄一份本省的『護官符❹』嗎？」雨村一聽很是詫異：「什麼是護官符？」門子說：「如今凡是做地方官的，私底下都會備一份單子，上面列的都是本省最有權勢和錢財的富紳姓名，各省都一樣；如果不知道，一旦得罪了他們，不只官位保不住，連性命都有危險。剛才所說的薛家，老爺怎麼得罪得起！」說完，從口袋中取出一張抄好的「護官符」來給雨村看：

賈不假，白玉為堂金作馬。
阿房宮，三百里，住不下金陵一個史。
東海缺少白玉床，龍王來請金陵王。
豐年好大雪，珍珠如土金如鐵。

門子說道：「這四家就是賈、史、王、薛四大家族。他們互為姻親，一損俱損，一榮俱榮，相互照應呀！今天被告的『薛』就是豐年大雪的『薛』呀，不單靠其餘的三家，他們還有很多世交親友也在朝廷上，老爺如何去拿他呀？」雨村笑問門子道：「聽你這樣說來，可

---

❶【發簽】簽，是封建官府交給差役拘捕犯人或辦理其他事務的憑證，一般爲木製，長條形，插於公案上的籤筒中。發簽，即取出來交給差役執行使命。
❷【門子】舊時在官衙中侍候官員的差役。
❸【沙彌】爲求寂、息慈、勤策，即止惡行慈，覓求圓寂的意思。在佛教中，指已受十戒，未受具足戒，年齡在七歲以上，未滿二十歲時出家的男子。
❹【護官符】舊指地方上權貴的名單。官員只有保護他們的利益，才能保住自己的官位。

知該怎樣了結此案，你大概也知道凶犯跑到哪裡去了吧？」

門子笑道：「不瞞老爺說，不但這凶犯在哪兒我知道，連死主我也知道。被打死的人叫馮淵，年紀在十八九歲，是一名小鄉宦❺的兒子，父母都已經死了，也沒有兄弟姐妹。也不知道他前世做了什麼孽，一眼就看上了這個被拐賣的丫頭，想要買來做妾，且發誓一輩子不娶第二個，可見很是鄭重其事。誰知這人販子竟又偷偷將她賣給了薛家，想捲著銀子逃跑，結果被兩家給抓住了，打了個半死。可兩家誰都不肯收銀子，都要人。那薛公子一向蠻橫，怎麼肯讓，便指使手下把馮淵暴打了一頓，可憐那馮淵被抬回去後三天就死了。這薛公子打了馮公子，奪來了這個丫頭之後，竟和沒事人一樣，直接帶了家眷去了京城，人命這些小事，自有他的兄弟在料理。」

門子繼續說道：「老爺可知這被賣的丫頭是誰？」雨村說：「我怎麼可能知道。」門子冷笑道：「她就是原來住在葫蘆廟旁的甄老爺❻的女兒，小名叫英蓮。說起甄老爺，他曾經資助您上京趕考，還算是您的大恩人呢。」雨村一聽大驚失色：「怎麼會是她！早聽說她五歲就被人拐走了，怎麼現在才賣？」

門子說：「這人販子專門拐賣幼女，等養到十二三歲，再賣到別的地方。這英蓮，當年我們天天哄她玩，還記得她眉心當中有一個米粒大點的胭脂嗎？那是從娘胎裡帶出來的，所以雖然過了七八年，我還是一眼就認了出來。」雨村問：「你怎麼會碰見她？」門子說：

「事也湊巧，那個人販子恰恰租了我的房子居住，一日趁人販子不在家，我悄悄去問過她。她只說小時的事不記得了。本以為她能嫁給這馮公子，也算是一個好姻緣，可以不再受苦。可天下就有這麼多不如意的事情，偏偏就又被賣給了薛家。這個薛公子是個混世魔王，平日裡無惡不作、花錢如流水，硬是把英蓮搶了過去，現在也不知死活。可憐這馮公子，空歡喜一場，花了錢，還送了命。」

雨村聽了，歎息道：「倘若英蓮真的跟了這位馮公子，倒是件美事。想那薛家公子，雖然富貴，但肯定驕奢淫逸、妻妾如雲，真是一個苦命的孩子啊！先不說別人，這個官司該如何判才好？」門子笑道：「老爺當年是何其英明，現在怎麼沒了主意！小的聽說此次老爺能升任至此，是賈府和王府出了力的關係。薛蟠是賈府的親戚，老爺何不順水推舟，做個人

---

❺【鄉宦】舊稱鄉村中做過官又回鄉的人。

❻【甄老爺】原名甄士隱，《紅樓夢》人物，名費，字士隱。家住閶門外十里街仁青巷的葫蘆廟旁。稟性恬淡，不以功名爲念。終身未養一子，只年近半百時生有一女甄英蓮。曾經在夢中從一僧一道那裡見識了「通靈寶玉」，並聽到他們談論絳珠仙子與神瑛侍者之事。爲人善良，曾救濟過窮儒賈雨村。後來，女兒在元宵夜被人拐走，家又遭遇火災，被迫帶著妻子和兩個丫頭投奔岳丈封肅。由於封肅嫌貧愛富，致使其貧病交攻，最後跟從「跛足道人」出家。

情把此案了結，以後也好去見賈、王兩位大人。」雨村低了頭，半天方說道：「依你該怎麼辦？」門子道：「小人想了一個極好的主意，老爺明日坐堂，只管虛張聲勢，動文書，發簽拿人。凶犯自然是拿不來的，原告如果不依，只要將薛家的族人或者僕人抓來拷問，小的在暗中調節，令他們報薛蟠已經暴斃身亡，再聯合族中和地方衙門共同交來一份保呈，說薛蟠已死，同時老爺可當堂判一些喪葬費給馮家。那馮家也沒什麼人了，不過是為了錢，他們有了銀子也就無話了。老爺覺得此計可行嗎？」雨村笑道：「不妥，不妥，待我再考慮考慮。」

第二天坐堂時，雨村自是詳加審問，發現馮家果然人口稀少，不過是想藉此要點銀子，但薛家依仗權勢，不肯相讓，所以官司一直未判。看清其中玄機之後，雨村遂胡亂判了此案，馮家人得了銀子，便也不再說話了。隨後，雨村又急忙修書給賈政和京營節度使王子騰，不過說「令甥之事，已經完結，不必過慮」的話。其實，此事全賴葫蘆廟內沙彌門子指點，雨村又怕他說出自己貧賤的過去，心中不大放心，不久後還是尋了一個他的錯處，遠遠將之充軍了事。

再說那個打死馮淵的薛公子，乃金陵人，本也是書香門第，只是因幼年喪父，又是家中獨苗，母親就難免溺愛縱容，長大後也是一事無成。其母王氏是現任京營節度使王子騰的妹妹，和榮國府賈政的夫人王氏是一母所生的姐妹，四十歲左右，只有薛蟠一個兒子，還有一個女兒，比薛蟠小兩歲，乳名寶釵。這寶釵生得皮膚白嫩，舉止端莊，才情稟賦遠勝過她哥哥十倍，父親活著的時候就十分疼愛她。因近日朝廷要選官宦之女入宮，陪公主郡主學習，寶釵一向知書達理，且聰明好學，王母就想把寶釵送入京城待選。薛蟠聽說京城乃是第一繁華之地，早就想去遊玩一番，怎知臨行之前，遇上了英蓮，覺得她長得不錯，便將其搶了去，還打死了馮淵。闖禍之後，他又若無其事地帶上母親和妹妹去了京城。人命官司，在他看來不過就是花幾個臭錢的事，沒什麼了不起的。

再說京城的王夫人，得知薛蟠官司一事有賈雨村從中調節，懸著的心也就稍稍放下了。過了幾日，忽聽人報：「姨太太帶著兒子女兒，全家到了京城，車已經在門外了。」真是大喜過望，趕忙把他們接到了廳裡，姐妹多年不見，悲喜交集，自不必說。拜會了賈母之後，薛姨媽一行便被安排在賈府東南角的梨香院居住。

薛蟠本不願意在賈府居住，但由於很快與賈府內的那群紈褲子弟❼混熟了，吃喝嫖賭無一不做，因此樂不思蜀，被引誘得似乎比先前還要壞上十倍。賈政雖然教子有方、治家有道，但是族人太多，公務繁忙，也就無暇他顧了。

---

❼【紈褲子弟】舊指官僚、地主等有錢有勢人家成天吃喝玩樂、不務正業的子弟。紈：細絹；紈褲：細絹做的褲子。

第三回　賈寶玉神遊

林黛玉自從來到榮國府，賈母對她是萬般疼愛，飲食起居皆和寶玉一樣，連迎春、探春、惜春三個親孫女都比不上。寶玉和黛玉兩個人更是同吃同睡，形影不離。不料如今又來了個薛寶釵，容貌美麗、品格端莊，待人接物更是豁達，不像黛玉般性子孤傲、冷漠，因此下人都喜歡寶釵多一些，丫頭們也都愛與她玩在一起。這未免讓黛玉心中有些不平之意，寶釵卻並沒有察覺。而寶玉更像個孩子，他覺得大家都是兄弟姐妹，沒有什麼親疏遠近之分，加之一直與黛玉同住在賈母處更為熟悉，所以言語上也就會少了些顧忌。這日不知為何，兩人話不投機，竟起了衝突。黛玉在房中暗自落淚，寶玉也後悔自己不該言語上衝撞她，前來認錯，黛玉這才好了些。

東邊寧國府花園裡的梅花盛開了，賈珍的妻子尤氏，備下了一桌酒席，請賈母、邢夫人、王夫人來賞花。賈母等人吃過早飯就來了，在園內遊玩了一會兒，先喝茶後飲酒。寧榮二府的家眷宴請，也不過如此，沒有什麼新鮮事可做。

寶玉一時倦了，想去睡午覺，賈母命人好生哄著他休息後再來，賈蓉之妻秦氏便忙笑道：「我們這裡有給寶叔收拾好的房間，老祖宗放心，只管交給我就行了。」賈母知道秦氏是個辦事穩妥的人，生得也是婀娜乖巧，為人性情溫和，是重孫媳婦中最讓她滿意的一個，見她去安置寶玉，也就放心了。

秦氏引著寶玉等一群人來到了上房內間，寶玉無意間抬頭看到一幅畫，人物畫得極好，可故事卻是《燃藜圖》❶，心中頓有些不快。忽又看見有副對聯，寫的是：世事洞明皆學問，人情練達即文章❷。這就更加引起了寶玉的反感，即使這個房間裝飾得再精美，陳設得再華麗，他也斷斷不肯待在這裡了，忙說：「快出去，快出去。」秦氏聽了笑道：「這裡都不好，還去哪裡呀！不然你到我的屋裡去。」寶玉點頭微笑，一旁有個嬤嬤❸說道：「哪有叔叔往侄媳婦屋裡睡覺的道理？」秦氏笑道：「他才多大呀，就忌諱這些，你沒見過我弟弟，和寶叔同年，個兒還比寶叔高一些呢。」寶玉道：「我怎麼沒見過他，你帶他來讓我看

---

❶【燃藜圖】神仙勸世人勤學苦讀的畫作。這與寶玉頑劣的思想正好相反，所以引起寶玉的不快。

❷【世事洞明皆學問，人情練達即文章】明白世事，掌握其規律，這些都是學問；恰當地處理事情，懂得道理，總結出來的經驗就是文章。

❸【嬤嬤】舊時指老婦人。

看。」眾人笑道：「隔著二三十里，哪裡給你帶去。」

說著大家來到秦氏的房中，剛一進門，就有一股細細的香氣襲來，寶玉頓覺神清氣爽，連說：「好香。」再向牆壁上看去，是一幅唐伯虎畫的《海棠春睡圖》，兩邊還有宋學士秦太虛❹寫的一幅對聯：嫩寒鎖夢因春冷，芳氣襲人是酒香。桌上擺著武則天時期的寶鏡，另一邊還放著趙飛燕跳舞用過的金盤。寶玉含笑說道：「這裡好！這裡好！」秦氏笑道：「我這屋子神仙都可以住。」眾人伺候寶玉睡下，秦氏命幾個貼身的丫鬟留下，其餘的人也都回去了。

寶玉才合上眼，便恍恍惚惚地睡著了。感覺似是在夢中，秦氏在前面，寶玉在後面悠悠蕩蕩地跟著，到了一個地方。只見那裡雕欄玉砌，綠樹青翠，溪水潺潺，真是人間奇景！寶玉歡喜地想：「這真是個好地方，我要在這裡過一生，總比天天在家被父母打的好。」正在胡思亂想之際，就聽山後有歌聲。歌聲還未停，又見一個美麗的仙女從遠處走過來。

寶玉一見是個仙姑，喜得趕緊作揖問道：「神仙姐姐，不知你是從哪裡來，如今又要去往哪裡？我也不知道這是哪兒，能否幫我引路？」那仙姑笑道：「我本住在離恨天之上，是太虛幻境的警幻仙姑，掌管人間風月情事，只因近來有風流冤孽在此纏綿，所以前來訪查。我住的地方離此不遠，有新釀的好酒，還有歌舞者數人，你可願意隨我去遊覽一番？」

寶玉聽了十分高興，早把秦氏忘在了腦後，逕直跟隨仙姑到了她的住所。只見住所門口立著一塊石碑，上寫「太虛幻境」四個大字。進入房中，見有數十個大櫃子，都用封條封著，每張封條上都寫著各省的名字。寶玉找到了自己家鄉的封條，只見上寫「金陵十二釵正冊」字樣。寶玉問：「何為金陵十二釵正冊？」警幻說：「就是你們省內前十二名女子的書冊，稱為正冊。」寶玉問：「常聽人說，金陵很大，怎麼只有十二個女子，單我們家裡上上下下就有幾百個。」警幻微笑道：「你們省的女子雖然多，但只能選擇比較重要的收錄進來，兩邊櫃中還有一些次重要的。如果非常平庸的女人，就沒有書冊可以記錄了。」

寶玉再看旁邊的一個櫃子，上書「金陵十二釵副冊」，還有一個櫃子寫著：「金陵十二釵又副冊」。寶玉先將「又副冊」的櫃門打開，拿出了一本書冊來。打開一看，只見上面畫的既不是人物，也不是山水，只有一些讓人看不懂的詩句。

寶玉還想再看，那仙姑似是怕他洩露天機，便已合上了卷冊。她笑道：「跟我一塊兒去遊玩吧，何必在此看這些呢。」

---

❹【秦太虛】原名秦觀，北宋中後期著名詞人，字少游，一字太虛，號淮海居士，別號邗溝居士；與黃庭堅、張耒、晁補之合稱「蘇門四學士」，頗得蘇軾賞識。熙寧十一年作《黃樓賦》，蘇軾讚他「有屈宋之才」。元豐七年秦觀自編詩文集十卷後，蘇軾爲之作書向王安石推薦，王安石稱他「有鮑、謝清新之致」。

寶玉恍恍惚惚，丟了卷冊，跟著警幻來到後院。只聽警幻笑著說：「你們快出來迎接貴客呀。」瞬間只見幾個仙子從房中走了出來，羽衣飄舞，明豔動人。一見寶玉，便紛紛埋怨警幻道：「姐姐說近日有絳珠❺妹妹的生魂來這裡玩，我們才在此等候，現卻為何要把這污穢的東西帶到這裡來？」

寶玉一聽，也覺得自己污穢不堪，急忙想要退下。警幻卻拉住寶玉的手說：「姐妹們不知道，我今日本是前往榮國府接絳珠。但從寧國府經過時，偶然遇到了榮寧二公，囑咐我說，他們的子孫雖然多，但都沒有可以繼承家業的。唯有嫡孫寶玉，雖然性格乖張，但卻聰明靈慧。無奈家中運數快盡，害怕沒人能把他引入正途。幸好遇到仙姑，希望可以指引他不要再縱情於聲色，走出迷津，回歸正路。我剛才給他看了賈府上中下三等女子的命運，希望他能醒悟，卻沒有用，只有把他帶來這裡。」

說完，就帶著寶玉進到內室。只聞得一股清香，卻不知是什麼香料，寶玉遂禁不住發問。警幻笑道：「此香在凡間沒有，你又怎麼可能知道。」隨後警幻請寶玉一起飲酒，席間上來十二名舞女。警幻道：「就演你們最近新編的『紅樓夢十二支』。」舞女們點頭答應，開始和著舞步唱起來，聲音十分淒美婉轉，但寶玉並不明白歌詞原委及深意，因此覺得很是乏味。其實她們唱的就是金陵十二釵的命運，只不過當時的寶玉還是渾然不知。警幻見寶玉毫無興趣，只得歎息道：「癡兒竟然還沒有醒悟！」遂吩咐舞女們不必再唱，寶玉則朦朧恍惚中嚷著要休息。警幻命人撤掉酒席，把寶玉送到一個閨閣中，屋內陳設奢華，人間罕見。

睡夢中，寶玉恍惚感到自己到了一個荊棘遍布之地，與虎狼同行，迎面又遇到一條黑黑的河流阻擋了去路，沒有橋梁可以幫助通行。正猶豫間，忽見警幻從後面追來，大聲說道：「不要再往前走了，快快回頭！」寶玉忙停下來問：「此為何處？」警幻道：「這是迷津之地，有萬丈深，寬幾千里，沒有船，只有一個木筏，由木居士掌舵，不接受錢財，只有有緣人方可渡河。今天你偶然到此，倘若墜落其中，不是有負我之前的諄諄教誨麼。」話音未落，只聽河內水響如雷，來了許多夜叉海鬼要將寶玉拖下去。嚇得寶玉汗下如雨，忙失聲喊叫：「可卿救我！」嚇得襲人等丫鬟連忙上來摟住，安慰道：「寶玉不怕，我們在這裡。」

寶玉這才回過神來，徹底清醒。但想著剛才的夢，總覺蹊蹺，卻也未深究，又繼續和大家遊玩去了。

---

❺【絳珠】絳珠仙子是傳說中的仙女。還傳說賈寶玉和林黛玉是第二世情緣，是絳珠仙子在「五衷內對神瑛侍者鬱結著纏綿不盡之意」，一心回報神瑛侍者的灌溉之恩。

第四回 劉姥姥一進榮國府

京郊有個劉姥姥，是個老寡婦，膝下無子，只靠兩畝薄田度日，有女兒劉氏，女婿王成，小名狗兒。兩人生有一子一女，男孩叫板兒，女孩叫青兒。一家四口，以種田為生。因狗兒和劉氏白天都在田裡耕作，板兒和青兒沒人照看，就把岳母劉姥姥接來一起生活。

這年秋末冬初，天氣漸漸冷了，劉姥姥家中過冬的東西還沒置辦齊全，狗兒不免心中煩悶，就在家多喝了幾杯。劉姥姥看不過去，便勸道：「姑爺，你別怪我多嘴，現在我們住在天子腳下，遍地都是錢，就看人們會不會撿了，只知道在家發愁是沒用的。」狗兒聽了說：「你只會在炕上坐著瞎說，難道叫我去打劫不成？」劉姥姥說道：「二十年前，你們不是和金陵王家連過宗麼，想當初我和女兒還去過一次。他家的二小姐，是個很爽快的人，人也沒什麼架子。現如今是榮國府賈二老爺的夫人，聽他們說，她如今上了年紀，越發憐憫貧苦的老人。我們何不去走動走動，或許她還念舊。只要她發一點好心，拔一根汗毛也比咱們的腰粗啊！」狗兒一聽，也覺得可以，便讓劉姥姥帶上外孫板兒一塊兒去，先去找周瑞媳婦，因

為早年間狗兒和他們有點交情。一家人商議妥當，便睡下了。

第二天天剛亮，劉姥姥便起來梳洗打扮，又教板兒說了幾句吉祥話。五六歲的孩子，聽到要帶他去城裡，高興極了。劉姥姥帶著板兒進了城，到了榮府大門前的獅子旁，只看見車流不息，劉姥姥沒敢過去，撣了撣衣服，又教板兒說了幾句話，然後蹲在門口的角落裡。只見幾個僕役坐在大門前，比比畫畫不知在說些什麼。劉姥姥慢慢湊上前去問：「大爺們萬福，我找太太的陪房周大娘，就是周瑞媳婦，哪位爺能幫我把她請出來？」那些人細細打量了劉姥姥一番，沒一個人肯理睬她。劉姥姥沒辦法只好繞到後門，問了一個孩子，這孩子才帶她找到了周瑞媳婦。

見了周瑞家的，劉姥姥忙打招呼。周瑞家的看了好半天才認出她來，笑著說道：「姥姥，這些年你可好呀？」姥姥便把家裡的艱難和她說了，周瑞家的一聽，再看他們這身打扮，心中就猜到了他們的來意。只因為前些年她丈夫爭買田地一事，多虧了狗兒幫助，今天又見劉姥姥落魄至此，不忍心回絕了她，便說道：「姥姥可能不知道，這裡不比五年前了。太太已經不太管家事了，都是太太的侄女璉二奶奶當家。就是大舅老爺的女兒，小名兒鳳姐。如今有客來都是她接待，今兒你寧可不見太太，也要見她一面，也不枉來這一回。」於是就帶著他們來到了賈璉的住處，和鳳姐的心腹丫鬟平兒❶說明了原委，讓她去回稟二奶奶。劉姥姥凝聲屏氣地坐在炕❷上，靜靜地等著。剛想問點什麼，只見小丫頭們一齊亂跑，

第二天天剛亮，劉姥姥便起來梳洗打扮，帶著板兒進了城，到了榮府大門前的獅子旁……

說：「奶奶下來了。」周瑞家的忙起身說：「你只管在這兒坐著，到了時候，我來請你出去。」

劉姥姥只聽見遠處隱約有人的笑聲，大概有一二十個婦人，進了堂屋，往那邊的屋子裡去了。又看見兩三個婦人，捧著大紅漆盒，進來這邊等候。只聽有人說道「擺飯」，人才漸漸地散去，只留下幾個侍候端菜的人，半天鴉雀無聲。一會兒又見兩個人抬了一張炕桌來，桌上擺滿了魚肉，沒怎麼動過。板兒一見肉就要吃，劉姥姥忙拉住他。一會兒周家媳婦來叫過去，這才進到了那間屋子裡。

只見門外銅鉤上掛著一個大紅的軟簾，南窗戶下面是炕，炕上面是一條大紅的氈子。鳳姐穿著紫貂的皮衣，脂粉豔麗，端端正正地坐在那裡，手裡捧著一個小銅爐，頭也不抬，只顧撥弄爐裡的煙灰，慢慢地問道：「怎麼還不請進來？」周瑞家的趕緊帶了兩人站到跟前，說道：「人已經到了。」鳳姐想起身又沒起身，邊問好邊責怪周瑞家的說：「怎麼不早說。」此時劉姥姥已經在地上拜了幾拜了，鳳姐忙說：「周姐姐，攙起來，我年輕，不知道是什麼輩分，不太敢稱呼。」周瑞家的忙說：「這就是我剛才回的那個劉姥姥。」鳳姐點頭，讓劉姥姥坐在炕沿上。板兒躲在她身後，百般哄他出來作揖就是不肯。

鳳姐笑道：「親戚們不大來往，都疏遠了。知道的呢，說你們嫌棄我們不肯來；不知道的那些小人，還都認為我看不起你們呢。」劉姥姥忙說道：「我們家道艱難，走不起，來了這裡也沒有什麼可以送給姑奶奶的，叫下人們看著笑話。」鳳姐笑道：「這話說的，我們也就是藉著祖父的虛名，當了個窮官罷了，不過是個空架子。俗話說，『朝廷還有三門子窮親戚』呢，何況你我。」說著，又問周瑞家的：「你去問問太太，可有什麼吩咐？」一會兒只見周瑞家的回來了，向鳳姐說道：「太太說了，今天沒有空，二奶奶陪著也是一樣，多費些

---

❶【平兒】王熙鳳的陪房丫頭，賈璉之妾。她是個極聰明、極清俊的女孩兒。雖是鳳姐的心腹，要幫著鳳姐料理事務，但她爲人很好，心地善良，常背著王熙鳳做些好事。王熙鳳死後，王仁和賈環等要把巧姐賣給藩王作使女，是平兒陪伴巧姐逃出大觀園。

❷【炕】北方用磚、坯等砌成的睡覺用平台，下面有洞，連通煙囪，可以燒火取暖。

心思。如果只是來逛逛就算了，若還有什麼事，只管和二奶奶說，都一樣。」劉姥姥說道：「沒什麼，不過是來看看姑太太姑奶奶，都是親戚嘛。」周瑞家的說道：「沒什麼說的就算了，若有話只管和二奶奶說，和太太是一樣的。」一面說，一面遞眼色給劉姥姥。

劉姥姥明白她的意思，還未說，臉先紅了，只有忍著難堪說道：「按理說今天初次見姑奶奶，不該說的；只是大老遠奔你來了，還是得說……」剛說到這裡，只聽門外有人來回：「東府裡小大爺來了。」鳳姐忙說道：「劉姥姥先別說了。」一面又問：「蓉大爺在哪兒？」只聽一路靴子響，進來一個十七八歲的少年，眉清目秀，身材頎長，穿著裘襖，戴著華麗的頭冠。劉姥姥此時是站也不是，坐也不是，沒處躲沒處藏的。鳳姐笑道：「你只管坐著，這是我侄兒。」

賈蓉❸笑著說道：「我父親讓我來求嬸嬸，明天家裡要請一位貴客，記得上回老舅太太給嬸嬸一扇玻璃屏風❹，能否借給我們放在家裡擺一擺。」鳳姐說道：「晚了，昨天已經給人了。」賈蓉一聽，便笑嘻嘻地湊到炕沿邊半跪著說道：「嬸嬸如果不借，我父親肯定說我不會說話，回家又免不了一頓打。嬸嬸，就當可憐侄兒吧。」鳳姐笑著說：「就覺得我們王家的東西都是好的，見了就想拿去。」賈蓉笑著說：「嫂嫂開恩。」鳳姐叫平兒拿了鑰匙，叫幾個人把東西抬出來。賈蓉高興得眉開眼笑，連忙說：「我親自帶人去拿，別弄壞了。」說著便起身去了。

劉姥姥這才放心，接著說道：「我今天把你侄兒帶來了，不為別的，只因為他爹娘在家裡連吃的都沒了，只好帶他來投奔你。」鳳姐笑道：「不用說了，我都知道了。劉姥姥吃了早飯嗎？」劉姥姥忙說道：「一早就往這裡趕，哪來得及吃飯。」鳳姐忙命人準備一桌飯菜。

一會兒周瑞家的就準備了一桌飯菜，把他們帶到東屋去吃飯了。鳳姐又把周瑞家的叫過來問話：「剛才你去問太太，都說了些什麼？」周瑞家的說道：「太太說，他們本不是一家，只因當年他們的祖輩與老太爺在一起做官才連了宗的。這幾年也沒什麼來往，今天過來看我們也是好意，如果有什麼話，太太叫二奶奶定奪就可以。」鳳姐聽了說道：「難怪，說是一家子，我怎麼連影兒都不知道。」

說話的工夫，劉姥姥已經吃完了飯，拉著板兒過來，邊吧嗒著嘴邊道謝。鳳姐笑著說道：「你先坐下，聽我和你說，你剛才的意思我都知道了。都是親戚，本就應該照應，可如今家中事情太多，太太又上了年紀，一時也想不起來那麼多。這大戶人家有大戶人家的難

---

❸【賈蓉】賈珍之子，是一個十七八歲的少年，面目清秀，身材俊俏。他原爲監生，妻子秦可卿死後，爲了在喪禮上風光些，父親賈珍花了一千兩銀子給他捐了個官。後娶胡氏爲妻。

❹【屏風】屬於室內陳設用品，上面常有字畫。一般放在室內的顯著位置，起到分隔、美化、擋風、協調等作用。與古典家具相互輝映，相得益彰。

處，說了你也未必信。今兒你既然來了，又是頭一次向我張口，也不好讓你空手回去。巧的是，昨天太太給了二十兩銀子，是給丫頭們做衣裳的，還沒有動。如果你不嫌少，就先拿去用吧。」

劉姥姥一聽，心裡早就樂開了花，笑著說道：「我們也知道你們的難處，但有一句俗語叫『瘦死的駱駝比馬大』。您老拔一根汗毛也比我們的腰粗呀！」周瑞家的聽她說話粗野，忙在旁使眼色。鳳姐笑著不理睬，叫平兒拿來銀子。送到劉姥姥跟前，說道：「這是二十兩銀子，暫且拿回去給孩子們做冬衣。以後沒事就來逛逛，都是自家親戚。天也晚了，我就不留你們了，到家給家人都問個好兒吧。」

劉姥姥千恩萬謝，拿著銀子跟著周瑞家的到了外廂房。周瑞家的免不了數落劉姥姥嘴上沒個把門兒的，劉姥姥笑著說：「我見了她，嚇得哪還會說話。」二人說著，又到了周瑞家坐了一會兒。劉姥姥要留下一塊銀子給周家的孩子們買糖果吃，周瑞家的哪會放在眼裡，執意不肯要，劉姥姥千恩萬謝後，就帶著板兒回家去了。

第五回　通靈玉巧遇黃金鎖

周瑞家的送走劉姥姥後，去給王夫人回話，誰知王夫人不在屋內，問了丫鬟才知道是去了薛姨媽那裡。周瑞家的趕忙去了梨香院，剛一進門，見王夫人和薛姨媽在嘮家常，就沒敢驚動她們。於是走到了裡屋，看見寶釵正在和幾個丫鬟一塊兒描花樣，看見她進來，趕緊放下筆，笑著說：「周姐姐坐。」周瑞家的也忙陪著笑說道：「姑娘可好？這兩天怎麼沒見姑娘到那邊逛逛去，可是寶玉惹你不高興了？」寶釵笑著說道：「哪裡的話！這兩日舊病復發，所以才在家中靜養。」周瑞家的忙說道：「姑娘得的是什麼病，得趁早請個大夫，以免落下病根。」寶釵聽後笑著說：「再不要提起這個病了，不知請了多少大夫，吃了多少藥，花了多少錢，就是不見好。後來多虧了一個禿頭和尚，專治疑難雜症。請他看了，他說我這是從娘胎裡帶來的一股熱毒，吃尋常的藥是不管用的。給我開了一個方子，名叫冷香丸❶，還給了一包粉末做藥引，那粉末香氣異常，不知道是什麼。他說只要一犯病吃一顆就好，倒也奇怪，還真挺見效。」

周瑞家的還想再說話，就聽王夫人問道：「誰在裡面？」周瑞家的忙出去答應，回了劉姥姥一事，略等了片刻，見王夫人沒有說話，剛要退下去。薛姨媽忽然笑著說道：「你先別走，我有點東西，你帶回去。」薛姨媽叫香菱捧出一個小錦盒來，說道：「這是宮裡頭做的新鮮花樣，是用紗做成的花，共十二枝。放在我這裡也是要舊了，不如給她們姐妹戴。你家三個姑娘，每人兩枝，剩下四枝，黛玉兩枝，鳳姐四枝。」王夫人說道：「別給她們了，留給寶丫頭戴吧。」薛姨媽說道：「你不知道，寶丫頭古怪著呢，從來不愛這些花兒啊粉兒的。」

周瑞家的拿著匣子走出了房門，見到金釧問道：「那個香菱丫頭，是不是就是臨上京時買的，聽說為她還惹出了人命官司？」金釧說：「可不就是她。」正說著，就見香菱笑嘻嘻地走過來，周瑞家的拉著她的手仔細地打量了一番，心想這模樣，還真是可人疼。又問道：「今年多大了？家在哪裡？本是哪裡人？」香菱搖了搖頭說：「都不記得了。」周瑞家的聽了更是覺得香菱可憐。

因為順路，周瑞家的就把三位姑娘的花先送過去了，之後又去了鳳姐那裡。一進門，就遇見了平兒，平兒問：「您老人家來幹什麼了？」周瑞家的拿起匣子遞給她說：「送花。」平兒聽了，便打開匣子，隨手拿了四枝，轉身離開了。周瑞家的這才去了黛玉那兒，黛玉不在自己房裡，正在寶玉房中玩呢。周瑞家的進來說道：「林姑娘，姨太太吩咐我給姑娘送花來戴。」寶玉聽見，便說：「什麼花，拿給我看看。」邊說邊伸手接過來，打開匣子一看，原來是兩枝宮廷製的紗花。黛玉只往寶玉手中瞅了一眼，便問道：「是就送我一個人，還是別的姑娘都有？」周瑞家的回答說：「都有了，剩下的兩枝給姑娘。」黛玉一聽，冷笑道：「我就知道，別人挑剩下的才會給我。」周瑞家的聽了，一時不知該說什麼好。寶玉在旁問道：「你剛從姨娘那兒來，可知寶姐姐在幹什麼，為什麼這幾日不見她過來？」周瑞家的說道：「姑娘這幾日身體不太舒服，所以沒來。」寶玉聽了忙打發人過去看看。

寶玉這幾日忙完了，想起寶姐姐還病著，就想過去看看。到了梨香院，先去拜見薛姨媽。看見薛姨媽正與丫鬟們閒聊，忙上前去請安。薛姨媽一把拉住了他，抱入懷中笑著說：「好孩子，難為你還想著，這麼冷的天，快到炕上坐著。」一邊命人去倒茶。寶玉問：「哥哥不在家？」薛姨媽歎息道：「他就跟匹野馬似的，整天的不著家。」寶玉又問：「姐姐可好了？」薛姨媽說道：「好多了，在裡屋呢。比這兒要暖和些，你去那裡坐著吧。」

---

❶【冷香丸】《紅樓夢》中記載冷香丸是將白牡丹花、白荷花、白芙蓉花、白梅花花蕊各十二兩研磨成粉末，並用同年雨水節令的雨、白露節令的露、霜降節令的霜、小雪節令的雪各十二錢加蜂蜜、白糖等調和，製作成龍眼大丸藥，放入器皿中埋於花樹根下。寶釵發病時，用黃柏十二分煎湯送服一丸就可緩解病情。

寶玉聽了，忙下炕，到了裡屋門前，掀開簾子進去，看見寶釵正坐在炕上做針線。頭上挽著漆黑油光的髮髻，穿著蜜合色的棉襖，玫瑰紫色的坎肩，黃綾面的棉裙，顏色一半新一半舊，看上去也不覺得奢華。紅紅的嘴唇，細細的眉毛，水汪汪的杏仁眼。寶玉一面看一面問：「姐姐病可好了？」寶釵抬頭只見寶玉進來了，連忙起身笑著說道：「已經好多了，多謝掛念。」一說著，讓他到炕上來坐，一面問老太太和姑娘們好，一面看寶玉頭上戴著的金冠，再往下看去，脖子上掛著一個長命鎖，還有一塊寶玉。寶釵笑著說道：「總是聽人家說你這玉，還從沒有細細地看過，我今天倒想瞧瞧。」說著便湊上前去看。

寶玉便把玉摘下來，遞到寶釵手中。寶釵托在手上，只見那玉晶瑩剔透，耀眼奪目。寶釵邊看邊念上面的字：「莫失莫忘，仙壽恆昌。」念了兩遍，回頭向鶯兒笑著說：「還不去倒茶，在這裡發什麼呆？」鶯兒笑嘻嘻地說道：「我聽這兩句話，倒和姑娘項圈上的那兩句話是一對兒。」寶玉聽了，忙笑著說：「原來姐姐那項圈上也有八個字，我也要看看。」寶釵說道：「你別聽她胡說，沒什麼字。」寶玉央求道：「好姐姐，你就給我瞧瞧嘛！」寶釵實在纏不過他，說道：「其實也沒什麼，就是一個人給了兩句吉利話，叫人刻了下來，所以天天戴著。」一面說，一面解開衣扣，從大紅襖裡面掏出來一個金燦燦的項圈。寶玉忙托著看，果然上面也有八個字，邊看邊念道：「不離不棄，芳齡永繼。」也念了兩遍，再把自己的也念了兩遍，笑著說：「姐姐這八個字與我的倒真是一對兒。」鶯兒笑著說道：「是

寶釵一面說，一面解開衣扣，從大紅襖裡面掏出來一個金燦燦的項圈。寶玉忙托著看，果然上面也有八個字，邊看邊念道……

一個癩頭和尚送的，他說必須刻在金器上。」寶釵不等她說完，便讓她趕快去倒茶。

寶玉和寶釵正在這說笑，忽然聽到外面有人說：「林姑娘來了。」話音未落，只見林黛玉搖搖擺擺地進來了，一見寶玉，便笑著說道：「哎喲，我來得不巧了。」寶玉忙起身讓座，寶釵笑著說：「這話什麼意思？」黛玉說：「早知他來了，我就不來了。」寶釵說：「這我就更不明白了。」黛玉笑著說：「要來時一齊來，不來時一個也不來；今兒他來，明兒我來，這樣錯開，豈不是天天有人來，也不至於太冷清，也不至於太熱鬧。姐姐說不是嗎？」寶釵聽了只是笑笑。

這時薛姨媽已經備好了幾樣點心，留他們飲茶。席間備了點酒，讓他們去去寒，暖暖身子。說話間，寶玉三杯已經下肚了。李嬤嬤[2]趕緊上來阻攔，寶玉喝得正美，當然不肯。李嬤嬤說道：「你可小心，今天老爺在家，恐怕一會兒得問你的功課。」寶玉一聽此話，心中很是不高興，慢慢放下了酒杯，垂下了頭。

黛玉忙說：「別掃了大家的興，倘若舅舅問起你，就說姨媽留你。」一面推推寶玉，一面悄悄告訴他：「別理這個老嬤嬤。」那李嬤嬤也是很了解黛玉的，因此說道：「林姐兒，你別幫著他了。你要是勸勸他，他或許還會聽。」黛玉冷笑道：「我為什麼要勸他，你這媽媽也太小心，往常老太太也是給他酒喝的。如今在姨媽這兒多喝了兩口，有什麼關係。難道姨媽是外人，不能在這裡喝酒麼？」李嬤嬤一聽，真是又急又笑，說道：「這林姐兒，說出一句話來，比刀子還厲害。」寶釵也忍不住在黛玉的臉上擰了一下，說道：「這個丫頭的一張嘴呀，真是叫人又愛又恨。」李嬤嬤沒辦法，囑咐人好生侍候，自己悄悄走了。

兩人喝了酒，飲了茶，想著也出來一天了，就和薛姨媽告辭，一同回到了賈母的住處。

賈母看他們都喝了酒，就讓他們各自回房休息。剛一進屋，寶玉見到晴雯，就問道：「襲人姐姐呢？」這襲人，原是賈母的奴婢，後來又服侍史湘雲幾年，賈母喜歡她心地善良，忠厚實誠，就將她給了寶玉，也作為後備姨娘之人選，後來成了寶玉房裡的大丫鬟。因她姓花，寶玉就取陸游詩句「花氣襲人知驟暖，鵲聲穿竹識新晴」之意，給她改名叫「襲人」。

晴雯在一旁說：「襲人已經睡下了。」寶玉又問：「我早上吃了一碟豆腐皮包的包子，覺得你可能愛吃，就說我當夜宵吃，叫人再送過來一份，你見著了麼？」晴雯一聽說道：「快別提了，我一看就知道是給我的，誰知道李奶奶過來了，說寶玉不會吃，叫人拿去給他孫子吃了。」寶玉一聽，有些不高興。忽然又想起自己早晨喝的茶來，問茜雪：「我的茶呢？」茜雪說：「我本來是留著的，李奶奶來給喝了。」寶玉聽了，把手中的杯子扔在地上，摔了個粉碎，水潑了茜雪一身。他跳起來問茜雪：「她是你哪門子的奶奶，你們就這樣孝敬她，我不過是小時候吃了她幾口奶，現在慣得比祖宗還大。」說著就要去賈母那兒，讓她把李奶奶攆出去。

襲人本是裝睡，想著等寶玉回來和他鬧著玩，聽見聲響，趕快出來勸阻寶玉道：「你要是攆她也行，我們都願意出去，不如索性把我們都一塊兒攆出去得了，你也不怕找不到好的來服侍你。」寶玉一聽這話不言語了，被襲人架到炕上，脫了衣裳，慢慢地睡了。此時李嬤嬤也進來了，聽到寶玉睡了才放心離開。

---

❷【李嬤嬤】《紅樓夢》中人物。賈寶玉的乳母。她是一個年老愛嘮叨的人。兒子李貴是跟寶玉上學的僕人。

第六回　王熙鳳設毒局

這天到了賈珍之父賈敬的壽辰，賈府上上下下都去拜壽。

賈珍之妻尤氏，是賈珍的繼室❶，賈蓉不是她的親生兒子，她雖為寧國府的當家奶奶，卻因娘家沒什麼地位，自己也沒有子女，所以也說不起什麼話。席間王夫人和她聊起來，問道：「聽說賈蓉媳婦秦氏病了，到底怎麼樣了？」尤氏說道：「她這個病說來也奇怪。中秋節的時候還和老太太、太太們玩到半夜，回到家也都好好的。過了二十天，就覺得一天比一天乏，也不願意吃東西了。」

飯後，鳳姐回了太太，說要去看看秦氏。尤氏說道：「好妹妹，媳婦聽你的話，你好好去開導開導她，我也就放心了。」寶玉也跟著鳳姐一塊兒過去了，剛到秦氏房間內，秦氏看到他們來了，趕忙要站起來。鳳姐忙說：「別起來，小心頭暈。」趕緊過去拉住了她的手，說道：「我的天，怎麼幾日不見，你就瘦成了這樣！」寶玉也問了好，坐到了炕對面的椅子上。秦氏拉著鳳姐的手說道：「這都是我沒有福氣呀！這樣的好人家，公公婆婆待我如親生

女兒，你侄兒雖說年輕，也是他敬我，我敬他，從來就沒有紅過臉。如今得了這個病，把我那好強的心都磨沒了。公公婆婆還沒來得及孝順，就連嬸嬸這樣疼我，我就是有孝順的心，現在恐怕也來不及了。我自己尋思，是熬不到過年了。」鳳姐一聽這話，眼圈不禁紅了。寶玉在一旁，更是抽抽搭搭哭個不停。鳳姐連忙制止他，害怕病人見了心更酸。一會兒工夫，王夫人過來叫寶玉，寶玉就跟著回去了。

尤氏也派人過來催，讓他們都到園子那邊去，鳳姐這裡又好好地勸解了她一番，和她說了許多安慰的話，於是帶著丫鬟就到了園子。鳳姐在園中看景，正在大加讚賞時，突然從假山後走出一個人，向前對鳳姐說：「給嫂子請安。」鳳姐猛地一驚，將身子往後一退，說道：「這不是瑞大爺麼？」只見賈瑞起身說道：「嫂子連我也不認得了？」鳳姐說道：「不是不認得，只是猛然一見，想不到是大爺在這裡。」賈瑞說道：「也是我與嫂子有緣，剛才偷偷溜出了席，想找個地方清淨一下，恰巧遇見了嫂子，這還不是有緣麼？」一面說著，一面拿眼睛不住地瞅鳳姐。

鳳姐是個聰明人，見他這個樣子，心中也猜出了幾分，知道他對自己起了壞心，便假意含笑道：「怪不得你哥哥老是提起你，說你好。今日見了，聽了你這幾句話，就知道你是個

❶【繼室】又稱「續弦」或「塡房」，指原配死後續娶的妻子。

聰明的人。這會兒我要到太太那邊去，就不和你說話了，等閒下來再聊吧。」賈瑞說道：「我要到嫂子家裡去請安，又怕嫂子年輕，不肯輕易見人。」鳳姐又假笑著說道：「都是親戚，說什麼年輕不年輕的話。」賈瑞一聽這話，心中暗喜。鳳姐說道：「你快去入席吧，小心被抓到了，罰你的酒。」賈瑞聽了，身子已經木了一半，一邊慢慢走一邊回頭看。鳳姐也故意放慢了腳步，見他走遠了，心裡暗想道：「這才是『知人知面不知心』呢。哪裡有這樣禽獸的人。他如果還是如此，什麼時候讓他死在我手裡，就知道我的手段了。」

說起這賈瑞，還真是賊心不死。拜壽過去幾天後，還真的來找鳳姐。此時鳳姐正在和平兒說話，只聽有人來回說，瑞大爺來了。鳳姐心中暗想：「真是『癩蛤蟆想吃天鵝肉』，沒人倫的混帳東西，看我叫你不得好死！」邊想著邊讓人把他請進來。賈瑞見讓他進去，心中暗喜。見了鳳姐，也是滿臉堆笑，連連問好。鳳姐也假意殷勤，讓人看座上茶。賈瑞見鳳姐的身段打扮，更是意亂神迷。賈瑞見賈璉不在，便問道：「二哥哥怎麼沒回來？」鳳姐說：「我也不知道。」賈瑞笑著說道：「別是被路上的什麼人絆住了腳，捨不得回來了。」鳳姐說道：「你們男人都是見一個愛一個。」賈瑞笑著說：「嫂子這話錯了，我就不是這樣的人。」鳳姐笑著說：「像你這樣的，只怕十個裡也挑不出來一個。」

賈瑞一聽鳳姐這話，樂得是抓耳撓腮，又說道：「嫂子天天在家是不是悶得很？」鳳姐說道：「是盼著有個人來陪我說說話，解解悶兒。」賈瑞笑道：「我倒是天天閒著，天天過來給嫂子解悶，好不好？」鳳姐笑著說：「你騙我呢，你哪裡肯天天到我這兒來？」賈瑞說道：「我在嫂子面前，如果有一句謊話，就叫我天打雷劈！」鳳姐笑著說道：「你果然是個明白人，比賈蓉兄弟兩個強多了。我看他們是那樣清秀，以為他們心裡明白，誰知竟然是兩個糊塗蟲，一點都不懂人心。」

賈瑞一聽這話，更是喜不自禁。不由得往前湊了湊，盯著鳳姐的荷包看，又問：「你戴的是什麼，這麼香？」鳳姐悄悄說道：「放尊重些，別讓丫頭們看見了。」賈瑞一聽此話，連忙往後退。鳳姐笑著說：「你該回去了。」賈瑞說道：「好狠心的嫂子，讓我再坐一會兒。」鳳姐又悄悄地說：「大白天人來人往，你在這裡也不方便。你先去，等到晚上起更❷後你再來，悄悄地在西邊穿堂❸處等我。」賈瑞一聽，如獲珍寶，忙問：「你可別騙我，那裡人走的多，哪裡能躲？」鳳姐說道：「你放心，我把上夜❹的小廝❺都放了假。兩邊門一關，就沒別人了。」

---

❷【起更】舊時指第一次打更，即五更中的一更天。

❸【穿堂】宅院中坐落在前後兩個庭院之間可以穿行的廳堂，也是房屋之間的過道。

❹【上夜】舊時指值班守夜。

❺【小廝】舊時指未成年的男性僕從。

賈瑞聽了，喜上眉梢，心中以為自己得手了。一直盼著晚上快到，天一黑就悄悄地摸進了榮府，趁還沒有關門，鑽進了穿堂。賈瑞側耳聽著，好一會兒也不見有人來。忽然聽見咯噔一聲，門關上了。賈瑞急得也不敢出聲，只有悄悄地出來，搖了搖門，誰知那門關得像鐵桶一般，這時再想出去是不可能了。南北都是高牆，爬也爬不出去。這屋內又是穿堂風，空蕩蕩的。此時正是臘月❻，夜又長，寒風凜冽，刺骨的寒冷，這一夜差點沒把他凍死。好不容易盼到了早晨，趁著開門人不注意，一溜煙跑了。幸好是早上，大家還都沒起來，沒人看見。

這賈瑞父母早亡，是祖父撫養他成人。平日家教很嚴，不許賈瑞私自出去，就怕他在外面吃喝嫖賭，耽誤了學業。今日見他一夜沒有回來，認定他在外面不是嫖就是賭，因此氣了一夜。賈瑞回來後，也不能說實話，就說去他舅舅那兒了。祖父認定他說謊，叫人打了他三四十板，還不准他吃飯，罰他跪在院內讀文章。

此時的賈瑞還是邪心不改，也沒想到是鳳姐捉弄他。過了兩天，又悄悄溜出來找鳳姐。鳳姐怪他爽約，賈瑞急忙賭咒發誓說自己沒有。鳳姐見他自投羅網，又在尋思別的計策，故又說道：「今天晚上你別去那裡了，你就在我房後的那間空屋子裡等我。」賈瑞說道：「可當真？」鳳姐說道：「誰騙你，不信你就別來。」賈瑞說道：「來、來、來！就是死也要來！」鳳姐說道：「那你先回去吧。」鳳姐便開始安排，在那裡設下了圈套。

賈瑞一直盼到了晚上，又等祖父睡著了，才悄悄溜進了榮府。一直在那空屋子內等著，像隻熱鍋上的螞蟻。只是左等右等，也不見人影，心中害怕，不免疑惑：「是不是又不來了，還要在這兒凍一晚麼？」正想著，只見一個人影走來，賈瑞便料定必是鳳姐，上前就一把抱住。誰知燭光一閃，賈薔帶著人突然過來了，賈瑞再一看，自己抱的人竟是賈蓉，一時間羞愧難當，恨不能找個地縫鑽進去。賈蓉和賈薔要把他送到太太那兒去，賈瑞連忙求饒，最後答應給他們各五十兩銀子，才算了事。

再說這賈瑞，自此之後再也不敢上榮國府了。賈蓉二人還常來要銀子，他又怕祖父知道。相思難忘，又添了債，功課還緊，一急之下就病倒了，只覺得心內發脹，腳下如踩了棉花，咳嗽帶血，日夜發燒，還經常神魂顛倒、滿口胡話。請了好多大夫，吃了幾十斤的藥都不見好。就這樣沒過多久，賈瑞就病死了。

---

❻【臘月】農曆十二月為「臘月」，古時候也稱「蠟月」。這種稱謂與自然季候並沒太多的關係，而主要是與歲時之祭祀有關。所謂「臘」，本為年終的祭名。

第七回 鳳姐寧府治喪

這年年底，林如海病重，寫來書信要接黛玉回去。賈母忙命賈璉把黛玉送回去。自賈璉走後，鳳姐實在無聊，每到晚上與平兒說幾句話就睡了。一日三更，鳳姐睡眼矇矓，就感覺恍惚間是秦氏走了進來，含笑對鳳姐說道：「嬸嬸，我今天就要走了，因為捨不得嬸嬸，所以特來告辭，還有一件心事未了，想告訴嬸嬸。」

鳳姐聽了，恍惚問道：「你還有什麼心願，告訴我就行。」「嬸嬸，你可聽過兩句俗語，『月滿則虧，水滿則溢』，又道是『登高必跌重』。如今我們家是顯赫到了極致，倘若有一天樂極生悲，不就應了『樹倒猢猻散』這句俗語了麼！」鳳姐聽了此話，心中不悅，但也十分敬畏，忙問道：「有什麼法子可以永保富貴呢？」秦氏冷笑道：「嬸嬸好傻呀！自古以來，榮辱就是周而復始的，光靠人又怎麼可能保住永生永世的富貴。但現在，有件事需要辦妥。」

鳳姐忙問：「是什麼事？」秦氏說：「在我看來，不如趁著現在的富貴，在祖墳附近多

置辦些田產、房屋、土地，把私塾就建在祖墳旁，日後祭祀[1]的費用、私塾的費用都可以從這裡面出。這樣，即使有一天族人犯了罪，官府要沒收家產，這些也是不用充公的。倘若一天家道敗落，子孫還可以回家讀書務農，也好有個退路。千萬不要以為現在的榮華富貴可以長久下去，要知道一切繁華不過是過眼雲煙。如果不早作打算，恐怕會後悔莫及。我與嫂嫂好了一場，臨別時贈你兩句話，一定要記住。」隨後又聽她念道：「三春去後諸芳盡，各自須尋各自門。」

鳳姐還想再發問，忽然就聽有人來報：「東府蓉大奶奶沒了。」鳳姐嚇得一身冷汗，回過神來，忙穿上衣服去了王夫人那裡。全家上下很快就知道了此事。想起秦氏往日的好，無不傷心落淚。

寶玉聽聞此事，更是傷心得吐了血，還好沒什麼大礙。請示了老太太，就直接就去了寧府。剛到了寧府門口，只見兩邊府門大開，院內燈火通明，裡面哭聲地動山搖。進到裡面，只見賈珍哭得像個淚人，正在和別人說道：「全家大小、遠親近友，誰不知道我這個兒媳婦要比兒子強十倍，如今就這樣走了。」眾人忙上來安慰。

賈珍向來喜歡奢華，這次的喪事也決定要大辦。為了在喪禮上能風光些，還花錢給賈

[1]【祭祀】指祭神、祭祖，根據宗教或者社會習俗進行的一系列具有象徵意義的行動或儀式。

而尤氏突然舊病復發，不能料理家事。賈珍害怕前來弔唁的人來人往，虧了禮數，叫別人笑話，一時犯了難……

蓉買了個官。而尤氏突然舊病復發，不能料理家事。賈珍害怕前來弔唁的人來人往，虧了禮數，叫別人笑話，一時犯了難。寶玉在一旁說道：「不如叫鳳姐過來幫你料理。」賈珍一聽，也覺得合適，便去求了王夫人。王夫人問鳳姐是什麼意見，鳳姐平時就愛給自己攬事，看見賈珍如此央求她，就同意了。賈珍一看鳳姐答應了，就叫人取了寧國府的對牌❷給了鳳姐，還說了一大堆道謝的話。

寧國府中的總管來升聽說請了鳳姐來管家，和底下的下人說道：「如今請了璉二奶奶來管家，我們說話辦事都得小心，她可是有名的烈性子，誰要是惹惱了她，她可不會給你留面子。」眾人都說：「知道了。」

第二天早上，鳳姐很早就來了。寧國府中的僕人也都到齊了，只聽鳳姐對來升媳婦說道：「既然這事交給了我，我也不怕得罪你們。我可不像你們家的奶奶，脾氣好，什麼事都由著你們。如今在我這兒可不行，出半點差錯，管你們是誰，一律按家規處置。」

鳳姐說完，就叫人點名，念到名字的一個個進來拜見。念完了，又吩咐道：「這二十個人分作兩班，一班十個，每天就管給客人倒茶，其他的事不用管。這二十個人也分作兩班，就負責來弔唁人的伙食，也不用管其他事。這四十個人，也分作兩班，就管在靈前添香油，掛幔守靈。這四個人專門在茶房管收杯碗茶碟，若少了一件找你們賠償。這四個人單管酒具，少了一件也是你們一起賠。這八個人單管收祭禮。這二十個人，每日輪流上夜、監看燭火、打掃庭院。來升媳婦每天要總體查看，有偷懶的、有賭錢喝酒的、拌嘴打架的，立刻向我彙報。你要是敢徇私，讓我查出來，可別說我到時不顧及你的臉面。如今都定下了規矩，

---

❷【對牌】即「對號牌」，用竹、木等製成，上寫號碼，中劈兩半，作爲一種信物。用於在家族中支取物品。僕人需要物品時，經當家人同意後，當家人將對牌撕開一半，然後由僕人領取物品。到結算之時，當家人可用對牌進行核對。

哪一塊兒亂了，我就找哪一塊的人是問。」

說完，又叫人把茶葉、蠟燭、雞毛撣子等東西都分了。大家領了東西幹活去了，再不像原先那樣大家都挑輕巧的幹，苦差事沒人揀。各房中也不會趁亂丟東西了。即使是人來人往，也都安靜下來了，不像原來那樣忙得毫無頭緒。

鳳姐看自己的整治初見成效，心中十分得意。此後鳳姐每天都不辭辛勞地準時來到寧國府，把上上下下都打理得井井有條，全府上下沒有不稱讚鳳姐能幹的。

這天，正好到了五七❸，鳳姐知道今天客人肯定不少，先到靈堂上香燒紙後就過來點名。寧府的僕人早就都到齊了，只有迎送親客的一人沒到，忙叫人去把她叫來。那人過來後嚇得直哆嗦，鳳姐冷笑著說：「原來是你，你是不是比他們更有臉面，才敢不聽我的話。」那人說道：「不是的，小人天天都來得早，只有今天來遲了一會兒，求奶奶饒過我這次吧！」

鳳姐便說道：「本來是要饒了你，可是我今天若不懲罰你，明天這個來遲了，後天那個來遲了，我還怎麼管他們。不如不破這個例。」說著就命人拉出去打二十大板子，眾人見鳳姐動怒了，也不敢怠慢，拉出去照數打了，進來回覆。鳳姐說道：「罰他這一個月的銀米錢，我看哪個下次還敢晚來！」吩咐散了，大家才各自去幹活了。這下寧府中的人沒一個不知道鳳姐的厲害，自此都兢兢業業，不敢出一點差錯。

因出殯的日子快到了，事情更多。鳳姐本就要強，想把每一件事情都做好，不給人落下把柄，所以更是盡心竭力。整天是坐臥不安、忙前忙後，把各件事都籌畫得十分穩妥，族中各人沒有不稱讚的。

出殯當天，大小車轎不下百十輛。連同前面的各色執事陳設，浩浩蕩蕩地綿延了三四里遠。來送殯的王公貴族，更是數不勝數。一路上，彩棚高搭，和音奏樂，一路都是各家的路祭。第一棚是東平王府，第二棚是南安郡王，第三棚是西寧郡王，第四棚是北靜郡王。這四位王中，屬北靜王職位最高，性情還溫和。因聽說寧國府家中有喪事，想著祖父在的時候兩家有交情，也不以王自居，親自設下路祭，在此等候。

一時就見寧府出殯的隊伍浩浩蕩蕩、地動山搖地從北面而來。寧府前面開路的來報，賈珍連同賈赦、賈政三人連忙迎出去以國禮相迎。北靜王在轎內欠身含笑答禮。賈珍說道：「犬婦的喪事，怎麼敢勞動北靜王親自駕到。」北靜王笑著說：「我們是世交，不必這樣見外。」又接著問道：「不知哪一位是銜玉而生的公子？今天是不是在這兒，何不請出來，讓我見一見？」賈政忙退下，讓寶玉更衣，前來拜見。寶玉早就聽說這位北靜王是個賢王，人

---

❸【五七】按照傳統，人死了之後的紀念儀式是很有講究的。人死之後是做七——就是從死亡的那天算起，每隔七天做一次祭奠，分別爲頭七、二七、三七、四七、五七、六七、斷七。

也是一表人才、風流倜儻。早就想去拜會，只是父親約束，不能如願。今天北靜王說要見他，心中喜不自禁。

寶玉一面走，一面看見了轎子裡的北靜王。果然是相貌不凡，生得面如美玉，眼神明亮，十分俊美。看著寶玉，北靜王也笑著說道：「果真是名不虛傳，真是如寶似玉。你出生時銜著的那塊寶貝在哪兒？」寶玉忙從內衣中取出，遞了上去。北靜王仔細地看了看，又念了上面的字，口中不住地稱奇。又拉過寶玉的手，問他幾歲了，現在讀什麼書，寶玉都一一回答。

北靜王見他言語清晰，談吐不凡，又向賈政說道：「令郎真是龍駒鳳雛，將來前途不可限量呀！」還把手上的一串念珠送給了寶玉，賈政和寶玉一起謝過。賈赦和賈珍一起請王爺回府，北靜王說道：「逝者已登仙界，我們都是塵世間的凡夫俗子，怎麼敢走在她的前面。」一執意不肯先走。賈珍等沒有辦法，只好告辭後回來命人趕快過去。北靜王這才回去。

送殯隊伍到了鐵檻寺，鳳姐嫌住在這裡不方便，就帶著寶玉、秦鐘住進了饅頭庵。晚上鳳姐回房休息時，庵中一老尼姑趁著沒人進去對鳳姐說道：「我有一件事，正好想去府裡求奶奶，不知奶奶能否幫忙？」鳳姐問道：「什麼事？」老尼姑說道：「有位施主，姓張，是個財主。他有一個女兒，名叫金哥。那年來我廟裡上香，碰巧遇到了長安府太爺的小舅子李衙內，誰知這李衙內一眼就看上了金哥，硬是要娶她為妻，於是派人來提親。不想金哥已經許給了長安守備家的趙公子。張家懼怕李衙內一家的權勢，因此，想和趙家退婚，可是趙家死活不肯，還揚言要上京去告狀。張家為此事是兩頭為難，不知該如何是好。如果奶奶能辦這事，張家願傾全力孝敬您。」

鳳姐聽了笑著說：「這事倒也不難辦，只是我又不缺銀子，懶得管這些事。」老尼姑歎息道：「我知道奶奶不缺這點兒錢，但是張家人已經知道我來求奶奶了，如果不成，恐怕還得以為是府上連這點事都辦不了。」鳳姐本是逞強好勝之人，一聽這話，便說道：「你是知道我的，從來不信什麼地獄報應，管他什麼事，我說行就行。叫他們拿三千兩銀子來，我就替他們把這事辦了。」老尼姑連忙點頭答應。

等老尼姑走後，鳳姐叫來自己的心腹來旺。鳳姐向來旺一說，來旺就明白了她的意思，隨後以賈璉的名義寫了一封信，連夜送往長安縣。那長安縣節度使，一直受賈家的照顧，這樣的小事自然得辦好，沒過幾日，就逼趙家退了婚。誰知道那金哥是重情重義之人，聽說退了婚，就懸梁自盡了。趙家公子聽說金哥死了，也投河自盡。張趙兩家人財兩空，只有鳳姐白得了三千兩銀子。從此，鳳姐遇到這樣的事情，就更加膽大妄為了。

第八回　寶玉大展才華

這日正好是賈政的壽辰，寧榮二府的人都來拜壽。大家聚在一塊兒，十分熱鬧。忽然聽見下人來報，說是六宮都太監夏老爺特來傳旨。賈赦、賈政等人也不知是何事，嚇得趕緊撤掉了酒席，擺上香案❶，到大門口跪著接旨。只聽都太監口中念道：「傳聖旨：宣賈政立刻入朝。」賈政聽了連忙更衣入朝。

這邊賈母等人都心神不寧，不知所為何事。忽然聽外面又有人來報信，讓老太太領著太太們入宮謝恩。賈母細問才知道，原來是賈政的女兒元春被加封了德妃。寧榮二府的人聽到這個消息，無不歡天喜地。賈赦、賈珍等人趕緊換了朝服，帶著賈母等女眷入宮謝恩。

且說林如海已經葬入祖墳，後事也料理妥當。賈璉聽說了元春的喜事，就快馬加鞭和黛玉趕了回來。大家一見面，不免悲喜交加，又大哭了一場，眾人忙安慰黛玉。寶玉仔細看著黛玉，覺得幾日不見，她越來越標緻了，真讓人百看不厭。黛玉又把帶來的書籍、紙筆等物分別送了寶釵、迎春、寶玉等人，然後就忙著打掃自己的臥室，安置家具。寶玉將北靜王送

他的念珠轉送給黛玉，黛玉看了一眼說：「什麼臭男人拿過的，我才不要。」寶玉只好收了回去。

賈璉回到家後，和鳳姐嘮了些家常就睡了。第二天，賈赦、賈珍把他叫去，說是皇上體恤百姓，想著入宮妃嬪多年都不曾回家，不能在家人跟前盡孝。現在特恩准妃嬪們可以定時回家省親❷，和家人共享天倫之樂。現在周貴妃、吳貴妃的父親都開始在家裡修建省親別墅，咱們家也該開始準備了。

三人商議之後，便決定安排此事，開始搭建別墅、堆山鑿池、種竹栽花，忙碌起來。這日，賈珍來回覆賈政：「新園內的工程已經結束了，等老爺看過了，好提匾額對聯。」賈政就叫來一些文人雅士，希望大家共同議議，看題什麼字好。

當天，賈政帶著眾人到了新園，在門口處剛好碰見了寶玉。寶玉一時來不及躲，只能在一旁站著，賈政聽私塾老師稱讚過寶玉，說他雖不喜歡讀書，卻還是有些作詩聯句的歪才，所以叫他也跟著入園，想試試他的水準。

---

❶【香案】放置香爐燭臺的條桌。

❷【省親】結婚後，女方要回家看望其父母就叫省親。由於過去女方只要嫁人，就是男方的人了，所以女方回家探望家人還須得到男方的同意。

一進園內，只見迎面一座假山，賈政說道：「此山好！如果沒有這山，一進園就看到了所有的景致，那還有什麼意思。」說著便往前走，只見山內只有一條小徑通向前方，抬頭忽然看見山上有塊白石，正是題字的地方，賈政便讓眾人說說題什麼字好，眾人有說用「疊翠」的，有說用「錦嶂」的。賈政聽了都覺得不好，就讓寶玉說說看。寶玉說：「此山不是主景，只不過是引人進一步往前遊覽，不如用『曲徑通幽』四個字。」眾人聽了，都讚道：「妙極！妙極！二公子天分高、才情遠，不像我們都是死讀書。」賈政笑著說道：「不要這麼誇獎他，他年紀小，不過是濫竽充數罷了。」

說著，進入山洞內，只見樹木蔥蔥、奇花奪目。遠處有一條小溪，溪上有一座橋，橋上有座涼亭。賈政等人來到亭子內，問道：「此處該怎麼題字？」眾人有說「翼然亭」的，也有說亭邊有溪水，不如叫「瀉玉亭」。賈政想了一下，讓寶玉說說看。寶玉說道：「『瀉玉』二字在這裡顯得有些不雅，不如叫『沁芳』二字還高雅些。」眾人一聽，都稱讚寶玉才情不凡。

眾人一面說，一面走，忽然看見前面隱隱露出一段黃泥牆，牆內有幾百株杏花，爭奇鬥豔。旁邊還有一口古井，田地上種的瓜果蔬菜一望無際。賈政笑著說道：「到了這裡，倒讓我想回歸田園了。」剛要進去休息一下，就看見路旁有塊石頭，是留著要題字的。有人說道：「此處不如就叫『杏花村』。」眾人都說妙。

寶玉這邊等不及了，還不等賈政問，就說道：「『杏花村』雖好，不免有些落入俗套，不如用『稻香村』，不是更妙。」眾人聽了，都拍手稱道：「妙！」賈政在一旁喝道：「無知小子，你才學了幾天古文，就敢在老先生跟前賣弄，說你幾句好就當真了。」賈政雖表面這麼說，但心中卻暗暗高興。

眾人接著走，來到一處房子內，表面上看去很平常，大家推門進去，才發現裡面別有洞天，一屋子的奇花異草。賈政說道：「好是好，就是都不認得。」旁邊有人說：「那香的是藤蘿❸。」賈政說道：「藤蘿不是這個香味。」寶玉說道：「當然不是，那草才是藤蘿，香的是杜若蘅蕪❹，紅的應該是紫芸❺，綠的一定是青芷❻。這些在《離騷》、《蜀都賦》中都有記載，只是時間一久，便沒人能認識了。」還沒等寶玉說完，賈政呵斥道：「誰問你了！」嚇得寶玉趕緊往後退，不敢再說話。

❸【藤蘿】紫藤屬豆科紫藤屬，是一種落葉攀援纏繞性大藤本植物，幹皮深灰色，不裂；花紫色或深紫色，十分美麗。
❹【蘅蕪】泛指生長在地上且具有香氣的匍匐狀草本植物。
❺【紫芸】一種芸香屬的植物。
❻【青芷】草本植物，多產於中國北部、中部至東部，根可入藥。

賈政走到一個長廊處，問道：「這應該題什麼字？」眾人說了幾個，賈政不是很滿意，忽然看見寶玉在一旁不作聲，賈政呵斥道：「怎麼該你說話時又不說了，還讓人請教你不成。」寶玉說道：「不如叫『蘅芷清芳』四個字。」賈政笑笑，沒有說話。

大家走了半日，都覺得有些疲乏了，看見前面有一個院落，就進去休息一下。看到院內有一株海棠，紅得異常美麗，眾人都讚：「好花，好花！海棠也見過，但沒有見過這麼好的。」賈政說道：「這花叫做女兒棠，是國外的品種，據傳出自女兒國。」寶玉說道：「大概是文人雅士看此花，紅得像塗了脂粉，又一副弱不禁風的樣子，好像閨閣中的大家閨秀，所以用『女兒』來命名。世人以訛傳訛，就當真了。」眾人都說「妙解，妙解」。

大家繼續往裡面走，忽然一座大山擋住了去路，眾人都迷路了。賈珍過來，帶著大家一直走到了山腳下，一轉就是平坦大路，大門就在前面。眾人笑道：「真是有趣！」於是跟著都出了園子。

寶玉一心想著屋裡邊的姐妹們，可是又沒聽見賈政說讓他走，只能跟著到了書房。賈政這才想起來說道：「你還不回去，怕一會兒老太太該找你了。還跟著，難道還沒逛夠？」寶玉這才趕緊退了出來。剛到了院外，小廝們就上來一把抱住，說道：「你今天可是讓老爺高興了。剛才老太太派人問了幾次，我們都說老爺高興；如若不然，老太太該叫你回去了，那不就不能一展你的才華了？人人都說，你的詩要比其他人的好，今天這樣出鋒頭，是不是該打賞我們呀？」寶玉笑著說道：「一人一吊錢。」眾人說道：「一吊錢誰沒見過！把這荷包賞給我們吧。」說著，就全都上來解荷包、解扇袋，把寶玉佩戴的東西都拿去了。又都圍著他，把他送到了賈母那兒。賈母正等著他來，知道他父親沒有為難他，心裡很是高興。

寶玉回到自己的住處，黛玉正好也在。一會兒襲人過來倒茶，看見寶玉身上佩戴的物品一樣都沒有了，便笑著說道：「戴的東西又讓哪些個潑皮給拿去了？」林黛玉一聽，走過來一看，果然是一件都沒有了，就向寶玉問道：「我給你的荷包也給他們了？你以後再也別想拿我的東西了。」說完生氣地回房，抄起剪刀，就把前日寶玉讓她做的香袋給剪了。寶玉見她生氣了，趕忙追過來，見香袋早已剪破了。寶玉見這個香袋雖沒做完卻十分精巧，就這樣被剪了，也有些懊惱。忙把衣服解開，從衣襟裡面取出一個荷包來，遞給黛玉說：「你瞧瞧這是什麼東西，我什麼時候把你的東西送給別人了？」黛玉見他如此愛惜這個荷包，還帶在裡面，可知是怕被別人拿走。她後悔自己不該魯莽剪了香袋，低著頭不吱聲了。

寶玉氣得說道：「你也不用剪，我知道你也懶得給我東西，我把這個荷包也還給你罷了。」說著，就把荷包往黛玉的懷裡一扔。黛玉氣得直哭，拿起荷包又要剪。寶玉見狀忙回身搶了過來，笑著說道：「好妹妹，饒了它吧。」黛玉把剪子往地下一摔，擦著眼淚說道：「你不用和我好一陣壞一陣的，要是生氣了以後就別來理我。」說著一邊賭氣上床，一邊擦著眼淚。寶玉連忙上來「妹妹長妹妹短」地賠不是。

第九回　元春回家省親

為了元妃回家省親一事，賈府上上下下忙碌了幾個月。到了十月末，才差不多都準備完了。工程項目的帳也都結清了，各種古董裝飾也都擺好了，各類飛禽走獸也都放養了。賈政又請賈母過來檢查一遍，看看一切是否妥當。都安排好了才向皇上請示，皇上傳來聖旨，恩准元妃正月十五元宵節回家省親。到了正月初八，有太監來看了別墅，安排好舉行各種儀式的地方，還有人來教賈府各種禮儀。正月十四日，花燈煙火都備齊了，賈府上下通宵未眠。

終於到了正月十五晚上，賈母等有爵位❶的，都按品級穿戴整齊。省親別墅內更是富麗堂皇，張燈結綵。賈赦等男親等在西街門外，賈母等女眷等在榮府大門外。一時間整條街都靜悄悄的，沒人敢說一句話。

這時外面忽然響起馬蹄聲，十多個太監氣喘吁吁地跑過來，邊跑邊拍手。接著是一對對各司其職的太監陸續到位，之後遠處隱約傳來鼓樂聲。隨後是一對對手捧貴妃用品的侍女走來，最後才是八個太監抬著一頂金頂金黃繡鳳的大轎，緩緩而來。

賈母等人慌忙跪迎，早有太監過來將賈母攙扶起來。大轎進了大門，在東面的一座院落門前停下，太監跪請元妃下轎更衣，接著抬轎入門，太監方才散去。元春更衣後走出門，看見眼前的景致，歎道：「太奢華了！」有個太監正跪著等她上船，元春就上船遊覽，只見這兩岸掛滿了彩燈，樹上也都繫著各種羽毛，光彩奪目，十分好看。一會兒船入一石港，元春看見上面有一燈匾，寫著「蓼汀花漵」四字。其實這些字都是上次賈政讓寶玉寫的，不知怎的都用上了。原來這元春和寶玉是一母所生，寶玉出生時，元春已經很大了，她本就極疼愛這個弟弟。進宮後，也時常捎來書信，要父母撫育他成才。考慮到這些，賈政就把寶玉題的這些字都用上了。

再說元春看這四個字，說道：「『花漵』就好，何必『蓼汀』？」太監報給賈政，他立即撤下「蓼汀」二字。船到了岸邊，元春下船上轎，只見前面石牌坊上寫道「天仙寶境」。元妃命換上「省親別墅」四字。來到行宮內，只見香屑遍地，火樹銀花。元妃問：「此處為什麼沒有匾？」太監說：「這是正殿，他人不敢擅自題詞。」元妃點點頭坐下，兩邊開始奏樂。太監帶著賈赦、賈政等在門外候著，元妃傳令：「免禮。」

---

❶【爵位】爵位，又稱封爵、世爵，原本是指諸侯獲封賜的封建等級，因此爵位是與封建制度密切相關的。

「小戶人家，雖然粗茶淡飯，但也能共享天倫之樂。如今我們雖然大富大貴，卻是骨肉分離，又有什麼樂趣呢？」

元春更衣後，乘了省親車駕，來到賈母房內，要行家禮，賈母等忙跪下止住。大家相見，都忍不住熱淚盈眶。元春又傳口諭，請薛姨媽、寶釵來見。接著丫頭們也來拜見。母女姐妹聊些家常話。

賈政在外面隔著簾子請安，元春說道：「小戶人家，雖然粗茶淡飯，但也能共享天倫之樂。如今我們雖然大富大貴，卻是骨肉分離，又有什麼樂趣呢？」賈政一聽此話，不免心酸，但也只能說些官家套話。元春又問道：「怎麼不見寶玉？」賈母說道：「沒有官職的男丁，不敢擅自入內。」元妃忙命人把他帶來。寶玉過來先行國禮，元春讓他過來，拉他入懷，摸著寶玉的額頭笑著說道：「長高了。」話剛說完，就淚如雨下。

尤氏和鳳姐過來請元妃去遊園。元妃帶著寶玉和大家一塊兒參觀起了園子，看見布置得精緻豔麗，元春誇讚了一番，但也勸道：「以後不可以這樣奢華。」飯後元妃讓人拿來紙筆，挑選自己剛才比較喜歡的地方，加以改動，把園子題名為「大觀園」，把「有鳳來儀」改成了「瀟湘館」，「紅香綠玉」改為「怡紅院」。寫完，她笑著說：「我的才能一般，今天也是勉強寫的，各位姐妹不如都來作一首詩，根據門匾上的名字命名就可以。」

不一會兒，眾姐妹都把詩作完了，連李紈也勉強湊成一首七言律詩。在迎春三姐妹中，屬探春最有才華，但也覺得自己不能和寶釵、黛玉相比。元春看後評論說：「還是薛、林二妹所作的與眾不同，我們姐妹不能比啊。」其實黛玉本想今夜大展才華將眾人壓倒，卻因元春限題一匾一詩，只好胡亂作了一篇。

寶玉這時只作出「瀟湘館」與「蘅蕪院」兩首，正作「怡紅院」，頭一句就寫下「綠玉春猶卷」。寶釵正好看到，趁眾人不注意，悄聲說：「因貴人不喜『紅香綠玉』，才改為『怡紅快綠』，你偏用『綠玉』二字，豈不是跟她唱對臺戲？詠芭蕉的典故不少，再想一個。」寶玉說：「怎麼也想不起來了。」寶釵嘲笑說：「將來金殿面試，恐怕你連『趙錢孫李』都忘了。『冷燭無煙綠蠟乾❷』，忘了嗎？」寶玉說：「姐姐是我的『一字師』了。」寶釵怕耽誤他的工夫，轉身走了。黛玉見寶玉還在那兒構思，走過來一看，才寫了三首，就替他作了「杏簾在望」一首，寫好後，揉成紙團扔到寶玉跟前。寶玉忙抄好，遞給了元春。元春看完，很是高興，讚道：「果然有長進了。」令太監傳到外面。賈政等看了也都稱讚不已。

作完詩後，眾人又一起看戲。不久太監來請元妃回宮，說時辰已到。元妃不由得淚流滿面，卻又勉強笑著，拉著賈母和王夫人的手不忍放開，再三地叮嚀：「不須記掛，好生保養。如今天恩浩蕩，允許一個月進宮探望一次，想要見面也是很容易的，不用這麼悲傷。只是若明年再回來省親，不可以再這麼鋪張浪費。」賈母等人已經哭得哽咽難言了。元妃雖然不忍離別，但是皇家規矩多，不能出錯，只好強忍傷心上轎回宮去了。

榮、寧二府為了元妃省親，鬧得人仰馬翻、筋疲力盡。辦完事收拾東西，又是好幾天。別人還可躲清閒，鳳姐兒仍忙得團團轉。寶玉閒極無聊，無所事事。襲人新年都沒回家，現在被家中的人接去團聚一下，寶玉更是沒了意思。一日自己就跑到襲人家裡去，襲人的母親看見寶玉十分驚訝，一時不知該如何款待。襲人怕寶玉有什麼閃失，就叫哥哥雇來一頂轎子，連忙把寶玉送了回去。

晚上，襲人回來對寶玉說道：「我要回老家去，不能再伺候你了。」寶玉一聽吃了一驚，忙問怎麼回事。襲人說她母親、哥哥明年要贖她。寶玉不肯讓她走，她說：「就是宮中的彩女，也是選入新的，放出老的，別說你們家。」寶玉說：「那老太太也不肯放你。」襲人說：「我不過是個平常的人，比我強的多著呢！我先服侍老太太，又服侍了史大姑娘，又跟了你幾年。我們家來贖，只怕老太太連錢都不要就放我出去。你這裡也不是離了我就不行。」寶玉竟忘了襲人是因父死家貧，自幼賣到賈府，契約上寫明是不許贖身的，不由著急，連連央求襲人不要走。其實襲人只是想勸諫寶玉，才拿此說事。她見寶玉淚流滿面，低聲下氣，就說：「你要留下我，得依我三件事。只要你依了，刀擱脖子上我也不走。」寶玉說：「好姐姐，別說三件，就是三百件我也依。只求你守著我，等我哪一天化成灰，不，化成一縷青煙被風吹散，你愛到哪裡就到哪裡。」

❷【冷燭無煙綠蠟乾】出自唐朝詩人錢珝之詩《未展芭蕉》。

襲人說道：「這頭一件要改的就是不要再說化成煙之類的混話！」寶玉笑道，說：「好，改了。」襲人接著說道：「第二件就是，不管你喜不喜歡讀書，在老爺面前你也得裝出喜歡讀書的樣子，不能在老爺面前頂嘴，少叫老爺生氣。他心裡想的是，你家世世代代都是讀書人，偏偏生了你一個不喜歡讀書的人，本就心裡又氣又惱，怎奈你還時常口出狂言，怎能怨他時不時地就要打你。」

寶玉笑著說道：「再不說了，我那時小不知天高地厚，信口胡說的，以後再也不敢說了。還有什麼？」襲人接著說道：「再有一件重要的，就是不許再吃人家唇上抹的胭脂❸了，也要改了那愛紅的毛病。」寶玉說：「都改，都改。」襲人說：「你都依了我，拿八抬大轎抬我也不出去。」寶玉說：「你長在我這裡，沒轎抬你。」

二人正說著，只見秋紋走了進來，說：「已經三更天了，也該睡了。」寶玉把錶拿過來看，果然已經很晚了，洗漱之後就睡下了。

❸【胭脂】胭脂是面脂和口脂的統稱，是和妝粉配套的古代女性主要化妝品。

第十回　湘雲惹怒黛玉

　　這天黛玉正在寶玉那裡，諷刺他不知「綠蠟」的典故，二人正在房中互相譏諷取笑。正說著，只見史湘雲❶走了進來，笑著說道：「二哥哥，林姐姐，你們天天在一塊玩兒，我好不容易來了，你們也不理我。」黛玉笑著說道：「你吐字也太不清楚了，連個『二哥哥』也叫不出來，聽著就像『愛哥哥、愛哥哥』似的。」寶玉笑著說道：「等你說順嘴了，明天也這麼叫出來。」湘雲說道：「你最會挑別人的不是。就算你比別人都好，也犯不著見一個說一個。我說出一個人來，你要是能挑出她的毛病，我就服你。」黛玉問道：「是誰？」湘雲說道：「你能挑出來寶姐姐的毛病，就算你厲害。」黛玉聽了冷笑道：「我還以為是誰，原來是她。我怎麼敢說她呢。」寶玉不等她們說完，忙用話岔開。湘雲笑著說道：「我這一輩

---

❶【史湘雲】金陵十二釵之一，排名第五。賈母娘家的侄孫女，寶玉的表妹。父母早亡，由叔叔撫養長大，但叔嬸待她不好。湘雲生性豁達，很受賈母喜愛，常來賈府暫住。

子是比不過你了，只保佑你能找一個嘴快的姐夫，時時刻刻管著你，那才好呢。」說完眾人一笑，湘雲轉身就跑了。

湘雲一跑，黛玉趕忙去追，寶玉跟著把她攔住，替湘雲求饒。黛玉拉住他的手說：「我要是饒了她，還怎麼活。」湘雲央求她說：「好姐姐，饒了我這次吧！」寶釵也趕來勸，黛玉仍不依。直到有人來叫吃飯才罷了。飯後各自回房，湘雲仍跟黛玉睡。

且說湘雲住了兩天，就要回去。賈母說道：「等過了你寶姐姐生日，再回去吧。」湘雲就又住了下來。賈母自從見到寶釵，就喜歡她做事穩重，性格溫和。便自己拿出來二十兩銀子，讓鳳姐去辦一桌酒席，再找來個戲班，大家好好熱鬧一下。

到了那天，大家聚在一塊兒給寶釵過生日，席間喝酒猜謎，很是熱鬧。飯後又聽了戲，散戲後，賈母把唱小旦❷的和唱小丑❸的叫進來，看他們年紀輕輕就出來賺錢，覺得很可憐，就叫人另賞兩吊錢，拿糖果給他們吃。鳳姐在一旁看著說：「這小旦的扮相真像一個人。」寶釵看出來了沒敢說，寶玉也點了點頭，也不敢說。湘雲卻接著說：「倒像林姐姐。」寶玉給她使了個眼色，示意她不要說了。湘雲瞪了他一眼，也不吱聲了。

晚上，湘雲便叫翠縷收拾行李，說：「還在這裡幹什麼？看人家臉色。」寶玉知道自己惹怒了湘雲，忙上去勸：「好妹妹，你錯怪我了。林妹妹是個多心的人，別人不敢說，怕她生氣，誰知你卻說出來。我怕你得罪她，才向你使眼色，你卻怪我，真是冤枉我！」湘雲甩手說：「是我不如你林妹妹，我本就不配說她。她是主子，我是奴才。」寶玉說：「我為你，你還怪我。我要有壞心，立刻叫我化成灰，給萬人踐踏。」湘雲說：「大正月裡，少胡說八道。說給那些會使小性兒的人聽去吧！」寶玉討個沒趣，只好去找黛玉。誰知黛玉方才聽到二人說的話，又把寶玉斥責一番。寶玉原怕她二人為此不和，兩頭勸解，倒落個豬八戒照鏡子——裡外不是人。寶玉越想越沒意思，便轉身回房。黛玉更來了氣，又送他一句：「這一走，一輩子也別再跟我說話。」第二天，寶玉來哄，兩人才又和好了。

元春省親回宮之後，就把那天大家寫的詩詞，叫人整理好，下令雕刻到大觀園的石碑上。又想到大觀園中的美景，自己看過之後，賈政肯定會叫人封上，不讓人進去，那麼好的景致不就白白浪費了。而家中的兄弟姐妹，也都是自幼玩在一起。於是派人下了一道諭旨：「讓寶釵、黛玉、迎春等姑娘到園中居住，不可以封上，寶玉也可以跟進去讀書。」

賈政接到諭旨後，不敢怠慢，忙叫人進去打掃。寶玉聽了這事，高興得不得了，盤算著管賈母要這個，要那個。這日，寶玉和黛玉在一塊兒說話，寶玉便問她：「你想住在哪裡？」黛

---

❷【小旦】戲曲中的行當，一般是年輕女性。

❸【小丑】戲曲行當，又叫小花臉，因爲所表演的人物往往在鼻子上勾畫一塊小白粉，常有風趣、詼諧、幽默、滑稽或陰險等性格。

湘雲央求她說：「好姐姐，饒了我這次吧！」寶釵也趕來勸，黛玉仍不依。

玉也在想著這事，忽然聽見寶玉問她，就笑著說道：「我想住瀟湘館，那裡有幾根竹子，還有柵欄，比別的地方都安靜。」寶玉聽了，拍著手笑著說：「正合我意，我也想讓你住那裡，我就住怡紅院。這樣咱們兩個挨得近，又都清淨。」

二人正在商議，賈政就派人來告訴賈母說：「二月二十日是個好日子，叫大家那天都搬進去。」最後薛寶釵住進了蘅蕪苑，林黛玉住進了瀟湘館，迎春住進了綴錦樓，惜春住進了蓼鳳軒，李紈住進了稻香村，寶玉住進了怡紅院。

寶玉自從進園以來，可以說是心滿意足。每天和姐妹丫鬟們在一塊兒讀書寫字、彈琴下棋、作畫吟詩，過得倒是十分快樂。一日，早飯後，寶玉正一個人在樹下讀書，只見一陣風吹過，把樹上的桃花都吹落下來，撒了一地。寶玉把那些花瓣用衣服都兜了起來，來到池邊，放進了池子裡。那花瓣浮在水面上，一會兒就漂走了。

回來見地上又落了很多花瓣，寶玉正在猶豫是不是要撿起來。只聽背後有人說道：「你在這裡做什麼？」寶玉一回頭，原來是黛玉妹妹。只見她肩上扛著一個鋤頭，鋤頭上掛著一個紗袋，手裡還拿著掃把。寶玉笑著說道：「你來得正好，把這個花掃起來放到池子裡去吧，我剛才還放了好多呢。」黛玉說道：「這樣不好，你看這裡的水也不乾淨，花瓣一放到裡面，就漂出去了，還是把花糟蹋了。我在那個樹叢下挖了一個花塚，你把它埋在那兒，時間久了就化成了土，這樣不是更好麼。」

寶玉一聽，覺得很好，笑著說道：「等我放下書，就幫你收拾。」黛玉問道：「你看的什麼書？」寶玉見問他，慌忙把書藏到了後面，說道：「不過是《中庸》《大學》。」黛玉說道：「你少騙我，趕快給我瞧瞧。」寶玉說道：「妹妹，我是不怕你看的，但你看了，千萬別告訴別人，這真的是一本好書。你要是看了，肯定連飯都不願意去吃了。」說著，就把書遞到了黛玉手裡。黛玉放下鋤頭，接過來一看，原是本《西廂記》❹，黛玉從頭開始看起，越看越喜歡，一會兒工夫就看了好多，合上書，心中還在默默想著這個故事。寶玉笑著

❹【《西廂記》】《西廂記》全名《崔鶯鶯待月西廂記》。作者王實甫，元代著名雜劇作家。《西廂記》是中國著名的戲劇作品之一，講述的是張生與相國千金崔鶯鶯之間的愛情故事。

說道：「妹妹，你說這書好不好？」林黛玉笑著說道：「果然很好看。」寶玉笑著說道：「我就是個多愁多病的身，你就是那個傾國傾城的貌。」黛玉一聽，不覺得臉紅了起來，指著寶玉說道：「你淨胡說，好好的，拿這種書來看，看我不告訴舅舅、舅媽去。」

寶玉忙告饒，兩人打鬧了一陣子，便一同把花埋了，正好看見襲人走過來，說道：「到處找你，原來你在這裡。大老爺病了，姑娘們都過去請安了，老太太讓你去呢，你還不快點回去換衣服。」寶玉聽了，忙拿了書，和襲人一同回去了。

寶玉走了，就剩下黛玉一個人，剛要回房間，就聽見一處院裡傳來悠揚的笛聲，歌聲婉轉，但也十分淒涼。停下來細細聽，只聽裡面唱著：「只為你如花美眷，似水流年。」聽了這兩句，黛玉心中不免感慨。又想到，剛才看《西廂記》中寫道：「花落水流紅，閒愁萬種。」一時之間，又想起好多這樣的句子。不由得心中悲痛，哭了起來。

黛玉正在那裡傷心落淚呢，突然有人從背後打了她一下，說道：「你一個人在這裡幹什麼？」林黛玉嚇了一跳，回頭看，不是別人，正是香菱。林黛玉說道：「你這個傻丫頭，嚇了我一跳，從哪裡來呀？」香菱笑嘻嘻地說道：「我是來找我們家姑娘的，還沒找到。你們家紫鵑也在找你呢，說是璉二奶奶送了什麼茶葉給你。趕快回家去吧。」一面說，一面拉著黛玉的手，回到了瀟湘館，果然是鳳姐送了兩瓶新茶過來。林黛玉和香菱坐了一會兒，講講刺繡，又下了一會兒棋，香菱就走了。

第十一回　寶玉鳳姐遭毒手

這一日，是王子騰夫人的壽辰，請大家過去熱鬧一下。賈母和王夫人覺得身上不舒服，就推辭沒去。薛姨媽帶著寶玉和其他人一塊兒去了。王夫人在屋待著，看見賈環放了學，就讓他過來抄寫《金剛咒》。這賈環是賈政的小老婆趙姨娘生的孩子，比寶玉小幾歲。人長得鼠頭鼠腦，賈母不是很喜歡。加之趙姨娘在家裡沒什麼地位，平日裡還老愛妒忌生事，所以娘倆都不受人待見。

晚上回來，寶玉就一頭撲到王夫人懷裡，說這說那地撒嬌，王夫人摟著他百般疼愛。看見他喝酒了，就說道：「我的兒，你又喝了這麼多酒，小心一會兒酒勁兒上來，頭疼。」就讓他先到炕上躺著，丫鬟們都圍上去和他說笑。

平時沒幾個丫鬟願意和賈環親近，只有彩雲和他還可以，看見寶玉來了，彩雲也不理他了，過去和寶玉說話。賈環又想起趙姨娘說過的話，更是妒火中燒，恨得牙根直癢，見燈盞❶裡全是蠟燭油，不由計上心來，便把燈盞猛地推到寶玉臉上。寶玉一聲痛呼，眾人忙

過去看，只見他滿臉都是蠟油。

王夫人又氣又急，一面命人為寶玉擦洗，一面罵賈環，又把趙姨娘叫來，大罵道：「你怎麼養出一個這麼黑心的崽子，也不知你是怎麼教的。好幾次都這樣，我都沒和你們計較，現在是越發張狂了！」趙姨娘忍氣吞聲，自知理虧，也湊上去替寶玉收拾。

寶玉左臉上被燙起一串燎泡，幸虧沒傷到眼睛。王夫人又心疼，又怕賈母問起無法回答，急得把趙姨娘又罵了一頓，命人取來敗毒散敷上。寶玉害怕王夫人擔心，就說：「有些疼，但是沒事，明天老太太問，就說我自己燙的。」鳳姐說：「說是你自己燙的，她也要罵下人不小心，還得生氣。」王夫人命人把寶玉送回去，襲人等慌成一團。黛玉得知寶玉燙了臉，慌忙趕來，見寶玉敷了一臉的藥，就知道燙得很厲害。寶玉知道她愛乾淨，不讓她看，她安慰了幾句就走了。第二天，寶玉見了賈母，賈母少不了把跟寶玉的人大罵了一頓。

寶玉因為臉被燙傷了，也就不怎麼出來走動。黛玉過去看他，只見他屋內坐滿了人。黛玉笑著說道：「今天人怎麼這麼齊，是誰下帖子❷請的麼？」鳳姐問道：「我前兩日送給你的茶好喝麼？」寶玉說道：「我覺得不好，不知別人喝著怎樣？」眾人也都說不好。黛玉說：「我喝著還行。」鳳姐說道：「我那兒還多著呢，喜歡就再給你一些。」黛玉說道：「我叫丫頭去取。」鳳姐說：「不用了，我派人給你送過去，還有別的事要求你呢。」

黛玉聽了，笑著說道：「你們聽聽，就要了他們家一點茶葉，就使喚起人來了。」鳳姐笑著說道：「你既然喝了我們家的茶，怎麼還不給我們家當兒媳婦呢？」眾人聽了都大笑不止。黛玉紅著臉，一句話也不說了。寶釵說道：「我們的二嫂子就是愛說笑。」黛玉在一旁說道：「什麼愛說笑，都是渾話。」鳳姐便指著寶玉說道：「是這人配不上呀，還是家世配不上呀！」說完，大家又是一陣大笑。

趙姨娘自從上次被罵後，一直懷恨在心。一天有個馬道婆到她這裡來請安。趙姨娘一邊哭一邊把寶玉和鳳姐兩個人怎麼欺負她，說了一遍。這馬道婆說道：「你不說別人也能看得出來，只有你能忍他們。」趙姨娘哭著說道：「我的天呀，不忍我又能把他們怎麼樣。」馬道婆說道：「明裡不行，可以暗地裡算計他們。」趙姨娘聽了心中很是高興，說道：「你要是有辦法，就告訴我，事成之後，我是不會虧待你的。」馬道婆故意說道：「我不圖你謝，只是不忍心看著你們娘倆受氣。即便你謝我，又有什麼是我能看得上的。」趙姨娘連忙拿出自己的私房錢，還寫下了一個五百兩的欠條。馬道婆一看銀子，心裡高興，便從兜裡掏出來

---

❶【燈盞】燈盞有瓷製，也有麵製，形狀多樣。一般呈碗形，直徑有二寸大小，高一寸，中間空處有一圓柱形放燈芯的地方。自家所製的「麵燈盞」，用豆麵、玉米麵或白麵蒸成，俗稱「燈饃」。使用時，將油盛於其凹窩中，內置燈芯。

❷【帖子】邀請客人時送去的通知。

「明裡不行，可以暗地裡算計他們。」

十個用紙剪的青面獠牙鬼，還有兩個紙人，遞給趙姨娘說：「把他們兩個人的八字❸寫在紙人上，將一個紙人和五個鬼放在一起，各自放到他們的床下，等我在家裡做法，就有效果了。」

過了兩天，寶玉正在房內和黛玉說話，突然就拉住了黛玉的袖子，大喊了一聲「哎喲」，又說道：「頭好疼。」口中大喊大叫，說起了胡話。黛玉和丫頭們都嚇傻了，忙去告訴了賈母等人。賈母和王夫人忙趕了過來，只見寶玉拿著刀，滿嘴胡言亂語，尋死覓活，已經鬧得是天翻地覆。賈母和王夫人看了，嚇得渾身亂顫，可一點兒辦法也沒有，只能放聲大哭。賈赦、賈珍等人也被驚動了，園子裡亂成了一團。

這邊大家正心亂如麻，手足無措，就看鳳姐拿著一把明晃晃的鋼刀闖了進來，見雞殺雞，見狗殺狗，見人就要殺人。眾人更加慌了。周瑞家的連忙叫來幾個膽大的婆娘，上去一把把她抱住，送回了自己的房裡。平兒、豐兒等人哭得就像個淚人似的。賈政等人是忙完了這邊，忙那邊，心裡十分煩躁。

找了大夫百般醫治，試了各種醫藥偏方、求神問卜都沒有效。此時賈政怕哭壞了賈母，鬧得府裡上下不安。賈赦還在各地尋找道人。賈政看不見效，就勸阻賈赦說道：「兒女的命都是天注定的，我們也不能強求。他二人的病百般醫治也不好，我想是天意如此，不如就隨他們去吧。」賈赦也是無計可施。

眼看三日過去了，鳳姐和寶玉躺在床上，馬上就要斷了氣。全家上下無不驚慌，把二人的壽衣都準備好了。到了第四天的清晨，寶玉突然睜開眼睛說：「今後我就不在你們家了，

---

❸【八字】八字，也叫四柱，用天干、地支相配標出一個人出生的年、月、日、時四項，合起來是八個字。

你們快點去收拾好我的東西，讓我走吧。」賈母聽了猶如被摘了心。趙姨娘卻很是高興，假惺惺地說道：「老太太也不要太難過了，我看寶玉是不行了。不如把他的衣服早點穿好，早點讓他走吧，省得在這裡遭罪。」剛說完，就被賈母啐了一口，罵道：「你這個爛了舌頭的混帳婆娘，誰說他快不行了，他死了，對你們有什麼好處。就是你們整日逼他念書，嚇破了膽。他要是有個三長兩短，我就跟你們要命。」賈政在一旁聽了，心如刀絞，忙喝退了趙姨娘。忽然聽見有人來報：「兩口棺木都做好了。」賈母一聽這話，心就像被插了一把刀，一面哭一邊罵：「是誰叫你們做棺材的？快把做棺材的人拉來打死！」

賈府正鬧得天翻地覆，不可開交，就聽遠處傳來了木魚的聲音，有人念道：「南無解冤孽菩薩。誰家有遇到凶險的，或是中邪的，我都可以治得好。」賈母和王夫人等人一聽這話，哪裡還等得及，趕快叫人把他請進來。賈政向來不信這些，但也不能忤逆賈母，又覺得這麼深的院子，怎麼能聽到，便讓人出門去看看有沒有這個人。眾人出門四下看，原來是一個癩頭和尚和一個跛足道人，忙請了進來。

進來後，賈政問道：「請問兩位大師在哪座廟裡修行？」和尚說道：「施主不必多問，我們聽說府上有人生了病，特來醫治。」賈政聽了忙說：「大師說得不錯，只是不知大師有什麼神丹妙藥。」道士說：「你們家就有一塊稀世珍寶，快拿出來，我們念念咒，就能治病。」賈政知道他說的是寶玉身上那塊玉，忙拿下來遞給他。那和尚接過玉，放在掌中，長歎一聲說道：「青埂峰一別，轉眼已經過去了十三年。」又把它放在手裡擺弄了一會兒，說了些瘋話，把玉遞給賈政說道：「此玉已經有了靈性，不可再褻瀆。將他們倆放在一個房間內，把玉掛在臥室的門上，除了自己的母親外，不能見任何女性。三十三天後，包管他們痊癒。」

二人也沒拿謝禮，轉身就走。大家忙按照僧人的囑咐去做，到了晚上，兩人果然醒了，說是餓了，想吃東西。賈母聽到簡直是樂開了花，趕緊叫人熬了米湯，給他二人喝下，吃了飯二人也漸漸有了精神。

姐妹們都在外屋聽消息，一聽他們醒了，黛玉忙念了一聲佛，寶釵笑笑沒說話。惜春說道：「姐姐笑什麼？」寶釵說道：「我笑如來佛比人還要忙，又要度化世人，又要保佑世人的病痛快點好，還要保佑世人成就好姻緣。你說他忙不忙？好笑不好笑？」一時林黛玉羞紅了臉，說道：「你們都不是好人！也不和好人學，就跟著鳳姐學貧嘴。」一面說，一面掀開簾子走了。

寶玉養了三十三天之後，不但身體強壯，連臉上的傷疤也平復了，於是就又住回了大觀園裡。

第十二回　黛玉葬花

寶玉自從病好後，還是每日在園中與姐妹對詩作畫，很是開心。這天閒來無事，就來到了瀟湘館。剛走到窗前就聞到了一股幽香。寶玉把臉貼在窗戶上往裡看，只見黛玉正坐在床上，伸著懶腰，口中歎息道：「每日家情思睡昏昏❶。」寶玉隔著窗戶，笑著問道：「為什麼每日家情思睡昏昏？」一邊說，一邊掀開簾子進去了。

二人正在說話，只見紫鵑走了進來。寶玉笑著說道：「把你們這最好的茶拿出來給我倒一碗。」紫鵑說道：「哪有好的？要好的，等襲人來。」黛玉說道：「別理他，先去給我端洗臉水。」紫鵑笑著說道：「他是客人，當然是先倒茶再給你端洗臉水去。」說著就去倒茶了。

寶玉這時也不知說了一句什麼，惹惱了黛玉。黛玉氣著對他說道：「二哥哥，你在說什麼？每天在外面聽到什麼渾話，都說給我聽；看了什麼渾書，也拿我來取笑。我成了給爺們兒解悶的了。我要去舅舅、舅媽那兒告你的狀。」說著就邊哭邊往外走。

寶玉不知她要幹什麼，心裡慌了，趕忙上來說：「好妹妹，我一時該死，你別去告我的

狀。我要是再有下次，就讓我嘴上長瘡，爛了舌頭。」正說著，只見襲人走了過來，說道：「快回去，老爺叫你呢。」寶玉一聽，猶如晴空霹靂，什麼也不顧了，趕緊跑回去換衣服。

出了門，就見焙茗在外面等著，問道：「你知道老爺為什麼叫我麼？」焙茗說：「你就快出來吧，到了那兒就知道了。」寶玉心裡還在想著是什麼事，只聽牆角邊一陣哈哈大笑，原來是薛蟠拍著手走了過來，笑著說道：「要不說姨夫叫你，你怎麼會出來得這麼快。」原來是薛蟠假借老爺之名，把寶玉叫出來，給他過生日，大家玩到很晚才散。

黛玉以為寶玉是被賈政叫去了，心裡很擔心。晚飯後，聽說寶玉回來了，就想過去看看。黛玉一步步走著，在遠處就看見寶釵剛好進了怡紅院。寶玉見寶釵來了，就坐下和她說了一會兒話。黛玉慢慢走到了怡紅院門口，只見大門緊閉，便伸手敲門。

誰知這晴雯和碧痕剛吵了一架，正沒好氣。剛還在怨寶釵怎麼這麼晚來，吵得人沒法睡覺。忽然又聽見有人敲門，更氣不打一處來，也沒問是誰就說：「都睡了，明天再來吧。」黛玉也知道這些丫頭的性情，彼此打鬧慣了，以為是院內的丫頭沒聽出來她的聲音，以為是別的丫頭，所以不開門，就又高聲說道：「是我，還不開門麼？」晴雯偏偏就沒有聽出來，使性子說道：「憑你是誰，二爺吩咐了，一概不許放人進來。」黛玉聽了，氣得愣在

---

❶【每日家情思睡昏昏】此句是《西廂記》裡的唱詞，意思就是每天在家閒得無事，整日打瞌睡。

『一朝春盡紅顏老，花落人亡兩不知！』

門外，正要高聲問她，再一想：「舅舅家雖然如同自己家，但自己畢竟是客人。如今父母雙亡，無依無靠，總有種寄人籬下的感覺。這事倘若真的鬧開了，對自己又有什麼好處。」一面想，一面淚如雨下。真是回去也不是，站著也不是。正沒主意，就聽見裡面一陣笑聲，再仔細一聽，原來是寶玉和寶釵的笑聲。黛玉越想越生氣，左思右想，才想起早晨的事情來，覺得肯定是她要去告狀，把寶玉惹惱了，現在才會不讓她進去，心裡又想：「我又怎麼會真的去告你的狀，你竟然生氣到這種地步。你今天不讓我進來，難道我們就一輩子不見面了麼。」越想越覺得傷心，也不顧天寒風冷，在門外嗚嗚咽咽地哭了起來。

黛玉正在那兒哭泣，就聽院門那有聲響，忙躲了起來，只見寶釵出來了，寶玉襲人等一群人送出來。剛要上去問寶玉，又怕當眾讓寶玉下不來台，便沒有過去。寶釵走了，寶玉等人也進去了，關上了門。黛玉望著門，眼淚又不自覺地流了出來。黛玉自覺無趣，轉身就回來了，無精打采地卸了妝。

紫鵑一向知道黛玉的性情：喜歡無事悶坐，不是愁眉，就是長歎。有時好端端的，不知為了什麼，也可以哭上好一會兒。最開始也還有人安慰勸解，以為她是思念父母，想念家鄉。誰知後來過了這麼多年，她還是這樣，大家看慣了，也就不安慰了。今天又是這樣的情形，所以也沒人來安慰，都睡覺去了。只見黛玉倚著床欄杆，兩手抱著膝蓋，眼裡含著淚，好像是一尊木雕，一直坐到半夜才睡了。

第二天是芒種節❷。俗話說，芒種一過，就是夏天了，要擺上各種禮物祭花神。天剛剛亮，大觀園中的人就都起來了。女孩子們用花枝柳條編出了各種好看的東西，都綁在樹上、花上。一時之間滿園繡帶飄飄，花枝招展，很是漂亮。

---

❷【芒種節】二十四節氣中的第九個節氣。芒種是反映氣候的節令。「芒」就是指一些有芒作物，如大麥、小麥開始成熟，將要收割。「種」就是種子的意思。這個節正值晚穀、黍、稷等作物播種最忙的季節。古代女孩子家一般在這個節日當天祭拜花神。

姐妹們都到齊了，唯獨沒有見到林黛玉。迎春說道：「怎麼不見黛玉，真是個懶丫頭！還在睡覺麼？」寶釵說道：「你們等著，我去把她叫來。」說著，就丟下了眾人，往瀟湘館那邊走去。到了瀟湘館門口，正好看見寶玉進去，寶釵就站住了，低著頭想了想：「寶玉和林黛玉是從小一塊兒長大的，他們兄妹間多是不避諱的，打打鬧鬧，喜怒無常；黛玉一向好猜忌，好使小性子。此刻自己要是也跟了進去，一是怕寶玉不便，二是怕黛玉猜忌，還不如不去。」想了想，又轉身回來了。

且說林黛玉因為昨天睡得晚，今天就多睡了一會兒。聽見園中姐妹都在園中祭花神，怕人說她懶，趕忙梳洗了出來。剛到了院中，就看見寶玉進門來笑著說道：「好妹妹，你昨天沒去告我吧？我擔心了一晚上。」黛玉回頭叫紫鵑說道：「把屋子收拾一下，燒了香就把爐子罩上。」一面說，一面往外走。寶玉見她這樣，還以為是在為昨天早上的事生氣，哪裡曉得昨天晚間的事，還在那兒不住地作揖。林黛玉都不正眼瞧他，出了院門，就找別的姐妹去了。寶玉心中納悶，想著：「看這樣子，不像是為了昨天的事。但我昨天回來得晚，也沒有見她，更沒有頂撞她呀。」一面想，一面追了過去。

黛玉見到了其他姐妹，和她們玩了一會兒，就一個人去別處了。寶玉來了，看不見黛玉，就知道她是躲起來了。想著索性等兩天，等她氣消了就好了。正想著，低頭看見滿地的落花，於是歎道：「她是真的生氣了，連這落花也不來收拾了。我先收拾了，明天再問她。」說著，就把花兜了起來，往那日和黛玉葬花的地方走。剛要到花塚，還沒有轉過山坡，就聽見山坡那邊有哭聲，很是傷感。寶玉心想：「肯定是哪房丫頭，受了委屈，跑到這個地方來哭。」一面想，一面往前走，走近了一看，原來是黛玉，只見她邊葬花邊哭道：

花謝花飛飛滿天，紅消香斷❸有誰憐？
游絲軟繫飄春榭，落絮輕沾撲繡簾。
閨中女兒惜春暮，愁緒滿懷無釋處，
手把花鋤出繡簾，忍踏落花來復去。
柳絲榆莢自芳菲，不管桃飄與李飛。
桃李明年能再發，明年閨中知有誰？
三月香巢已壘成，梁間燕子太無情！
明年花發雖可啄，卻不道人去梁空巢也傾。
一年三百六十日，風刀霜劍嚴相逼，

❸【紅消香斷】紅指代花，香指花的香味。意思是花落了，花香也就沒了。這裡感歎的是女孩歲月匆匆，年華易老，青春不在。

明媚鮮妍能幾時，一朝飄泊難尋覓。
花開易見落難尋，階前悶殺葬花人，
獨倚花鋤淚暗灑，灑上空枝見血痕。
杜鵑無語正黃昏，荷鋤歸去掩重門。
青燈照壁人初睡，冷雨敲窗被未溫。
怪奴底事倍傷神，半為憐春半惱春：
憐春忽至惱忽去，至又無言去不聞。
昨宵庭外悲歌發，知是花魂與鳥魂？
花魂鳥魂總難留，鳥自無言花自羞。
願奴脅下生雙翼，隨花飛到天盡頭。
天盡頭，何處有香丘？
未若錦囊收豔骨，一抔淨土掩風流。
質本潔來還潔去，強於污淖陷渠溝。
爾今死去儂❹收葬，未卜儂身何日喪？
儂今葬花人笑癡，他年葬儂知是誰？
試看春殘花漸落，便是紅顏老死時。

一朝春盡紅顏老，花落人亡兩不知！

寶玉在山坡上聽到，剛開始不過是點頭感歎。當聽到「儂今葬花人笑癡，他年葬儂知是誰？試看春殘花漸落，便是紅顏老死時。一朝春盡紅顏老，花落人亡兩不知！」等句時，心裡十分悲傷，不由得跌倒在山坡上，懷裡的花也撒了一地。想著這林黛玉花容月貌，將來死了，也就無影無蹤了，心便像被刀割一樣疼。再想到寶釵、湘雲、襲人等人，將來也是要塵歸塵、土歸土，無處尋覓。就連自己也不知道死後何處安身，不由得越想越覺得悲傷。

林黛玉正在這裡獨自傷感，忽然聽見山坡上也有哭聲，心裡想道：「人人都笑我癡，難道還有一個癡人麼？」抬頭一看，原來是寶玉，便說道：「呸！我以為是誰，原來是個狠心短命的……」剛說到「短命」二字，又忙住了口，長歎一聲，轉身走了。

寶玉獨自在那兒傷心了一會兒，抖抖土，就回怡紅院去了。碰巧看見黛玉就在前面，連忙趕上前去，說道：「我知道你不想理我，但就讓我說幾句。我現在是有冤無處訴呀。」說著還掉下了眼淚。黛玉見他這樣，心有不忍，說道：「你說吧。」寶玉說：「我知道我不好，但我再怎麼不好，也不敢在妹妹面前有什麼錯處。便是有一二分錯處，你要麼教導我，

❹【儂】就是「我」，這裡是指黛玉自己。

要麼罵我幾句，我都沒關係。誰知你總是不理我，叫我摸不著頭腦，整天像丟了魂似的，不知該怎麼樣才好。即使是死了，也是個冤死鬼，任憑高僧懺悔，也不能超脫，你還是講明了緣故，我才好去托生❺。」

黛玉聽了這話，早就把昨晚的事情忘到九霄雲外❻了，便說道：「你既然這麼說，為什麼我去了，你不讓丫頭開門？」寶玉詫異道：「這話從哪兒說起？我要是這樣，立刻就讓我死了。」黛玉說道：「大清早的，就死呀活呀的，也不知道忌諱，你說沒有就沒有，發什麼誓呀！」寶玉說道：「我真的沒有見你去，就是寶姐姐去坐了一會兒就走了。」

黛玉想了想，笑著說道：「一定是你們那兒的丫頭懶得動。」寶玉說：「想必是這個原因，等我回去問明白是誰，好好教訓她們一下。」黛玉說道：「你的那些丫頭們也該教訓教訓了，論理我不該說，但今天得罪了我事小，倘若明天別的什麼人來了，得罪了，事情就大了。」說完，抿著嘴笑。寶玉聽了也跟著笑起來。

---

❺【托生】指人或牲畜死後轉世投胎，屬迷信說法，也叫投生。

❻【九霄雲外】本意是指在九重天的外面。比喻無限遠的地方或遠得無影無蹤。

第十三回　晴雯撕扇子

賈母知道寶玉和黛玉鬧彆扭，不知和好了沒，就讓鳳姐過來看看。鳳姐過來一看，兩人早已經和好了，就帶他們來見賈母，好讓賈母安心。正好碰見寶釵也在，說話間，寶釵說了句她怕熱，寶玉回了句：「原來寶姐姐是楊貴妃，體胖所以怕熱。」寶釵一聽，十分不高興。

黛玉卻在心中暗喜，因為前兩日元妃賞給大家首飾，偏偏給寶玉和寶釵的是一對，心中正為此事不高興。她見寶玉諷刺寶釵，臉上不免露出了喜悅之色。寶釵看見了，更加生氣，說話不免夾槍帶棒，把寶玉和黛玉好頓奚落。寶玉不免有些生氣，不想再坐下去了，和賈母告辭後就走了。

回來時，正趕上下雨。丫頭們在屋裡嬉笑打鬧，寶玉把門敲得震天響，也沒有人聽見。襲人想著寶玉大約快回來了，就出門看看，正好聽見敲門聲，隔著門縫瞧了瞧，只見寶玉淋得像個落湯雞，笑得樂彎了腰，趕忙打開了門。

寶玉氣得要命，天也黑，見人開了門，一腳就踢了上去，嘴裡還罵道：「下流東西，

晴雯果然接了過來，嗤的一聲，撕成了兩半。接著又聽嗤嗤幾聲，扇子被撕得粉碎。

我平時是待你們太好了，越來越不怕我。」一低頭，才看出來是襲人，知道自己踢錯了，忙笑著說道：「哎呀，怎麼是你！我長這麼大，還是頭一次生氣打人，竟沒想到是你。」襲人被寶玉踢得是又疼又氣，但料想寶玉也不是真想踢她，也就沒說什麼。

第二天是端午節，王夫人備下了酒席，大家圍坐在一塊兒。寶釵因為昨天的事，坐在那裡也不吱聲。寶玉見寶釵這樣，知道是還在為昨天的事生氣，也不知該說什麼好，黛玉見寶玉這樣也不說話。一桌子人，各有各的心事，都沒說什麼話。大家乾坐著也沒意思，一會兒工夫就散了。

寶玉回到怡紅院，晴雯過來給換衣服。一不小心把扇子弄到了地上，扇骨❶被摔斷了。寶玉本就覺得失落，看見好端端的扇子斷了，歎息道：「蠢材！蠢材！哪日你自己成了家，也這麼顧前不顧後的。」這晴雯雖說是丫頭，但跟在寶玉身邊久了，地位僅次於襲人。在寶玉的眾多丫鬟中，數她最漂亮，說話也最厲害。她哪能受得了寶玉這麼說她，冷笑著說道：「二爺近來火氣好大，動不動就給別人臉色看。昨天踢了襲人，今天又來找我們的麻煩。不就是一把扇子，以前那些珍珠、瑪瑙不知打碎了多少，也沒見你說什麼。今天就為了一把破扇子，何苦來的。如果是嫌我們不好，就把我們攆出去，再找好的進來服侍你。」

寶玉聽了這些話，氣得渾身亂顫，說道：「你不用著急，有散的日子。」襲人聽見他們在吵，趕忙過來勸。晴雯冷笑著說道：「姐姐該早點過來，省著爺生氣。從來只有你服侍他，我們都沒服侍過。因為你服侍得好，昨天才被踢了窩心腳；我們這些服侍得不好的，還不知道什麼罪呢。」

襲人聽了這話，是又氣又惱，但看見寶玉氣得都黃了臉，只好忍著性子說：「好妹妹，你出去逛逛，是我們的不對。」晴雯一聽「我們」兩字，當然是指的她和寶玉了，心中又添了醋意，冷笑幾聲說道：「我倒是不知道，『你們』是誰？別叫我替『你們』害臊了，淨幹些鬼鬼祟祟的事，現在還稱起『我們』來了，還不是和我們一樣，是個丫頭。」襲人一聽這話，臉憋得通紅，說道：「姑娘是和我吵架，還是和二爺吵架。要是和我生氣就和我說，犯不著和二

❶【扇骨】即扇子的骨架。中國傳統的摺扇，扇骨一般用竹、木製成。

爺吵；要是和二爺生氣，不該這麼吵得讓所有人都聽見。我不過是進來勸架，姑娘倒說了一堆我的不是，我這是何苦呢？」說完就往外走。寶玉向晴雯說道：「你也不用生氣，我也猜到你的心事了。我現在就去告訴太太，說你大了，打發你出去，你看好不好？」晴雯一聽這話，傷心地哭了起來，說道：「我為什麼要出去？你要是嫌棄我，打發我走就是了。」寶玉說道：「我們何時這樣吵過，一定是你要出去了。我現在就去告訴太太，把你打發走。」說完就要走。

襲人忙回身攔著，不讓他去，寶玉不肯，一定要去。襲人一看攔不住，只有跪下了。碧痕、秋紋等丫鬟聽見屋裡吵得很大聲，都過來看，一看襲人跪下來央求，就一齊進來都跪下了。寶玉忙把襲人拉起來，歎了一聲，坐在了床上，叫眾人都起來，向襲人說道：「叫我怎麼樣才好！我的心都要操碎了也沒有人知道。」說著說著，哭了起來。襲人見寶玉流淚，自己也不免傷心，哭了起來。

晴雯在一旁哭著，剛想說話，只見黛玉進來便出去了。黛玉見眾人的神色不對，也不知是為了什麼，只和大家說笑了一會兒就走了。薛蟠叫人來請寶玉過去喝酒，寶玉不好推辭，一直陪到酒席散了。晚上回來，帶了幾分酒意，搖搖晃晃地走到了院子裡。只見院內放了一個乘涼的床，床上睡著一個人。寶玉以為是襲人，一面坐到床沿上，一面問她：「我上次踢的還疼麼？」只見那人翻起身來說：「幹嘛又來招我？」

寶玉一看，原來是晴雯。寶玉把她拉到身旁坐下，笑著說道：「你現在是越來越嬌慣了，早上弄壞了扇子，我不過是說了你兩句，就招來你那麼多話。你說我也就罷了，襲人好意來勸，你還拉上她，你自己想想該不該？」晴雯說道：「怪熱的，別拉拉扯扯！叫人看見了像什麼樣子。我去給你拿些果子吃。」

寶玉說道：「好，好，你洗洗手，我們一塊兒吃。」晴雯笑著說道：「我慌張得連扇子都弄斷了，哪裡還配吃果子，倘若再打破了盤子，那還了得。」寶玉笑著說道：「你愛打就打。這些東西，不過是給人用的，你愛這樣，我愛這樣，就看各自的喜好。比如說扇子，本來是用來扇風的，你要是喜歡，也可以撕著玩；再比如說盤子，本來是盛東西的，你要是喜歡聽那一聲響，就故意砸了，也沒有什麼不可以的。」晴雯聽了，笑著說道：「既然這麼說，你就把你的扇子拿給我撕，我最喜歡聽撕東西的聲音了。」寶玉聽了，便笑著遞給她。晴雯果然接了過來，嗤的一聲，撕成了兩半。接著又聽嗤嗤幾聲，扇子被撕得粉碎。寶玉在一旁笑著說：「撕得好，再撕得響些。」

正說著，只見麝（ㄕㄜˋ）月[2]走了進來，笑著說道：「少作些孽吧。」寶玉趕上來，一把把她手裡的扇子奪過來遞給了晴雯。晴雯接了，一下子就把扇子撕成了好幾片，二人大笑。

---

❷【麝月】賈寶玉身邊一等丫鬟。她的脾氣秉性與襲人相似。寶玉、寶釵落魄後依然還在身邊服侍。

麝月氣著說道：「你們真是造孽，拿我的東西尋開心。」寶玉笑著說道：「古人云『千金難買一笑』，幾把扇子，能值幾個錢？」一面說著，一面和晴雯對著笑。

第二天中午，史湘雲帶著丫鬟媳婦來到榮府。姐妹們多日不見，親熱得沒法說。湘雲見過賈母、王夫人等，賈母就讓她脫了出門的大衣服。寶釵笑她愛穿別人的衣裳，去年穿了寶玉的衣裳，真真的像寶玉，把老太太都哄住了。迎春又說湘雲愛說話，睡著了還唧唧喳喳說一陣、笑一陣。湘雲不見寶玉，正問著，寶玉來了。二人問了好，湘雲拿出一個手帕包兒，說是帶來幾枚絳紋石戒指，前一段已經給了姐妹們，剩下的就給寶玉房裡的幾個丫頭，讓給他帶回去。

寶釵從賈母那兒出來，到了王夫人房裡，只聽屋內鴉雀無聲，只有王夫人坐在屋內落淚。寶釵不知何事，也不好問，只得在一旁坐著。王夫人哭著說道：「你可知道一樁奇事？金釧❸投井死了！」寶釵說道：「怎麼好好地投了井？」王夫人說道：「前幾天她把我一件東西弄壞了，我一時生氣，打了她幾下，攆了她出去。我只想著讓她長長教訓，過幾天還把她接回來。誰知她氣性這麼大，居然投井死了。這豈不是我的罪過。」其實這金釧是因為那日和寶玉說笑，被王夫人聽見了，認為她不檢點調戲寶玉，才叫人把她攆出去。當著寶釵又不好說實話。

寶釵歎道：「姨娘是菩薩心腸，才會這麼想。在我看來，她不像是賭氣投井，可能是在井跟前玩，不小心掉下去了。她在府裡拘束慣了，一出去，還可以到處玩玩逛逛，哪有生氣的道理。如果真是因為被攆出去生氣跳井，也不過是個糊塗人，沒什麼好可惜的。」王夫人點頭說道：「即便是這樣，我心裡也不安。剛才賞了她娘五十兩銀子，本來還要把你妹妹們的新衣服拿兩套給她穿，可誰知就剩你林妹妹的兩套了，還是給她過生日時穿的。你也知道你林妹妹平時就是個愛多心的孩子，況且也老愛生病，現在要是把她的衣服給了別人做壽衣❹，豈不忌諱！」寶釵忙說道：「我前兩日剛做了兩件新衣服，你拿去給她穿吧？況且她活著的時候也穿過我的衣服，身材差不多。」王夫人說道：「這樣好是好，可是你不忌諱麼？」寶釵笑著說道：「姨娘放心，我從來不計較這些。」一面說，一面起身就走了。

一會兒寶釵便把衣服拿了過來，只見寶玉在王夫人旁邊坐著落淚。王夫人正在數落他，看見寶釵來了，就閉口不說了。寶釵見此情景，察言觀色，也就明白了七八分，將衣服交給了王夫人就走了。

---

❸【金釧】王夫人房中丫頭。本姓白，有一個妹妹，叫做「玉釧」，同是王夫人房中丫頭。性格略有些頑皮。

❹【壽衣】裝殮死者的衣服，是指為去世人員準備穿戴的衣服。老年人生前就做好死後要穿的衣服，美稱壽衣，寓為健康長壽之意。

第十四回　賈政怒打寶玉

寶玉因為金釧的事，被王夫人數落了一頓。正低著頭，背著手，一邊傷心，一邊往前走。不知不覺走到了大廳，和對面過來的人撞了個滿懷。只聽那人大喝一聲：「站住。」寶玉嚇了一跳，抬頭一看，不是別人，正是自己的父親，不覺倒吸了一口涼氣，低頭在一旁站著。賈政問道：「好端端的，你垂頭喪氣的幹什麼？」寶玉平時還算是口齒伶俐，今天正為金釧的事傷心，恨不得此時跟著金釧一塊兒去，如今見了他父親，也不知該如何說話，只在一旁呆呆地站著。

賈政見他傻傻的，應對也不像往日，原本沒生氣，現在卻生了三分氣。剛要說話，就聽有人來報：「忠順親王府裡來人要見老爺。」賈政聽了不免疑惑，平時和忠順親王府並沒有什麼來往，今天也不知是為了什麼事。

只聽來的人對賈政說道：「王府裡有個叫琪官❶的小旦，平時一向好好地待在府裡，如今竟出去了兩三天沒回來。我們各處打聽，都說他與您家一位銜玉的公子感情好。要說一般的戲子也就算了，可是這琪官，平時聰明伶俐、能言善辯。王爺很是喜歡，不能少了此人，所以想請大人轉告令郎，如果知道他在哪兒，就把他放回來吧。」

賈政一聽這話，又驚又氣，趕忙叫人把寶玉叫來。寶玉不知是何緣故，趕忙過去了。賈政喝道：「該死的奴才！不在家好好讀書也就罷了，還做出這種無法無天的事。琪官是王爺身邊的人，哪是你這個渾蛋可以引逗的，如今還禍及於我。」

寶玉一聽，嚇了一跳，忙說道：「此事和我真的沒有關係，我沒有和他在一起。」那人聽了，冷笑著說道：「公子不必再掩飾了，要麼藏在家，要麼知道他下落，早點說出來，也可以讓我們少受點苦，我們無不感激公子的大恩大德。」寶玉一聽，實在是沒有辦法，就說了琪官在東郊的一處宅子，讓他們去找找。

賈政此時氣得目瞪口呆，一面送那人，一面對寶玉說道：「不許動！回來有話問你。」一直送那人出了門，一回身，就見賈環帶著幾個小廝一陣亂跑。賈政把他叫住，賈環見了他父親，嚇得骨頭都軟了，趕忙低頭站住。賈政問道：「你跑什麼？帶著你的人都哪兒去了？由著你像一匹野馬似的亂跑。」賈環見他父親怒了，趁機說：「那邊井裡淹死了一個丫頭，

---

❶【琪官】本名蔣玉菡，忠順親王府裡唱小旦的戲子，小名琪官。他生得嫵媚溫柔。寶玉和他是好友。

泡得人那樣大，身子那樣粗，好可怕，嚇得我慌忙跑開了。」賈政又驚又疑，自言自語道：「好端端的，誰去跳井？我家自祖宗以來，都是善待下人，是誰弄出這種事來？」大喝道：「叫賈璉、賴大來！」

賈環忙跪下說：「父親不用生氣，這事除了太太房裡的人，其他人都不知道。我也是聽我母親說的。」說完這句，看看四周，賈政知道他是何意，便讓小廝退去。賈環才說道：「我聽母親說，二哥拉著太太屋的金釧兒強姦未遂，還打了一頓，金釧兒就賭氣跳井了。」賈政一聽這話，氣得七竅生煙，大喝道：「拿寶玉來！」邊向書房走邊說：「今天再有人來勸我，我就把這官職家產都交給他，讓他跟寶玉過去，我也把這幾根煩惱絲剃掉，免得落個上辱先人下生逆子的罪！」

眾門客見賈政這個情形，都知道是為了寶玉，一個個趕忙退出。只見賈政喝道：「拿寶玉！拿大棍！把門都關上，有人傳話到裡面去，立刻打死！」下人們看賈政動了怒，不敢怠慢，連忙把寶玉拿了來。賈政一見他，眼都紅了，什麼也不說，喝令：「堵上嘴，往死裡打！」小廝們不敢違抗，只得把他按在板凳上，打了十來板。賈政嫌打得輕，一腳踢開掌板的，自己奪過板子，狠命地打起來。

寶玉自知求饒也沒用，起先還亂哭亂嚷，後來漸漸氣息微弱，哭不出聲來了。門客見賈政真往死裡打，紛紛勸阻。賈政大嚷：「都是你們平日把他慣壞了，還來勸！明日慣得他弒父弒君，你們也還來勸？」門客見他氣急敗壞，忙找人往裡面報信。王夫人得到了信，不敢驚動賈母，趕忙過來。見王夫人進來，賈政如同火上澆油，板子下得更重。王夫人抱住板子，賈政說道：「你們定要氣死我才罷！」王夫人哭著勸：「寶玉雖該打，老爺也要保重。炎熱的天氣，假如老太太有個好歹，豈不鬧大了？」賈政冷笑道：「不要提這話，要不是你平日裡這麼護著，他至於如此麼？」說著非要用繩子勒死寶玉不可。

王夫人抱住寶玉哭著說：「老爺是應當管教兒子，可求您看在夫妻情分上饒了他。我都五十歲了，才有這麼一個孽障。老爺要勒死他我也不敢勸，先把我勒死，我們娘兒倆不如一塊兒死了，到陰曹地府也有個依靠。」賈政聽了這話，長歎一聲，坐到了椅子上，淚如雨下。

王夫人抱著寶玉，只覺得他氣息微弱、臉無血色，襯褲上盡是血跡，忍不住給他褪下褲子，見從大腿到屁股，沒有一處好地方，不由得失聲大哭，又想起她那已經死了的大兒子賈珠，哭著說道：「賈珠呀，要是你還活著，就是死一百個，我也不管了。」鳳姐、李紈還有姑娘們都趕來了。李紈本是賈珠的媳婦，賈珠死了，她也就成了寡婦，一聽王夫人喊賈珠的名字，也跟著放聲大哭，賈政也是淚如泉湧。

就在此時，忽然聽見丫鬟來報說：「老太太來了。」還沒等說完，就聽窗外一個顫顫巍巍的聲音說道：「你先打死我，再打死他，就都清淨了。」賈政見他母親來了，又急又痛，趕緊迎了出去。只見賈母被丫頭攙扶著，氣喘吁吁地走過來。賈政上前躬身賠笑說道：「大熱的天，母親怎麼自己過來了，有話把兒子叫過去就行了。」賈母聽了，便停下腳步，厲聲說道：「你和我說話呢，只是我這一生也沒養出個好兒子，你叫我和誰說去。」

賈政一聽這話，忙跪下含淚說道：「為兒的教訓兒子，為的是光宗耀祖。母親這話，我做兒子的如何擔當得起？」賈母一聽，大聲說道：「我說一句話，你就禁不起！你那樣下死手的板子，難道寶玉就禁得起麼？你說教訓兒子是光宗耀祖，難道你父親就是這麼教訓你的？」說著，不自覺地流下淚來。賈政賠笑說道：「母親不必傷感，都是做兒子的一時性急，從此以後，再也不打他了。」賈母冷笑幾聲說道：「你也不用和我賭氣，你的兒子，你想打就打。想來你是厭煩我們了，不如我們早早離開了你，大家都清淨！」說著，就命人備轎，要帶著寶玉和王夫人回南京去，家人只得答應著。

賈母又和王夫人說道：「你也不用哭了，如今寶玉年紀小，你疼他；他將來長大了，做了官，未必想著你是他的母親；倒不如現在就不要疼他，將來還可以少生點氣。」賈政聽了，忙在一旁直挺挺地跪著，叩頭認罪。

賈母一面說，一面進來看寶玉。只見今日這頓打不比往日，又是心疼、又是生氣，抱著寶玉哭了好半天。王夫人和鳳姐勸了一會兒，才漸漸止住。丫鬟們過去攙扶寶玉，鳳姐罵道：「糊塗東西！也不睜開眼瞧瞧，這個樣怎麼抬得走！還不進去快把那張竹凳抬出來。」眾人聽了，忙把凳子抬出來，把寶玉放到凳子上，送到了賈母房中。

賈政見賈母怒氣未消，不敢走，也跟著過來了。看見寶玉果然是被打重了，再看王夫人哭著說道：「你替珠兒早死了，要是珠兒還在，也免得你父親生氣，我也不用這麼操心了。倘若你有個三長兩短，我以後靠誰呀？」賈政聽了，也覺得自己不該下死手打到如此地步。看見賈母傷心，就過來勸。賈母含淚說道：「兒子不好，是要管的，但也不該打到這個份上。你不出去，還在這裡做什麼！難道還要看著他死不成。」賈政聽了，趕忙退了出來。

此時薛姨媽同寶釵、香菱、襲人、湘雲都在這裡。襲人滿心委屈又不好表現出來，只見眾人圍著寶玉灌水的灌水，扇風的扇風，自己也插不上手，索性走出門去，命小廝叫來焙茗問道：「剛才還好端端的，為什麼打起來了？你也不提早來送個信兒。」焙茗急著說：「偏偏我沒在跟前，打到中間我才聽見了，忙去打聽緣故，原來是為了琪官和金釧姐姐的事。」襲人說道：「老爺怎麼會知道呢？」焙茗說道：「那琪官的事，多半是因為薛大爺在外面亂說話，才招的有人來找老爺。那金釧的事，大約是三爺說的。」

襲人聽了這兩件事都對得上號，心中也就信了八九分，回來見眾人已經給寶玉上好了藥。賈母命人把寶玉抬回自己的房間，好生照顧著。眾人忙七手八腳地把寶玉抬回了怡紅院，又忙活了半天才漸漸散去，襲人這才進來精心服侍。看見寶玉被打成這樣，含淚說道：「怎麼就打到這步田地。」寶玉歎氣說道：「不過就是為了那些事！只是下半截疼得很，你幫我看看，打壞了哪裡？」襲人輕輕把褲子往上一拉，只見腿上被打得青一塊紫一塊，腫起來老高。襲人咬著牙，哭著說道：「我的娘！怎麼下這般狠手，你但凡聽我一句話，也不能到這個地步，幸好沒有傷到筋骨，倘若打出個殘疾來，可怎麼辦。」

正說著，寶釵過來了，給送來了藥酒和丸藥。看見寶玉被打成這樣，心裡不免心疼，問襲人：「怎麼好好的，就被打了？」襲人就把焙茗的話說了出來。寶玉原來還不知道是賈環說了壞話，聽襲人說了才知道。因又扯上了薛蟠，忙止住襲人說道：「薛大哥從來都不是這樣的，你別亂猜。」

寶釵一聽這話，就知道是寶玉怕她多心，才攔住了襲人，心中暗想：「都被打成了這樣，還這樣細心，怕得罪了人。既然這樣用心，為什麼不在外頭的大事上下些工夫，這樣老爺也高興了，你也不用這樣吃虧。」此時襲人也覺得自己不該說這些，怕寶釵生氣。寶釵卻在一旁笑著說道：「你們不必怕我不高興，我哥哥是什麼樣我還會不知道？他能幹出這樣的事，一點都不稀奇。」襲人聽到寶釵這麼說才放心了。

寶釵走後，寶玉在床上躺著，恍恍惚惚，就聽見有人的哭聲。寶玉睜開眼睛一看，不是別人，正是自己的林妹妹。只見她滿面淚光，眼睛哭得跟桃子一樣，寶玉剛想起身，痛得哎喲一聲，支撐不住躺在了床上。黛玉忙讓他不要動，寶玉對她說道：「大熱的天，你來幹什麼，不怕中暑了。我雖然挨了打，但是不疼，你別擔心。」

兩人正在那裡互相安慰，就聽院外有人說：「二奶奶來了。」林黛玉一聽就知是鳳姐來了，連忙起身說道：「我從後院走了，等會兒再來看你。」寶玉一把把她拉住，說道：「奇怪了，怎麼好端端的怕起她來了。」黛玉急得直跺腳，悄悄地說道：「你瞧瞧我的眼睛，又該讓他們取笑了。」寶玉聽了，趕忙放了手，黛玉三步併作兩步，從後院走了。一會兒工夫，鳳姐進來了，問了寶玉幾句，又給拿來些藥，囑咐了幾句就走了。

第十五回　襲人忠心獲誇獎

寶玉這邊安頓好了，王夫人還是不放心，就叫人過來找一個跟寶玉的丫頭過去問話。襲人聽了，想了想，回身悄悄地告訴晴雯、麝月說：「太太叫人，你們好好待在房裡侍候寶玉，我去去就回。」說完，就和那人一塊兒出了園子，來到王夫人房內。

王夫人正坐在涼席上，搖著芭蕉扇子，見襲人來了，說道：「你倒是叫別人來呀，把他扔在那兒，誰服侍他呀。」襲人連忙笑著說道：「請太太放心，二爺剛剛睡著了，屋子裡的那四五個丫頭，如今也懂得怎麼服侍二爺了。我怕太太有什麼吩咐，派她們過來一時聽不明白，還耽誤了事。」王夫人說道：「也沒什麼事，就是問他還疼不疼了。」襲人說道：「寶姑娘送來的藥，我給二爺敷上了，比剛才好一些了，那會兒疼得都睡不著，現在睡著了，可見是好一些了。」王夫人又問：「喝了什麼沒有？」襲人說道：「老太太給了一碗湯，喝了兩口，覺得不解渴，非要喝酸梅湯。我想那酸梅湯太涼，剛挨了打不能喝那個，就勸了半天才沒喝的。」

王夫人聽了，說道：「哎呀，你怎麼不早點來和我說！前幾天有人送給我幾瓶香露❶，本想給寶玉，又怕他糟蹋了。那玫瑰露，只要放上一小勺，用水化開，就香得不得了。」說著，忙讓人把東西拿過來。襲人看這玻璃瓶子，只有三寸大小，上面寫著「玫瑰清露」四個大字。笑著說道：「好尊貴的東西，這麼小的瓶子，能裝多少呀？」王夫人說道：「那是進貢❷的貢品，好好替他收著，別糟蹋了。」

襲人忙答應，剛要走時，王夫人叫道：「站著，我有一句話問你。」襲人忙又回來，王夫人見房內無人，便問道：「我好像聽見有人說寶玉今天挨打是環兒在老爺面前說了什麼，你可聽見這個話沒有？如果聽見了，就告訴我，我也不會告訴別人是你說的。」襲人說道：「這個話倒是沒聽見，只聽說是老爺以為二爺霸佔了戲子，人家來管老爺要人，老爺才把二爺打了。」王夫人搖搖頭說道：「原來是為了這件事，還有沒有別的原因？」襲人說道：「別的原因，我實在不知道了。只是今天斗膽在太太面前說些不知好歹的話。」話說到一半，又嚥了回去。王夫人說道：「你只管說，我不生氣。」襲人說道：「論理我們二爺也該讓老爺教訓教訓了，若老爺再不管，將來還不一定鬧出什麼事來呢。」

---

❶【香露】用花草製成的飲品。

❷【進貢】封建時代藩屬國對宗主國或臣民對君主呈獻的禮品。

「保全了他，也就是保全了我，我自然不會虧待你。」

王夫人一聽此言，便合上手，念了聲「阿彌陀佛」，拉著襲人的手說道：「我的兒！只有你明白我的心，我何曾不知道管教兒子？以前你珠兒大爺在世的時候，我是怎麼樣管教他的，現在就不會管兒子了？只是如今我也是五十多歲的人了，身邊就剩下他一個兒子，他身體又單薄，老太太又寶貝得不行。若是管緊了，有個好歹，再把老太太氣壞了，那全府上下就該不得安寧了，所以平時就慣壞了他。我常常對他是說一陣、勸一陣、哭一陣。他是一會兒明白一會兒糊塗，過幾天就全都忘了，什麼時候吃虧了才知道長教訓。今天要是被打壞了，我以後靠誰呀？」邊說邊哭了起來。

襲人見王夫人這樣傷感，自己也覺得傷心，陪著哭起來。又說道：「二爺是太太生的，太太怎麼能不心疼。就連我們這些做丫頭的，好歹是服侍了一場。二爺如果能平安，也是我們的造化了。但照現在的情形來看，平安恐怕也是不可能的了。我每天都在勸二爺，可是怎麼勸都勸不醒。其實也不能全怪二爺，外面那些人就愛和他親近，也怪我們沒勸好。今天太太說起這個話，我心裡一直想著一件事，每次想來告訴太太，還怕太太疑心。到時不但話白說了，自己也落得個死無葬身之地的下場。」

王夫人一聽，這是話中有話，忙說道：「我的兒！你只管說。以前我總聽別人在我面前誇你，我想你不過是對寶玉上心，和人相處和氣，想著這不過是些小心思。誰知你剛才和我說的話，全是大道理，而且正合我意。你想說什麼就說什麼，只是別叫人知道就行了。」襲人說道：「我也沒什麼好說的，只是想請太太作次主，怎麼樣想個法子，讓二爺搬出園外來住就好了。」

王夫人一聽，大吃一驚，忙拉住襲人的手問道：「寶玉難道又做了什麼見不得人的事了麼？」襲人忙說道：「太太別多心，並不是這樣。這不過是我自己的想法，如今二爺也大了，園子裡頭的姑娘們也大了，二爺和林姑娘、寶姑娘又是表兄妹。雖說都是兄弟姐妹，但到底是男女有別，日夜都在一塊兒多不方便，就是讓外人看見了也不成體統。二爺平時的性格，太太也是知道的，沒事就愛往女孩子堆裡湊。倘若不防，前後錯了那麼一星半點，不論真假，人多嘴雜，那些個小人，心好的，說二爺是菩薩心腸；心不好的，就編的連畜生都不如。到了那個時候，就連我們也得跟著受罪，即使是粉身碎骨，也是罪孽深重。我們倒都是小事，但二爺的一世英名不就都毀了麼？這件事情我想了好久，一直不知道該怎麼和太太說，又不好和別人講，恐怕也只有燈知道。」

王夫人一聽這話，像被雷擊了一般。又想到金釧的事，心裡一下子就覺得襲人的話十分在理，忙笑著說道：「我的兒！你竟有這樣的心胸，想得這樣周全。我其實想過這件事，只是最近事多就給忘了。你今天這一番話算是點醒我了，難為你想著我們娘倆的名聲，我以前怎麼就不知道你是這樣好。你先去吧，你說的這件事，我得仔細考慮一下該怎麼辦。只是我還有一句話，你今天既然說了這樣的話，我就把他交給你了，多多留心，保全了他，也就是保全了我，我自然不會虧待你。」

襲人忙連聲答應退出去了。回來正好趕上寶玉睡醒了，襲人就把王夫人給的玫瑰露倒給他喝，寶玉一嘗，果然十分香。因為黛玉剛才走的時候哭紅了眼睛，寶玉怕她回去後再接著哭，再哭壞了身體，所以心裡一直記掛著她，滿腦子想著派人去看看她。又怕襲人嘮叨，就想辦法先讓襲人去寶釵那裡借書。然後派晴雯去看看黛玉，讓晴雯告訴她，就說自己已經不疼了，讓她不要擔心。

襲人去見寶釵，誰知寶釵不在園內，去薛姨媽那裡了。襲人也不能空手而歸，一直在那兒等到很晚，寶釵才回來。襲人見寶釵眼圈紅紅的，也不知道發生了什麼事，襲人想問又不好問，只好拿了書回怡紅院了。

原來這寶釵，剛才是回薛姨媽那兒找她哥哥薛蟠去了，上午聽襲人說寶玉挨打和他哥哥薛蟠有關，就想過去問個明白。回去和薛姨媽把事情一說，薛姨媽氣得直哆嗦。其實這事真不是薛蟠幹的，只因為他平時在外面有個惡名，所以一有壞事就都往他身上想。

薛蟠在外面喝了點酒，這時剛進家門，薛姨媽就指著他的鼻子罵道：「你這個冤家，都是你幹的好事，看你寶兄弟被打的，就剩半口氣了。」薛蟠本就覺得冤枉，看見自己母親也這樣說，更是氣不打一處來，急得和薛姨媽直叫喚。寶釵忙勸道：「你們別喊了，消停消停吧。」又和薛蟠說道：「是你說的也好，不是你說的也好，事情都過去了，也別把小事弄大了。我只想勸你，從此以後少在外面胡鬧，少管別人的事。要是沒事還好，倘若有事了，即使不是你幹的，別人也都懷疑是你幹的。」

薛蟠本就是個心直口快的人，見不得這樣藏頭露尾的事。現在看寶釵也數落他，更是氣得直跳腳，罵道：「難道這寶玉是天王老子呀，他父親打他一頓，一家子都要鬧上好幾天！這次本就是他自己做錯了，姨夫打他兩下子，老太太不知怎的，把珍大哥叫去罵了一頓。今天還拉上我！既然拉上我，我也不怕，索性我進去把寶玉打死了，我替他償命，大家就都清淨了。」說著，拿起一根棍子就往出跑，薛姨媽一看，慌得趕緊拉住說道：「該死的孽障，你打誰去？先來打我！」

薛蟠的眼睛瞪得像銅鈴那麼大，嚷著說道：「何苦的，不讓我去，還賴我。」寶釵忙上前勸道：「你忍耐些吧，媽媽急成了這個樣了，你不過來勸，還在那兒胡鬧。別說是我，即便是旁人來勸你，也是為你好，你倒撒起潑來了。」薛蟠見寶釵講得句句有理，難以反駁，因為也在氣頭上，就想拿話去堵她的嘴，也就不管什麼輕重了，順嘴就說道：「好妹妹，你也不用和我鬧。我早就知道你的心了，以前媽媽就和我說過，你這金要和那玉配成一對才可以，你見寶玉正好有那玉，就想和他配成一對，你現在當然這麼護著他了。」話還沒說完，寶釵已經氣愣了，拉著薛姨媽哭著說道：「媽媽，你聽哥哥說的是什麼話！」薛蟠見妹妹哭了，也知道自己說話冒失，便賭氣回屋睡覺去了。

寶釵心裡是又委屈又氣憤，想去找薛蟠吵，又怕母親不安，只好含淚告別母親，回到自己房裡，哭了整整一夜。第二天一早起來也無心梳洗，胡亂整理了一下便去看薛姨媽。寶玉這邊，丫頭們細心服侍，每天參湯補品一大堆，沒過多少日子，寶玉身上的傷就好了很多，賈母和王夫人才稍稍放了點心。

第十六回　眾姐妹辦詩社

寶玉在眾人的細心照料下，傷已經快痊癒了。賈母見了很高興，又怕將來賈政還來找他麻煩，於是就把賈政的隨從叫來，吩咐道：「如果老爺來叫寶玉，就說是我說的，一是打重了，得養幾個月再走；二是找人算了一卦，說是得等過了八月才能出門。」隨從聽了，趕忙答應。賈母又讓襲人把這話告訴寶玉，讓他安心。寶玉聽了，高興極了。

再說賈政因為打了寶玉，雖說是為了讓他成才，心裡也很不是滋味。自從元妃省親回去後，他為官更加勤勉，希望藉此來報答皇恩。皇上見他人品端正，家裡又是世代書香門第，就有意提拔他，給他升了官，讓他到外地去當差。賈政拜別賈母後，就起程上任去了。

寶玉自從賈政走之後，每日在園中任意遊蕩，虛度光陰。這天閒來無事，就到賈母那兒去坐坐，正好看見翠墨進來，遞給他一副花箋❶。寶玉打開一看，原來是探春要辦詩社，約大家一塊兒到秋爽齋商議。寶玉拍手笑道：「還是三妹妹高雅，我現在就過去。」說著就出了門。

寶玉來到秋爽齋，寶釵、黛玉、迎春、惜春都到了。大家說笑一會兒，李紈也來了。黛玉說道：「既然要開詩社，大家就都是詩翁❷，不要再稱『叔嫂姐妹』，都起個別號才文雅。」李紈說道：「這個主意好，我就自稱『稻香老農』，這可是沒人用過的。」探春自稱「秋爽居士」。寶玉認為居士累贅，不如用芭蕉梧桐，聽著還好些。探春就改稱「蕉下客」。這時探春又說起黛玉，說她住的是瀟湘館，到處是竹子，她又愛哭，那竹子也會淚痕斑斑，變成湘妃竹，以後都叫她「瀟湘妃子」就行，大家都拍手稱妙。李紈為寶釵起號「蘅蕪君」，大家也都說好。寶玉也讓大家給他起一個。寶釵打趣叫他「無事忙」，李紈讓他仍舊叫「絳洞花主」，寶玉說那是小時候的事。寶釵讓他乾脆叫「富貴閒人」最合適，寶玉一聽，笑著說道：「這個我可不叫。」隨後寶釵就為迎春起名「菱洲」，惜春叫「藕榭」。

李紈說道：「這裡一共七個人，我年齡最大，我自薦當社長。但有我一個還不夠，還要請菱洲、藕榭當副社長，一個出題，一個監視考場。要是遇到容易的，我們三個也可以隨便作一首。」迎春、惜春本來就不擅長詩詞，也知道自己這方面比不上黛玉和寶釵。聽見李紈這樣安排，都忙說好。

探春見大家都同意，就約定每月聚會兩次，風雨無阻。寶玉今天就要開社，李紈說不如改日再聚，探春說：「擇日不如撞日，就今天吧。」說著，就要大家以海棠為題作詩，命人點起一炷香，香燃盡後寫不完的要受罰。

不一會兒，探春、寶釵、寶玉相繼交稿。只有黛玉還在那裡不著急，寶玉忙催促她，只見她提筆一揮而就，連改都沒改。李紈看後點評說：「若是論風流別致，當屬瀟湘妃子；若論含蓄渾厚，還得是蘅蕪君。怡紅公子壓尾。」寶玉說評得公道。李紈宣布以後每月初二、十六開社。寶玉又想到詩社還沒有名字，探春提議，今天作的海棠詩，就叫「海棠詩社」吧。大家都同意，又聊了一會兒，才各自離開。

寶玉回到怡紅院，向襲人說起辦詩社的事，突然拍著手說：「我好像忘了什麼事？」自己在那兒想著想著，突然說道：「我怎麼忘了請湘雲，詩社要是沒有她，不知道少了多少樂趣。」說完，寶玉就到賈母那兒接湘雲過來。賈母說道：「天晚了，明天再去吧。」一直到第二天中午，湘雲才過來，笑著說道：「只要讓我入社，掃地焚香我都願意。」說著就以昨天的海棠為題作了兩首詩，大家都讚不絕口。湘雲笑著說：「我來晚了，明天開社就罰我作東道主吧，我好好犒勞一下大家。」

晚上，寶釵請湘雲過來，兩人商量著明天如何作東擬題的事。寶釵知道湘雲家一向都是

---

❶【花箋】精緻華美的信箋、詩箋。古時文人雅士往往自製箋紙，以標榜其高雅，不入俗流。有的上面繪有各種紋樣。

❷【詩翁】人們對已然上了年紀的詩人尊稱；但有時也用來寬泛地指稱寫作詩詞的一些人士。

她嬸嬸管家，一個月也給不了她幾吊錢❸，恐怕連買脂粉的都不夠，明天宴請怕她為難，便說道：「明天我讓哥哥送幾筐螃蟹過來，我們把老太太和太太都請過來，我們一邊賞花作詩，一邊喝酒吃蟹，你說好不好？」湘雲聽了，心中很是感激。

寶釵又對湘雲說：「詩題也不要過於新奇了，那些刁鑽古怪的是寫不出來好詩的。只要立意清新就可以。我們都是女兒家，做做針線活才是正事。」湘雲笑著說道：「我們上次是以海棠作詩，這次不如以菊花作詩，但又覺得有些俗。」寶釵想了想說道：「不如我們擬出幾個題目來，都是兩個字。一個『實』字，一個『虛』字。這樣就不會落入俗套。」二人商議一番，共擬出了十二個題目，依次為《憶菊》《訪菊》《種菊》《對菊》《供菊》《詠菊》《畫菊》《問菊》《簪菊》《菊影》《菊夢》《殘菊》。

第二天，湘雲就請賈母等人過來賞桂花、吃螃蟹。中午，賈母帶著王夫人、鳳姐、薛姨媽等人進了園子。只見這亭內張燈結綵，岸上桂花芬芳，景色十分怡人。桌上已經擺好了各色茶具，就見這邊幾個丫頭在煮酒，那邊幾個丫頭在泡茶。賈母笑著說道：「這裡好，地方、東西都乾淨。」湘雲說道：「這是寶姐姐幫著安排的。」賈母笑著說道：「就說這個孩子細緻，凡事都想得周到。」

說著，大家一起走進了亭子，賞花、吃蟹，很是熱鬧。飯後王夫人見風大，就和賈母等人先回去了。湘雲便讓人把剛才的杯盤碗碟收拾了一下，又讓人擺了一桌酒席，將昨天想好的題目掛在牆上，讓大家自由選題作詩。寶釵選了《憶菊》，黛玉選了《問菊》《夢菊》《詠菊》，寶玉和探春選了《訪菊》和《簪菊》，湘雲選了《對菊》和《供菊》。

一頓飯的工夫，大家都寫好了。眾人是看一首，讚一首。李紈點評說：「《詠菊》第一，《問菊》第二，《夢菊》第三。這三首題目新，立意也新，都是黛玉寫的，今天是瀟湘妃子奪冠。」寶玉聽了高興地拍手叫好，大家又相互評論了一番。寶玉說道：「今天我們吃蟹賞花，為什麼不以螃蟹作首詩呢。」說著就寫了一首，寶釵和黛玉順著他，也都各寫了一首。

眾人正在這說笑，就看見平兒走了進來。原來是鳳姐想吃螃蟹，讓她過來看看還有沒有，有的話就裝幾個回去。湘雲忙讓人裝了幾個大的，派人給送過去。李紈就把平兒留下來一塊兒喝酒。席間李紈挽著平兒的手說：「好俊俏的模樣，不知道的人還以為你是哪家的奶奶。」一邊說，一邊摸平兒，一下子摸到一個硬硬的東西，便問道：「這是什麼？」平兒說：「這是鑰匙。」李紈說道：「你就是你們奶奶的一把鑰匙，還要這個幹什麼。」眾人大笑。

大家又說鬧了一會兒，詩社就散了。丫頭們打掃庭院，收拾碗筷。襲人想請平兒到屋裡坐坐，喝杯茶。平兒說：「不去了，改天有空再去吧。」一面說，一面要出去。襲人忙把她叫住，問道：「這個月的月錢❹，怎麼連老太太、太太的都沒發，為什麼呀？」平兒忙轉身

---

❸【幾吊錢】一吊錢相當於一千文錢。在清朝初年，相當於一兩銀子。

到她跟前，見四周沒人，才悄悄地說道：「你快別問了，最遲兩天就發了。」襲人笑著說道：「這是怎麼了，把你嚇成這個樣子？」平兒小聲告訴她說：「這個月的月錢，我們太太早就領了，只是拿出去放高利貸❺了，等別處的利息錢收回來，湊齊了就發。我只告訴了你一人，千萬不要和別人說。」襲人笑著說道：「她難道還缺錢用？怎麼這麼貪心？何苦要操這份心！」平兒笑著說道：「可不是呢，她每個月的例銀也都用不著，零散著也都拿出去放高利貸。這一年到頭，光利息就上千兩銀子。」襲人笑道：「拿著我們的錢，你們主子去賺利錢，就我們好騙。」平兒說道：「你就說沒良心的話，你難道還缺錢用。要是有什麼急事，我那裡還有幾兩銀子，你先拿去用吧。」襲人說道：「那倒不用，我要是用錢再去你那兒拿。」平兒和襲人又閒聊了一會兒，各自回去了。

❹【月錢】按月發放的零用錢。
❺【高利貸】指索取特別高額利息的貸款。

第十七回　劉姥姥進大觀園

平兒從園子裡回來，看見上次那個劉姥姥帶著板兒又來了，還送來了一些自家產的大棗、倭瓜❶和野菜，正坐在那兒和周瑞家的聊天。劉姥姥上次見過平兒，一見平兒回來了，忙上前去打招呼，又說道：「早就該過來看看姑奶奶和姑娘們，只是種莊稼太忙，沒騰出時間。今年好不容易多打了兩擔糧食，還有一些瓜果蔬菜。剛摘下來還沒賣，留著最好的孝敬給姑奶奶和姑娘們，知道你們都吃慣了山珍海味，偶爾吃點野味，也算是我們的一點孝心。」平兒說道：「多謝費心。」

周瑞家的看平兒臉色紅潤就問道：「姑娘可是喝酒了？」平兒說道：「可不是呢，本來是不想喝，大奶奶和姑娘們拉著我死灌，不知不覺就喝多了。」周瑞家的說道：「早上我就看見那螃蟹了，一斤也就兩三個，兩三個大簍子裝著，差不多有七八十斤。」劉姥姥在旁一

---

❶【倭瓜】也就是南瓜，俗名倭瓜。原產自亞洲南部，很早以前就傳入中國。

聽，驚訝地說道：「這樣的螃蟹，再加上一桌酒菜，差不多得二十兩銀子。阿彌陀佛！這一頓的錢，夠我們莊稼人吃一年的了。」

眾人沒有說話，平兒問劉姥姥說道：「見過奶奶了麼？」劉姥姥說道：「見過了，叫我們等著。」說著，又往窗外看了看，說道：「天不早了，別一會兒出不去城。」周瑞家的說道：「也是，我替你去看看。」說著，就往出走，一會兒工夫回來了，笑著說道：「劉姥姥，你有福了，老太太要見你。」原來二奶奶剛才在老太太屋裡，周瑞家的過去說，剛好被老太太聽見了，老太太這幾天正想找個年齡大的人說說話，就讓把她叫過去。

這劉姥姥哪敢去見老太太，被眾人好歹收拾了收拾，才被推著進到了屋內。一進去就看見一個老太太歪躺在榻上，身下一個白白嫩嫩的小美人在給她敲腿，鳳姐在旁邊站著說話。劉姥姥一看就知道這是老太太，忙上前去，笑著說道：「給老壽星請安。」賈母也忙問好，又命人搬把椅子過來，讓她坐下。賈母問道：「老親家，你多大年紀了？」劉姥姥說：「我今年七十五了。」賈母向眾人說道：「都這麼大年紀了還這麼硬朗，比我還大幾歲了，我到了這個年紀還不知道能不能動呢。」劉姥姥笑著說道：「我們生來是受苦的，老太太生來是享福的。我們要是也這樣，那莊稼活就沒人幹了。」賈母說道：「什麼福不福的，不過就是個老廢物！」說得大家都笑了。

賈母讓劉姥姥在這兒住幾天，陪她說說話。鳳姐過來請劉姥姥去吃飯，賈母又把自己的

上次那個劉姥姥帶著板兒又來了，還送來了一些自家產的大棗、倭瓜和野菜……

飯菜叫人給她拿過去幾樣。飯後，劉姥姥陪著賈母聊天，給賈母說了好多村野之事，把賈母逗得哈哈大笑。

第二天，賈母和王夫人商量在大觀園裡給史湘雲還席。這天早上，李紈早早就起來了，只見院內丫頭們在打掃落葉、擦抹桌椅、置備酒器。正忙著，就見賈母帶著一大群人過來了，後面還跟著劉姥姥和板兒。李紈見了趕緊迎上去，說道：「老太太這麼早就過來了，我才摘了菊花要給你送去。」說著就讓丫頭把菊花拿過來。賈母從盤子裡挑了一朵大紅的插在頭上，回頭看見劉姥姥，笑著說道：「過來戴花。」鳳姐在一旁拉過劉姥姥笑著說道：「讓我給你打扮打扮。」說著，將一盤子花橫七豎八地插了劉姥姥一頭。賈母笑得合不攏嘴，眾人笑著說道：「你還不把花拔下來，扔到她臉上，把你打扮得像個老妖精了。」劉姥姥笑著說道：「我年輕時也愛個花兒粉兒的，如今老了，風流一回也好。」大家一聽，更是一頓大笑。

眾人邊說邊走，來到了亭子邊，丫鬟們拿來錦被放在凳子上，讓老太太墊著坐。賈母問劉姥姥：「這園子好不好？」劉姥姥說：「我以前只在畫裡見過，以為那都是假的，沒想到這裡比畫上還要好十倍。如果能畫下來，拿回去給我們那兒的鄉下人看看，他們就是死了也沒什麼遺憾的了。」賈母指著惜春說：「她最會畫了，讓她給你畫一幅。」劉姥姥忙跑過去，拉著惜春的手，呆呆地看著說道：「好漂亮的姑娘，你是仙女下凡吧。」惹得眾人又是一陣大笑。

賈母歇了一會兒，就帶著劉姥姥四處逛逛，先是到了瀟湘館。只見兩旁種了好多翠綠的竹子，用石子鋪出一條小路。劉姥姥進到房間裡面一看，只見窗下案上擺著筆硯，書架上也放了好多書，便說道：「這一定是哪位公子的書房。」賈母指著黛玉說道：「這是我外孫女的房間。」劉姥姥仔細地打量了黛玉一番，笑著說道：「這哪裡像小姐的繡房，比那上等的書房還好。」劉姥姥看著滿屋的東西都那麼精巧別致，笑著說道：「這東西都太好了，我越看越捨不得離開這裡了。」鳳姐笑著說：「還有更好的呢，都帶你去瞧瞧。」眾人說著就離開了瀟湘館。

賈母帶著眾人去了秋爽齋吃飯。鴛鴦笑著說道：「我聽說外頭爺們兒喝酒，總要拿一個人來取笑，咱們這兒今天不就有一個。」鳳姐知道她說的是劉姥姥，笑著說道：「好，咱們今兒就拿她來樂一樂。」

二人商議好後，鴛鴦把劉姥姥拉出去，騙她說，一會兒吃飯之前，得說個段子才能吃。席間，劉姥姥和賈母一桌，剛拿起筷子就發現沉得很，不好拿。原來是鳳姐想捉弄她，事先把她的筷子換成了象牙鑲金的。上菜時，鳳姐偏撿了一碗鴿子蛋放在劉姥姥跟前。賈母這邊說聲：「請！」劉姥姥在一旁突然站起來，高聲說道：「老劉，老劉，食量大如牛，吃個老母豬，不抬頭。」說完，鼓著腮幫子不說話。眾人先是一愣，突然回過神來，頓時笑成一團。只見史湘雲一時沒撐住，嘴裡的飯都噴了出來。黛玉笑得岔了氣，趴在桌子上直喊哎喲。寶玉早撲到賈母懷裡，賈母笑著摟著寶玉叫「心肝」。王夫人知道一定是鳳姐使的壞，一面笑，一面用手指著鳳姐，說不出話來。只有鳳姐和鴛鴦硬撐著，只管給劉姥姥夾菜。

劉姥姥又看著碗裡的蛋說道：「這裡的雞也俊，下的蛋也小巧，怪俊的。」大家剛止住笑，聽她這麼一說，又都笑了起來。賈母笑得眼淚都流了出來。琥珀在後面捶著。鳳姐笑著說道：「你快嘗嘗吧，一兩銀子一個，涼了該不好吃了。」劉姥姥忙去夾，只是筷子不好使，哪裡夾得起來。劉姥姥好不容易夾起來一個，才伸著脖子要吃，手一抖，掉到地上去了，歎息著說道：「一兩銀子就這麼沒了，連個響兒都沒聽到。」眾人早已沒心情吃飯，都看著她笑。

這頓飯，劉姥姥算是開了眼，各式各樣沒見過的菜也都嘗了一遍。席間，姐妹們還行了酒令，劉姥姥更是語驚四座，逗得大家前仰後合。飯後，賈母覺得有點倦了，就先回去了。鴛鴦便帶著劉姥姥四處去逛。來到「省親別墅」的牌坊底下，劉姥姥說道：「哎喲，這裡還有一個大廟呢。」說完就跪下磕頭，眾人一見又都笑彎了腰。劉姥姥說道：「你們笑什麼，這上面的字我都認識。」眾人笑著說道：「你認得這是什麼廟？」劉姥姥理直氣壯地說道：「這是『玉皇寶殿』四個字。」眾人笑得直跺腳。

忽然，劉姥姥感覺腹內疼痛，想去解手。丫頭們告訴了她地方，就讓她自己去了。劉姥姥因為吃多了油膩的東西，所以有點腹瀉，蹲了大半天，一站起來就覺得兩眼冒金光，畢竟也是上了歲數。出來後她四處看看，覺得哪裡都一樣，找不到來時的路了，只能沿著一條小路慢慢地往前走。

劉姥姥轉了兩個彎，看見一個門，就進去了。掀開屋外的簾子往裡面一看，真是金碧輝煌，連地板磚上都雕著花。屋內各種擺設是一應俱全，劉姥姥正看得眼花撩亂，只見一個女孩正滿面含笑地站在那裡，劉姥姥趕忙過去，笑著說道：「姑娘們都把我丟下了，我費了好大勁兒才找到這裡。」那個女孩只是對她笑，卻不答話。劉姥姥剛想上去拉住她的手，突然碰到了牆上，仔細一看，原來是一幅畫。

劉姥姥踉踉蹌蹌地往裡走，突然看見自己的親家母迎面走了過來。劉姥姥詫異地問道：「你「我這幾天也沒回家，你怎麼找到這裡來了。」她親家笑而不答。劉姥姥又笑著說道：「你真是沒見過世面，見這園子裡的花好，就插了一頭。」她親家還是不答，劉姥姥突然想起，富貴人家有種穿衣鏡，可以照出人的全身，心裡想著：「別是我在這鏡子裡呢。」伸手一摸，果然是一面鏡子，被嵌在四面雕空的紫檀❷板中間。誰知這鏡子上有機關，被劉姥姥一

❷【紫檀】紫檀是世界上最名貴的木材之一，主要產於東南亞群島的熱帶地區。中國廣東、廣西也產紫檀木，但數量不多。印度的小葉紫檀，又稱雞血紫檀，是目前所知最珍貴的木材，是紫檀木中最高級的。

碰，露出門來。劉姥姥一看是又驚又喜，剛走進去，就見一個精緻的床榻。正覺得困乏，便倒身在床上睡著了。

大家等了半天也不見劉姥姥回來，板兒也急得直哭。眾人連忙四處去找，但都沒找到。襲人想這裡離怡紅院近，害怕劉姥姥迷了路闖了進去，趕忙回去看看。只見屋外空無一人，丫頭們也都不知道跑到哪裡玩去了。一進到屋內，就聽見鼾聲如雷。再往裡一看，劉姥姥正四仰八叉躺在寶玉的床上。襲人嚇了一跳，趕緊把她推醒。劉姥姥一睜眼看見了襲人，連忙爬起來說道：「姑娘，我是不是犯錯了，沒弄髒了床褥吧。」一邊說邊用手去撣。襲人怕驚動了別人，被寶玉知道了，趕緊向她擺擺手，示意她不要說話。只見襲人點了三四把百合香，然後把劉姥姥帶到了丫頭們房裡。襲人悄悄告訴她，就說「醉倒在山石上打了個盹」。又給她倒了碗茶，劉姥姥喝過才清醒過來，笑著問道：「那是哪個小姐的繡房，那麼精緻。就像天宮裡一樣。」襲人笑著說道：「那是寶二爺的房間。」劉姥姥一聽，嚇得不敢出聲了。

襲人帶著劉姥姥出去，見了大家。晚飯後，劉姥姥帶著板兒向鳳姐道別，說道：「來了也有兩三天了，明天一早我們就回去了。這幾日把這一輩子沒見過的見了，沒吃過的吃了。難得老太太、太太還有小姐們，這樣憐憫我這老婆子。我也沒有什麼可報答的，只有天天在家裡給你們燒高香，保佑你們長命百歲，也算是盡我一點心意。」鳳姐笑著說道：「你先別高興，就是因為你，老太太被風吹病了，我的孩子也著了涼，正發燒呢。」

劉姥姥聽了，歎息著說道：「老太太是上了年紀的人，不能太勞累。至於小姐，大戶人家的孩子都嬌貴，禁不起一點傷害，以後姑奶奶少疼些就好了。」鳳姐說道：「到底是上了年紀的人經歷的多，不如你來給她起個名字。一來是借你的壽，二來你們莊稼人都是貧苦人，你起的名或許能壓得住。」劉姥姥想了想，又問了姑娘的生辰八字，笑著說道：「就叫巧姐吧，借這個巧字遇難成祥、逢凶化吉。姑奶奶要是聽我的，這孩子必定長命百歲。」鳳姐一聽，也覺得好，忙道謝。

第二天一早，平兒幫著劉姥姥收拾，老太太和鳳姐都送了銀子和東西給她。丫頭們也都把不穿的衣服給了她。劉姥姥不知念了多少聲佛，千恩萬謝地收下了，這才和眾人告辭，回家去了。

第十八回　王熙鳳過壽

自從劉姥姥走後，大家也好久沒在一塊兒聚了。九月初二是鳳姐的生日，賈母和王夫人商量，想學那小戶人家，大夥一塊兒湊份子給鳳姐辦酒席，請戲班，好好給鳳姐過一回生日。王夫人欣然同意，忙把各位太太，還有有頭有臉的婆子們請了過來，把賈母的想法說給大家聽。

大家一聽，那些和鳳姐好的，當然是心甘情願出這份錢。還有一些是畏懼鳳姐的，或是想著要巴結奉承的。總之，大家都欣然同意。賈母很高興，笑著說道：「我出二十兩。」薛姨媽笑著說道：「我跟著老太太，也是二十兩。」王夫人、邢夫人說道：「我們不敢和老太太並肩，我們矮一等，出十六兩。」尤氏和李紈笑著說道：「我們自然又矮一等，每人十二兩。」賈母忙和李紈說：「你一個寡婦就算了，你那份我出了。」鳳姐笑著說道：「老太太，我生日還沒到，就把大家都驚動了。再一點都不出，更加於心不安了。不如大嫂子那份錢我出了。等過生日那天，我多吃點，就是有福了。」賈母聽了也覺得好，丫鬟和婆子們也

都多多少少出了點錢。

賈母讓人算了一下，總共湊了一百五十兩銀子。賈母為了讓鳳姐安心過個壽，就把置辦酒席的事交給了尤氏，尤氏欣然同意。第二天，尤氏就到鳳姐這裡領銀子。鳳姐把銀子算好，就給她拿了過來。尤氏當著她的面把錢數了一下，發現獨獨少了李紈那一份，就問道：「怎麼你大嫂子那份沒有？」鳳姐笑著說道：「這些錢還不夠用？如果到時候不夠我再給你。」尤氏一聽，說道：「昨兒你在老太太跟前做好人，現在又和我賴帳，這可不行。你要是不給，我就找老太太要去。」鳳姐笑著說道：「就你厲害，趕明兒你那裡有了事，別怪我也丁是丁卯是卯。」尤氏聽了，笑著沒吱聲，轉身就走了。

轉眼就到了鳳姐生日這天，尤氏將酒宴辦得十分熱鬧，有唱戲的，還有說書和雜耍的。府裡上上下下都去看熱鬧了，獨獨不見寶玉，只見寶玉一大早就穿著一身素服，帶著焙茗，騎著馬出城去了。還吩咐下人，如果有人問起，就說他到北靜王那兒去了。

原來這天是金釧的祭日，寶玉想出城拜祭。兩人騎著馬跑出了七八里，人煙漸漸稀少了。正好看見前面有座水仙庵，就想去借個香爐❶。水仙庵裡的老道姑，因為常去賈府，認識寶玉，見他來了，趕忙上去迎接。寶玉向她借了個香爐，來到後院，見井臺上還算乾淨，

❶【香爐】一種燒香用的器具，在寺廟中常見。多用銅鑄造而成，有的上面還雕刻著象徵吉祥的圖案。

就把香爐放下，燒上香，又拜了禮，祭拜了一會兒，才把香爐還給人家。

祭拜過後，寶玉連忙騎馬趕回來。先到怡紅院，換了衣服，然後就去了大廳。進去一看，大家正在聽戲，今天演的是《荊釵記》❷，賈母和薛姨媽等人看得是淚流滿面。賈母剛剛還在找寶玉，看見寶玉回來了，忙把他拉過去坐在她身邊，又告訴他，下次再要出去，一定要告訴她，寶玉忙答應。

賈母一心想讓鳳姐過個舒心的生日，凡事都叫別人張羅，不讓鳳姐動手。鳳姐只好躺在裡屋的床上和薛姨媽一起看戲，拿了幾樣愛吃的點心，邊吃邊聊。姑娘們和丫頭們紛紛過來給鳳姐敬酒，鳳姐推不過，只能喝了，一會兒工夫就覺得有點醉了。鳳姐便找了個藉口，先回家歇歇。

平兒見鳳姐醉了，忙過去扶她，和她一起往家裡走。剛走到廊下，就見房裡的小丫頭看見她們回來了，轉身就跑。鳳姐一看這情形，心想準沒好事，大聲喝道：「拿繩子鞭子，把這眼裡沒有主子的小蹄子給我打爛了。」

那小丫頭一見鳳姐這樣，早已經嚇得魂飛魄散了。鳳姐厲聲問道：「到底是怎麼回事？」小丫頭再也不敢隱瞞，說出了實情。原來是璉二爺看上了鮑二的媳婦，讓她給送過去一些銀子、首飾和綢緞。還讓她在這看著，如果鳳姐散席回來了，就跑回屋去告訴他。

鳳姐一聽氣得渾身發抖，和平兒悄悄走到窗戶跟前，就聽見屋內那鮑二媳婦和賈璉說道：「什麼時候你那閻王老婆死了，你把平兒扶了正❸，日子還能好過一些。」鳳姐一聽這話，更是氣得七竅生煙。先給了平兒兩巴掌，然後衝進屋去，抓起那鮑二媳婦就是一陣打。平兒平白挨了打，真是有冤無處訴，氣得哭著說道：「你們兩口子的事，扯上我幹什麼。」說著也去打鮑二的媳婦。

賈璉一看鳳姐突然闖了進來，真是又氣又惱。連平兒都上手打人，真是更加生氣，上來就對平兒又踢又罵。平兒急了，跑出去就要尋死。丫頭們趕忙攔著。這頭鳳姐見平兒去尋死，也一頭撞進賈璉的懷裡，喊道：「你們都是一條藤上的，想著一塊兒來害我，被我聽見了，你倒是害怕了，有本事你勒死我呀！」賈璉氣得從牆上拔出劍來說道：「不用尋死，我真急了，把你們全都殺了，我去償了命，大家就都清淨了！」

正鬧得不可開交時，尤氏等一大群人趕了過來。賈璉看見人多了，更是耍起酒瘋來，故

---

❷【《荊釵記》】中國古代著名戲劇，講述的是南宋時期，女子錢玉蓮拒絕巨富孫汝權的求婚，寧肯嫁給以「荊釵」爲聘的溫州窮書生王十朋。後來王十朋中了狀元，因拒絕萬俟丞相逼婚，被派往荒僻的地方任職。孫汝權暗自更改王十朋的家書爲「休書」，哄騙玉蓮上當；錢玉蓮的後母也逼她改嫁，玉蓮不從，投河自盡，所幸遇救。經過種種曲折，王、錢二人終於團圓。

❸【扶了正】舊時把妾提到妻子的位置叫作扶正。

意喊著要殺鳳姐。鳳姐見人來了，也不像剛才那麼撒潑了，丟下眾人，哭著往賈母那邊跑了。賈母剛看完戲，就見鳳姐披頭散髮地跑過來，一下子撲到了她懷裡，哭著說道：「老祖宗救我，璉二爺要殺我呢。」賈母忙問明了原委，正在那兒安慰鳳姐，只見賈璉拿著劍衝了進來，後面還跟著許多人。邢夫人見了，趕忙攔住罵道：「下賤東西，難道是要反了，老太太還在這兒呢。」賈璉藉著酒勁兒，更加不管不顧，賈母氣得說道：「我知道你不把我放在眼裡，叫人把你老子叫過來，看你還敢不敢。」賈璉一聽這話，倒是有些害怕，忙丟了劍，跑了出去。

賈母這邊勸鳳姐說：「兩口子打架，沒什麼大事，明天我就讓他來給你道歉。」又安慰了幾句，鳳姐才好一些。這邊平兒被李紈拉進了園子，平兒哭得哽咽難言，寶釵勸道：「你是個明白人，你們奶奶平時怎麼對你的，你心裡應該清楚。今天只是多喝了點酒，才拿你出氣，你不用往心裡去。」平兒聽了也覺得是，心裡才好受了一些。

晚上，平兒在李紈處歇了一夜，鳳姐跟著賈母睡。賈璉回到屋裡，只覺得冷冷清清，又不好去找她們，只能隨便睡了一夜。第二天早上醒來，想起昨日之事也覺得沒什麼意思，後悔自己不該這樣。他一早起來就跑到賈母跟前謝罪，賈母把他好一頓罵，又當說客，讓他們兩口子和好。鳳姐一看賈璉那樣，心裡也就沒那麼委屈了，找個臺階，就和賈璉和好了。賈璉帶著鳳姐回到了自己的屋裡，這時平兒也回來了。鳳姐知道，昨天的事不怪平兒，心中也不好受，趁著屋裡沒幾個人，便和平兒笑著說道：「我昨兒喝多了，你別怪我。打得疼不疼，讓我看看。」平兒忙說沒事。

正說著，有人來報說：「鮑二媳婦上吊死了。」賈璉和鳳姐吃了一驚。隨後鳳姐說道：「死就死了，有什麼大驚小怪的。」下人們說道：「她娘家人不肯，要告官呢。我們勸了好一會兒，答應給他們些錢才同意不告官。」鳳姐說道：「要錢一個子兒都沒有，要告就讓他告去。」賈璉在旁邊使了個眼色，下人們知道他的意思，沒說什麼就退了出來。

賈璉出來後，給了鮑二媳婦家人兩百兩銀子，又讓人幫著辦喪事。這些人見人已經死了，告官又能怎麼樣，只好忍氣吞聲收下銀子了事。

第十九回　賈赦欺男霸女

賈母本想好好給鳳姐過個生日，誰想賈璉弄出了這麼多事情。她心裡想著，近期不要讓大家在一塊兒聚了，省得再鬧出事情來。這天，邢夫人派人叫鳳姐過去一趟，鳳姐也不知道是什麼事，趕緊打扮了一番，帶著丫鬟們一塊兒過去了。邢夫人把屋內人都支了出去，悄悄和鳳姐說道：「叫你來不為別的，只是有一件為難的事，老爺讓我辦，我沒有主意，就先和你商量商量。老爺看上了老太太屋裡的鴛鴦，想把她要過來做姨奶奶。我想這也不是什麼大事，就是怕老太太不給，你可有辦法辦這件事嗎？」

鳳姐聽了，忙說道：「要我說，咱們就別去碰那個釘子。老太太離了鴛鴦，恐怕連飯都吃不下，哪裡捨得給別人。況且平時老太太就說老爺，如今也上了年紀，幹嘛左一個老婆右一個老婆的，成天就知道喝酒，自己的官也不好好做。太太聽聽這話，反正我是不敢去和老太太要人的。老爺如今年紀也大了，太太應該多勸勸才對，家裡兄弟、兒子、孫子一大群，要是真鬧起來，怎麼見人？」邢夫人冷笑道：「大家庭三妻四妾的有的是，怎麼就咱們不行。老太太就這麼一個大兒子，要一個丫頭難道還不給？我叫你過來，是想和你商量一下，你倒先把我說一頓。你說我不勸，你還不知道你公公的性子，勸不成，先和我急了。」

鳳姐知道邢夫人一向愚鈍懦弱，只知道順從賈赦以自保，要不就大肆斂財。家中的大小事務都是賈赦說了算，聽她這麼說就知道肯定是賈赦已經打定了主意要鴛鴦，只好連忙賠笑說道：「太太說得對，我才多大，哪懂什麼輕重。再說老太太疼兒子，還有什麼是不能給的。要我說，我先過去哄老太太高興，等太太過去了，我就先走開，把屋裡的人也都支開。太太就單獨和老太太說，給了更好，不給也沒什麼，大家也都不知道。」

邢夫人聽她這樣說也高興起來，說道：「我的主意是先不和老太太說。老太太要是說不給，這事就沒法辦了。我心裡想先悄悄和鴛鴦說，她雖然害臊，但我細細地告訴她，她自然也不會說什麼。等她這邊說妥了，我再去告訴老太太，老太太要是不肯，架不住鴛鴦願意。俗話說『女大不中留』，這事情就成了。」

鳳姐笑著說道：「到底是太太有智謀，憑她是誰，哪一個不想巴高望上，放著半個主子不做，偏要當丫頭。」邢夫人一聽這話，笑著說道：「可不是這個道理麼。你先到老太太那兒去，別露一點風聲，吃了晚飯我就過去。」

鳳姐心裡暗想：「鴛鴦平時是個極有見識的丫頭，這事她還真不一定願意。我要是先過去，這事成了還好，不成的話，太太還不得說是我走漏的風聲。還不如我後去，這樣事情不成也懷疑不到我身上。」想到這兒，就笑著說道：「我剛才來得匆忙，家裡還有點事，得回去一趟。太太先到老太太那兒去吧，我一會兒就到。」說完，轉身就出來了。

邢夫人吃完晚飯，就一個人先過去了，先和賈母說了一些閒話，就出來到了鴛鴦的房間。鴛鴦正在屋裡做針線活，看見邢夫人，忙站了起來。邢夫人笑著說道：「做什麼呢？給我看看。」一邊說，一邊上下打量著鴛鴦。就見她上面穿了一件藕色的棉襖，下面穿了一條綠色的裙子。長得是小細腰、鴨蛋臉、烏黑的頭髮、高高的鼻子。鴛鴦看她這樣看著自己，倒不好意思起來，心裡也覺得詫異，就笑著問道：「太太，你找我呀？」邢夫人使了個眼色，跟著的人就都退出去了。邢夫人就拉著鴛鴦的手，把這事說了，見鴛鴦不吱聲，以為是同意了，就拉著鴛鴦去見老太太。鴛鴦站在那兒，紅著臉就是不肯走。

邢夫人知道她害臊，就說道：「這有什麼好害臊的，難道你還不願意。那你可真是個傻丫頭了，放著主子不做，偏要當丫頭，過幾年也不過是配給下人。若是跟了我們，你也知道我性子好，老爺待你們也好，家裡的下人還不隨便你使喚。錯過了這個機會，後悔就來不及了。」鴛鴦依舊低著頭，也不吱聲。邢夫人說道：「你這麼個爽快人，怎麼也扭捏起來了，想必是想你父母了。這樣也行，我去告訴他們，讓他們來問你，你有什麼話只管告訴他們。」說完，就往鳳姐那屋去了。

鳳姐早就辦完了事，看屋內無人，就把邢夫人的話告訴了平兒。平兒搖著頭笑著說道：

「據我看來，這事未必行。平常我們在一塊兒說起話來，聽她那個意思是不肯的。」鳳姐聽了，也覺得這事懸，又派平兒出去拿點東西，平兒轉身出來了。

鴛鴦這邊因為邢夫人的一席話，心裡煩悶，就出來逛逛，迎面碰見了平兒。平兒見四下無人，就笑著說道：「新姨娘來了。」鴛鴦聽了，紅著臉說道：「原來是你們串通一氣來害我，等著我去和你主子鬧。」平兒見鴛鴦滿臉的怒意，後悔自己不該這麼說，趕快把她拉到樹下的石頭上坐著，把鳳姐剛才告訴她的話，全告訴了鴛鴦。鴛鴦冷笑著說道：「我們從小是在一塊兒長大的，我也不瞞你，別說大老爺讓我去做小老婆，就是現在太太死了，三媒六聘地娶我去做大老婆，我也不去。」平兒說道：「那你有什麼打算？」鴛鴦說道：「什麼打算，我不去不就完了麼。」

平兒搖頭說道：「你不去，恐怕是不行的。大老爺的性子你還不知道麼。雖然你是老太太房裡的人，此刻是不敢把你怎麼樣，難道你還能跟老太太一輩子不成。到時候再落到他手裡，恐怕更不好。」鴛鴦冷笑著說道：「老太太在一天，我就服侍一天，倘若哪天老太太歸西[1]了，他還得守三年的孝，不能這邊老娘剛死，那邊就娶小老婆吧。到了那時，如果還不行，我就剃了頭髮當尼姑去。再不然，還有一死。你等著吧，這個事非得好好臊一臊他們，

---

❶【歸西】指人死去。

鴛鴦從袖口裡拿出一把剪子，打開頭髮就開始剪。

還說要去找我爹媽，他們都在南京，看他們怎麼找去。」平兒說道：「你父母雖然在南京，可是你哥嫂在這兒呀。」鴛鴦說道：「我不願意，他們還殺了我不成。」

正說著，就見鴛鴦的嫂子從那邊過來。平兒說道：「看來他們是找不著你爹媽，就把你哥嫂搬出來了。」鴛鴦說道：「這個潑婦，最不幹好事。」說話的工夫，人已經到了跟前。她嫂子笑著說道：「姑娘想必是都知道了，快過來，這可真是天大的喜事呀。」

鴛鴦聽了，趕忙起來，指

著她嫂子就罵道：「什麼喜事，你倒是給我說說看。難怪成天羨慕人家的丫頭做了小老婆，一家人也跟著橫行霸道起來，一家人都成了人家的小老婆。看得眼熱，就想把我也往火坑裡送。我若是好了，你們就在外面打著我的旗號，招搖撞騙；我要是不好了，你們就把王八脖子一縮，管我死活呢。」一面哭，一面罵，弄得她嫂子實在是下不來台，灰頭土臉地走了。

這邊，邢夫人正在鳳姐屋裡和她商量這件事，就見鴛鴦她嫂子進來，哭著說道：「太太還是別指望她了，她把我好頓罵，我看那小蹄子是沒那麼大福分，我們也沒這麼大的造化。」邢夫人忙細問，才知道是鴛鴦不願意，就回去把這件事告訴了賈赦。賈赦一聽就怒了，讓人把鴛鴦的哥哥叫來，說道：「你去告訴你妹妹，就說是我說的，自古嫦娥愛少年，她一定是嫌我老了。大約是看上了少爺們，多半是看上了寶玉，沒準還有賈璉。若是這樣想，讓她趁早死了這份心，我要她不來，以後誰還敢收她。再就是她想著老太太疼她，以後在外面給她找個好人家，憑她是嫁到誰家，也難逃出我的手掌心。除非她死了，或者是終身不嫁人，我就服了她。要不然趁早回心轉意，這事我就當沒發生過。」

鴛鴦她哥聽了，連連點頭，急忙回去把這些話告訴了鴛鴦。鴛鴦一聽，氣得一句話也說不出來，想了想，便說道：「我願意，但你們也得帶我去和老太太說一聲呀。」他哥哥以為她是想通了，心裡都樂開了花，趕緊讓她嫂子帶她來見賈母。

賈母這邊，王夫人、薛姨媽、鳳姐等人都在，大家正說著話就看見鴛鴦和她嫂子進來了。一進門，鴛鴦就跪在了賈母跟前，一面哭，一面說，把邢夫人是怎麼說的，園子裡的人是怎麼說的，今天他哥哥又是怎麼說的，都說了一遍，又哭著說道：「因為我不肯，大老爺還說我是喜歡寶玉。不然，就是等著嫁到外面去。憑我是上天入地，這一輩子也跳不出他的手掌心，終究要報仇。我是橫了心，今天當著眾人的面，我說一句話，別說是寶玉，就是寶金、寶銀，我也不嫁。如果老太太逼我，我就一頭撞死，或是去當尼姑。上有日月神明，下有天地鬼神，如果我說的不是真心話，就讓我不得好死。」說著，就從袖口裡拿出一把剪子，打開頭髮就開始剪。丫鬟們看見了，連忙過去拉住，但已經剪下來一些，還好沒多少，看不出來，眾人連忙給她綰上。

賈母聽了，氣得是渾身哆嗦，嘴裡說道：「我就剩下這麼一個可靠的人了，他們還要來算計我。」一看見王夫人在一旁，就說道：「你們原來都是哄我的！表面上孝順，暗地裡算計我。有好東西你們要，有好人你們也要。就剩下了這個毛丫頭，見我對她好了就想把她弄走，好擺弄我。」嚇得王夫人趕緊站起來，不敢吱聲。薛姨媽在一旁，也不知該怎麼勸。鳳姐這時也不知該說什麼好了。探春看了看，笑著對賈母說道：「這事和太太有什麼關係，老太太你想一想，大伯子的事，小嬸子怎麼可能知道呢。」

話還沒說完，賈母就笑著說道：「是我老糊塗了。」又對薛姨媽說道：「你這個姐姐，是十分孝順我的。不像那個大太太，一味地怕老爺，在我這兒不過是敷衍了事。我剛才不該這樣說她。」又指著寶玉說道：「你去給你母親跪下，就說太太別委屈了，老太太年紀大了，看著寶玉的面子就別生氣了。」剛說完，寶玉就要跪下，王夫人忙笑著把他拉起來，說道：「這可萬萬使不得，我哪裡會生老太太的氣呢。」鳳姐看氣氛緩和了，也笑著說道：「誰叫老太太會調教人。調理的丫頭一個個都和水蔥似的，怎麼能怨別人要。我幸虧是孫子媳婦，我要是孫子，我早要了，還能等到現在。」賈母笑著說道：「那還是我的不對了？」鳳姐說道：「可不是怨你麼，等我下輩子托生成個男人，我再要。」賈母笑著說道：「那就把鴛鴦配給璉兒吧，看你那不要臉的公公還要不要。」鳳姐笑著說道：「賈璉他不配，他也就配和我混一生吧。」說得大家哈哈大笑起來。

過了一會兒，賈母又把刑夫人叫了過去。刑夫人早就知道剛才發生的事情了，被賈母訓了一頓，也不敢吱聲。回到家，把賈母說的告訴了賈赦，又勸道：「老太太是真的離不開鴛鴦，你趁早還是死心吧，要不然老太太該急了。」賈赦一聽，是又氣又羞，事情也只能作罷。一想還是不甘心，讓人又在外面買了個丫頭，收在房內，鴛鴦的事才再也不提了。

第二十回　寶釵黛玉解心結

鴛鴦的事情過去後，大家怕老太太還是生氣，都經常過去陪她說說話，解解悶。這天，寶釵去賈母那裡，回來的路上正好碰見黛玉，便把黛玉拉到了一旁的房中，笑著說道：「你跪下，我要審你。」黛玉不知是何緣故，笑著說道：「你是不是瘋了？審我幹什麼。」寶釵冷笑道：「好個千金小姐！好個不出門的大家閨秀！滿嘴裡說的又是什麼？」黛玉不懂是什麼意思，只在一旁傻笑，嘴裡說道：「我說了什麼？你倒是說出來給我聽聽。」寶釵笑著說道：「你還裝，前幾天行酒令，你說的詞都是從哪兒來的？」黛玉一想，才想起來那天行酒令是說了《西廂記》裡的幾句詞，被她這麼一問，不知不覺臉紅了起來，上來摟住寶釵笑著說道：「好姐姐，我只是隨口說的，下次再也不說了。你可千萬別告訴別人。」

寶釵見她羞得滿臉通紅，又不住地央求，便沒有再追問下去，拉她坐下來說道：「你當我是誰？我也是個淘氣的。我們家也算是個讀書人家，祖父又很愛藏書。以前家裡人口多，兄弟姐妹在一塊兒，就偷來這些書，大家一塊兒看。後來被大人發現了，罵了一頓，才不敢了。說到男人們讀書明理，如果可以興邦振國當然是好事。但有些人是越讀越壞，倒也不是書耽誤了他，是他把書糟蹋了。如果是這樣，不如在家耕幾畝地，也不至於害人。我們女孩家，其實就該做些針線刺繡的事，偏偏又認得了字，既然認識了字，就該拿些好書來看，最怕看些雜書變了性情就不好了。」這些話說得黛玉只能在一旁低頭喝茶，心裡卻暗暗佩服，想著自己從小就沒了母親，沒有人說一些規勸自己的話，聽她這樣說心裡覺得很溫暖。黛玉的丫頭怕她在外面坐久了會生病就過來催促她回去，黛玉和寶釵就沒有再說下去，各自回家了。

黛玉每年春分❶、秋分❷都會犯舊病，這段時間又趕上老太太興致好，多出去玩了兩次，有點累著了，回來後就咳嗽不止。所以待在自己房中靜養，總不出門。有時悶了，也盼著姐妹們能多過來陪她說說話，打發打發時間。

這日，寶釵過來，看她病得難受，便說道：「這裡的幾個醫生雖然都好，但你常年吃他們的藥也不見效，不如再請別的大夫過來瞧一瞧。痊癒了多好，省得每年都要鬧兩次病，多

❶【春分】大約是每年的三月二十日，此時太陽直射赤道。春暖花開，鶯飛草長，適合耕作、田間管理、觀光出遊等。

❷【秋分】農曆二十四節氣中的第十六個節氣，時間一般爲每年的九月二十二或二十三日。南方由這一節氣起才開始入秋。

「有我在一天，就陪你一天。你有什麼委屈煩惱，都可以告訴我。」

難受呀！」黛玉歎息著說道：「我的病是好不了了，俗話說『生死有命，富貴在天』，也不是人可以強求的。」說話之間，又咳嗽了兩三次。

寶釵說道：「昨天我看了你的藥方，覺得人參肉桂太多了。雖說可以益氣養神，但是不免太燥熱。不如每天早上，拿燕窩冰糖熬成粥，多吃也可以滋陰補氣。」黛玉歎息著說道：「我知道你平時待人是很好的，只有我是個愛多心的人，總以為你有心計，處處和你作對。今天看你這樣勸我，想想是我錯怪你了。細細想來，我母親去世的時候我還小，身邊也沒有個兄弟姐妹，不曾有一個人像你一樣勸導我。你剛才說叫我喝燕窩粥，雖然燕窩易得，對我的病也好。但是我每年犯病，光是請大夫、熬藥，買人參、肉桂這些事情已經鬧得府裡天翻地覆了。這會兒我又要喝什麼燕窩粥，老太太、太太和鳳姐她們是不會說什麼，那些底下的婆子、丫頭們不免覺得我太多事了。你看這裡這些人，就因為老太太疼寶玉和鳳姐，他們就虎視眈眈，背地裡說三道四，何況是我呢？我又不是正經主子，無依無靠才投奔他們來的，他們本就嫌我多餘，現在又這樣不知好歹，要這要那的，不是招他們咒我嗎！」

寶釵說道：「這樣說，我和你還不是一樣。」黛玉說道：「我和你怎麼比得了，你有母親，又有哥哥；這裡有土地，家裡還有房屋。不過是親戚的緣故才住在這裡。大小事情也不用他們一分錢。我是一無所有，吃穿用度卻和他們家的姑娘一樣，那些小人還不一定怎麼嫌棄我呢。」

寶釵笑著說道：「嫌什麼呀，不過是將來多出一份嫁妝錢。」黛玉聽了，不覺得臉紅了起來，笑著說道：「人家才把你當個正經人，把心裡的煩惱告訴你，你反倒拿我來取笑。」寶釵笑著說道：「雖是玩笑話，但也是真話。你放心，有我在一天，就陪你一天。你有什麼委屈煩惱，都可以告訴我，我能幫你的一定幫。我雖然有個哥哥，可他是什麼樣的人你也是知道的。有母親，這點倒是比你強一些。咱們也算是同病相憐，你剛才說的也對，多一事不如少一事，我們家裡還有些燕窩，我明天就叫人給你送來。你每天拿它來熬粥喝，又可以滋補身體，還不用興師動眾的。」黛玉笑著說道：「東西是小，只是你這份情難得。」寶釵說道：「這不算什麼，你也說了好久了，該歇歇了，我先回去了。」說完就走了。

這邊黛玉喝了兩口粥，歪躺在床上。不想日落時天變了，淅淅瀝瀝下起雨來。天漸漸黃昏，且很陰沉，伴著那雨滴聲，黛玉更覺得淒涼。隨手拿來一本書，看著也覺得傷感，就把書放到了一邊準備睡了。這時就聽丫鬟來報說：「寶二爺來了。」話還沒說完，就見寶玉頭上戴著大斗笠❸，身上披著蓑衣❹，黛玉看了不禁笑道：「這是哪裡來的漁翁呀？」寶玉忙問：「今天好點了麼？吃藥了沒有？一天吃了多少飯？」一面說，一面摘下了斗笠，脫了蓑衣，一手舉起燈來，對著黛玉的臉照了照，笑著說道：「今天的氣色不錯。」

黛玉看那蓑衣斗笠倒不像尋常地方可以買到的，十分精緻輕巧，就問道：「這是什麼草編的？穿上倒不像刺蝟。」寶玉說道：「這是北靜王送的，你要是喜歡我也給你弄一套。」

黛玉忙說不要。寶玉看見桌上放著書，就拿起來看了看，覺得很好。黛玉說道：「我要睡了，你也回去吧。」寶玉聽了，從懷裡掏出一塊大金錶，看了看，說道：「你確實該歇著了，我先走了。」說著披上蓑衣，戴上斗笠就出去了。一會兒又轉身進來，問道：「你想吃什麼告訴我，我明天一早就去告訴老太太。」黛玉笑著說道：「等我夜裡想到了，明天再告訴你。你聽，外面的雨越下越大了，你趕快回去吧。有人跟著麼？」兩個丫頭在外面答應：「有人，在外面拿著傘點著燈籠呢。」黛玉笑著說道：「這天還能點燈籠。」寶玉說道：「沒事，是羊皮的，不怕雨。」

黛玉聽他這麼一說，回手到架子上拿了一個玻璃燈，在裡面點上蠟燭，遞給寶玉說道：「這個比那個亮，正適合在雨裡點著。」寶玉說道：「我也有一個，怕滑倒打破了，就沒點。」黛玉說道：「打破又能值幾個錢，是人值錢還是它值錢。那燈籠就讓前面的人拿著，這個你自己拿著，明天再給我送回來，即便是打破了也沒關係。」寶玉聽了，就接了過來，跟著丫頭們回去了。

---

❸【斗笠】遮陽光和雨的帽子，有很寬的邊沿，用竹篾夾油紙或竹葉棕絲等編織而成。

❹【蓑衣】一種用蓑草編織成像衣服一樣厚厚的、能穿在身上用以遮雨的雨具。人們發現棕葉後，也有用棕葉製作的。

黛玉剛要睡下，寶釵派來一個婆子，也打著傘提著燈，送來一大包燕窩，還有一包梅片糖，說道：「我們姑娘說了，這比買的強，讓姑娘先吃著，不夠了再給送來。」黛玉回說：「讓你費心了，外面喝了茶再走。」婆子笑著說道：「不喝茶了，我還有事。」黛玉道：「我知道你們忙，現在天又涼，夜又長，你們就想著賭兩把了，是吧？」婆子笑道：「不瞞姑娘說，正是這樣。我今年可是發財了，一會兒關上園子門，我們就該開場了。」黛玉聽了，說：「難為你冒雨送來，還耽誤了發財。」讓人給了她些銀兩，婆子趕緊道謝，收起銀子就走了。

紫鵑收起燕窩，服侍黛玉睡下。黛玉躺在床上又想起寶釵的好，一會兒又羨慕起她有母親有兄弟，一會兒又想起寶玉，和他雖然好，但偶爾也會吵架。又聽見外面雨聲淅淅瀝瀝，輕輕拍打著竹葉，更覺得清寒透骨，想著想著就不自覺地流下了眼淚。直到天快亮才漸漸地睡著了。

第二十一回　香菱苦學作詩

這天，賴大的兒子得了個官，要擺三天的酒席，請賈府的老爺、太太們都過去喝酒、看戲。賈母想著大家也有好久沒聚了，一高興，就帶著王夫人、薛姨媽等人去了賴大家的花園中坐了半日。

席上薛蟠看見世家子弟柳湘蓮，長得年輕俊美，風采不凡，就想過來糾纏。這柳湘蓮早就聽說薛蟠整天不務正業、欺男霸女，人送外號「呆霸王」，前段時間為了搶個女人，也就是香菱，還打死了人。今天一見，果然是十分猥瑣之人，還想來糾纏自己，更是覺得噁心。他悄悄地把薛蟠騙到城外蘆葦塘邊，一頓暴打，打得薛蟠都爬不起來，直到下人們來找，才把滿身是泥的薛蟠抬回了家。薛蟠平白無故挨了一頓打，真是又氣又惱，派人去找柳湘蓮報仇，被薛姨媽攔下了。自己覺得沒臉見人了，又羞又愧，等養好了傷之後，就藉口學做生意，跟著薛家的一個總管回鄉去了。薛姨媽想讓他幹點正經事，也就沒管他讓他走了。

薛蟠走後，寶釵就把香菱接到大觀園裡一塊兒住。這天，寶釵等人去了賈母那兒，香菱

自己閒得沒事，就去了瀟湘館。此時黛玉正愁沒一個人陪她聊天解悶，看見香菱來了，當然高興，忙讓她坐下。香菱說道：「我現在有空，你就教我學作詩吧。」黛玉笑著說道：「既然你要學作詩，就得拜我為師，我雖然也不太懂，但還是可以教你的。」香菱笑著說道：「那我就拜你為師，你可不許嫌我煩呀。」黛玉笑著說道：「作詩也不是什麼難事，你先把杜甫、陶淵明等人的詩，看上幾百首，心裡有個底。你又是一個聰明伶俐的人，不用一年，就可以當詩翁了。」香菱一聽很高興。黛玉命人拿來一些書，遞給香菱說道：「我這裡面畫紅圈的，都是我選的。你拿回去都讀一讀，有不明白的，再來問我。」香菱拿著書回到蘅蕪苑，什麼事都不管了，就趴在燈下讀起詩來。寶釵幾次催她睡覺，她都不肯。寶釵見她這樣用功，只能隨她去了。

第二天，黛玉剛剛梳洗完，就看見香菱笑吟吟地走了進來，要換書。黛玉笑著問道：「共記住了幾首？」香菱笑著說道：「凡是紅筆圈上的，我都看完了。」黛玉問道：「可讀懂了一些？」香菱笑著說道：「懂是懂了一些，只是不知道對不對，說給你聽聽。」黛玉笑了笑，說道：「那我們就討論討論。」香菱就說了「大漠孤煙直，長河落日圓❶」等詩句，黛玉在一旁幫她分析這些詩句的意思。正說著，就見寶玉和探春來了，都坐下聽她講詩。探春見香菱學得認真，就笑著說：「明天我補一個請柬來，讓你也加入我們詩社。」香菱紅著臉說道：「姑娘不要開我玩笑了，我只是看見你們作詩，心裡羨慕，才學著玩的。」黛玉又給香菱講了幾首詩，大家坐了一會兒就走了。

香菱邊走邊想黛玉剛才講的，連房門都沒進，一會兒躺在池邊樹下，一會兒坐在山上的石頭上，想得都出了神。來往的人看她這個樣子都很詫異，寶釵寶玉探春等人遠遠地站在山坡上看著都覺得好笑。只見她一會兒皺下眉，一會兒又笑一下。寶釵笑著說道：「這人肯定是瘋了！昨夜嘟嘟囔囔吵到半夜才睡著。沒一頓飯的工夫天就亮了，就見她趕緊起來梳了頭，又跑去找黛玉了。」寶玉說道：「她可真是個癡人。」寶釵聽了，笑著說道：「你要是有這份心，學什麼不成呀。」寶玉沒答話。

一會兒只見香菱興沖沖的，又往黛玉那邊去了。探春笑著說道：「咱們跟去看看她又要幹什麼。」說著，一起往瀟湘館走。原來是香菱作了一首詩，跑來問黛玉怎麼樣，大家都過來問黛玉：「作得怎麼樣？」黛玉說道：「真是難為她了，這麼幾天就能作出詩來。意思是有，只是措辭不雅，還得改一改。」香菱在一旁又說出好幾個詞來，探春在旁邊笑著說道：「菱姑娘，你歇歇吧。」香菱想想說道：「『歇』字用得不好，不押韻。」大家一聽，都大

❶【大漠孤煙直，長河落日圓】出自唐代著名詩人王維在奉命赴邊疆慰問將士途中所做的一首紀行詩，記述出使途中所見所感。原文是：單車欲問邊，屬國過居延。征蓬出漢塞，歸雁入胡天。大漠孤煙直，長河落日圓。蕭關逢候騎，都護在燕然。

笑起來。寶釵說道：「這可真成了詩魔了，都怪黛玉。」黛玉笑著說道：「聖人說誨人不倦，她來問我，難道我不告訴她。」

李紈笑著說道：「咱們把她拉到四姑娘房裡，看看畫，好讓她醒一醒。」大家又把香菱拉到了惜春那裡，只見滿屋子的畫，畫得都是栩栩如生。惜春正用紗巾蓋住臉，躺在那裡睡午覺。大家忙把她叫醒。惜春對香菱開玩笑說道：「凡是會作詩的，都會畫畫，你也趕快學學吧。」大家坐在一起聊了一會兒天，就都回家去了。

香菱現在心裡想的都是詩，躺在床上也是輾轉反側，想著怎麼作詩，一直到深夜才睡著。早上天亮了，寶釵醒了，見她睡得安穩，覺得她昨天折騰了一宿肯定是累了，就沒有叫她。突然聽見香菱在夢中笑著說道：「可算是作好了，難道這一首還不好。」寶釵聽了，真是覺得可氣又可笑，連忙把她叫醒，問道：「作了什麼詩，你這誠心都可以成仙了。別學不成詩還弄得自己一身病。」一面說，一面梳洗打扮，和姐妹們出去玩了。

香菱醒來，想起在夢中作了一首詩，趕緊寫下來。梳洗完畢後，就來到沁芳亭，正看見寶釵在跟大家說她夢中作詩的事。大家看見香菱來了，都爭著要看她的詩。香菱迎上去，笑著說道：「你們看我這首詩，如果還行，我就繼續學；如果還不好，那我就死了這份心了。」說著就把這首詩遞給大家看。大家一看，笑著說道：「這首詩不但好，而且立意新巧有趣，真是應了那句俗語：『天下無難事，只怕有心人。』我們詩社請你了。」香菱聽了，心裡不信，以為她們是在騙自己，問了寶釵和黛玉，她們也覺得好，這才安心了。

這日，大觀園內來了好多人，史湘雲來看賈母，在寶釵這兒住下了。剛巧寶釵的妹妹寶琴也來了，這寶琴不但長得漂亮，還極富才情，一點都不比寶釵差。賈母一看就喜歡，讓王夫人認作乾女兒。還有李紈的親戚李紋等人也都在，大觀園內一下子就熱鬧起來。大家都差不多的年紀，也分不清誰長誰幼，都哥兄妹弟地亂叫。

如今香菱正一心一意學作詩，又不敢老去打擾寶釵。看見史湘雲來了，高興極了。湘雲又愛說話，看見香菱請教她詩詞，更加高興了，兩人沒日沒夜地高談闊論起來。寶釵看她們這樣，笑著說道：「我實在是受不了了。一個女孩家，整天把詩詞歌賦掛在嘴邊，還當作正經事幹，叫有學問的人聽見了，反倒笑話，說不守本分。一個香菱還沒弄明白，又多了你這麼個話癆，滿嘴裡都講的是些什麼呀？」說得香菱湘雲二人都笑了起來。

這天，大家都在寶釵房間聊天，正說著，寶琴來了，只見她披了一件斗篷❷，十分好看。寶釵忙問：「這是從哪兒得的？」寶琴笑著說道：「因為下雪，老太太找了這件斗篷讓我披上。」香菱上來瞧了瞧說道：「難怪這麼好看，是不是孔雀毛織成的？」湘雲笑著說

❷【斗篷】又名「蓮蓬衣」。用來防風禦寒，通常無袖。

道：「什麼孔雀毛，是鴨毛，老太太是真疼你呀，什麼好東西都想著你。」一會兒，就看琥珀進來說道：「老太太說了，讓寶姑娘不用把琴姑娘看得太緊，她還小，讓她愛怎麼樣就怎麼樣，她要什麼東西也只管給她。」寶釵忙起身答應，又推推寶琴道：「你也不知道是哪裡來的福氣，趕快去玩吧，要不然該說我給你氣受了。」

寶玉在一旁看看黛玉，知道她一向心眼小，今天見賈母這樣疼寶琴，怕她心裡不高興。但又見她和寶釵、寶琴有說有笑，不像是不高興的樣子。大家散後，寶玉便問黛玉，是不是和寶姐姐和好了。黛玉聽了，笑著說道：「她真的是個好人，我還總以為她是有心計的。」寶玉便把行酒令和送燕窩的事和寶玉說了。寶玉聽了笑著說：「我說呢，原來是這樣。」黛玉說起寶琴，又想起自己連個兄弟姐妹都沒有，不免又傷心落淚。寶玉忙勸說道：「你又自尋煩惱了，你看看你自己，今年比去年還要瘦，也不知道保養。每天好好的，總要想起一些傷心的事哭一會兒才算完。」黛玉邊擦淚邊說道：「我只是覺得心酸，眼淚倒是比前幾年少了。」寶玉說道：「你老愛生疑，眼淚哪裡會少！」

第二十二回　晴雯帶病補衣

襲人因母親病重回家去了，寶玉的生活起居就由晴雯和麝月負責。這天夜裡，寶玉醒來想喝水，麝月忙去倒，晴雯在一旁也醒了。麝月見外面月光皎潔，就對他們說道：「你們先別睡，坐著說會兒話，我出去走走。」晴雯笑著說道：「你去吧，外面有個鬼等你。」寶玉說：「別聽她的，外面的月色多好，你去吧。」麝月穿上衣服就走了出去。

晴雯等她出去，就想出去嚇嚇她，仗著自己身體比別人好，又不怕冷，穿了一件小襖就出去了。寶玉叫住她說：「小心，凍著了可不是鬧著玩的。」晴雯擺擺手，走出房門，忽然吹來一陣寒風，就覺得刺骨地寒冷，不禁打了個冷顫，心裡想道：「難怪人家說熱身子不可吹冷風，這一吹果然厲害。」正要嚇麝月，就聽寶玉叫道：「晴雯出去了。」晴雯忙轉身進來，笑著說：「又不會嚇死她，就你這麼關心她。」寶玉說道：「不只是怕你嚇著她，也怕你凍壞了自己。你這樣去嚇她，她沒有防備，再一叫，吵醒了別人。人家該說襲人才走了一夜，你們就這樣裝神弄鬼的。」

晴雯先把裡子拆開，再將破口的地方用刀刮得鬆鬆散散的，然後再縫了兩道，分出經緯。

還沒等說完，就聽門「咯噔」一聲響，麝月慌慌張張地回來了，說道：「嚇了我一大跳，天黑看不清楚，就見石頭後面好像蹲了一個人，剛要叫，就見那東西飛到了亮處我才看清楚，原來是一隻大公雞。」一面說，一面看著晴雯說道：「你剛才就穿這麼少的衣服出去的？」寶玉說道：「可不就這麼出去的麼。」麝月說道：「沒把你的皮凍破了。」說著，便把火盆裡的火弄旺。

晴雯因剛才一冷，現在又一暖，一時扛不住，打了兩個噴嚏。寶玉說道：「怎麼樣？

到底傷風了吧。」麝月笑著說道：「她自己不知道愛惜身體，明兒要是病了，也是她自作自受。」寶玉問道：「發燒麼？」晴雯咳嗽了兩聲，說道：「沒事，哪有那麼嬌貴。」說完，大家就去睡了。

第二天早上起來，晴雯果然覺得鼻塞聲重、頭疼腦熱起來。寶玉怕王夫人知道會把晴雯趕回家去修養，就悄悄地給她請了個大夫，又是診脈，又是開藥。寶玉因為擔心晴雯的病，在賈母那兒吃過飯，就匆匆趕回來了。一進屋就見晴雯臉燒得透紅，一個人也不在屋內，就問麝月哪兒去了。晴雯說：「剛才平兒來了，鬼鬼祟祟地把她叫出去說話，估計是要把我攆出去。」寶玉說道：「你別亂猜，平兒不是那樣的人，我替你聽聽去。」

寶玉從後門出去，到窗下一聽，只聽見平兒和麝月說：「宋媽把鐲子送回去了，偷鐲子的是你們房的小丫頭墜兒。我沒讓宋媽聲張，向二奶奶謊稱鐲子是掉到雪地裡，雪化了就找到了。一是寶二爺平時最關心女孩兒，千萬別讓他知道了生氣。二是襲人不在，晴雯性子不好，又在病中，也得瞞著她，要不然更得生氣了。等以後找個別的藉口，把墜兒攆走就行了。」

寶玉讚歎平兒用心良苦，心裡又氣墜兒，一個那麼聰明伶俐的丫頭，怎麼做出這樣的醜事，回房就一五一十全告訴了晴雯。晴雯一聽，勃然大怒，當時就要叫墜兒。寶玉忙勸她：「這一叫，就辜負了平兒的一片好心，不如領平兒的情，過後再打發墜兒。」晴雯說道：

「雖是這麼說，只是怎麼忍得下這口氣。」寶玉說道：「這有什麼好氣的，你只管養病。」

晴雯服了藥，夜裡雖出了汗，但仍沒退燒。第二天，又請醫生看了，加了藥，燒才退了些，鼻子還是不透氣。寶玉拿來上等鼻煙❶，讓晴雯用指甲挑了些吸入鼻中，接連打了五六個噴嚏才好些，只是太陽穴還痛。寶玉就讓麝月找鳳姐兒要來西洋膏藥，給她貼上，這樣才略微舒服了。

第二天一早，寶玉過來給賈母請安，說要去給舅舅拜壽。賈母看外面要下雪，就讓鴛鴦拿一件大衣給她。寶玉只見那大衣金燦燦的煞是好看，好像又不是上次寶琴披的那件。賈母笑著說道：「這個叫做雀金，是俄羅斯國用孔雀毛撚成線織成的。之前那件野鴨子毛的給了你小妹妹，這件就給你吧。」寶玉磕了一個頭，就把它披在了身上。賈母說道：「就剩這一件，你可別糟蹋了。」說著，又囑咐了他一些話，寶玉便走了。

晴雯吃了藥，到了晚上還不見好，急得她在床上翻來覆去地亂罵大夫。麝月在一旁正勸著，墜兒進來了，晴雯一見她更是又氣又罵，拿著東西就打墜兒，疼得墜兒亂喊亂叫，麝月忙把她拉開。晴雯叫人把墜兒趕出府去，墜兒的母親過來哭鬧，說什麼晴雯不給她臉面，氣得晴雯漲紅了臉。

剛安靜了一會兒，寶玉回來了，一進門就唉聲歎氣的，麝月忙問緣故。寶玉說道：「今天老太太高高興興地給了這件褂子，誰知沒注意，後襟上燒了一塊。幸虧天黑了，老太太和太太沒有注意到。」麝月說：「這沒什麼，叫人拿出去，找一個能幹的織補匠人織上就行了。」便用包袱包上，叫來一個丫鬟說，「趕天亮前補好，千萬別讓老太太、太太知道。」過了一會兒，丫鬟又把東西拿回來說：「不但織補匠人，就連能幹的裁縫、繡匠和做女工的都問過了，都不知道這是什麼，沒人敢接這活。」麝月急著說道：「這可怎麼辦，明天還是別穿了。」寶玉說道：「明天是正日子，老太太說了，還讓穿這個去。如果說給燒了，不是讓人掃興？」

晴雯聽了半天，忍不住翻身說道：「拿來給我看看，沒這福氣就別穿，現在開始著急了。」晴雯拿過來，仔細看了看，說道：「原來是用孔雀金線織成的，咱們也拿孔雀金線就像界線❷似的界密了，只怕還能混過去。」麝月說道：「孔雀線是有的，但是這屋裡除了你，也沒人會界線這手藝了。」晴雯說道：「沒事，我硬撐著還可以幹。」寶玉忙說：「這

❶【鼻煙】煙是把優質的煙草研磨成極細的粉末，加入麝香等名貴藥材，或用花卉等提煉。製作工藝十分考究，所以一般把它用臘密封幾年乃至幾十年才開始出售。聞煙是聞它的芬芳之氣，藉以醒腦提神。因爲聞煙可起到輕度的麻醉作用，以緩解神經緊張的壓力，使疲勞的身軀得到暫時的休息和鬆弛。

❷【界線】手工刺繡和織補工藝中所用的一種縱橫線織法。

怎麼行，剛好一點，怎麼能幹活。」晴雯說道：「不用擔心，我自己的身體自己知道。」一面說，一面坐起來，挽了挽頭髮，披上衣服。她只覺得頭重腳輕，兩眼冒金花，實在有些撐不住，但不做又怕寶玉著急，只能咬牙堅持。

晴雯讓麝月幫忙拿線，晴雯拿在手裡一根一根地比，笑著說道：「雖然不是很像，但是補上了估計也不明顯。」寶玉說道：「這就很好，難道找俄羅斯國的裁縫來補？」晴雯先把裡子拆開，再將破口的地方用刀刮得鬆鬆散散的，然後再縫了兩道，分出經緯。再依照原來衣服的紋路，來回織補。縫幾下就看看，再縫幾下又看看。弄得她頭昏眼花、氣喘吁吁，縫不上幾針就得躺下來休息一下。

寶玉一會兒問她喝不喝水，一會兒又要給她加件衣服。晴雯急得說道：「小祖宗，你趕快睡吧。再熬上半夜，明兒再把眼睛熬紅了，可怎麼得了。」寶玉見她著急，只能胡亂睡下，也睡不著。直到深夜，晴雯才把衣服補好，又用小刷子慢慢地剔出絨毛來。麝月看了說：「這就很好了，不留心，還真的看不出來是補過的。」寶玉看了看說道：「和真的一樣。」只聽晴雯「哎喲」一聲，倒在了床上。

寶玉見晴雯已經累得筋疲力盡，忙讓小丫鬟過來侍候，沒一頓飯的工夫天已經大亮。寶玉顧不上出門，趕緊叫大夫過來，一會兒大夫過來診了脈，說是勞累過度，若不調養非同小可，便開了藥方。寶玉忙讓人去抓藥，歎息著說道：「倘若有個好歹，不都是我的罪孽[3]。」晴雯躺在床上說道：「好大爺，你該幹什麼就幹什麼去吧，我哪有那麼嬌貴，幹這麼一點活，就累著了？」寶玉無奈，只好走了。到了下午，寶玉記掛晴雯的病情，藉口身體不舒服就先回來了。晴雯此病雖重，但是她一向身體好，加上飲食清淡，經過細心地服藥調治，漸漸地好了起來。襲人回家照顧母親，但是母親還是去世了。襲人送了殯後，也回到園子裡。

❸【罪孽】迷信的一種說法，認爲有罪會受到報應。

第二十三回　賈府元宵開夜宴

時近臘月，王夫人和鳳姐開始張羅過年的事。此時，寧府上上下下都十分忙碌。賈珍開了宗祠❶，命人打掃乾淨，收拾器具以便祭祖。賈蓉從宮中領出皇上賜給皇親國戚的春祭銀子。到了臘月二十九，兩府都換了門神❷、對聯。寧國府道道門戶大開，直到正堂，路兩旁也是高高地掛起了燈籠，點得通亮，宛如兩條金龍。

大年三十一早，賈母就領著有封號的夫人，按品級換了朝服，坐著八人抬的大轎子，進宮朝賀，回來後到寧府宗祠祭祖。這是寶琴第一次進賈家祠堂，原來這宗祠設在寧府西邊的院子裡，大門的匾額對聯是前朝太傅❸所題，進了門是一條白石路，兩旁種著蒼松翠柏，桌子上放著祭祀用的銅器，兩邊的對聯是先皇御筆親題，正殿的金匾、對聯也是御筆。殿裡燈火輝煌，列著神主牌位。

賈府人按輩分排列兩行，賈敬主祭，賈赦陪祭，玉字輩和草字輩的各司其職，行了隆重又繁複的祭禮，然後又跟著賈母來到正堂，向寧、榮二祖的遺像行禮。禮畢，賈母回到榮府，從賈敬、賈赦開始，按輩分分男女向賈母行禮，然後是男女管家領著男僕女婢行禮。賈母讓發了壓歲錢，擺上宴席，眾人鬧到很晚才回去。

初一一大早，賈母等人再次進宮朝賀，祝賀元妃壽辰。回來再祭過祖宗，方回榮府，受了禮，就換了衣服休息去了。自初二起，天天有人來拜年，大廳裡擺酒，院子裡唱戲。一連忙了七八天，轉眼就到了元宵節，寧榮二府都是張燈結綵。

到了元宵節晚上，賈母在花廳擺了十來桌酒席，找來一個戲班唱戲，帶著家中的晚輩們共慶元宵。賈母說道：「我老了，骨頭疼，就讓我這麼歪著吧。」說完，就歪躺在床榻上。寶琴、湘雲、黛玉和寶玉挨著賈母坐，賈母一會兒和大家喝點酒，一會兒拿過眼鏡看會兒戲。忽然聽見那唱戲的，臨時加了句戲詞，說道：「今天是正月十五，恰好是榮國府中老祖宗家宴。待我騎了馬，趕緊去討些果子吃。」逗得大家哈哈大笑。賈母說道：「難為他說得

---

❶【宗祠】習慣上稱祠堂，是供奉祖先神主，進行祭祀的場所，被視為宗族的象徵。宗廟制度產生於周代。

❷【門神】舊時農曆新年貼於門上的一種畫。門神是道教和民間共同信仰守衛門户的神靈，舊時人們將其神像貼於門上，用以驅邪避鬼、衛家宅、保平安、助功利、降吉祥。

❸【太傅】周代設置，為輔弼天子之任。漢代復置，次於太師。歷代沿置，多用為大官加銜，無實職。

那麼好。」便說了一個「賞」字。賈珍、賈璉早已抬了一大筐的錢，放在那裡預備好了。一聽見「賞」字，就讓人往臺上撒錢，一時間，只聽見滿臺上叮叮噹噹的銀錢響。

大家又熱鬧了一會兒，戲散了。賈母覺得有點冷，就挪到了屋裡的炕上。兩個常來府裡的女先生❹過來請安，鳳姐見賈母高興，就說道：「我們趁著女先生在，不如讓她們擊鼓，咱們傳花，一會兒鼓音停了，花在誰手裡，誰就講個笑話怎麼樣？」賈母一聽覺得很有意思就同意了，讓人拿來鼓和花。

這時，女先生開始擊鼓，大家傳花，鼓一停，花落在老太太手裡。大家笑著讓老太太先講一個，賈母笑著說道：「也沒有什麼新鮮好笑的，先湊合講一個吧。」接著說道：「一家裡養了十個兒子，娶了十房媳婦。只有第十房媳婦聰明伶俐、心巧嘴甜，最招公婆喜愛。公婆總說那九個兒媳婦不孝順。這九個兒媳婦一聽，覺得很委屈，便在一塊兒商議，都覺得自己很孝順，就是嘴上不會說，這委屈該向誰訴。有人提議不如去閻王廟和閻王說，大家都覺得好。第二天大家一塊兒去了閻王廟，誰知都睡著了，沒等到閻王，卻等來了孫行者❺，便把事情的原委和孫行者說了。孫行者笑著說道：『這也不是什麼難事，那第十個兒媳婦出生時，剛好我在閻王那兒撒了一泡尿，她喝了，所以變得伶牙俐齒。你們要想這樣，喝我的尿就行。』」

說完，大家都笑了起來。鳳姐笑著說道：「好呀，幸虧我們都是嘴笨的。」尤氏道：

「咱們這裡誰是嘴快的，別當沒事人似的。」說完大家又是一頓笑。眾人都知道鳳姐平時就愛說笑話，肚內有好多的新鮮事。不光大人喜歡聽，連小孩都喜歡。丫頭們就悄悄地和女先生說明，以咳嗽為記讓花落到鳳姐手中。一會兒女先生又開始擊鼓，大家開始傳花，一會兒鼓停了，花果然就落到了鳳姐手裡，眾人齊笑著說道：「可算是拿住你了，快點說個好的，別太逗，要不然笑得肚子疼。」

屋內的小丫頭看見鳳姐要說笑話了，趕快去把自己的姐妹們都叫過來。一會兒工夫就擠了一大屋子人，連外頭的窗戶底下都站滿了人。這邊鳳姐想了想，就開始講道：「一大家子聚在一塊兒過元宵節，賞燈喝酒，真是十分熱鬧。婆婆、媳婦、孫子媳婦、外孫媳婦、孫子、孫女、侄兒、外甥。哎呀呀，人真是多。」眾人一聽，笑著說道：「聽她這麼貧嘴，又不知要嘲笑誰呢。」尤氏在一旁道：「你要是說我我可不饒你。」鳳姐起身拍手笑著講道：「我這麼費力地講，你們還跟著瞎說，那我不講了。」賈母笑道：「你說你的，接下來怎麼樣？」鳳姐想了想，笑著說道：「就是坐了一屋子人，然後喝了一夜的酒就散了。」

---

❹【女先生】古代稱說書人為說書先生，女先生指的是女性說書人或女道士。

❺【孫行者】也就是孫悟空。

眾人見她說到這兒，還在愣愣地等著她接著往下說。就見鳳姐也不繼續講了，大家都覺得沒什麼意思，湘雲在那兒看了鳳姐半天。鳳姐一看大家這樣，就道：「那就再說一個過節的吧。這日過節，幾個人抬著房子那麼大的鞭炮去城外放，引來了上萬人觀看。有一個性急的，就偷偷拿著香給點著了，只聽砰的一聲，大家轟然一笑，散開了。這抬炮仗的人抱怨賣炮仗的捆得不結實，沒等放就散了。」湘雲問道：「難道他本人沒聽見？」鳳姐說道：「沒聽見的是聾子唄。」眾人一聽，回過神來，都大笑起來。又想著上一個沒有說完，就問道：「那上一個故事還沒說完呢。」鳳姐一拍桌子說道：「好囉唆，接下來就是節過完了，大家忙著收拾東西，再往下怎麼樣我怎麼知道。」大家一聽，又笑了起來。鳳姐笑著說道：「天也不早了，依我看老祖宗也累了，咱們也該聾子放炮——散了吧。」尤氏等人用手絹捂著嘴，笑得是前仰後合，指著她說道：「你可真是個貧嘴的東西。」賈母也笑著說道：「這鳳丫頭，是越來越貧嘴了。」

鳳姐一面說，一面吩咐道：「把爆竹和煙花都拿過來，咱們也把它放了，醒醒酒。」賈蓉聽了，忙出去帶著下人們把各種煙花擺放好。這些煙花都是進貢之物，雖然不是很大，但都十分精緻，準備齊全後就開始放炮。黛玉一向身體弱，聽不了這爆竹聲，賈母就把她摟在懷裡。薛姨媽摟住湘雲，湘雲笑著說道：「我不怕。」寶釵笑著說道：「她專愛自己放炮，還怕這個？」王夫人怕寶玉害怕，也把他摟在懷裡。鳳姐笑著說道：「就我是沒人疼的。」

尤氏笑著說道：「那我摟著你。」鳳姐說道：「等散了，我們回園子裡放去，我比他們放的還好呢。」

說話的工夫，外面的各種煙花爆竹就放完了。賈母說：「夜長了，有點餓了。」鳳姐忙回說：「有熬好的鴨肉粥。」賈母說：「我想喝點清淡的。」鳳姐忙說：「還有用大棗熬的粳米粥，是預備給太太們吃齋用的。」賈母說道：「這個好。」說著，已經撤去了殘席，又端上些精緻的小菜。大家隨意吃了點，就散了。

第二天，薛姨媽請大家喝酒，賈母覺得身子乏，坐了一會兒就回來了。自那天之後，再有親友來拜訪的，或是來請赴宴的，賈母一概不去，家裡就由王夫人、鳳姐等人料理。連寶玉都不出門了，只說是留在家裡陪賈母解悶。這個年，也就熱熱鬧鬧地過完了。

第二十四回 探春治府管家

年剛過，鳳姐因為年前操勞過度，一下子就病倒了，整天躺在床上喝藥靜養也不見好。鳳姐這一病，王夫人突然感覺像少了左膀右臂，好多事也照應不過來，就把李紈叫過來管家。李紈一向是個大好人，不免會放縱了下人。王夫人就讓探春和李紈一塊兒處理事務。這探春是趙姨娘生的女兒，和賈環是親姐弟，但性格卻和他完全相反。因一向懂事能幹、聰明大方，賈母和王夫人都很喜歡她。

這時正是初春，黛玉的咳嗽病又犯了。湘雲也因為季節變化病倒了，住在蘅蕪苑裡養病，整日是藥不離口。探春和李紈住得遠，商量起事來不方便，所以兩人約定每天早晨到園門口旁邊的小花亭碰頭，把該商量的事商議妥當。

下人們開始見李紈一人管事，心中都暗自高興，認為李紈是個厚道人，不會責罰他們，比鳳姐好對付。見又添了探春，也都想著不過是未出嫁的年輕小姐，而且平時看著也挺和善的，因此就沒在意，幹活也比鳳姐在時懈怠了許多。但三四天後經歷了幾件事，大家才漸漸

覺得探春做事的精細程度一點兒也不比鳳姐差，只不過就是說話溫柔，性情柔順些罷了。底下人都暗中抱怨說：「剛倒了個巡海夜叉，又來個鎮山太歲❶。連夜裡偷著喝酒的工夫都沒有了。」

這日，王夫人出去赴宴。李紈和探春忙了一早上，剛坐下喝口茶，就見吳新登的媳婦過來說：「趙姨娘的兄弟趙國基昨天死了，已經告訴老太太和太太了，他們讓姑娘來辦這件事。」說完就站在一邊不吱聲了。其實這吳新登媳婦早就想好了，如果是鳳姐管家，她早就把以前這種事怎麼辦的，查清楚了，再來報。現在見李紈老實，探春又是年輕的姑娘，就沒去查，正好藉此試探她們有沒有主意。

探春一聽就問李紈該怎麼辦。李紈說道：「前幾天襲人的媽死了，我聽說是賞銀四十兩，也賞他四十兩吧。」吳新登的媳婦聽了這話，忙說好，轉身就要走。探春說道：「你先回來，我問你，以前的姨奶奶家裡遇到這種事，都賞銀多少？」吳新登媳婦根本沒查也就不記得，就笑著說道：「這也不是什麼大事，賞多賞少，誰還能說什麼呀。」探春說道：「胡鬧，依我說，還得賞一百兩呢。若不按照規矩來，不是讓別人笑話麼。」吳新登的媳婦笑著說：「既然這麼說，我去查舊帳去。」探春笑著說道：「你也是老人了，平時跟著二奶奶，

---

❶【鎮山太歲】比喻強橫凶惡之人。府裡的人因為害怕探春，所以把她比作凶惡之人。

探春做事的精細程度一點兒也不比鳳姐差，只不過就是說話溫柔，性情柔順些罷了。

遇見什麼事也去現查麼？若是這樣，鳳姐姐也不是厲害的，算是寬厚的。還不去找來給我們看！再晚了，知道的是說你粗心，不知道的還以為我們沒主意呢。」吳新登媳婦滿面通紅地走了出來。眾丫頭們一聽這話，也都直吐舌頭。

吳新登媳婦趕忙把舊帳找出來給探春看，探春看了看，有給二十兩的，有給四十兩的。探春便說道：「給他二十兩銀子，把這帳留下給我們仔細看一下。」吳新登媳婦忙轉身出來。一會兒，趙姨娘忽然來了，開口就說道：「這屋裡的人都不把我當人看，姑娘也該給我出口氣。」探春說道：「你這話是在說誰？我聽不懂。「趙姨娘說道：「我點燈熬油地熬到這麼大的年紀，又有了你弟弟，這會兒怎麼連襲人都不如了呢。我這還有什麼臉面，連你也都沒臉了。」

探春一聽，說道：「原來是為了這件事。」一面坐下，一面拿出舊帳給趙姨娘瞧，又說道：「這是祖宗的規矩，人人都得按這個來辦。依我說，太太不在家，你就安靜些，養養神吧，何苦要操這心，太太疼我，因你每每生事，幾次寒心。我要是個男人，早就不在這個家待著，出去幹自己的一番事業了。偏偏我是個女孩，太太看重我，讓我管家，還沒有做一件好事，你先來作踐我。倘若太太知道了，怕我為難，不讓我管了，那時你才真的沒臉了呢。」一面說，一面哭了起來。

趙姨娘一時沒了氣，說道：「太太疼你，你也該幫幫我們，你只顧著討太太的歡心，就把我們都忘了。」探春說道：「我怎麼忘了，叫我怎麼拉扯。」李紈在一旁勸道：「姨娘別生氣，這也不能怨姑娘，她心裡想要幫，可是嘴裡怎麼能說出來。」趙姨娘說道：「誰也沒讓你去幫別人，如今是你舅舅死了，你多給個二三十兩銀子，太太能不同意？分明太太是好太太，是你太尖酸刻薄。等什麼時候你出嫁了，我還指望你能格外照看趙家呢。哪承想你翅膀還沒硬呢，就揀那個高枝兒飛去了。」

探春一聽這話，臉氣得煞白，嗚嗚咽咽地一面哭一面說道：「誰是我舅舅，我哪裡來的舅舅，既然這麼說，他每天跟在環兒身後，就是個跟班的奴才，那時怎麼不拿出舅舅的樣來。何苦呢，誰不知道我是姨娘生的，一定要三兩個月就找出點事說說道道，生怕別人不知道。幸虧我是個懂事的，我要是糊塗不知禮的，早和你急了。」李紈在一旁急得直勸，趙姨娘還在那兒嘮叨。

忽然聽見有人來報說二奶奶房裡的平兒來了，趙姨娘聽了才不嘮叨。見平兒進來了，趙姨娘忙笑著讓坐，又忙問：「你奶奶好些了麼？我最近沒空，所以也沒過去看看。」平兒笑著說道：「奶奶說了，趙姨奶奶的兄弟沒了，怕姑娘不知道舊例。按照規矩呢，只能給二十兩。如今這個事，就請姑娘看著辦，再給添點兒也可以。」探春擦去淚痕說道：「好好的添什麼添，我都給完了，她又來做好人。敢情拿著太太的錢花不心疼，正好還送個人情。你告訴她，我可不敢添，等她什麼時候病好了出來管家，愛怎麼添怎麼添。」平兒一進來，就大概明白了怎麼回事，現在看探春這麼說，也就不好再說什麼。

因為剛才探春哭了，所以幾個丫鬟忙捧了臉盆、毛巾過來。探春剛要洗，就有一個丫鬟過來要環兒和蘭哥上學的銀子。平兒在一旁說道：「你忙什麼，沒看見姑娘在洗臉麼。二奶奶跟前也這麼不會看臉色麼？姑娘是仁厚，等我去告訴二奶奶，就說你們眼裡沒姑娘，到時你們吃了虧，可別怨我。」嚇得那個丫鬟連忙賠笑說：「是我粗心了。」一邊說，一邊忙退了出去。

探春一邊擦臉，一邊說道：「你遲來了一步，還沒見到更可笑的，連吳姐姐那個經常辦事的都不查清楚了再來報我們。幸虧我們問她，她居然還說不記得了，要是你們二奶奶準沒這個耐性，還等她查完再報？」平兒笑著說道：「二奶奶那兒她要是敢這樣，早就被攆出去了。他們這是看大奶奶是菩薩心腸，姑娘又是靦腆的小姐，才敢這樣。」說著，又對門外的媳婦們說道：「你們只管在這兒撒潑，等二奶奶好了，有你們好瞧的。」門外的媳婦們一聽，都嚇得沒了話。

平兒又對探春說道：「姑娘知道，二奶奶本來事就多，總有照顧不到的地方。姑娘這幾年冷眼看著，如果覺得哪些地方該添該減，就只管去做，也不枉太太疼你一場。」探春想了想，說好。一會兒梳洗完畢，又把剛才那個丫鬟叫進來問：「剛才要的環兒和蘭哥上學的銀子，是幹什麼用的？」那丫鬟便說：「是上學時吃點心或者買紙筆的，每位爺都有八兩的銀子。」探春說道：「凡是各位爺上學的花銷，每個月已經都支付給各個屋裡了。環兒的是趙姨娘領，寶玉的是襲人領，蘭哥是大奶奶屋裡的領，現在怎麼又多出八兩銀子？從今日起，這一項免了。平兒回去告訴你奶奶，就說我說的，這一項務必免了。」平兒笑著說道：「早就該免了，以前奶奶就說要免，因為忙就給忘了。」

這時，秋紋走了進來，想問問寶玉的和她們的月錢什麼時候發。眾媳婦忙讓她改天再來，又說：「她正要找幾件厲害的事和不聽話的人開刀，給眾人做榜樣呢，你何苦來碰釘子。連二奶奶的事她都敢駁兩件，何況我們呢。」秋紋一聽，忙轉身走了。

平兒傳完了話，就回去了。鳳姐問：「怎麼去了這麼長時間？」平兒便笑著把剛才的事情細說了一遍。鳳姐笑著說道：「好好好！好個三姑娘，真是好樣的。只可惜不是太太生的。」

平兒笑著說道：「奶奶說糊塗話了，她即便不是太太生的，難道誰還敢小看她，不是和別人一樣看待麼？」鳳姐歎息著說：「你哪裡知道？雖然嘴上說都一樣，但女孩不比男人，要出嫁時，有的人家就要先打聽姑娘是正出❷還是庶出。殊不知，別說是庶出，就是咱家的丫頭也要比別人家的小姐強。」平兒聽了也覺得是。

平兒陪鳳姐吃過飯後，又來探春這邊，只見探春、李紈和寶釵正在商量家中的事務。探春見平兒來了，就問道：「你也去過賴大家的園子，你覺得和咱家的比怎麼樣？」平兒笑著說道：「還沒有咱家一半大，樹木花草也少得多。」探春說道：「我那天和他家的女孩說閒話，他們家園子裡的果樹、花草等是承包出去的。每年除去她們自己吃的筍菜魚蝦，到了年末還能剩二百兩銀子。我那時才知道，一個破荷葉、一個破草根子也是值錢的。」她們三人聽了都點了點頭。

探春接著說道：「咱們的園子比他家的大一倍，這麼算，一年就能有四百兩銀子。但這樣的話，難免說我們小氣，不是我們這樣人家的作派。但我們可以從園子裡選出幾個能幹本分的婆子，派他們收拾料理，也不用她們交租子，種出來的瓜果蔬菜她們也可以拿出去賣，只是孝敬我們一些就行。這樣一是園子有專人打理，花草樹木肯定長得更好；二是不會白白浪費了東西；三是也省去了請那些花匠等人的費用。」寶釵在旁邊正看牆上的畫，聽她這樣一說，便笑著回道：「好事。」李紈也說道：「好主意，這麼幹，太太肯定高興。省錢事小，園子裡有專人打掃，各司其職，又讓她們出去賣錢，她們必然更加盡心盡力。」探春見大家都說好，就讓平兒去問問二奶奶，看她願不願意。平兒去問過鳳姐，鳳姐也覺得好，讓探春她們就這樣做。

探春聽了，便和李紈命人將園中所有婆子的名單要來。大家商議了一下，大概定出幾個人，便把她們都叫來，把事情和她們說了。眾人一聽，都高興得直說願意。有的要包竹林，有的要包稻田，有的要包花草樹木。每人除交一定的筍米錢糧之外，剩下的都可以拿出去賣錢。寶釵還讓包園子的婆子拿出點錢來，給那些沒有包到園子的婆子，省得招人嫉恨惹出事端。婆子們都連連稱是，高高興興地走了。

---

❷【正出】封建宗法制度下，正妻所生的孩子叫正出。

第二十五回　紫鵑試探寶玉

這天，寶玉去看黛玉。正趕上黛玉在睡午覺，寶玉不敢驚動她，看見紫鵑正在迴廊裡做針線活，便過來問她：「你們姑娘的身體好點了麼？」紫鵑說道：「好點了。」寶玉笑著說道：「阿彌陀佛，可算是好點了。」紫鵑笑著說道：「你也念起佛了，真是新聞。」寶玉笑著說：「所謂病急亂投醫。」一邊說，一邊見紫鵑就穿了一件墨綠色的小棉襖，寶玉就伸手摸了摸她的衣服，說道：「這大冷的天，你怎麼穿這麼少，還坐在風口裡，當心著涼了。」紫鵑說道：「以後我們說話就說話，別動手動腳的，我們現在越來越大了，讓人看見了不好。姑娘常告訴我們，不要和你說笑。你看她，最近不也總躲著你麼？」說完就帶著針線回屋去了。

寶玉一聽這話，心裡就像澆了一盆冷水一般，瞅著竹子發了一會兒呆，又來到山上，隨便找了一塊石頭坐下來，越想越傷心就哭了起來。正好趕上黛玉房裡的丫頭雪雁從王夫人那裡拿了人參回來，看見寶玉正坐在石頭上哭，就過來問道：「你在這裡幹什麼呢？」寶玉一

「誰賭氣了，我是聽你說得有理，才傷心地哭了。」

看是雪雁，就說道：「你來找我幹什麼？你難道不是女孩，她既然要避嫌，不讓你們理我，你又來找我，就不怕被人看見了說閒話。」

雪雁一聽，以為他又是在黛玉那兒受了委屈，轉身走了。回到瀟湘館，看見黛玉還沒醒，雪雁便把人參給了紫鵑，問道：「姑娘還沒醒，那是誰給了寶玉氣受，坐在那裡哭呢。」紫鵑一聽，忙問在哪裡，雪雁說就在山後的石頭上。

紫鵑囑咐了雪雁兩句，就趕忙出去找寶玉。見寶玉呆呆地坐在那兒，就走過去笑著說道：「我是為了大家好，才說了幾句，你可倒好，跑到這地方來哭，得了病可怎麼辦。」寶玉說道：「誰賭氣了，我是聽你說得有理，我想你們都這樣說，別人更得這樣說，將來就都不理我了，我想到這些才傷心地哭了。」紫鵑見他這樣，就挨著他坐下，問道：「我還正有一事想要問你，姑娘要吃燕窩的事，是不是你和老太太說的？」寶玉說道：「是呀，老讓寶姐姐給拿過去也不好，我就和老太太說了，估計是老太太告訴鳳姐讓每天都給送過來點。」紫鵑說道：「在這裡吃習慣了，明年回家哪有閒錢吃這個。」

寶玉一聽，大吃一驚，忙問：「誰回家去？」紫鵑說道：「你林妹妹回蘇州去呀。」寶玉說道：「你騙人，就因為姑母沒了才接來的，明年回去找誰呀？」紫鵑說道：「就你們賈家是大族，人口多。除了你家，別人家就是一父一母，族中就沒人了？林家再怎麼說也是書香門第，怎麼能把他們林家的女兒扔在親戚家不管不問，不是讓人恥笑？所以早則明年春天，晚則秋天，這裡不給送回去，林家也是必然要來接的。」寶玉一聽這話，如五雷轟頂。紫鵑想聽他怎麼回答，等了半天，也不見他出聲，剛要再問，就見晴雯過來了，說道：「老太太叫你呢，還不快回去。」說完，就拉著他走了。

晴雯見他呆呆的，一頭熱汗，臉色煞白，忙拉著他的手回到了怡紅院。襲人見他這樣，也慌了起來，以為是被風吹到了。但可怕的是他兩眼發直、嘴裡流口水，要他怎樣就怎樣，好像傻子一般。襲人不敢去驚動賈母，忙找來李嬤嬤，李嬤嬤看了好半天，又是摸脈，又是掐人中[1]，都不管用，便大喊了一聲，可不得了了，抱著寶玉就大哭。

襲人看他這樣，忙問晴雯是怎麼回事，晴雯就照實說了。襲人趕緊跑去了瀟湘館，一進門看見紫鵑正服侍黛玉喝藥，也顧不得什麼了，上來就問紫鵑：「你剛才和寶玉說了些什麼？他現在整個人都傻了、手腳也涼了、話也不會說了，只剩下半口氣了！」黛玉一聽這話，忙問紫鵑怎麼回事，紫鵑哭著說道：「我沒說什麼，就是幾句玩笑話，誰曾想他就當真了。」襲人說道：「你還不知道那傻子，經常把玩笑話當真。」黛玉對紫鵑說道：「你趕快過去，把話說明白了，他就醒了。」紫鵑忙跟著襲人到了怡紅院。

這時，賈母等人也過來了。一見紫鵑，氣得火冒三丈，罵道：「你這小蹄子，和他說了什麼？把他害成這樣！」紫鵑忙說道：「沒敢說什麼，就是幾句玩笑話。」寶玉一聽紫鵑來了，才「哎呀」了一聲，哭了出來，眾人見了才放心了一些。賈母拉住紫鵑，以為是她得罪了寶玉，讓她給寶玉賠罪。誰知寶玉一把拉住紫鵑，死也不放，嘴裡不住地說：「要走就連我一塊兒帶走。」

---

❶【人中】人中是一個穴位名稱，位於人體唇溝的中點，為急救昏厥要穴。主治癲癇病、中風昏迷、小兒驚風、面腫、腰背強痛等症。

大家不明白，細問才知道，就因為紫鵑說了句黛玉要回蘇州了，他就變成了這樣子。賈母流著淚說道：「我以為是什麼大事，原來就是這句話。」又跟紫鵑說道：「你這孩子，平時看著也挺聰明伶俐的，你也知道他是個癡人，平白無故騙他幹什麼。」薛姨媽在一旁勸道：「寶玉本來就心實，和林姑娘又是從小一塊兒長大的，突然聽說她要走，就是外人聽見了都會傷心，更何況他！這不是什麼大病，老太太只管放心，吃一兩副藥就好了。」

正說著，有人來報：「林之孝家的聽說寶玉病了，要過來看看。」賈母說道：「難為他們有這份心，讓他們過來吧。」寶玉一聽見這個「林」字，就滿床打滾，說道：「不得了了，林家的人來接林妹妹了，快打出去罷。」賈母一聽，忙說：「打出去罷。」又安慰說：「那不是林家人，林家人都死絕了，沒人來接她們，你放心吧。」寶玉哭著說道：「管他是誰，除了林妹妹，誰都不許姓林。」賈母說道：「沒姓林的，凡是姓林的都打出去。」又吩咐眾人：「以後別叫林之孝的進園子裡來，你們也不許說『林』字。」眾人忙答應著，見寶玉這樣，都想笑又不敢笑。

這時，寶玉又一眼看見了架子上擺著船的模型，便吵著叫道：「那不是接她們的船來了麼？還停在那裡呢。」賈母忙讓人把它拿下來。襲人剛拿過來，寶玉伸手就搶了過去，藏在被子裡，笑著說道：「這下她們可回不去了。」一邊說，一邊死拉著紫鵑不放。一會兒，大夫過來了，給寶玉把了脈，說是急火攻心，沒什麼大礙，好好調理幾日就會好。

賈母見寶玉不放紫鵑，就讓紫鵑侍在這裡服侍，黛玉那邊又派了別人過去。這幾日，寶玉按時服藥，加上紫鵑在一旁安慰，漸漸地好了起來。這天，趁沒人在，寶玉拉著紫鵑的手說道：「你為什麼騙我？」紫鵑說道：「不過是騙你玩兒的，你也當真。林家確實沒什麼人了，即使是有，也是遠房親戚。即便有人來接，老太太也是不會放的。」寶玉說道：「就是老太太肯，我還不肯呢。」紫鵑笑著說道：「真的不肯？只怕是嘴上這麼說吧，過兩年娶了親，你眼裡還能有誰呀。」寶玉一聽這話，說道：「我的心難道你不明白麼？我才好了幾日，你又來慪我，我真恨不得此刻就死了，把我的心掏出來給你們看看。」一邊說，一邊又流下眼淚。紫鵑忙堵住了他的嘴，給他擦眼淚，又笑著解釋說：「你不用著急，本來是我著急，所以才故意試探你的。」

寶玉聽了，很是詫異，問道：「你著什麼急？」紫鵑笑著說道：「我只是替林姑娘發愁，父母都已經死了，也沒個兄弟，以後可依靠誰呀。所以一時著急，才編些瞎話來騙你，想看看你的反應，誰曾想你就這麼鬧起來了。」寶玉笑著說道：「原來是這事，從今以後別再為這事發愁了，我就告訴你一句話：活著，我們一塊兒活；死了，我們就一起化成灰，化成煙，怎麼樣？」紫鵑一聽這話，心也就放下了。

因為寶玉這麼一鬧，黛玉也不免傷心落淚，病比以前更嚴重了。這些天，寶玉的病漸漸好了，就讓紫鵑回來繼續服侍黛玉。夜深人靜，紫鵑躺在床上悄悄笑著對黛玉說：「寶玉的心倒是實在，聽見我們要回去，就這樣鬧了起來。」黛玉不回答。紫鵑停了一會兒，又自言自語地說道：「一動不如一靜，我們這裡也算是好人家，別的倒還好說，最難得的是從小在一塊兒長大，彼此的脾氣性格也都了解。」黛玉在一旁說道：「你這幾天還不累呀，趁這會兒還不歇一歇，亂嚼什麼舌頭。」紫鵑笑著說道：「我是真心為姑娘發愁呀，也沒父母兄弟，誰才能是身邊那知冷知熱的人呀！趁著老太太還硬朗明白，早把親事定下來才好。倘若哪一天老太太有個好歹，那時雖也能嫁個好人家，但不一定能稱心如意，白白耽誤了好時光。外面公子王孫雖然多，可哪個不是三妻四妾，即便是娶了個天仙回家，也不過是喜歡個三五天就忘在腦後了。若娘家有權有勢的還能好點，像姑娘這樣的，有老太太在還好，倘若老太太沒了，只能任人欺負。所以說，趕緊拿主意。姑娘是個明白人，難道沒聽過那句俗語『萬兩黃金容易得，知心一個也難求』麼？」

黛玉一聽，便說道：「這丫頭是不是瘋了，怎麼去了幾天，就說出這樣的話，我明兒一定去告訴老太太，把你退回去，我可不敢要了。」紫鵑笑著說道：「我說的是好話，不過叫你留點心，也沒有讓你去為非作歹。何苦去告訴老太太，讓我吃虧，你又有什麼好處。」說著說著，就自己先睡著了。黛玉聽了這些話，嘴上是責怪她，其實心裡何嘗不明白她是為自己好，不免又覺得傷感，哭了一夜，一直到天亮才打了個盹兒。第二天，賈母過來看望，又囑咐了好些話。

這日，黛玉感覺身體好了一些，就到寶釵那兒去坐坐，正好看見寶釵在那裡和薛姨媽撒嬌。黛玉觸景生情，哭著說道：「你分明氣我是沒娘疼的孩子。」寶釵笑著說道：「媽媽，你瞧她那樣，還說我撒嬌。」薛姨媽說道：「也不怪她傷心，可憐這沒父母的孩子。」又摸著黛玉說道，「好孩子，別哭。你見我疼你姐姐，你傷心，你可知道我心裡是更疼你的。你姐姐雖然沒父親，可還有我、有親哥哥，這就比你強了。我常和你姐姐說，心裡疼你，只是嘴上不好說出來，怕別人覺得是因為老太太疼你，我們也跟著巴結。」

薛姨媽又拉著黛玉的手，說了好多的話。一會兒又說到婚事上了，只聽薛姨媽對寶釵說道：「老太太是那麼疼你寶兄弟，他長得又是那樣好看。如果在外頭找一戶人家的姑娘，老太太未必滿意，不如把你林妹妹嫁給他，不是四角齊全了麼？」黛玉一聽說到了自己的頭上，紅了臉，拉著寶釵說道：「我就打你！為什麼招姨媽說出這些不正經的話來。」寶釵笑著躲開。紫鵑忙跑來笑著說道：「姨太太既然有這個主意，為什麼不和老太太說去？」薛姨媽笑著說道：「這孩子急什麼！想必是催著姑娘出了嫁，自己也嫁個小女婿去。」紫鵑一聽也紅了臉，道：「姨太太真是以老賣老。」說完轉身就出去了。黛玉在一旁笑著說道：「該該該，也讓你碰了一鼻子灰。」在場的薛姨媽母女和婆子丫鬟都笑了起來。

第二十六回　茉莉粉和玫瑰露

過了幾天，先皇的一位貴妃死了，凡是誥命夫人都要入朝守喪。皇上下旨，凡是有爵位的人家一年之內不得大擺宴席，百姓家三月之內不准結婚。賈母、王夫人等人都得去守喪，到了下午才回來，大約需要一個月的時間。大家商量，府上不能沒有個主事的人，就託薛姨媽處理園中的事情，照顧園中的姑娘。賈母還尤其叮囑她照顧好黛玉，薛姨媽就搬到瀟湘館和黛玉一塊兒住，也好照顧她的飲食起居。黛玉心中十分感激，見了寶釵也姐姐長姐姐短的，賈母看了十分高興。薛姨媽覺得自己畢竟是外人，對家務事也從不多嘴。尤氏雖然每天都過來，也不過是隨便看看，不敢深管。

因為府裡沒了作主的人，家中的下人開始乘機結黨拉派，惹是生非。因不准官宦人家擺酒唱戲，各家有戲班子的也都遣散了。王夫人想起家中還有十二個學唱戲的女孩子，便和大家商量該怎麼辦。尤氏提議讓人把她們領走算了。王夫人說她們也是好人家的女兒，因生計所迫被賣了學戲，不如趁這個機會讓她們回家去。

王夫人把這十二個女孩子叫來一問，有的是怕父母再把自己賣了、有的是父母早已經死了、有的是捨不得離開，所以要走的也就四五人。王夫人就讓想走的，叫家人領回去；不想走的就留在園子內做丫鬟。賈母留下了文官，正旦芳官給了寶玉，剩下的分給了各位姑娘。女孩子們到了園中，如鳥兒出籠，終日盡情歡樂。

這日，賈母等人進宮去守靈了，賈環為討好趙姨娘的丫鬟彩雲，找寶玉房裡的芳官要茉莉粉❶。芳官因粉不多了，給了他一包薔薇硝❷。賈環趕快拿著東西去找彩雲，正趕上彩雲和趙姨娘在那裡閒聊。趙姨娘一眼就看出了這不是茉莉粉，十分生氣地說道：「有好的你不要，偏讓別人耍你，要是我，直接把這東西扔到她臉上去，也算是報了仇。」賈環說道：「我可不敢去，萬一挨打了怎麼辦？你要是不怕三姐姐，你就去鬧，那我就服你了。」這一說，戳到了趙姨娘的痛處。她也不管那麼多了，拿著茉莉粉就往怡紅院那邊去，路上遇見了夏婆子，還在一邊煽風點火。這趙姨娘更生氣了，壯著膽子就進了怡紅院的門。恰好寶玉不

---

❶【茉莉粉】紫茉莉花種研碎了，兑上香料製的。取粉擦臉可除去面部色斑等，使面部光潔、白皙，有美容增白的功效。

❷【薔薇硝】從藥用角度看，野生灌木薔薇的根枝葉花均可作藥，其性涼、苦澀，可清熱利濕、祛風、活血、解毒。也可以用作美容護膚，但效果沒有茉莉粉好。

平兒出來把鳳姐的話告訴了林之孝家的，五兒嚇得哭哭啼啼，給平兒跪下了，細說了事情的來龍去脈。

在，看芳官在那兒吃飯，就把薔薇硝摔在芳官臉上，又是打又是罵。芳官不幹了，撒起潑來，在地上是打滾號哭。藕官、蕊官、葵官、豆官聞訊紛紛趕來，與趙姨娘打成一團。直到探春、李紈等人趕來，哄走趙姨娘，才算休戰。

探春越想越氣，心想肯定是有人挑唆的，便要追查，但又沒有頭緒。後來艾官悄悄告訴她，是夏婆子平時恨芳官，挑撥趙姨娘來鬧事的。探春恨透了她們結黨拉派，但又沒有什麼依據，只能算了。

怎知一波未平一波又起。主管廚房的柳嫂有個女兒，名叫五兒。今年十六歲，雖然是廚役之女，但生得皮膚白嫩，模樣俊俏，和平兒、襲人的模樣差不多，因為身體弱就沒出來做事。最近柳嫂聽說寶玉房裡缺丫頭，就想讓五兒到寶玉房裡來，託了熟人芳官和寶玉說一說。

因為柳嫂時常做些好吃的給芳官，芳官也就把寶玉賞的好東西給她們一點。這天芳官到廚房拿東西，柳嫂忙上前問道：「我託你辦的事辦了麼？」芳官說道：「過幾天再說吧，那個該死的趙姨娘剛和我鬧了一場，不方便說。」又問道：「前幾天我給你的玫瑰露，姐姐可喝了？」柳嫂忙說道：「都喝了，五兒喜歡得要命，又不好再管你要。」芳官說道：「沒事，我再管寶玉要點給你。」

芳官回到怡紅院，剛想說五兒的事，見寶玉正為趙姨娘上次來吵鬧的事心煩，只好閉嘴不提了，只跟寶玉說想再要點玫瑰露。寶玉忙說道：「還有呢，我也不吃，你都拿去吧。」說著，讓襲人取出來，看瓶中剩的不多，就連瓶一塊給了芳官。

芳官拿著瓶子，就去了廚房。柳嫂正好把五兒帶進來坐坐，就見芳官拿了一個五寸來高的玻璃瓶子，迎著光一照，裡面的汁液就像胭脂一樣好看，不知道的還以為是寶玉喝的西洋葡萄酒呢。母女兩個樂得忙道謝，芳官笑著說道：「就剩下這些了，連瓶子都給你吧。」五兒忙接了過去。芳官對柳嫂說道：「你怎麼不帶她到園子裡去逛逛？」柳嫂說：「改日的吧。畢竟是外人，被別人看見了又不免要解釋。」芳官聽了，也就沒再說什麼，轉身走了。

五兒母女倆得了這玫瑰露，高興得不得了。柳嫂想著這是好東西，一般人嘗不到，就讓五兒給她舅舅送過去一些。五兒到了舅舅那兒，大家一見這個，一屋子的哥哥、嫂嫂、侄兒沒有不高興的，忙過來拿一點嘗嘗，吃過之後都讚不絕口。五兒舅舅還給了她一些茯苓糕[3]，讓她拿回去給她母親品嘗。

柳嫂接過五兒拿回來的茯苓糕，就放了起來。五兒想著玫瑰露是芳官給的，就想背著母親拿一些茯苓糕給芳官嘗嘗。這天五兒趁著黃昏天色暗，悄悄地去找芳官。到了怡紅院門口，把東西交給芳官就轉身回來了。迎面碰上了林之孝家的帶著幾個婆子進來了，一時來不及躲閃。林之孝家的認識她，便問道：「你怎麼來這兒了？」五兒笑著說道：「我跟我媽進來解解悶，剛才我媽讓我到怡紅院去送東西，所以在這兒。」林之孝家的說道：「這話不對。我剛才見你媽媽出去，我才關的門。如果真是你媽媽派你去怡紅院，她怎麼不告訴我你在那兒，還讓我關門？可見你是撒謊。」五兒一時支支吾吾地不知該怎麼回答。

林之孝家的看她詞不達意，又聽說府裡最近丟了東西，幾個丫頭都不承認，心裡就起了疑。正好有幾個小丫頭路過，對林之孝家的說道：「你好好審審她吧，昨天聽說太太房裡的櫃子被打開了，少了很多東西，璉二奶奶派平兒來要些玫瑰露，誰想也少了一瓶。」又一個丫頭趕忙說道：「我見有一個玫瑰露的空瓶子在她母親的廚房裡呢。」林之孝家的聽了，忙讓人提著燈籠去找，還真找到了一個玫瑰露的瓶子，還有一包茯苓糕。五兒在旁邊急著說道：「那是寶二爺的丫鬟芳官給我的。」林之孝家的說道：「我管你是『方官』還是『圓官』，現在有了贓物，我只能給你報上去，你到主子那兒分辯去吧。」

李紈和探春剛巧這天都有事，林之孝家的只能來回二奶奶。鳳姐剛要睡，聽見這事就吩咐道：「把她娘打四十板子，攆出去，再也不許進來；五兒也打四十大板，要麼賣掉，要麼配給下人。」

平兒出來把鳳姐的話告訴了林之孝家的，五兒嚇得哭哭啼啼給平兒跪下了，細說了事情的來龍去脈。平兒聽了，笑著說道：「這麼說來，你是無辜的。現在天已經晚了，奶奶才喝了藥睡了，犯不著為了這點事再去吵醒她。就把她先交給別人看一個晚上，等明兒我稟告了奶奶，再作定奪。」林之孝家的不敢違拗，把人帶了出來，交給了人看管，自己便回去了。

這晚，五兒被人關著，心裡是又氣又委屈，本來身子就弱，這一夜滴水未進，嗚嗚咽咽地一直哭到了天亮。那些平時就和柳嫂有過節的人，都跑來和平兒說柳嫂的壞話。平兒都聽著，也不作聲。天一亮，平兒就找到襲人和芳官，問她們到底給沒給五兒玫瑰露。芳官一聽這

❸【茯苓糕】茯苓糕，又名「復明糕」，是閩南民間傳統手工食品，是把茯苓和麵粉攪合在一塊蒸出來的一種糕點。

事，也吃了一驚，忙說是自己給的。平兒知道恐怕真的是冤枉五兒了，那茯苓糕估計也真是五兒的舅舅給的。平兒又問她們：「這事也奇怪了，那太太屋的玫瑰露是被誰偷去了？」正巧晴雯走進來，笑著說道：「太太那瓶玫瑰露，肯定是彩雲偷了給環哥，不要冤枉了別人。」

平兒笑著說道：「原來是這麼回事。」寶玉剛好在一旁聽見了，說道：「別再去找彩雲的麻煩了，就說是我為了嚇唬他們，故意偷了太太的東西，這件事就這麼完了吧。」襲人說道：「好是好，只是太太又該說你像個小孩子似的貪玩。」平兒笑著說道：「這樣辦最好了，要是真查出來是趙姨娘屋裡的人偷的，恐怕探春又得生氣了。」平兒說道：「這事雖然可以這麼辦，但也得給彩雲提提醒，免得她再犯。」眾人聽了也覺得是。

平兒便把彩雲叫了過來，說道：「彩雲，我們已經知道太太房裡的玫瑰露是你偷的，我們求了寶二爺，讓他把事情攬下來，就不對外聲張了。但是今後還幹不幹這事了，你心裡應該有數。如果你還不承認是你偷的，我就去告訴二奶奶，讓她去查，也別冤枉了你。」彩雲一聽，頓時紅了臉，恨不得找個地縫鑽進去，說道：「姐姐放心，本來是趙姨奶奶再三央求我，讓我偷太太的東西給環哥，你今天就是不來找我，我也要去見你。不要冤枉五兒，是我幹的，我現在就去二奶奶那兒認罰。」

眾人聽了這話，都沒想到她這樣有擔當，寶玉忙笑著說道：「彩雲姐姐果然不是那樣的人，但這件事還是我去認了吧。只求姐姐們以後讓我少操點心吧。」彩雲說道：「我幹的事，為什麼要你去認，死活都該我受罰。」平兒、襲人忙說道：「不是這樣，你去承認，難免又牽出趙姨奶奶，到時三姑娘又該生氣了。不如寶玉去認，這事不就完了麼。」彩雲聽了聽，低頭想了想才答應。

大家商議妥當後，平兒就把芳官帶來見二奶奶，見了鳳姐便說道：「五兒是冤枉的，那玫瑰露是寶玉給芳官，芳官轉贈的。再有，奶奶房裡的東西也是寶玉拿的。」鳳姐一聽，沒說什麼，就讓平兒看著辦。

平兒這才出來，告訴林之孝家的把五兒放了，讓她母親也還回廚房當差。告訴大家事情是寶玉鬧出來的，大家也就不敢深問。一一交代完了之後，平兒轉身回去向鳳姐覆命。鳳姐這時說道：「寶玉的為人，我們還不清楚，什麼事情都愛往自己身上攬。別人再去求求他，他架不住別人的幾句好話，什麼事不答應？我看這事就沒那麼簡單，該把太太屋裡的丫頭都叫來，也不用嚴刑拷打，就讓她們在太陽底下跪著，不許吃也不許喝，不說就不許站起來，保管她們不出一日就全交代了。」平兒笑著說道：「你又何苦操這份心！該放手時就放手吧，又不是什麼大事，就算了吧，幹嘛要和這些小人結仇？況且你自己現在還病著，怎知不是平時操勞過度，氣大傷著的，趁早眼不見為淨。」這些話說得鳳姐倒笑了，說道：「隨你們吧，不生這閒氣了。」平兒笑著說道：「這才對嘛。」說完轉身出去了，一場風波可算是平息了。

第二十七回　寶玉過壽湘雲醉倒

玫瑰露的事情過去後，大觀園內可算是平靜了一段日子。園子裡拉幫結派的事、偷盜的事也都少了很多。這天寶玉的生日到了，剛好寶琴也是這天，兩人決定就在一塊兒過。因為賈母和王夫人不在家，皇上又下旨不准大擺筵席，所以今年就沒有往年熱鬧，都是自家的姐妹湊在一塊兒給寶玉過個生日。

這天，大家齊聚怡紅院給寶玉拜壽，哪知平兒也是這天過生日，幾個壽星在一塊是拜了又拜。過了一會兒，李紈、寶釵等人來了，寶玉又派人去請黛玉。因為天氣漸暖，黛玉的身體也漸漸好了起來，所以就出來了。大家有說有笑的，擠了滿滿一屋子人。

筵席設在了芍藥[1]欄中的亭子內，幾個壽星坐在一起，其他各姐妹都挨著坐。寶玉說道：「乾坐著也沒什麼意思，不如我們來行酒令[2]吧。」大家剛開始行酒令，這邊湘雲和寶玉又亂叫著，划起拳來。那邊尤氏和鴛鴦也不知在說什麼，樂得是前仰後合。平兒和襲人坐在一塊兒，看見她們划拳高興，也對著划。這些人因為賈母和王夫人不在家，沒人管束，便任意玩樂沒了規矩。只聽滿屋子呼三喝四、喊七叫八，真是十分熱鬧。

大家玩了一會兒，突然不見了湘雲，只當她出去方便了，誰知乾等也不回來，就派人各處去找。只見一個小丫頭笑嘻嘻地走了進來，說道：「姑娘們快去看看雲姑娘吧，喝醉了圖涼快，在山後頭一塊青石板上睡著了。」眾人聽了，都笑著說道：「快別吵，我們過去看看。」說著，就悄悄地來到了山上。果然見湘雲躺在一塊青石板上，用芍藥花瓣當枕頭，睡得正香。四面的芍藥花飛了她一身，臉上衣襟上也到處都是花瓣。手中的扇子掉在了地上，也被落花埋了起來，一群蜜蜂蝴蝶鬧嚷嚷地圍著她。只聽湘雲夢中還在作酒令，大家看了是又愛又笑，忙上來推醒她說道：「快醒醒，這兒潮，還不睡出病來。」

湘雲慢慢睜開了眼睛，一見大家，又低頭看了看自己，才知是喝醉了。本來是出來乘涼的，因多喝了兩杯酒，身上乏就睡著了。看見大家笑她，也羞紅了臉。丫頭們給她打來水，替她捧著鏡子，湘雲忙梳洗了一下，才回到席上。探春又讓人給她喝了些酸梅湯，湘雲喝了才覺得好些。

---

❶【芍藥】一種草本花卉，是中國最早栽培的一種花卉。

❷【酒令】酒席上的一種助興遊戲，一般是席間推舉一人為令官，餘者聽令輪流說詩詞、聯語或其他類似遊戲，違令者罰飲，所以又稱「行令飲酒」。

這邊香菱為了給寶玉拜壽，還特意穿了條新裙子，大家看了都說好。香菱喝了點酒，坐著也沒什麼意思，就和豆官等幾個小丫頭去採花草。一會兒就採了一大堆回來，都放在了地上。這個說採了觀音柳，那個說採了牡丹，還有的說採了君子竹。香菱在一邊說：「我採了夫妻蕙。」豆官在一旁說道：「我怎麼沒聽過有夫妻蕙這種花，是不是你相公走了大半年，你想他了。」

香菱一聽，紅了臉，忙起身去掐她，笑著罵道：「讓你再胡說八道。」豆官見她起來了，也連忙起身把她壓倒了，兩個人滾到了地上。大家拍手笑著說：「不得了了，那兒有積水，別弄髒了香菱的新裙子。」豆官起來一看，果然看見地上有一汪積水，香菱的半條裙子都濕了髒了，自己也覺得不好意思，趕緊跑了。大家笑個不停，怕香菱拿她們出氣，也都笑著一哄而散了。

香菱爬起來一看，那裙子還滴滴答答滴著水。她心裡正氣著呢，寶玉跑過來湊熱鬧，看見人都跑了，就剩香菱一個，便問道：「怎麼都走了，你在這兒幹什麼呢？」香菱說道：「你瞧瞧我這裙子呀。」寶玉低頭一瞧，「哎呀」了一聲，說道：「怎麼掉在泥裡了，可惜這石榴紅綾，最不經染。」香菱說道：「可不是麼，這是寶琴姑娘帶來的，給寶釵做了一條，我做了一條，今天才穿上。」寶玉歎息道：「若是平常的衣服，髒了也就髒了。只是這是寶琴帶來的，你和寶姐姐每人才一件，她的還好，你的卻先弄壞了，不是辜負了寶琴姑

見湘雲躺在一塊青石板上，用芍藥花瓣當枕頭，睡得正香。四面的芍藥花飛了她一身……

娘的好意？而且薛姨媽人老了，總是愛嘮叨，又該說你了。」香菱一聽這話，算是說到了心坎裡，在一旁急得直跺腳。

寶玉說道：「你快別動，不然連鞋子上都是泥水了。我知道襲人上個月做了一條和這個一模一樣的。她因為有孝，現在也不能穿，讓她送給你得了。等以後她守孝期滿，你再送給她一件別的什麼就行。」香菱想了想，說道：「那就這樣吧，也別辜負了你的心。我在這兒等著你，你快去拿吧。」寶玉聽了，非常高興，趕忙回去拿，一邊走一邊心裡想：「可惜這麼俊俏的一個人了，沒父母，連自己的本姓也忘了。被人拐了出來，偏偏又賣給了這個薛霸王。」正胡思亂想著，就走到了房門，找來襲人，把事情的原委告訴了她。香菱的為人，沒有人不愛的，況且襲人和香菱又要好，一聽寶玉這麼說，就趕緊開箱找出那件衣服。寶玉送過來，讓香菱把衣服換上，香菱向寶玉道謝後就走了。

寶玉回到房中，房中的的丫頭們湊了份子，想晚上在屋內擺上一桌給寶玉過生日。寶玉便和襲人商議：「晚上喝酒，大家取樂，不要有什麼拘束。想吃什麼，只管讓人去準備。」襲人笑著說道：「我們自己湊了些錢，交給柳嫂讓她準備四十碟果子，我和平兒要了一罈紹興老酒，已經藏在那邊了。」寶玉聽了，笑著說：「好是好，只是不該讓你們花錢，你們又沒什麼錢。」襲人說道：「也沒多少錢，不過是大家的一點心意，今天我們八個人單替你過個生日。」

大家說說笑笑一直等到了天黑，林之孝家的帶人查過房後，晴雯忙命人關上了門，擺上酒果。大家都坐下了，寶玉就要和芳官划拳，襲人說道：「咱們還是斯文❸些的好，別大呼小叫的，當心讓人聽見了。」寶玉說道：「那我們來抽竹籤吧。」晴雯說道：「人少了沒意思。」寶玉就讓人把黛玉、寶釵、探春等人都叫來。

大家都先後到了怡紅院，黛玉笑著對探春說道：「你們天天說別人喝酒賭博，今天我們自己也這樣，以後可怎麼說別人。」李紈笑著說道：「這有什麼，一年之中只因為今天過生日才這樣，也不是每天都如此。」說著，晴雯拿了一個竹雕的籤筒來，裡面放了好多竹籤。

大家就先從寶釵開始抓。寶釵便把竹筒搖了搖，從裡面抽出一個竹籤來。大家過去一看，只見籤上畫著一隻牡丹，題著「豔冠群芳」四個字，下面還寫了一首小詩：「任是無情也動人。」注解是：「席上大家共飲一杯酒，再唱首曲子助興。」大家看了都笑道：「真巧，你就是很像牡丹花。」大家共飲了一杯，寶釵又讓芳官唱首曲子來助興，芳官便唱了首《賞花時》，唱得委婉動聽，聽得寶玉如癡如醉，只拿著那個籤筒，呆呆地看著芳官。

湘雲一把奪過寶玉手中的籤筒，遞給探春，說道：「該你了。」探春也搖了搖筒，從裡面抽出來一個，自己看了一下，便放到了桌子上，紅著臉說道：「這是什麼令，這上面淨是混帳話，應該是說外面男人們的。」大家忙把她的竹籤拿過來看，只見上面畫的是一枝杏花，題著「瑤池❹仙品」四個字，注解是：「得此籤者，必得貴婿。」大家笑著說道：「我們還以為是什麼呢，籤上說，你必得貴婿，我們家已經有了王妃，難不成你也是王妃？大喜、大喜！」說著，大家就來敬酒，探春哪裡肯喝，被史湘雲硬灌著喝了一杯。

接著又輪到了黛玉抽籤，黛玉搖了搖筒，心裡想著：「可得要抽個好的呀。」邊想邊抽出來一個，只見上面畫著一枝芙蓉花，題著「風露清愁」四個字，注解是：「自飲一杯，牡

---

❸【斯文】態度溫和有禮貌。

❹【瑤池】古代傳說中崑崙山上的池名，西王母就居住在那裡。

丹陪飲一杯。」大家都笑著說道：「這個好，除了她，誰配叫芙蓉呀。」黛玉也笑了，和寶釵一塊兒喝了一杯。

這會兒湘雲也拿著竹筒，抽出來一根，只見上面畫了一枝海棠花，題著「香夢沉酣」四個字。黛玉想到她今天睡在花叢中，就拿這個籤來嘲笑她。湘雲指著桌子上放的那個船模型說道：「快坐上那船回家去吧。」大家都笑了，寶玉在一旁更是紅了臉。

大家在這兒玩得正高興呢，就聽有人來報薛姨媽派人來接黛玉回去。黛玉忙起身說道：「我要回去了，實在撐不住了，晚上還要吃藥呢。」大家也說該散了。襲人和寶玉還要留大家，探春、李紈都說：「夜已經深了，該回去了，這已經是破格了。」襲人說道：「既然這樣，大家共飲一杯再走。」說著，晴雯已經斟滿了酒，大家共飲了一杯後就都回去了。

襲人把大家送出門去才回來，屋內的寶玉和丫頭們見酒還沒有喝完，就接著喝酒，行酒令。玩著玩著就已經到下半夜了，大家也是喝得東倒西歪。只見芳官兩腮通紅，醉得腿都不聽使喚了，趴在襲人背上說道：「姐姐，我心跳得好快。」襲人笑著說道：「誰叫你使勁喝了。」麝月也已經趴在桌上不起來了，晴雯還在一旁叫。寶玉說道：「不用叫了，咱們就隨便睡一會兒吧。」說著，自己隨便拿了個枕頭，身子一歪就睡著了。襲人見芳官真是喝醉了，怕她鬧，就把她扶到寶玉的旁邊睡下了。

到了第二天，襲人睜開眼睛一看，天已經大亮了，趕忙說：「都快起來，已經很晚了。」又向床上看了一眼，看見芳官睡得正香，趕忙過來叫她。寶玉這時也醒了，翻身起來，笑著說道：「是很晚了。」又推了推芳官，那芳官坐起來，揉揉眼睛。襲人笑道：「不害羞，你喝醉了，怎麼也不挑個地方就睡了。」芳官聽了，瞧了瞧，才知是和寶玉一個床，忙笑著下地來說：「我喝得什麼都不知道了。」寶玉笑著說道：「我也不知道，如果知道就往你臉上抹些黑墨。」

說著，丫頭過來侍候寶玉梳洗。寶玉說道：「昨天是你們花的錢，今天晚上我請。」襲人笑著說道：「罷了、罷了，今天可別再鬧了，再鬧該有人說話了。」寶玉說道：「怕什麼，不過是一兩次而已。咱們昨天是把那麼大的一罈子酒喝沒的。」襲人笑著說道：「晴雯也不害臊了，我記得她還唱了一曲呢。」麝月笑著說道：「席上誰沒唱呀，姐姐還唱了一個呢。」大家聽了，都紅了臉，用手捂住嘴，笑個不停。

忽然看見平兒進來了，笑嘻嘻地說道：「我親自來請昨天在席的人，今天我做東，一個也不能少。」晴雯笑著說道：「可惜昨天你沒來。」平兒忙問：「你們昨天都玩什麼了？」襲人便說：「可不得了了，一罈子酒都喝光了，一個個是又唱又跳的，直到深夜才橫三豎四地打了個盹兒。」平兒笑著說道：「不和你們說了，我還有事。已經備好了酒席，一會兒你們就過去吧。」說完，轉身就走了。寶玉一聽，還可以繼續喝酒，高興得手舞足蹈，這個生日過得也算是盡興了。

第二十八回　賈璉偷娶尤二姐

這天，平兒宴請大家，大家正擊鼓傳花，玩得高興。就聽門外有人慌慌張張來報：「賈敬老爺殯天[1]了。」大家一聽，嚇了一大跳，忙說：「好好的，也沒什麼病，怎麼就沒了？」來人說：「老爺天天修煉，定是功成圓滿，升仙去了。」尤氏一聽此言，知道賈珍父子和賈璉都不在家，一時也找不著個男的來幫自己，未免慌了神。她忙坐上車，帶著眾人回家去了。

尤氏到家後，先請大夫過來看看，診診脈，瞧瞧到底是什麼病。大夫來了，見人已經死了，怎麼診脈？也知道賈敬向來信奉道教，為了求長生不老，天天修煉。見他肚子堅硬如鐵，料定他是誤服了丹藥而死。尤氏就把陪著賈敬修煉的人關了起來，等到賈珍回來後問明白，再看該怎麼處置。

尤氏一邊命人速去給賈珍報信，一邊把賈敬穿戴整齊放入棺材內，叫人用轎子抬到鐵檻寺內停放。尤氏自己掐指一算，賈珍回來至少也得需要半個月的時間。如今外面炎熱，恐怕

是不能等了。三日後，她就命令開始弔喪。而榮府那邊鳳姐身體沒好出不來，李紈還要照顧家中的姐妹，寶玉還不懂事，一時之間也沒個人能幫她，就把她的繼母接來在寧府看家。這尤老太太只能將兩個沒出嫁的女兒，也就是尤二姐和尤三姐，一塊兒帶過來住。

這邊賈珍得到了消息，連忙向禮部的人請假。天子恩准，念在他們家祖輩的功勳，又追封賈敬為五品大員。賈珍和賈蓉謝恩後，星夜兼程，急忙趕回。賈珍先到鐵檻寺，哭著爬進去磕頭，穿上孝服，又是一陣哭。賈珍自己要在這兒守靈，就派賈蓉回府去料理喪事。賈蓉回到家後，忙安排人收拾廳堂，掛孝簾。又聽說尤家祖母和兩個姨娘都來了，就過去看看。看見尤老太太在睡覺，就和尤氏兩姐妹開起玩笑。尤三姐看他這樣說道：「你有孝在身，怎麼可以在這兒胡言亂語。」賈蓉一聽，忙退了出來。

過了幾天，賈璉帶著賈母等人回來了，也來寧府這邊幫忙。賈母看見賈敬幾天前還好端端的，現在人就沒了，心裡很是傷心，哭了好一會兒，被人再三地勸才回來了。畢竟是上了年紀的人，禁不住風霜傷感，到了晚上就覺得頭疼心悶，鼻塞聲重，連忙請醫生來診脈開藥。幸虧醫治得及時，到了下半夜身上出了點汗，脈象也平穩了，大家才放心了。

第二天是給賈敬送殯的日子，賈母因為身體還沒好就沒去，把寶玉留在家侍奉。鳳姐也

❶【殯天】古時人死了叫做殯天。

因為有病沒好也沒去。其餘的賈赦、賈政、邢夫人、王夫人等人帶著家人僕人都去送靈，很晚才回來。賈珍和尤氏留在鐵檻寺內守靈，等到滿百天後才可以帶著棺材回祖籍墳地，家中仍交給尤老太太和尤二姐、尤三姐照看。

賈璉早就聽說尤氏姐妹的大名，只是無緣相見，藉著賈敬的喪事，每天和尤二姐、尤三姐見面，彼此也都很熟悉了。賈璉看見她們果然長得貌若天仙，心裡就有了其他的想法，總是有事沒事來找她們姐妹，藉機眉目傳情。尤三姐對他總是冷冷的，尤二姐對他卻很熱情。家中辦喪事，府中的人也忙。賈璉就經常趁著沒人的時候來找二姐。

這日，賈璉和賈蓉一塊兒出去辦事，叔侄倆說閒話扯到了尤氏姐妹。賈璉就誇這尤二姐長得是如何標緻，做人是如何好，舉止也大方，言語也溫柔，讓人是又敬又愛，又說道：「人人都說你嬸子好，我看還不及她的零頭。」賈蓉已經聽出了他話裡的意思，便笑著說道：「叔叔既然這麼愛她，我給叔叔做媒，收了做二房如何？」賈璉道：「這樣是好，但怕你嬸子不讓，也怕尤老太太不願意，況且我聽說她已經許了人家。」

賈蓉說道：「這都沒關係，我二姨許給的那個張家，是指腹為婚，張家本是吃皇糧的，因為遇上官司敗落了。兩家也有十多年不來往了，尤老太太也時常抱怨，想要退婚。想那張家是十分窮的，只要找到他們家，給他們十幾兩銀子，讓他們寫個退婚的帖子就可以了。二姨能嫁給叔叔這樣的人，保管我父親和尤老太太都樂意，只是嬸子那裡不太好辦。」

到了初三這一天，大紅轎子把尤二姐抬進了門……

賈璉聽到這裡，心裡都樂開了花，在一旁傻呆呆地笑。賈蓉又在一旁說道：「叔叔要是聽我的主意，保管有效，不過是多花幾個錢。」賈璉忙說道：「你有什麼好主意，說出來聽聽。」賈蓉說道：「叔叔回家先別透露一點消息，等我明天告訴了我父親，再和尤老太太說妥之後，你就在咱們府後面再買一處房子，置辦一些家具，派兩個人過去侍候，選個日子神不知鬼不覺把二姨娶過去。嬸子住在深宅大院裡，怎麼可能知道？即便是過了一年半載，事情鬧出來了，也不過是挨老爺一頓罵，嬸子再鬧，這事也成了事實，還能怎麼樣？」

這賈璉早就看上了尤二姐，聽了賈蓉一番話，也以為是萬全之策。早就不記得他現在身上還有孝，家裡還有嚴父妒妻等著呢，滿口答應賈蓉，讓他就按照剛才說的辦。

這天，賈蓉去見他父親賈珍，先說了一些府裡面的事，然後就把賈璉要娶尤二姐做二房的話說了出來。賈珍聽了沒吱聲，賈蓉接著說道：「叔叔說了，要在外面買房子，不讓嬸子知道。見了二姨覺得很好，又是知根知底，親上加親該多好！所以再三央求我和父親說一說。」

賈珍想了想，笑著說道：「其實這樣也好，只是不知道你二姨願不願意。明天你先去和尤老太太商量，讓她問問你二姨。如果她願意，這事就好辦了。」又教了賈蓉一席話，賈蓉就回去了。賈珍又來到自己的妻子尤氏那兒，把這件事告訴了她。尤氏一聽，心裡就知道此事不妥。她和鳳姐打交道的時間長，知道鳳姐斷不會同意此事，以後還不一定鬧出什麼亂子來，所以極力勸阻賈珍，讓他不要把尤二姐嫁給賈璉。但怎奈賈珍主意已定，尤氏平時又十分順從他，現在想管，賈珍也不聽她的。再說尤二姐和她本也不是同母所生，深管也不好，只好任由他們胡鬧。

第二天一大早，賈蓉就過來見尤老太太，把他父親的意思說了，又誇賈璉做人如何好，而且賈璉他太太鳳姐有病，恐怕是好不了了，現在先買房子住在外面，過個一年半載，等鳳姐一死，便把二姨接過去做正室。又說父親如何同意這件事，賈璉那邊如何娶，以後還要把你老人家接過去養老，三姨的嫁娶也由賈璉管，說得是天花亂墜，不由得尤老太太不同意。而且尤家平時全靠賈珍周濟，尤老太太一想，賈珍做媒，而且還給置辦嫁妝；賈璉也是青年公子，怎麼也比張家強，所以連忙和尤二姐商量。尤二姐本就不願意嫁給張家，現在看賈璉對她有情，也就答應了。

賈蓉一看這事成了，就去回了自己的父親，又去告訴了賈璉。賈璉一聽，真是喜出望外，忙感謝賈珍賈蓉父子。二人商量了一下，就讓人看房子、買首飾，給尤二姐置辦嫁妝等等。過了幾天事情都辦妥了，就先把尤老太太和尤三姐帶到房子裡面去看。尤老太太一看，屋子裡各種擺設都很齊備，心裡很滿意。

再說與尤二姐訂婚的張家，因為家道敗落連吃飯都成問題，哪裡還能娶得起媳婦。賈珍派人去給他們二十兩銀子，逼著他們寫了一張退婚文約，張家雖然不願意，但又懼怕賈家的權勢，只好認了。賈璉一看萬事俱備，只欠東風，就定了黃道吉日❷，也就是下個月初三，迎娶尤二姐過門。

到了初三這一天，大紅轎子把尤二姐抬進了門，拜天地、擺酒席熱鬧了一天，就算是把尤二姐娶進了家門。尤老太太見尤二姐身上穿的、頭上戴的都煥然一新，比在家時風光百倍，心裡也是十分得意。

那賈璉對尤二姐是越看越喜歡，讓下人們不許稱「姨奶奶」，就稱「奶奶」，自己也整天跟在尤二姐後面說好聽的，早就把鳳姐忘到腦後去了。有時回家，只說東府有事就又走了。鳳姐知道他和賈珍好，可能是有事商量，也不懷疑。家裡的下人雖然多，但也不管這些閒事。有那遊手好閒、專愛打聽事的人也都跑去奉承賈璉，趁機討點東西，還有誰會去鳳姐那裡透露風聲？賈璉更是把自己多年積攢的銀兩，都拿出來交給了尤二姐，還跟尤二姐說鳳姐平時囂張跋扈，等她一死，就把尤二姐接進去做正房太太。尤二姐聽了，當然是高興。他們這邊的日子過得也算是有滋有味。

---

❷【黃道吉日】迷信的人認為可以辦事的吉利日子。

第二十九回　尤三姐思嫁柳湘蓮

尤氏嫁給賈璉幾個月後，賈珍家的喪事也辦完了，就過來看尤家母女。尤二姐忙讓人備了酒菜，剛好賈璉也回來了，大家就坐在一塊兒喝酒。賈璉知道賈珍喜歡尤三姐，就想撮合他倆在一起，席上不免說一些不好聽的話。尤三姐聽了，站在炕上指著賈璉冷笑道：「你別以為我蒙住了心，以為我不知道你們府上的事呢！你們有幾個臭錢，就想收了我們姐妹倆，你們打錯算盤了！我早就知道你那老婆鳳大奶奶很難纏，如今把我姐姐騙來，還要上下瞞著。我倒要去會會這個鳳奶奶，看她是不是有三頭六臂！你們要是再敢胡說八道，我就先殺了你們，再去找那個潑婦拼命。」說完，就斟滿了一杯酒，一把就把賈璉拉過來灌，把賈珍嚇得趕緊跑了出來。

賈珍知道尤三姐這樣潑辣以後，再也不敢到這邊來了，反倒是尤三姐，有事沒事就把賈珍、賈璉、賈蓉三個人痛罵一頓。這尤三姐人長得倒是十分標緻，是個難道一見的美人，別說像賈珍、賈璉這樣的風流公子，就是平常人見了都心動，就是脾氣倔強、性格潑辣，沒人敢招惹。

這天，尤老太太和尤二姐勸尤三姐道：「賈珍雖然算不上什麼年輕公子，但怎麼說也是大戶人家，你跟了他，以後還不穿金的戴銀的、吃香的喝辣的，不如就嫁給他吧。」尤三姐一聽，反說道：「姐姐糊塗，咱們金玉一般的人，怎麼能給了這兩個現世報？當初你嫁給賈璉，我就不同意。怎奈你是死了心非要跟他，聽說他家裡有個極厲害的老婆，如今瞞著，大家相安無事。倘若有一天她知道了，必定是大鬧一場，你二人誰生誰死還不一定呢。」母女倆一聽，知道再怎麼勸也沒用，也只好不說了。

尤二姐怕三姐再生事端，總在這兒待著也不好，就和賈璉商量，給她找個人嫁了算了。賈璉說道：「我昨天還和珍大哥說起這件事，他還是捨不得。我就勸他，玫瑰花雖可愛，但是刺多了扎手，我們怕是降不住她，還是趁早給她找個好人家，嫁人算了。珍大哥才勉強答應了。」尤二姐說道：「那好，我明天就勸勸她，讓她趁早找個好人嫁了。」

第二天，尤二姐特意備了酒菜，賈璉也沒出門。到了中午，把她妹妹和母親都叫過來坐。尤三姐知道他們是什麼意思，剛斟上酒，還不等她姐姐開口，尤三姐便先含淚說道：「姐姐今日請我，自然是有話要說。但我也不是糊塗人，你就不要絮絮叨叨了。如今姐姐已經嫁人了，有了好去處，媽媽也有了妥善的安排。我也該早早嫁人才是正理。只是這終身大事，不是生就是死，非同兒戲。平時別人看我們長得漂亮都不安好心，只因為我潑辣才沒人敢欺負。但是現在要辦正事，不是我女孩子家沒羞恥心，只是必須得挑一個讓我稱心如意的人。如果讓你們去挑，即使是有錢有勢的，也進不到我的心裡去，不是白過了這一生麼！」

賈璉笑著說道：「這也容易，只要你說出個人來，彩禮嫁妝都由我們辦，母親也不用操心。」尤三姐說道：「姐姐知道此人，就不用我說了吧。」賈璉笑著問尤二姐：「是誰？」尤二姐一時也想不起來是誰。賈璉在一旁拍手笑著說道：「我知道這人了，三姐真是好眼力，我說什麼人能讓三姐喜歡，看來也只有寶玉了。」尤二姐一聽，也以為是寶玉。尤三姐在一旁大聲說道：「我們要是有十個姐妹，還得嫁給你們十個兄弟麼？難道除了你們家，天下就沒有好男人了麼？」大家聽了都詫異，這回都不知道她說的是誰了。尤三姐說道：「別就在眼前想，姐姐想想五年前就知道了。」尤二姐一聽，大約想到是誰了。

正說著，賈璉的跟班❶興兒過來了，說道：「老爺那邊有急事，讓你趕快回去呢。」賈璉趕緊騎馬回去了，把興兒留下來照顧家裡。尤二姐就讓人拿來兩盤小菜，又讓人端來壺酒，讓興兒在炕下站著吃。興兒一邊吃，尤二姐就在一旁和他說話，問道：「家裡的奶奶多大年紀？怎麼個厲害法？老太太多大年紀？姑娘有幾個？」

興兒笑嘻嘻的，在炕下一邊吃，一邊把榮府的事細細地告訴了尤二姐，又說道：「提起

❶【跟班】舊時跟隨在官員身邊或者跟在大家庭公子身邊供使喚的人。

我們家這位奶奶，那真是牙尖嘴利、蛇蠍心腸。也就是我們二爺脾氣好，要不然誰受得了她。倒是奶奶的貼身丫鬟平姑娘，為人很好，雖然是奶奶的心腹，但也常背著奶奶做些好事。下人們有什麼地方做錯了，奶奶是容不了的，求求平兒還能管點用。如今全家上下，除了老太太、太太不恨她，其他人不過是面子上過得去，背地裡不知怎麼罵我們這位奶奶呢。就因為她一味地哄著老太太和太太高興，她說一是一，說二是二，沒人敢攔她。要是有了好事，她一準說是她的功勞；要是遇到什麼不好的事或是她自己做錯了，便把頭一縮，都推到別人身上，她還得在旁邊煽風點火。如今連她婆婆都嫌棄她了，說她自己家的事不管，淨管別人家的閒事。」

尤二姐笑著說道：「你們背地裡這樣說她，將來還不知道怎樣說我呢。」興兒忙跪下來說道：「奶奶要是這樣說，小的還不得遭雷劈？如果小的有造化，一早就跟了你，不知道少挨了多少打，也不用每天提心吊膽的，想著怎麼侍候我們這位奶奶。如今跟二爺的人，誰不在背地裡誇奶奶賢慧，都想著能過來侍候奶奶就好了。」尤二姐笑著說道：「你這個小滑頭，還不快起來，只是說句玩笑話，瞧把你嚇得。你們不用到我這裡來，我還想著去找你們奶奶呢。」

興兒連忙搖著手說道：「奶奶千萬不要去，我告訴奶奶，一輩子不見她才好呢。這人嘴甜心毒、兩面三刀；嘴上是笑著，腳底下給你使絆子；明的是一盆火，暗的是一把刀，這些都讓她一個人佔全了。只怕三姨那張嘴都說不過她，奶奶這樣斯文善良的人，怎麼可能是她的對手？」

尤二姐笑著說道：「我以禮待她，她還能怎麼樣對我？」興兒笑著說道：「不是小的喝多了酒放肆胡說。奶奶即使是以禮待她，但她看見奶奶長得漂亮，又比她得人心，她怎麼可能善罷甘休呢？別人是醋罈子，她是醋缸。只要是二爺多看了一眼哪個丫頭，她就敢當著二爺的面把人打得稀巴爛。雖然這平姑娘也算是二爺的人，可是只要她不願意，就能罵上平姑娘幾個來回，氣得平姑娘又哭又鬧，她還得哄哄平姑娘才能了事。」

尤二姐笑著說道：「可見你是撒謊，這樣一個母夜叉❷，怎麼反要哄平兒。」興兒說道：「凡事都要講個禮字。這平姑娘是自幼跟她一起長大的，她嫁過來的時候，一共跟過來四個丫頭，死的死，嫁的嫁，只剩下這一個了。而且平姑娘也是個正經人，從不會在背後說三道四的，只會忠心服侍她，所以她才容得了。」

尤二姐笑著說道：「原來如此。我聽說你們還有一位寡婦奶奶和幾位姑娘，她這樣厲害，這些人怎麼能饒了她？」興兒拍著手笑道：「原來奶奶不知道，我們家這位寡婦奶奶，最是積德行善的人，從來不管事，平時就教姑娘們看書寫字，做做針線活。我們大姑娘不用

❷【母夜叉】比喻凶悍的婦女。

說了，那也是善良的。二姑娘小名叫『木頭』。三姑娘小名叫『玫瑰花』，又紅又香，沒人不愛，就是有刺扎手。四姑娘還小，也是位不管事的。奶奶不知道，除了我們家的姑娘，還有二位姑娘，一位是姑太太的女兒，姓林；一位是姨太太的女兒，姓薛。這兩位姑娘可都是天仙一樣的美人，又都知書識字，我們要是在園子裡遇見了，連大氣都不敢出。」尤二姐笑著說道：「你們家的規矩多，遇見姑娘們本就該躲得遠遠的，還敢出什麼氣呀。」興兒搖著手說道：「不是那麼回事，是怕這氣出大了，吹倒了林姑娘。氣出暖了，又吹化了薛姑娘。」大家一聽，都笑了。

尤二姐笑著說道：「你這張嘴呀，倒不像是跟著二爺的人，倒像是跟著寶玉的。」尤二姐剛要再發問，就聽尤三姐笑著問道：「你們家那寶玉，除了上學，還幹些什麼？」興兒道：「三姨還是別問他，說起他，三姨可能都不信。他長這麼大，就沒正經上過學。我們家從祖宗起，哪個不是在私塾裡被先生嚴嚴地管著念書，可他偏不愛念書，是老太太的寶貝。老爺以前管，現在也不管了。外面的人看見了，誰不說他長得清秀俊朗，其實不知道他整天就愛在丫頭堆裡胡鬧。遇見我們，高興了就在一塊兒玩，不高興了他就不理人。我們見了他，就是坐著躺著不理他，他也不責備。因此沒人怕他，想怎麼樣都行。」

尤三姐笑著說道：「主子嚴，你們抱怨。主子寬待你們，你們又這樣說。」尤二姐說道：「我們看寶玉是挺好的人，原來是這樣，真是可惜了。」尤三姐笑著說道：「姐姐別聽他胡說，寶玉我們也見過幾面，他不是那樣的人。那天我們坐在一塊兒喝茶，他剛剛用過的一個茶碗放在那裡，那丫鬟就拿來給我倒茶，他忙讓人再換一個新的給我，說他已經把茶碗弄髒了，不能再給我用。我心裡想著，他是有些女孩子氣，但心地是善良的。」尤二姐道：「那聽你這麼說，把你嫁給他，不是很好麼。」尤三姐一聽這話就不吱聲了，只是低著頭嗑瓜子。興兒在一旁說道：「可是他心裡已經有人了，雖然現在還沒定，但將來一準是和林姑娘。一是因為林姑娘愛生病；二是因為他們都還小。再過幾年，等老太太一開口，這事兒就成了。」

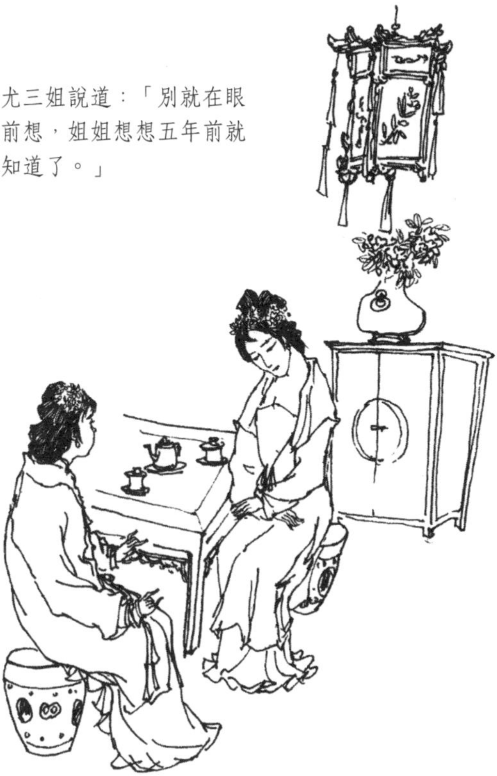

尤三姐說道：「別就在眼前想，姐姐想想五年前就知道了。」

正說著，賈璉回來了，尤二姐忙起身迎接，尤三姐等人都退了出去。賈璉說道：「父親派我出去辦一件事，大概得去半個月，走前來看看你。」尤二姐說道：「既然如此，那你就放心去吧，這裡有我，你不用擔心。三妹妹既然選定了人，也就不會朝秦暮楚❸的，你只要聽她的就行了。」賈璉忙問：「是誰？」尤二姐笑著說道：「這人此刻不在這裡，不知什麼時候才能回來。三妹妹自己說了，他一年不回來，就等一年；十年不回來，就等十年。如果他死了，她就剃了頭當尼姑去，吃齋念佛，一輩子不嫁人。」賈璉又問：「到底是誰，這樣讓她動心？」尤二姐笑著說道：「說來話長。五年前，外婆過壽，母親帶著我們過去拜壽。當天家裡請了幾個愛唱戲的人，其中有一個叫柳湘蓮的，三妹妹一眼就相中了，發誓非他不嫁。只是聽說他最近闖了禍跑了，不知道回來了沒有？」

賈璉一聽，說道：「難怪，我說呢，三妹妹眼力果然好。那柳湘蓮長得是那樣標緻，看過的人沒有不喜歡的。他和寶玉最要好，去年因為打了薛呆子，不好意思見我們，也不知跑哪裡去了。聽說人已經回來了，也不知是真是假，問問寶玉就知道了。倘若他幾年不回來，不是耽誤了三妹妹麼？」尤二姐說道：「我們這個三丫頭，說得出就做得到。她既然這麼說，你就聽她吧。」二人又商議了一會兒，因為賈璉明天要早起就去睡了。

---

❸【朝秦暮楚】戰國時期，秦楚兩個諸侯大國相互對立，經常作戰。有的諸侯小國為了自身的利益與安全，時而傾向秦，時而傾向楚。這裡比喻人反覆無常，今天喜歡這個，明天喜歡那個。

第三十回　癡情女含憤殉情

第二天，賈璉早早起來，準備上路。尤二姐把他送出大門，又囑咐了好多話。正說著，就見尤三姐走了過來，對賈璉說道：「姐夫，我的事想必我姐姐已經和你說了。你也知道我是什麼人。我今天就想告訴你，我不是那心口不一的人，我說得出就做得到。從今天起，我吃齋念佛，服侍母親。如果柳湘蓮回來了，我就嫁給他。如果他一百年不回來，我就當尼姑去。」說著，將頭上的一根玉簪子❶拔下來，一下子就掰成了兩半，說道：「倘若我說一句假話，就讓我和這個簪子一樣！」說完，就轉身回去了。賈璉一看，她是心意已決，心想也只能依了她。

賈璉又去了趟鳳姐那兒，囑咐了一些事情，就出城辦事去了。正騎著馬趕路，迎面看見一個馬隊走了過來，主僕大概有十幾個人。走近了一看，不是別人，正是薛蟠和柳湘蓮。賈

❶【簪子】又稱簪、髮簪，是用以固定頭髮或頂戴的髮飾，同時有裝飾作用，形狀和叉子很像。

璉看見他們二人居然能走在一起，真是覺得奇怪。大家相見，寒暄了一會兒後，就找了家酒館，坐下歇一歇聊一聊。賈璉笑著說道：「你們兩個大鬧了一場，我還想著怎麼讓你們和解，誰知柳二弟竟然蹤跡全無，不知跑哪裡去了，怎麼今天你們反倒在一起了？」

薛蟠笑著說道：「世上就有這樣的奇事。我和夥計們販了一些貨物，春天的時候就動身往回走，這一路都還平安。誰知前幾天遇到了一夥強盜，把東西劫走了不說，還要殺了我。誰想柳二弟剛好路過，就把那夥強盜打跑了，奪回了貨物，還救了我們的命。我謝他，他又不接受，所以我們就結拜❷成了兄弟，現在一起進京。從今以後，我們就是親兄弟，等我回到了京城，給他定一門親事，讓他也安頓下來。」賈璉一聽，說道：「原來如此，這樣是最好的了，省得我替你們擔心。」又說道：「剛才你說起給柳二弟提親，我這兒有一門好親事，剛好可以配二弟。」說著，就把自己娶尤二姐，如今又要嫁尤三姐的事都說了，又囑咐薛蟠：「先不要告訴家裡，過段時間再說。」

薛蟠一聽，十分高興，笑著說道：「這麼說，這個親事應該可以。」湘蓮說道：「我本想娶一個絕色女子，既然現在你做媒，我就任憑你拿主意了。」賈璉笑著說道：「現在是口說無憑，等你一見，就知道我這小姨子的樣貌，只怕是古今也無二了。」柳湘蓮一聽大喜，說道：「既然如此，等我辦完了事，回到京城再作定奪，怎麼樣？」賈璉笑著說道：「那我們一言為定，只是我信不過你。你像閒雲野鶴飄忽不定、來無影去無蹤的，倘若你不來，不是耽誤了人家一輩子？得留下一件定禮。」薛蟠說道：「我這兒有現成的，我備一份，你拿走就行了。」賈璉說道：「也不要什麼金銀珠寶，只要是柳二弟的隨身之物就可以，不論貴賤，只不過是拿回去當個信物。」柳湘蓮說道：「既然如此，我也沒有什麼別的東西，只有這把鴛鴦劍，是我家傳的寶貝，平時從來不用，只是隨身收藏，哥哥就拿回去作為信物吧。我即使再散漫，也不會捨棄了此劍的。」賈璉忙收好了劍，心想這事算成了，大家又喝了幾杯就各自起程了。

賈璉到了地方，辦完了公事就趕緊回來。到了家先去尤二姐那兒看看，只見尤二姐每天是關門閉戶，在家操持家務，十分嚴謹。那尤三姐也是個斬釘截鐵的人，每天除了侍奉母親之外，就和姐姐做點針線活，老老實實地待在家中。

賈璉一進門，就把路上遇到柳湘蓮的事情說了，還把鴛鴦劍遞給了尤三姐。尤三姐一聽，很高興，拿過劍一看，只見上面刻著龍、鑲著寶石。把劍一拔出來，只見一面刻著鴛字，一面刻著鴦字，看的人直覺得寒氣逼人、冷颼颼的。尤三姐趕緊把劍收起來，掛到自己的床頭，每天看著它，心中暗暗高興，想著自己終於找到可以託付終身的人了。

賈璉在尤二姐那兒住了兩天，就回去向父親覆命。這時鳳姐的身體基本痊癒了，也出

---

❷【結拜】非親屬關係的人因感情深厚或有共同目的而相約為兄弟姐妹。

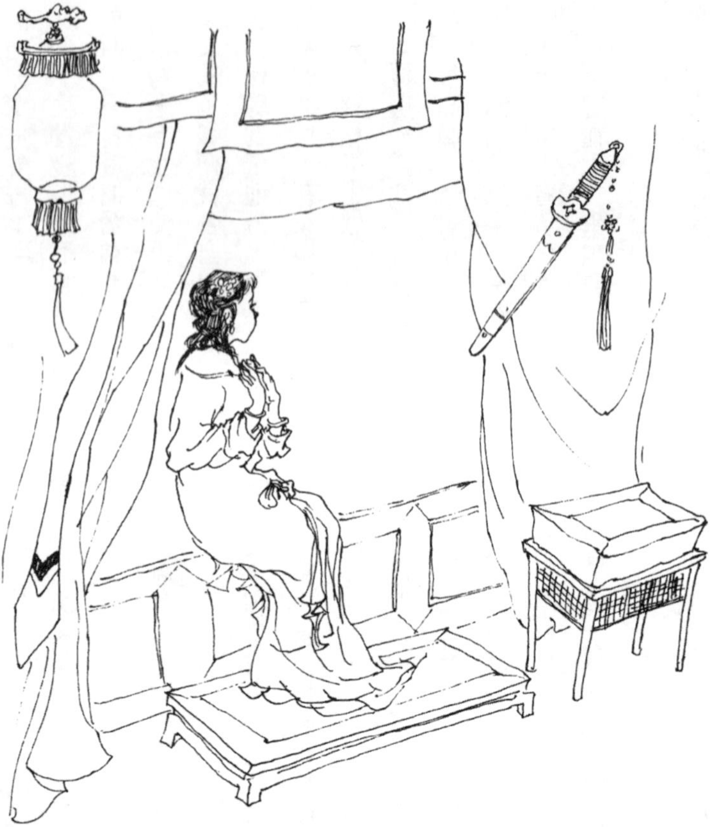

尤三姐趕緊把劍收起來，掛到自己的床頭，每天看著它，心中暗暗高興……

來理事了，看見賈璉回來，更是高興。柳湘蓮辦完事後回京，先來拜見薛姨媽，又去見薛蟠。薛蟠回來後因為水土不服，病倒了。聽見柳湘蓮來了，趕忙讓人把他請進臥室相見。薛姨媽也不再提他以前打薛蟠的事情，只感激他這次的救命之恩。又說起他的親事，薛姨媽答應幫他置辦東西，柳湘蓮連忙道謝。

柳湘蓮從薛姨媽那兒出來後，又去見了寶玉。二人久別重逢，真是十分高興。湘蓮問到賈璉偷娶尤二姐的事，寶玉說道：「我聽下人們議論過這件事，但我也不好管。」湘蓮又把路上發生的事，都告訴了寶玉，寶玉笑著說道：「大喜，大喜，三姐真是一個難得的美人胚子，堪稱是古今絕色，正好可以配你為妻。」湘蓮說道：「既然是這樣，肯定不少人來提親，怎麼就想到了我？何況她和我也不是很熟。在路上的時候，賈璉就急急忙忙讓我把這事定下，難不成是怕她嫁不出去？我越想越覺得不對，後悔不該把那劍留下做信物。後來想起你，想問問你再說。」

寶玉說道：「你這人也真是的，以前就說要找個漂亮的，現在有了，還懷疑這懷疑那。」湘蓮說道：「你也不知道她的來歷，怎麼知道她漂亮？」寶玉說道：「她是珍大嫂子的繼母帶過來的妹妹。那時賈敬辦喪，我在那兒和她們混了一個月，怎麼不知道？那真是一對尤物，巧的是還姓尤。」

柳湘蓮一聽，跺著腳說道：「這事不好，我斷斷不能娶她，你們這府裡恐怕只有那兩頭石獅子是乾淨的。」寶玉一聽，就紅了臉。湘蓮也覺得自己出言莽撞，連忙作揖說道：「我該死，我胡說，但你也得告訴我，她品行怎麼樣？」寶玉說道：「你既然知道那麼多，還來問我幹什麼，連我也未必是乾淨的。」湘蓮看寶玉不高興了，趕忙道歉，自己也不好再問，轉身就走了出來。他越想越覺得這事不對勁，想著讓薛蟠去退親，又一想薛蟠正病著，而且性格急躁，還是自己去把劍要回來，這事就算完了。

柳湘蓮主意已定，就去找賈璉。賈璉正好在家中，聽到他來了，高興得趕忙把他迎了進來，還把尤老太太叫過來看看這位三姐相中的公子。柳湘蓮見了人也是連忙作揖，寒暄過後，大家坐下喝茶。柳湘蓮說道：「二哥上次和我說的事，我也覺得好。但誰知我一回來，我的姑母就告訴我，已經給我訂了一門親事，我要是聽了二哥的，駁回我姑母這邊，恐怕也不合情理。如果當時給你的是金銀等信物，我也不敢來索要。但那鴛鴦劍是我祖父所贈，希望能賜回。」賈璉一聽這話，很不高興，說道：「二弟，你這話說錯了，婚姻大事，怎麼可以說反悔就反悔，這可不行。」湘蓮笑著說道：「如果這樣說，我願意受任何責罰，但娶妻一事，恕難從命。」

賈璉這邊還在勸，誰知尤三姐就躲在屋內的屏風後，把這些話都聽見了。自己好不容易才等到他來，卻是來反悔的。想他一定是在外面聽到了什麼話，以為自己是不乾不淨的人，不屑娶她為妻，即便是賈璉再和他說什麼，他也不會願意的。尤三姐越想越傷心，就瘋了一般地跑回屋，拿著那把鴛鴦劍跑到柳湘蓮的跟前說道：「你不用再說什麼了，還你的定禮。」說著淚如雨下，左手把刀鞘扔給他，右手拔出劍，就自刎❸了。可憐一個絕代佳人就這樣香消玉殞。

尤三姐一死，可把大家都嚇壞了。尤老太太一面號哭，一面大罵柳湘蓮。賈璉揪住柳湘蓮，讓人捆了送官去。尤二姐擦著眼淚，勸賈璉說：「人家也沒逼她，是她自尋短見。即使送到官府，又能怎麼樣，還讓人知道了這樣的醜事，不如放他走吧。」賈璉此時也沒了主意，便鬆了手，讓柳湘蓮快滾。湘蓮反倒不走了，跪在尤三姐的身邊，哭著說道：「我不知道你是這樣剛烈的人，真是可敬，是我無福消受呀。」說著就大哭了一場。賈璉讓人買了棺木。柳湘蓮看著尤三姐入殮，又趴在棺材上哭了好一會兒才離開。

這天，柳湘蓮躺在床上睡覺，夢中恍恍惚惚感覺尤三姐走了過來，只聽尤三姐哭著對他說道：「我癡情等待了你五年，怎奈你竟然如此狠心，我只有以死來回報我的癡情。我就要走了，因為不忍和你分別，特意來看看你，從今以後我們再也不會見面了。」說完，又哭了一會兒，就離開了。柳湘蓮一下子從睡夢中驚醒，感覺似夢非夢，便不自覺地大哭起來。推開窗戶，看見對面正好有一個破廟，旁邊還坐著一個瘸腿道士。湘蓮走過去問道：「這是什麼地方？你又是何人？」道士說道：「連我也不知道這是什麼地方，我又是什麼人。」柳湘蓮聽了，只覺得刺骨的寒冷，拿出寶劍，斬掉萬根煩惱絲❹，便跟著那道士出家去了。

---

❸【自刎】意思就是自殺。

❹【煩惱絲】佛門以剃除鬚髮爲受戒出家，故佛家稱頭髮爲「煩惱絲」。

第三十一回　王熙鳳寧府撒潑

柳湘蓮出家不久，賈璉偷娶尤二姐的事，還是被鳳姐知道了。這天，鳳姐剛巧從院門外經過，就聽興兒在和一個小丫頭悄悄地說道：「咱們那位新二奶奶就是比這舊二奶奶強。」鳳姐一聽，就明白怎麼回事了，氣得直哆嗦，忙把興兒叫進屋來，連打帶罵，嚇得興兒魂都沒了一半，就把事情全都招了。鳳姐怕漏下了什麼，就又問：「他們是怎麼認識的？」興兒說：「是在辦東府大老爺喪事的時候認識的。原本尤二姐是和張家定了親的，後來被逼退了婚。」鳳姐還問了許多，興兒就把所有事情，仔仔細細地又說了一遍。鳳姐當著興兒的面沒說什麼，就是告訴他不許把這件事告訴二爺，要是敢說就要了他的命，又吩咐了一些事才讓他走了。興兒一出門就嚇得癱倒在地上，心裡想著這下尤二姐可要遭殃了。

鳳姐躺在床上是越想越氣，想著賈璉在國孝家孝期間，居然辦出這樣的事，真是讓她忍不下這口氣。想了想，忽然計上心頭，就把平兒叫了過來和她說了。平兒一聽，知道自己根本就勸不了，只能由她。

這天，賈赦派賈璉出去辦事，要去半個月左右。賈璉前腳剛走，鳳姐就讓人把東廂房收拾出三間，按照自己屋子的樣子裝飾。一切收拾好後，就讓興兒帶路，帶著平兒和一幫婆子去了尤二姐那兒。丫鬟一開門，興兒笑著說道：「快回二奶奶，大奶奶來了。」

那丫鬟一聽，嚇得魂都沒了，趕忙去報尤二姐。尤二姐一聽也是一驚，但人已經來了，只能以禮相待，就連忙穿戴整齊迎了出去。鳳姐一抬頭，見這尤二姐柳葉彎眉、櫻桃小嘴，果然十分俏麗。只聽尤二姐在一旁忙說道：「今天實在不知姐姐要過來，不曾遠迎，還望姐姐恕罪。」說著就要跪下。鳳姐忙笑著把她拉起來，拽著她的手，進入屋內。

鳳姐上座，尤二姐在一旁站著說道：「妹妹我年輕，自從到了這裡，凡事都和家母商量。今天有幸見到姐姐，如果不嫌棄，就請姐姐指教。」說著，又要行禮。鳳姐忙還禮，讓她坐下，說道：「我也是年輕，婦人見識。以前總是勸二爺，別在外面尋花問柳的，誰知他就把我想歪了。連娶妹妹做二房，這樣的大事也不和我說。我以前也對二爺說過，再娶一房生個一兒半女的，我以後也有了依靠。不想二爺竟以為我是那愛嫉妒的人，把你們的事私自就給辦了，真是要把我冤死。前幾天，我就知道你們的事了，但我怕二爺又想歪了，就沒敢說。正巧二爺出去辦事，我才敢過來親自拜見。還請妹妹體諒我的苦心，和我回家去住吧，我們姐妹在一塊也好有個照應，平時也可以在一塊勸勸二爺。倘若妹妹一直住在外頭，我心裡怎麼過意得去。讓外人聽見了，又該說我不賢慧，容不下人。我只求妹妹以後在二爺跟前替我美言幾句，給我留個站腳的地兒，哪怕是叫我以後服侍妹妹梳頭洗臉，我也是願意的。」說著，就嗚嗚咽咽地哭了起來。

尤二姐見她這樣便認為她是個極好的人，心裡想著那些小人背地裡亂說，也是常有的事。加上在一旁的婆子們也跟著說鳳姐的好話，尤二姐就當真了，竟把鳳姐當成了知己。收拾了幾件衣服，就跟著鳳姐回去了。

府上的人見鳳姐帶回來個人，都跑過去看。大家看她長得標緻，脾氣也好，都誇她。鳳姐把尤二姐安頓好以後，悄悄吩咐下人說：「都不許在外走漏了風聲，若是讓老太太、太太知道了，我就讓你們死。」丫頭們都懼怕鳳姐，也知道這是賈璉在國孝家孝時幹的事，就都不敢往外說了。鳳姐又把尤二姐帶來的丫頭調往別處，派了一個自己的丫頭服侍她，還暗中囑咐下人們：「好好照顧，要是人丟了或是跑了，就和你們算帳。」尤二姐這邊，見大家對她都挺和善，還真以為鳳姐是菩薩心腸，好相處，自己也就安心地住下來了。

鳳姐把尤二姐打點好之後，就去外面打聽這尤二姐的底細。了解之後，才知道她原許給的那個張家公子，名叫張華，因為成天在外面吃喝嫖賭把錢都敗光了，父母沒辦法就把他攆出了家門。退親也是他父母同意的，張華本人根本就不知道。鳳姐就叫人給了張華二十兩銀子，讓張華去告賈璉，就說賈璉在國孝家孝期間，瞞著家人依仗權勢逼他退親。那張華一見錢，什麼都忘了，就按照鳳姐說的去做。

張華去衙門告狀，那官老爺一看告的是賈璉，也知道他不在家，就先把他的跟班抓過去問。那跟班的又把賈蓉給供出來了。賈蓉一聽這事慌了神，連忙讓人往衙門內送了二百兩銀子，這事才被壓了下來。

這天，賈珍和賈蓉正在商量事情，就聽有人來報：「西府的二奶奶來了。」賈珍一聽，大吃一驚，趕快就要藏起來，誰知鳳姐已經進來了，對著賈珍說道：「好哥哥，瞧你帶著你的兄弟幹的好事。」賈蓉忙請安，鳳姐一把拉住他。賈珍在一旁笑著說道：「好好侍候你嬸子，吩咐他們殺豬備飯。」說著忙命人備馬，自己先躲出去了。

尤氏剛好從房裡走了出來，見鳳姐來者不善，滿臉怒意，忙說道：「這是怎麼了？」鳳姐指著她就罵道：「你尤家的丫頭沒人要了，偷著往我們賈家送。難道就賈家的男人好，全天下的男人都死絕了麼？即使你願意給，也要三媒六聘，大家說明白才好。你是不是鬼迷了心竅，國孝、家孝兩重在身，你就把人這麼送過來了。這會兒又讓人家告，現在連衙門內的老爺都知道我厲害，點名要休了我。我嫁到你們家，我做錯什麼了，你要這樣害我？現在我們一起去見官，把話說明白了，到時給我一張休書❶，我就走人。」說著一面哭，一面拉著尤氏就要去見官。

---

❶【休書】封建社會，男女雙方解除婚約，由男方出具的書面證明。

賈蓉在一旁急得只能跪在地上磕頭，求道：「嬸子息怒。」鳳姐又指著賈蓉罵道：「天打雷劈的沒良心渾蛋！不知道天高地厚的東西，淨幹些沒王法的事。你死了的娘在陰間也不會饒了你！祖宗也不會饒了你！還敢來勸我。」一面罵，一面伸手就打。嚇得賈蓉趕緊說道：「嬸子別生氣，只求你看在我千日不好，還有一日好的份上，饒了我吧。要是還生氣，不用你動手，我自己打。」說完就左右開弓，自己打了自己一頓嘴巴，邊打還邊自言自語：「讓你聽你叔叔的話，不聽你嬸子的話，活該。」一旁邊的人看見了是想笑又不敢笑。

鳳姐又一下子趴到尤氏的懷裡，驚天動地地大哭，說道：「給你兄弟娶親，我也不反對。只是幹嘛要瞞著我，讓我背著個愛妒忌的惡名？你妹妹我已經接過去住了，因為怕老太太、太太生氣也不敢去告訴。現在是每天好吃好喝侍候著，本想著事情過去了，我也就不提了。哪承想還被人告了，我這嚇得趕緊拿出銀子去打點。」說完，又是哭又是罵，又要尋死撞頭，把尤氏揉成了個麵團，衣服上全是眼淚鼻涕。急得尤氏只能對賈蓉罵道：「你個混帳東西，瞧你和你老子幹的好事，當初我就說這事不行。」

鳳姐一聽這話，哭得更凶了，對著尤氏說道：「你發昏了？你的嘴裡是塞了茄子，還是被誰給縫上了？為什麼不來告訴我？你要是告訴了我，這會兒不就沒事了麼，現在鬧到了這步田地，還驚動了官府。你倒是怨起他們了，但凡你要是個賢慧的、會勸的也不會鬧到今天這樣。」尤氏哭著說道：「說了你也不信，你問問家裡的人，我怎麼不勸。可是他們不聽，要我怎麼辦呢，也怨不得你生氣，我又何嘗不生氣。」眾媳婦丫頭已經黑鴉鴉地跪了一地。賈蓉媳婦連忙笑著求道：「二奶奶最是聖明的，雖然是我們奶奶的不對，但你也鬧了也打了，當著奴才的面還請奶奶給留點臉面吧。」

說著，就捧上了茶。鳳姐拿過來就摔了，又指著賈蓉罵道：「把你父親請過來，我倒想問問他，國孝家孝在身，就攛掇著兄弟娶小老婆，我還從沒有聽過這樣的事情，讓他出來給我說明白。」賈蓉聽了，忙磕頭謝罪，說了一大堆的好話。鳳姐見他這個樣子，心也就軟了，歎了一口氣，一面拉起賈蓉，一面對尤氏說道：「嫂子也別怪我，我年輕，一聽我們二爺被人告了，就嚇昏了頭，還得請嫂子體諒我。」尤氏和賈蓉一齊說：「你放心，不會連累二爺的，剛才你不說上下打點花了幾百兩銀子？我們一會兒就給你送過去，不能讓你破費。只是老太太、太太那兒，你還是不要去說這些話了。」

鳳姐冷笑道：「我本來聽說這件事，一想是嫂子的妹妹，我心裡真高興呀，想著我們二爺這回該後繼有人了。趕忙讓人收拾了房子，把人接過來。有人還讓我去告訴老太太和太太，讓她們定奪。我想著二爺是偷著娶的，老太太知道了還不得生氣，就先沒說。哪承想居然被告了官，二爺是國孝一重罪、家孝一重罪，背著父母私娶又是一重罪，還好我沒跟老太太說，不然還不得讓我把人退回來呀。」

尤氏連忙說道：「還是你想得周全，我妹妹以後還得靠你照顧。」鳳姐說道：「現在先讓二姐在我那兒住著，也別告訴老太太和太太，省得她們生氣。過一段時間，等事情過去了，我就和老太太說我看上了你妹妹，想給賈璉做二房，因為這女孩家裡沒什麼人了，就先到我這來住，這樣親上加親，老太太也不會不同意的。」尤氏和賈蓉一齊笑著說：「還是嬸子寬宏大量、足智多謀，等事情辦妥了一定過去拜謝。」

尤氏趕緊讓人打水，服侍鳳姐梳洗，又忙命人備好晚飯。鳳姐執意要回去，尤氏笑著說道：「今天你要是走了，我以後還有什麼臉到你那邊去呀。」生拉硬拽地就是不讓走。一會兒飯菜來了，尤氏親自擺菜，賈蓉又跪著敬了一杯酒。鳳姐吃完了飯，才起身回去了。

鳳姐回去後，又把賈璉被告的事告訴了尤二姐。又說自己是怎麼操心，怎麼上下打點，才保得賈璉無罪。尤二姐聽了，對鳳姐那是千恩萬謝。其實這可憐的尤二姐還不知道，自己早已經掉入了鳳姐的圈套。

第三十二回　尤二姐吞金自盡

尤二姐在鳳姐這邊住了沒幾天，丫頭善姐就開始不聽她使喚了。這天，尤二姐對她說道：「我沒頭油了，你去告訴大奶奶一聲，給我拿點過來吧。」善姐說道：「二奶奶，你怎麼就這麼不知道好歹。我們奶奶每天要去侍候老太太和太太，家裡姑娘丫頭加起來有幾百人，大事小事都等我們奶奶定奪。你為了這麼點小事還要去煩她。我勸你能將就還是將就些吧，咱們也不是明媒正娶過來的。也就是碰上了二奶奶這麼賢慧的人，要不然早把你扔在外面，管你是死是活呢。」

一席話，說得尤氏低下了頭，看還有一些就將就了。誰知那善姐欺人更甚，連飯也不及時給端過來了，要麼晚，要麼早，所拿來的東西也都是剩的。尤二姐說過她兩次，她反倒先瞪起眼睛。尤二姐怕吵起來，讓別人聽見了不好，只能忍著。隔了好幾天才能見鳳姐一面，鳳姐也是和顏悅色，張口閉口「好妹妹」，又說道：「倘若下人們有什麼不對的地方，你降不住她們，只管告訴我，我打死她們。」尤二姐見她這樣說，反倒是張不開口了，心裡想著

真把善姐打了，別人再說自己擺奶奶架子，因此反替她們遮掩。

過了幾天，賈璉回來了。一進門，就見鳳姐和尤二姐一塊兒出門迎接，賈璉覺得很是奇怪，但見鳳姐對尤二姐一口一個妹妹，也就沒再多想，心裡還對鳳姐能這樣大度感到高興。三個人坐下說了一會兒話，賈璉就去向賈赦報告，賈赦見他把事情辦得這樣好，一高興就把屋裡的丫頭秋桐賞給他做小老婆，賈璉當然是高興，連忙叩謝。

這邊，鳳姐已經備好酒菜，準備給他接風洗塵。賈璉看她高興，就把秋桐的事也說了。鳳姐一聽，心中的一根刺還沒拔，又來了一根，真是氣得要命。但一想是賈赦賞的，自己也不好說什麼，只能忍了，忙讓人把秋桐接了過來。

自從這秋桐來了之後，賈璉是天天和她在一起，對尤二姐也就不像以前那麼好了。鳳姐對尤二姐表面上也是好的，四下無人的時候，就悄悄地和二姐說：「我聽見那些小人在背後嚼舌頭，說的話可難聽了，連老太太和太太都知道了。他們都說妹妹在外的名聲很不好聽，在家做姑娘的時候就不乾淨，還和姐夫交往過密，是沒人要的，只有二爺傻才揀了回來。早就該休了，攆回家去。後來我打聽是誰說的，竟沒查出來。」尤二姐聽了這個話，氣得五內俱焚，當晚就病倒了，整日是茶不思飯不想的。家裡的丫鬟下人，除了平兒，都在背後說三道四、指桑罵槐，暗暗地譏諷她。

再說這秋桐，仗著是賈赦賞給賈璉的，連鳳姐都不放在眼裡，更別說是尤二姐了。她整天罵尤二姐是娼婦。鳳姐聽了，心中暗喜，自己也懶得管，在家裝病不見尤二姐，每天讓人端給尤二姐的飯菜和豬食沒什麼兩樣。平兒實在看不過去，就自己拿出錢，給二姐做點好吃的送過去。誰想被秋桐看見了，跑到鳳姐那兒去告狀，說道：「奶奶的名聲，都是讓平兒給弄壞了，那麼好的飯菜，居然都給了那個娼婦。」鳳姐一聽，把平兒大罵了一頓。自此之後，平兒也不好再管了。

尤二姐病在床上，每天是以淚洗面。每次賈璉來，她也不敢抱怨鳳姐什麼。鳳姐雖然也恨秋桐，但想著正好借刀殺人，坐山觀虎鬥，等到秋桐收拾了尤二姐，她再辦了秋桐。主意一定，沒人的時候，鳳姐就悄悄和秋桐說：「你年輕不懂事，尤二姐現在是二房奶奶，是爺心坎兒上的人，我還要讓她三分，你何苦和她硬碰硬，不是自尋死路麼？」

那秋桐聽了這話，更加惱了，天天在尤二姐房門前破口大罵，說道：「奶奶是軟弱人，這樣賢慧，我可做不來。奶奶平時的威風，怎麼就沒了？奶奶寬宏大量，我卻眼裡揉不下沙子。娼婦就是娼婦，還裝什麼清高。」鳳姐在屋裡聽見了，也裝作不敢出聲。氣得尤二姐在房裡哭泣，連飯都不吃了，事情也不敢告訴賈璉，只有自己忍著。

那尤二姐本就是身子弱的人，哪經得起這樣的折磨。受了這一個月的氣，便一病不起，茶飯不思，人也是又黃又瘦。晚上閉上眼，睡夢中就看見妹妹手捧著寶劍走了過來，說道：「姐姐，你生性軟弱，終究要吃虧。不要聽那妒婦花言巧語，她外表賢良，實則內心奸詐，她不弄死你，是不會甘休的。如果我在世，是絕不會讓你進來的，即使讓你進來，也不會讓她如此囂張。現在你不如拿著這劍，殺了那妒婦，然後聽候發落。否則你將白白送命，無人憐惜。」尤二姐說道：「妹妹，我本性如此，何必讓我去殺生，還添了一身的罪孽。」尤三姐一聽，長歎一聲，拂袖而去。這時尤二姐一下子從夢中驚醒。等到賈璉來時，便哭著和他說道：「我這病是不能好了。我來了半年，腹中已有身孕，倘若老天眷顧，生下來還好。如果不能，我的性命也就不保了。」賈璉也哭著說道：「你放心，我找最好的大夫來醫治你。」於是出去趕忙找大夫。

誰知鳳姐暗中使壞，請來一個江湖騙子當大夫。那人來看了看，就說是淤血凝結，開了一副藥。二姐吃了以後就腹痛不止，孩子也沒了。賈璉氣得去找那大夫，怎知人家早就拿著銀子跑了，事情也就無從查證了。賈璉又請了宮裡的太醫來看，那太醫便說：「本來就氣血虛弱，現在又誤服了藥，恐怕是好不了了，先熬一兩副藥，吃吃看吧。」

鳳姐見了尤二姐這樣，裝得比賈璉還要著急，和賈璉說道：「我命中無子，好不容易有了一個，卻遇見這樣的大夫。」於是，她天天燒香禮佛，禱告說：「把病痛都給我吧，只要尤妹妹的身體能好起來，我願以後都吃齋念佛。」賈璉和眾人見了，都稱讚她賢慧。鳳姐天天做一些好的滋補品送過去，又找人來算卦。算命的來說：「是屬兔的人和二姐犯沖。她走了，二姐就好了。」大家一算，只有秋桐屬兔。

秋桐見賈璉每天端茶倒水，對二姐很盡心，心裡早就不舒服了，現在鳳姐還讓她去別處躲躲，免得衝撞了尤二姐。秋桐一聽這話，更是生氣，剛巧那天邢夫人來了，秋桐就和邢夫人說道：「二爺和二奶奶要攆我回去，我還哪有地方可以去呀，求太太開恩呀。」邢夫人一聽，就對鳳姐說道：「真是不知好歹，她不管怎麼樣，也是你父親給的。為了個外來的人把她攆走，你們眼裡還有沒有老子了？」說完，賭氣走了。這秋桐是更加得意了，仗著有人撐腰，趁著賈璉不在家，就跑到尤二姐窗戶外破口大罵，說什麼孩子不過是個雜種，還不知道是誰的呢。尤二姐聽了，更是傷心。晚上，等大家都睡了，平兒悄悄到尤二姐那兒去，安慰了她一會兒。尤二姐傷心地哭了起來。平兒又叮囑了幾句，夜深了才回去。

尤二姐躺在床上，不覺得淚流滿面，心想：「自己的病恐怕是好不了了，孩子也沒了，何必還要受這冤枉氣，不如一死了之。常聽人說，吞金子就可以自盡，比上吊要省事。」想到這兒，忙掙扎著起來，找出一塊金子。她跪在地上，哭了好一會兒。看見外面天漸漸亮了，一咬牙、一狠心，就把金子吞了進去。自己又硬撐著把衣服穿戴好，上炕躺下。一會兒就覺得腹內疼痛無比，沒多大工夫就斷了氣。

到了第二天早晨，丫鬟們見她也不叫人，也都懶得理她。鳳姐和秋桐都出去了，平兒實在看不過去，就說道：「你們這些沒心肝的，一個病人，你們也不知道可憐可憐。她脾氣好不和你們計較，你們也別太過分了，牆倒眾人推麼？」丫鬟聽了，趕緊推門進去看，只見尤二姐穿戴整齊，死在了炕上，把丫鬟嚇得大叫了一聲。平兒忙進來一看，尤二姐早已斷了氣，平兒見狀不禁大哭起來。大家雖然都害怕鳳姐，但想著尤二姐實在可憐，也都跟著傷心落淚。

這邊，賈璉知道了，急急忙忙趕回來，摟著尤二姐就號啕大哭。鳳姐也假意地哭著說道：「我這狠心的妹妹呀，你怎麼就丟下我走了，真是辜負了我的心呀。」尤氏和賈蓉也過來哭了一場，眾人安慰了賈璉，又把人抬到了鐵檻寺，準備入殮。

這邊賈璉去找鳳姐要銀子治辦喪事。鳳姐說道：「現在家裡艱難你是知道的，咱們的月例錢是一個月比一個月少。昨天我把兩個金項圈當了三百兩銀子，還剩下二十幾兩，你要就拿去用吧。」當時就氣得賈璉沒話說，只好去尤二姐那兒去拿自己以前給的銀兩。哪知打開櫃子一看，裡面的東西早就沒了，只剩下幾件半新半舊的衣裳，都是尤二姐平時穿的，看到這兒不禁又哭了起來。想著她死得不明不白，自己又不能說什麼。他只好用包裹把衣服都包起來，讓人拿去燒了。

平兒剛好進屋找賈璉，看見他這個樣子，忙將一些碎銀子遞給了他，說道：「你要哭，也得到外面哭去，在這兒讓奶奶看見了，不是礙眼麼？」賈璉一聽，忙止住了哭聲，接過銀子，又把一條絲巾遞給她說：「這是她平時戴的，你幫我收著，留個念想。」平兒只得接著，替他收了起來。賈璉有了銀子，就讓人買棺材，守靈堂。到了送殯那天，也不過是尤氏帶了幾個人過來草草了事。鳳姐對喪事一概不管，只憑賈璉自己去料理。可憐這尤二姐一代絕色佳人，也就這樣早早地香消玉殞❶了。

鳳姐除掉了尤二姐這根刺。至於那秋桐，不用想就知道，下場也不會比尤二姐好到哪裡去。至此，鳳姐總算是緩了一口氣，心情也舒暢多了。

---

❶【香消玉殞】像玉一樣殞落，像花一樣凋謝。比喻年輕貌美的女子死亡。

第三十三回　黛玉重建詩社

賈璉辦完尤二姐的喪事後，已經到了年根底下。鳳姐這邊又病了，李紈和探春就一起料理家務，準備過年的東西，整天是忙裡忙外沒一刻空閒。大家就把詩社的事情給擱下來了。等年過完，已經是初春時節，天氣也漸漸地好起來了，大家剛有工夫就想起了詩社的事情。可是寶玉因為柳湘蓮遁入空門，尤二姐吞金的事，整天是愁眉苦臉，哪有心思想別的。襲人等人也不敢去告訴賈母，只能百般地逗他開心。

這天，寶玉正在房裡和丫鬟們說話，就見湘雲的丫頭走了進來，說道：「請二爺快出去看看，有人作了一首好詩。」寶玉聽了，趕忙梳洗了一下走了出去，見黛玉、寶釵、寶琴等人都在那裡，手裡拿著一篇詩稿看。大家見他來了，笑著說道：「這會兒才起呀！咱們的詩社都散了一年了，也沒人來主持。如今正是初春時節，萬物更新，應該把詩社再建起來。」湘雲笑著說道：「是呀，現在正好是萬物逢春，咱們重建個詩社，肯定也是生機勃勃。況且這首『桃花詩』也寫得好，不如就把海棠社改為『桃花社』，不是更妙嗎？」寶玉聽了，趕緊把她們手裡的詩稿拿過來看，只見上面的標題處寫著「桃花行」，正文中有幾句詩是這樣寫的：「若將人淚比桃花，淚自長流花自魅。淚眼觀花淚易乾，淚乾春盡花憔悴。憔悴花遮憔悴人，花飛人倦易黃昏。」寶玉看了，不禁悲從心中來，不自覺地哭了起來，怕被別人看見，趕緊擦乾了眼淚。寶玉問道：「這詩應該是林妹妹寫的吧？」寶琴笑著說道：「是我寫的。」寶玉讚歎著說道：「那你可真是個才女。」

這邊，大家拉著寶玉就往李紈那裡走，想和她商量一下詩社的事情。到了稻香村，大家商議後決定，明天就開社，把「海棠社」改為「桃花社」，推舉黛玉為社主。次日早飯後，大家齊聚瀟湘館。不巧的是第二天是探春的生日，雖然沒有擺酒看戲，但也少不了陪她在賈母面前玩笑一會兒，哪裡還有時間作詩，就把開社的時間推到了三月初五。

到了三月初五，大家穿戴整齊，在房中吃了早飯，剛要去瀟湘館會合，就有人送來了賈政的書信，信中除了一些問候之語，就是說他六月初要回京。寶玉這邊一下子就慌了神，擔心父親回來後會問及自己的功課，又想起賈政臨走時讓他寫的楷書[1]還沒有寫完，趕忙把自己整天關在屋子裡讀書、寫字。

黛玉怕寶玉分心，姨丈回來後又要挨打，也就不再提詩社的事情了。探春和寶釵二人，

---

❶【楷書】漢字字體，就是現在通行的漢字手寫正體字，它是由隸書演變來的，也叫正楷、眞書。

每天都替寶玉寫一篇楷書，寶玉自己也是起早貪黑地用功，到了三月下旬，就寫出來很多了。算算還差五十篇，想著差不多可以搪塞過去了。誰知黛玉派紫鵑過來送了一卷東西，寶玉打開一看原來是幾十篇楷書，字跡和自己的十分相像，樂得寶玉連連向紫鵑作揖。這下可算是湊夠了數，寶玉才放下了心。又把該讀的書都拿出來，溫習一遍。正在天天用功，卻得到消息，最近近海一帶發生海嘯，賈政奉旨去查看災情了，這樣算來又得晚好幾個月才能回家。寶玉一聽，高興得又把書丟到了一邊，仍舊像以前一樣在園內四處遊蕩。

到了暮春❷時節，一天湘雲無聊，看見柳絮飄舞，就隨便寫了一首詞。寫完後，自己越看越得意，就拿去給寶釵看，寶釵看後也覺得好。她又去找黛玉，黛玉看後說道：「寫得新鮮、有趣，我是寫不出來呀。」湘雲說道：「我們這幾次都是寫詩，明天何不開社填詞，還好玩些。」黛玉聽了，也覺得好，就說道：「今天天氣好，就定在今天吧。」說著，一面吩咐人準備些糕點果子，一面派人分頭去請人。

黛玉和湘雲擬了「柳絮」為題。不一會兒工夫，大家就全來了。寶玉笑著說道：「這個詞好寫，胡說一通就可以。」寶釵點燃了一炷香，大家都開始思考該怎麼寫。一會兒黛玉就寫完了，寶琴和寶釵也寫完了。這邊寶玉剛剛寫好了，又覺得不妥，擦了想重寫，再一看香已經燃盡了，只好交了張白卷。

李紈看過大家寫的詞之後，說道：「每一首都寫得好。要論最纏綿悲涼，要屬瀟湘妃子；要論動人嫵媚，屬湘雲的。今天寶釵和探春寫得不好，要受罰。」寶釵笑著說道：「我們自然要受罰，但不知道交白卷的，該怎麼罰？」李紈笑著說道：「不用著急，今天一定重重地罰他。」

大家正說著，就聽見窗外的竹子上一聲響，把大家都嚇了一跳。丫頭們趕快出去瞧，原來是一個大蝴蝶的風箏掛在竹梢上了。丫頭們笑著說道：「好漂亮的風箏，不知是誰家放的，可惜斷了線，我們把它拿下來吧。」寶玉聽見了，趕緊出來，笑道：「我認得這個風箏，是大老爺院裡的嫣紅姑娘的，拿下來還給她吧。」探春說道：「拿它幹嘛，人家可能是故意放斷了線，為的是放放晦氣。」黛玉笑著說道：「可不是麼，不如把咱們的風箏也拿出來，放放晦氣。」

丫頭們一聽要放風箏，高興得不行，趕忙七手八腳的從各屋中把風箏都拿了出來。有蝙蝠的、有大雁的。寶琴指著一個風箏說道：「快來看探春這個，好漂亮的一個大鳳凰。」大家都過來看，果然是一個展翅的大鳳凰，金碧輝煌、光彩奪目。寶玉對襲人說道：「把咱們屋的也拿出來。」不一會兒，幾個丫頭扛了一個畫著美人圖案的風箏過來。寶玉仔細看了一下，見這美人做得十分精細，心裡很高興，說道：「放起來吧。」

---

❷【暮春】春天最後的一段時間，多指農曆三月。

此時，丫頭們在坡上已經放起來了，寶釵和寶琴都放了好幾個，獨有寶玉的美人，怎麼也放不起來。寶玉說丫頭們不會放，就自己來放，但弄了好半天也沒放起來，急得在旁邊直跺腳。大家看見了都笑他，他一來氣，就把風箏扔到了地上，指著它說道：「你要不是個美人，我就一腳把你踩個稀巴爛！」黛玉笑著說道：「是線不好，你讓人換了線就行了。」寶玉連忙讓人去換。

這時，大家抬頭往天上一看，幾個風箏已經在天上了。突然風大了起來，黛玉使勁一拉線，就聽一聲響，風箏線斷了，風箏也隨風飄走了。大家看了都說：「這是把林姑娘的病根放掉了，咱們大家也都放了吧。」於是丫頭們拿來剪子，剪斷了線，那風箏都飄飄蕩蕩隨風而去了。大家又玩了一會兒，就都回家去了。

因為賈政要回來了，寶玉也不敢像以前那樣，整天不看書。有時也在屋裡寫寫字，念念書。悶了就出來和姐妹們玩一會兒，或者去瀟湘館看看黛玉。大家都知道他有功課在身也都不去招他，倒是黛玉怕賈政回來後寶玉受氣，時常督促他學習。寶玉也只能多待在屋裡看書、寫字。

這天，賈母旁邊的兩個小丫頭匆匆忙忙地過來找寶玉，嘴裡說道：「二爺快跟我們走吧，老爺回來了。」寶玉聽了，是又喜又愁，只能趕緊換了衣服過來請安。賈政正在賈母房中，連衣服都沒換就過來給母親請安，看見寶玉過來了，心中很高興，卻又不免有些傷

李紈看過大家寫的詞之後，說道：「每一首都寫得好。要論最纏綿悲涼，要屬瀟湘妃子。」

感。賈母便說道：「你也累了，去歇著吧。」賈政忙站起來，笑著答應，又說了幾句話才出來。寶玉也跟著過來，賈政自然要問問他的功課，一會兒也就讓他離開了。

賈政離家幾年，皇上特恩准他在家待一個月。他因年紀大了，事情又多，身子也一年不如一年。這些年又都在外面，好不容易能骨肉團聚共享天倫。所以大小事情一概不管，只是每天看看書，或和別人下下棋、喝點酒。

這年八月初三正趕上賈

母八十大壽。賈政和賈赦等人商議後，決定榮寧二府齊開筵席。到了七月份，送禮的人就絡繹不絕，皇上下旨讓禮部的人也送來好多禮品。到了八月初三那天，兩府張燈結綵、鼓樂齊鳴。上至皇親國戚，下至遠親近友都過來賀壽。兩府大開筵席，來賀壽的是人山人海，熱鬧非凡。

這天，因為榮府的下人得罪了尤氏，鳳姐便命人把人捆了，送到尤氏那兒，任憑她處置。有人偷偷把這事告訴了邢夫人，讓她幫著求求情。邢夫人因為前段時間鴛鴦的事，惹得老太太也不待見她，漸漸對她也冷淡了。但鳳姐在老太太跟前卻越來越得寵。她心裡本就氣不過，再加上一些小人暗地裡挑撥，就更加厭惡鳳姐。

第二天一大早，眾人給賈母拜完壽後，開始入席看戲。邢夫人當著眾人的面對鳳姐說道：「我昨兒聽見二奶奶動怒了，還讓人捆了兩個婆子，可也不知道她們犯了什麼罪？論理我不該求情，但我想現在是老太太的好日子，府上還發錢發米周濟貧老，現在怎麼就折磨起人來了？不看我的面子，權當看老太太面，放了她們吧。」

鳳姐一聽這話，又是當著大家的面，是又羞又氣，一時憋紅了臉。王夫人便問是怎麼回事，鳳姐就把事情說了。王夫人想著給老太太積點福，就讓鳳姐把人放了。鳳姐只好照辦，但越想越覺得冤枉，於是賭氣回房間哭了起來。剛好賈母派鴛鴦過來問點事，鴛鴦看見鳳姐這樣，就安慰了幾句。

賈璉見鴛鴦來了，便笑著說道：「鴛鴦姐姐，我正好要去找你呢。這兩天因為給老太太辦大壽，府裡剩下的幾千兩銀子都用光了。現在要準備給元妃娘娘的重陽節❸禮品，還有外頭幾家有紅白喜事❹的，都少不了要去打點，至少還得需要兩三千兩銀子，我一時也沒地兒去借，還請姐姐把老太太查不到的金銀東西先偷著運出一箱來，先賣個幾千兩銀子讓我應應急。過不了半年，等我緩過來了，就把東西贖回來，不會讓姐姐難做。」

鴛鴦看賈璉實在是著急就答應了，又坐了一會兒，就回賈母那兒去了。鳳姐和賈璉說，自己已經賣了好多東西給王夫人應急。這時，又來人管賈璉借錢，賈璉正為錢的事發愁呢，哪有閒錢借他，就躲了起來。鳳姐沒辦法，就讓平兒把自己的金項圈拿去當了，當的錢給了那個人。賈璉見人走了才敢出來，和鳳姐說道：「昨天周太監來了，張口就要一千兩，我答應得稍微慢了一些，他就不高興，這以後還不知道要得罪多少人呢。這會兒要是能有個兩三百萬兩銀子就好了。」鳳姐聽了也覺得感慨，想這偌大的榮國府居然要靠典當東西來辦壽宴，恐怕真是風雨欲來呀！

❸【重陽節】農曆九月初九，民間有登高的風俗，所以重陽節又稱「登高節」。

❹【紅白喜事】男女結婚是喜事，高壽的人病逝的喪事叫喜喪，統稱紅白喜事。

第三十四回　王夫人抄檢大觀園

老太太的壽宴一過，鳳姐因為這段時間累著了，就趁機休息了幾天，園子裡的事情管得也就沒那麼嚴了。這天，寶玉剛要睡，趙姨娘房裡的丫頭跑過來報信說：「我聽見我們奶奶和老爺說起你，當心老爺明天問你的功課。」寶玉一聽這話嚇得六神無主，趕緊披上衣服挑燈夜讀。襲人等人也都跟著磨墨斟茶。到了下半夜，就聽一個小丫頭進來喊道：「不好了，有一個人從牆上跳下來了。」晴雯見寶玉讀書辛苦，就給他出了個主意，就說他被嚇著了，好躲過老爺明天的問話。寶玉一聽這個辦法好，就讓人又是去抓賊，又是去請大夫拿藥，鬧得全府皆知。

賈母這邊聽說寶玉嚇病了，就問是不是有賊來了。剛好探春在賈母這兒，就說道：「因為最近鳳姐姐身體不好，園子裡的人就放肆了許多。先前也不過趁著天黑，偷偷玩玩牌。現在是越來越猖狂，竟然開設了賭局，好大的輸贏。」賈母一聽，很生氣，她深知賭博是最能引起禍端的，就讓人嚴查。鳳姐趕緊去辦，共查出十二個聚眾賭博的，其中一個還是迎春的乳母。賈母命人把賭博的器具都燒了，所有的錢也都沒收了。還把這些人打了板子，攆了出去。

因為府裡查得緊，賈璉從賈母那兒拿東西的事也被發現了。鳳姐正想著該怎麼應對呢，就見王夫人氣沖沖地走了進來，把屋裡的丫鬟都支出去後，遞給鳳姐一個繡囊。鳳姐接過來一看，上面畫的竟是一些不堪入目的畫面。王夫人認定這是鳳姐的，鳳姐氣得直哭，賭咒發誓這個絕不是她的。王夫人見她這樣就說道：「好了，可能是我冤枉你了。今天，你婆婆把這個東西交給我，說是在園子裡揀的，我一時生氣才跑到你這兒來。現在想想，園子裡的丫鬟也都大了，可能是她們的也說不定。」王夫人擔心園子裡的丫鬟還有這些東西，就讓鳳姐趁這個機會好好查查。

一會兒，王夫人又把周瑞家的、王善保家的幾個媳婦叫過來，讓她們跟著鳳姐一塊兒查看。王善保家的正因為園中的這些丫鬟平時都不把她放在眼裡，心裡不高興，現在看她們自己犯了事，心裡很得意，嘴上說道：「論理不該我們多嘴，太太不常去園子裡，不知道這些丫鬟們一個個倒像千金小姐似的嬌貴。」王夫人說道：「跟著小姐的丫頭，嬌貴一些也是難免的。」王善保家的說道：「別人也就罷了，就說寶玉屋裡的晴雯丫頭，仗著長的模樣比別人標緻些，又生了一張巧嘴，天天打扮得像個西施[1]。一句話說不對，瞪起眼睛就罵人。」

---

[1]【西施】春秋時期越國的美女。

王夫人一聽這話，猛然想起了以前的事，便問鳳姐：「上次我和老太太進園子裡去逛，有一個水蛇腰、小肩膀、眉眼有點像你林妹妹的丫頭正在罵小丫頭，我心裡很看不上她那個張狂的樣子。因老太太在旁邊就沒過去問，後來就給忘了，現在想來應該就是她了。」鳳姐說道：「若說這些丫頭，都加起來也沒有晴雯長得好，但言談舉止是有些張狂。太太剛才說的，我也不知道是不是她。」

王善保家的說道：「這也不難，太太把她叫過來瞧瞧就知道了。」王夫人便讓人把晴雯叫過來。晴雯剛好不舒服就睡了一覺，見有人叫她，也沒怎麼梳洗打扮就跟了過來。王夫人一見她就是那天的人，而且肥衣大褲，便一下子勾起火來，冷笑著說道：「好個美人，真像個病西施，你天天做出這張狂的樣子給誰看？你幹的事，還以為我不知道呢，等我好好收拾你。寶玉的病好了麼？」

晴雯一聽此話，就知是有人暗算她，雖然氣憤也不敢作聲。她也是個聰明絕頂的人，見問道寶玉，忙跪下說道：「我不大到寶玉房裡去，他房裡的事一般都是襲人和麝月在管。」

王夫人說道：「這就該打，你難道是死人，要你們是幹什麼的？」晴雯說道：「我本是老太太屋子裡的，因為老太太覺得園子大人又少，才把我派到了寶玉那兒，就是讓我看看屋子，我閒下來的時候還要做老太太屋裡的針線活，所以寶玉的事就不曾留心。太太要是怪罪，我以後留心就是了。」

王夫人一聽，就信以為真了，說道：「阿彌陀佛，你不親近寶玉是我的造化。也不勞你費心，你既然是老太太給寶玉的，等我明天回了老太太，再把你攆出去。」又向王善保家的說道：「這幾天好好提防著她，不讓她在寶玉屋裡睡覺，等我回了老太太再來處治她。」又對晴雯大聲說道：「出去，站在這裡幹嘛，我就看不上你這個浪樣！誰准你這樣花紅柳綠的裝扮！」晴雯只得出來，憋著滿肚子的委屈，一面哭一面跑回了園子。

這邊王夫人對鳳姐說道：「這幾年我是越來越沒精神了，這樣妖精似的東西恐怕還有，明天可得查查。」鳳姐見王夫人動怒，王善保又是邢夫人的人，時常在邢夫人那兒挑唆生事，現在自己就是有千言萬語也不好說了。王善保家的說道：「太太請息怒，這些小事就交給奴才。查還不好查，只要晚上把園子門一關，內外不許通風，我們就趁她們沒防備來個突然襲擊，到時誰有什麼不該有的東西就都能找出來。」王夫人說道：「這個主意好。」鳳姐也只能按照她們說的去做。

大家商議決定把園內所有丫鬟的屋都查一遍。等到天黑，賈母睡了，王善保家的和鳳姐帶了一大堆的婆子一塊進了園子，喝令將園子內的門都鎖上，然後就先到了怡紅院。寶玉正在和丫鬟們打鬧，就見一大群人進來，不知為了何事，而且直接向丫鬟們所住的房間走去。他看見鳳姐也在，趕忙跑去問是怎麼回事。鳳姐說道：「丟了一件重要的東西，大家都抵賴，害怕是有丫頭拿了，所以查一查。」一面說，一面坐在院子中間喝茶。

鳳姐忙賠笑說道：「我只是奉太太的命才來的，姑娘不要錯怪我。」

王善保家的讓丫鬟們把各自的東西打開，都搜了一遍也沒發現什麼，又看見幾個箱子沒打開，就問是誰的。就見晴雯突然披頭散髮地跑了過來，只聽「噹啷」一聲，把那箱子使勁掀開，兩手提著底，往地下一翻，所有的衣物都倒了出來。王善保家的覺得丟了臉，就對晴雯說道：「姑娘別著急，我是奉了太太的命來搜查，你犯不著和我這樣。」晴雯越聽越生氣，指著她的臉說道：「你是太太派來的，還是老太太派來的，太太那邊的人我都見過，怎麼就沒看見你這麼個有頭有臉的大管事奶奶。」

鳳姐見晴雯說話鋒利尖酸，心中暗暗高興，但還是喝住了晴雯。王善保家的是又羞又氣，剛要回嘴，鳳姐說道：「嫂子不要和她們一般見識，我們還要去別處，趕快查查免得一會兒走漏了風聲，我們誰也擔待不起。」王善保家的一聽，只能把散在地上的東西檢查了一番，也沒查出什麼。鳳姐說道：「既然沒有，那咱們再去別處。」說著，大家走了出來。鳳姐對王善保家的說道：「我有一句話，不知道對不對，要抄就抄咱們自己家的人，薛大姑娘屋裡就不要抄了。」王善保家的說道：「那是當然，哪有抄親戚家的道理。」一面說，一面到了瀟湘館內。黛玉已經睡了，就見一大幫人進了院子，不知是為了何事，才要起來，就見鳳姐過來按住她，不讓她起來，說道：「沒事，你睡吧，我們一會兒就走。」邊說邊坐下等。

那王善保家的帶著眾人，到了丫鬟的房中，也是挨個開箱檢查。在紫鵑那裡搜到了兩把扇子，便得意了起來，拿過來給鳳姐看。鳳姐瞧了瞧說道：「這有什麼稀奇，寶玉和她們從小在一塊兒長大，這當然是寶玉以前的東西。不信咱們去問太太。」王善保家的笑著說道：「那倒不用了，二奶奶說什麼就是什麼。」

這邊從瀟湘館內出來，就到了探春院裡，誰知早就有人給探春通風報信了。探春想著肯定是有什麼事，就讓人把門都打開，自己坐在屋內等。一會兒見鳳姐等人來了，就問道：「什麼事？」鳳姐只能說丟了東西，怕是丫頭偷的，四處找一找，這些冠冕堂皇的話。探春聽了，笑著說道：「我的丫頭如果都是些賊，那我也乾淨不到哪兒去，既然如此，先搜我的衣櫃。」說著，就讓丫鬟把自己的箱子都打開，讓鳳姐檢查。鳳姐忙賠笑說道：「我只是奉太太的命才來的，姑娘不要錯怪我。」說著，就讓人把探春的箱子都關好。

探春說道：「我的東西你們可以搜，但是想搜我丫頭的東西，是不可能的。凡是丫頭的東西，都在我這屋裡放著呢，她們也沒處藏，所以要搜就來搜我。你們要是不肯，就只管去告訴太太，該怎麼處置我自己去受。」鳳姐看看大家，周瑞家的說道：「既然東西都在這兒，奶奶就請到別處去吧，也讓姑娘早點歇息。」探春冷笑著說道：「你們還是趁早翻一翻，如果下次再來抄，我可不讓。」

那王善保家的雖然聽說過探春是個厲害角色，但想著她只是個姑娘，還是個庶出，還能怎麼樣。仗著自己是邢夫人的陪嫁❷，太太還要另眼相看，何況是別人呢。她便趁勢到探春跟前拉著她的衣襟，故意一掀，笑嘻嘻地說道：「連姑娘的身上我都翻了，果然沒有什麼。」鳳姐看她這樣，忙說道：「嫂子快走吧，別瘋瘋癲癲的。」

鳳姐話還沒說完，只聽啪的一聲，探春一巴掌就打在了王善保家的臉上，指著王善保家的罵道：「你是什麼東西，敢來拉我的衣服。我不過是看在太太的面子上才敬你幾分，你就狗仗人勢，還敢跟我動手動腳。你來搜我的東西我不和你生氣，但你不該拿我來取笑。」說著，就要自己解開衣襟，拉著鳳姐說道：「你自己來搜，省得叫奴才來動手。」

鳳姐連忙幫她穿好衣服，又喝令王善保家的趕快出去，平兒在旁邊也跟著勸探春。探春又鬧了一會兒，才在丫鬟們的服侍下睡了。鳳姐這才走了出來，王善保家的覺得丟臉，哭著說道：「我這還是頭一次挨打，明兒還是去回了太太，讓我回家去吧，還要這老命幹什麼。」鳳姐聽了心中高興，但嘴上也只能是勸她別和探春生氣。

一群人又來到了李紈那兒。因李紈生病，剛吃了藥睡著了，大家也不好驚動她，大概地看了一下，也沒什麼，就走了。她們來到惜春那兒，惜春因為年紀小，性格孤僻，看見她們來了，嚇得夠嗆，鳳姐忙安慰。偏偏在她的一個小丫鬟屋裡搜出了男人的靴子。細問才知是那丫鬟哥哥的，而且是薛蟠賞的，讓她幫著保管。鳳姐讓人把東西收拾好，明天問了薛蟠再說。惜春這邊卻不管這事是真是假，死也不肯再要這個丫頭了，鳳姐好說歹說，她才同意讓那丫鬟在她這兒多待幾天。

她們到迎春那兒時，迎春已經睡了，鳳姐就帶人到了丫鬟房間。因為迎春的丫鬟司棋是王善保家的外孫女，鳳姐就想看看她們能搜出什麼來，誰知真從司棋那兒搜出了男人的棉襪，還有一張字條。鳳姐拿過來一看，上面寫著：「上月你回家，父母已經察覺你我的意思。但姑娘還未出閣，尚不能完成你我的心願。現特意讓人送去一個繡囊，千萬收好。表弟

❷【陪嫁】舊時跟著小姐一塊兒出嫁的丫頭。

潘安拜謝。」鳳姐看了，不怒反樂，又把這字條給大家念了，王善保家的並不知道外孫女還有這樣的事，此時恨不能找個地縫鑽進去。鳳姐笑嘻嘻地說道：「這倒好，不用她老娘操心，鴉雀無聲的，就給他們弄了個好女婿。」旁邊的人是想笑不敢笑，只見王善保家的邊打自己的臉邊說道：「你個老不死的，真是作孽，現世報呀。」鳳姐心裡想，可真是報應不爽呀。她讓人看管好司棋，見夜已深就回去睡了，等著明天告訴了王夫人再作定奪。

第三十五回　晴雯含冤生病

鳳姐因為昨天抄了園子，晚上睡得晚，早上就想多睡會兒。誰知一早就有人來報，說司棋哭了一夜，今天早上一看，人已經站不起來了。鳳姐忙讓人去請大夫來看，大夫開了藥，只說讓好好保重。鳳姐又把昨天的事都告訴了王夫人，王夫人也覺得煩悶，只好先讓她養養病再說。

過了中秋節，王夫人就讓司棋的家人把她領走了。寶玉正好看著她被人帶走，想走過去跟她說幾句話，旁邊的婆子都不讓。氣得寶玉恨恨地瞪她們，看她們走遠了，嘴裡罵道：「這些可惡的婆子，比那些男人還可恨。」

寶玉正想著，就聽見樹後面幾個婆子說道：「咱們可得小心侍候著，太太親自到園子裡查人去了。」一個婆子又吩咐道：「快把怡紅院晴雯姑娘的哥嫂叫過來，在這裡等著，一會兒把她妹子領回去。」寶玉一聽王夫人親自過來查，就知道晴雯恐怕也保不住了，發瘋似的跑了回去。剛到了怡紅院，就見一群人在那裡。王夫人在屋裡坐著，一臉怒色，見到寶玉也

不理。晴雯因為前幾天挨了王夫人的罵，回來後就病了，這幾天更是滴水不進，如今被從炕上拉了下來，蓬頭垢面，被兩個女人攙著到了王夫人跟前。王夫人吩咐道：「把她的貼身衣物拿出去，剩下好的，給其餘的丫頭。」又讓人把所有的丫頭都叫過來一一過目。

王夫人把所有人都仔細地看了一遍，說道：「誰和寶玉是同一天生的？」有人指了指蕙香，王夫人見她雖然沒有晴雯好看，但也算俊俏，冷笑著說道：「你個沒廉恥的東西，背地裡說什麼同日生的就是夫妻，以為我離得遠，就什麼都不知道呢？我一共就一個寶玉，都讓你們給勾搭壞了。趕快叫人把她給我領走。」下人們趕快照做。王夫人又看了看芳官說道：「唱戲的女孩子，更是狐狸精。整天挑唆著寶玉，不幹好事，也找人來帶出去。」

王夫人又把寶玉屋裡的東西都看了一遍，看著不順眼的，就叫人收起來拿到自己屋裡去。又對襲人麝月等人說：「你們以後都小心點，如果再做出什麼過分的事，一概不饒。我找人算過了，今年不宜搬遷，明年搬到園子外，就都清淨了。」說完就帶著眾人到別處去了。

寶玉以為王夫人只不過是來搜搜東西，沒想到是頂雷霆之勢而下，看見王夫人盛怒，自己也不好說什麼。他把王夫人送出了門，一回來，就見襲人在那裡流淚，自己也是越想越傷心，躺在床上就哭了起來。襲人知道他是在意晴雯，就哭著說道：「你哭有什麼用，叫我看晴雯算是有福的，回去就可以靜養了。你如果真的捨不得，等太太氣消了，你再去求老太太，再讓她進來，也是不難的。」寶玉說道：「我就不明白晴雯究竟犯了什麼彌天大罪，太太要這樣對她？」襲人說道：「太太是嫌她長得太好了，覺得美人的心都是不能安靜的。不像我們都是粗粗笨笨的丫頭。」寶玉說道：「美人的心怎麼就不靜了？怎麼別人的不對太太都知道，偏偏挑不出你和麝月的錯？」

襲人一聽這話，知道寶玉懷疑她，也不好再勸，歎息著說道：「天知道我是怎樣的人！反正你現在一時半會兒也查不出來是怎麼回事，再哭也沒用。」寶玉冷笑道：「她自幼是嬌生慣養的，哪裡受過一點委屈，如今是把一盆嬌嫩的蘭花❶送到豬圈裡去呀。況且她又是重病在身，憋了一肚子的氣，也沒有親爹親娘疼，只有那個醉鬼哥哥。她這一走，還不知道以後能不能見面了呢。」寶玉越說心就越痛，眼淚就止不住往下流，襲人看了也是沒辦法。

只聽寶玉又說道：「我還有句話要和你商量，不知道你肯不肯。現在她的東西，我們悄悄給她送過去。再把我們的錢拿出一些來給她養病，也不枉你們姐妹好了一場。」襲人聽了，說道：「這話還用你說，我早就把她的東西都準備好，放在那裡了。只是現在天亮，而且人多眼雜，害怕生事。等到了晚上，我讓宋媽悄悄地給送過去。再把我攢的銀子都給她。」寶玉聽了這話，心裡才安慰了許多。到了天黑，襲人就讓宋媽把東西拿過去了。

---

❶【蘭花】蘭花屬蘭科，單子葉植物，是一種以香著稱的花卉，具有高潔、清雅的特點。古今名人對它評價極高，喻其爲花中君子。

過了幾天，寶玉見王夫人看他沒有那麼緊了，就去求了一個婆子，讓她帶著去晴雯家。一開始這婆子是百般不肯，只說怕太太知道了，還不要了她的命。但寶玉一味央求，又給了她好多錢，那個婆子才肯帶他去。

這晴雯說來也命苦，十歲就被賣到了賈府，賈母看著喜歡，就把她留在了自己身邊，後來又給了寶玉當丫頭。她的父母死得早，只有一個哥哥，整天就知道喝酒，那個嫂子也是個出了名的潑婦，連她哥哥也拿她沒辦法。這晴雯被攆了出來，就住在她們家。那嫂子哪有那麼好心，根本就不管她的死活，自己吃完飯就出去串門了，只剩晴雯一個人趴在炕上。寶玉來到屋外，讓婆子在外面看著，自己掀起布簾就進去了。

一進屋內，就見晴雯睡在一張破舊的蘆葦❷席上，幸好被褥還是她以前蓋的。寶玉心裡不知該怎樣才好，一邊含著淚，一邊伸手輕輕地拉她，又小聲地叫了她兩下。晴雯因得了風寒，又聽了哥嫂一大堆的風涼話，是病上加病，咳嗽了一日才剛剛睡著。忽然聽見有人叫她，勉強睜開了雙眼，一見是寶玉，又驚又喜，又悲又痛，一把死死地拉住了他的手。哽咽❸了半天，才說道：「我以為再也見不著你了。」接著便咳嗽個不止。寶玉也是哽咽難言。晴雯說道：「阿彌陀佛！你來得正好，把那茶倒給我喝口，渴了半天，叫了好久也沒人理我。」寶玉聽了，趕緊擦了淚問道：「茶壺在哪兒？」晴雯說道：「在爐臺上。」寶玉看了看爐臺，確實有個黑漆漆的東西放在那兒，也不像個茶壺。他又從桌子上拿起一個碗，還沒拿起來，就聞到一股腥臭味，只能先用水洗了兩遍，又用自己的手絹擦了擦，一聞還是有味，沒辦法，只能用它倒了半碗茶，看著那水黑黑的，也不像茶。晴雯說道：「快給我喝一口吧，那就是茶了，哪能跟咱們的茶比呢。」寶玉聽她這麼說，就自己先嘗了一口，一點茶味都沒有，只覺得苦澀不堪，看晴雯要，只能給了她。只見晴雯像得到了甘露一般，一口氣全都喝下去了。

寶玉看她這個樣子，眼淚止不住地流了下來，哭著說道：「你還有什麼要說的，趁著沒人，快告訴我。」晴雯嗚嗚咽咽地說道：「有什麼好說的，不過是挨一刻是一刻、挨一日是一日罷了，我也撐不了幾天了。只是有一件事，我死也不甘心，我雖然長得比別人好些，但我並沒有勾引你，怎麼就一口咬定我是個狐狸精。」說到這裡，氣就開始喘不上來，話也沒法說了，兩手也已經冰涼。寶玉見了又急又痛又害怕，便坐到席子上，一隻手拉著她的手，一隻手輕輕地給她捶打，又不敢大聲哭，那滋味真如萬箭穿心一般。

過了一會兒，晴雯才哭了出來。寶玉拉著她的手，只覺得骨瘦如柴，腕上還戴著四個銀環。他哭著說道：「先摘下來吧，等病好了再戴。」晴雯擦著淚，把自己的手抽回，放在嘴

---

❷【蘆葦】多年生草本植物。生於濕地或淺水，葉子披針形，莖中空，光滑，花紫色。莖可造紙、葺屋、編席等。

❸【哽咽】哭時不能痛快地出聲。

邊，狠命地一咬，只聽「咯吱」一聲，兩根長長的指甲蓋被齊根咬下。晴雯拉著寶玉的手，把指甲放進他的手中。又回手掙扎著，在被窩內把自己貼身穿著的一件紅菱小襖脫下，遞給了寶玉。一個這樣虛弱的人，一脫了衣服早就抖得不成樣子，氣都喘不上來了。

寶玉見她這樣，已經了解了她的用意，連忙解開外衣，將自己隨身穿的棉襖脫了下來，蓋在了晴雯的身上，又把晴雯的穿在了自己身上。晴雯對他說道：「扶我起來坐坐。」寶玉只好把她扶起來坐好，又把指甲蓋放進了自己的荷包。晴雯哭著說道：「你回去吧，這裡髒，你的身子怎麼受得了。以後要是想我了，就看看那兩件東西，也不枉我服侍你一場。今天你能來看我，我就是死了也沒有什麼遺憾了。」

還沒等晴雯說完，就見她嫂子笑嘻嘻地進來了，「好呀！你們兩個的話我都聽見了。」又對寶玉說道，「你一個作主子的，跑到我們下人房裡來幹什麼？」寶玉聽了，連忙央求道：「好姐姐，快別大聲嚷，她好歹服侍我一場，我私自過來瞧瞧。」她嫂子說道：「難怪別人都說你是個有情有義的人呢。」寶玉怕她糾纏，趕緊跑了出來。

寶玉回到怡紅院，坐在那兒發了一晚上的呆。襲人催他睡覺，他只能去睡，躺在床上也是翻來覆去、長吁短歎，到了深夜才漸漸睡著了。在夢裡，只感覺晴雯從外面走來，仍像往日那樣，進來向寶玉說道：「你們好好過吧，我就此別過了。」說完，轉身就走了。寶玉一下從睡夢中驚醒，躺在床上哭了起來。襲人連忙問他怎麼了，寶玉哭著說道：「晴雯死了。」襲人說道：「這怎麼可能，你可別亂說。」寶玉哪裡肯聽，只盼著天亮了再去看看。

剛等到了天亮，王夫人派人來傳話：「讓寶玉趕快梳洗換衣服，今天老爺請人賞菊。因為喜歡他以前作的詩，所以要帶他去。」寶玉只好趕緊換了衣服過去，果然見賈政在屋內坐著喝茶，看起來很高興，又見賈環和賈蘭也在那兒。只聽賈政對賈蘭等人說道：「寶玉讀書，雖然不如你們兩個，但說到題詩做對子，你們不如他。」王夫人從來沒聽過賈政這樣誇獎寶玉，心裡很是高興，心裡想著上次把那些人趕走算是對了。寶玉這一天都跟著賈政賞菊，也無暇再去看晴雯了。

第三十六回　寶玉撰文祭晴雯

賈政帶著寶玉去賞花，王夫人隨後帶人去了賈母那兒，看見賈母高興，就說道：「寶玉屋裡的那個晴雯丫頭，如今也大了。我瞧著她平時比別人都淘氣，還懶。前幾天又病了，我叫大夫來一瞧，原來是癆病❶，所以我就把她趕出去了。若是病好了，也不用她進來，就讓她家人給找個婆家，嫁了算了。再有幾個學戲的女孩子，我也作主放了。她們會唱戲，嘴裡就會胡說，姑娘們聽多了不好。況且丫鬟本就夠用，如果不夠用，再挑上來幾個補上也一樣。」

賈母聽了，點頭說道：「這也對，但晴雯那丫頭，我看她人長得漂亮，針線活也是沒人能比得了的，想著將來可以給寶玉使喚，怎麼就得了這病？」王夫人笑著說道：「老太太挑的人當然是不錯的，只是她命裡沒這個造化，所以才得了這個病。俗話說女大十八變，況且凡是有點本事的人，行事就怪異。三年前我就留心看著，晴雯雖然漂亮，但不太沉穩。要論知書達理，襲人數第一。雖然模樣比晴雯次一等，但做事大方、心地老實，這幾年也沒跟著

寶玉淘氣。凡是寶玉胡鬧的事，她也跟著勸，這樣的人放在寶玉屋裡才讓人放心。」賈母聽了，笑著說道：「襲人從小就不言不語，我說她是沒嘴的葫蘆。既然你覺得她好，估計也是不錯的。」王夫人又說了今天賈政如何誇獎寶玉，如何帶他們去逛，賈母聽了更加高興。

這邊寶玉跟著賈政賞花之後，等眾人散了，就回到了怡紅院。見寶玉回來，秋紋和兩個小丫頭趕緊上前去幫他寬衣解帶。麝月拿了一條大紅褲子，要幫寶玉換上。秋紋一看這褲子是出自晴雯的針線活，就歎息著說道：「真是物在人亡呀。」麝月趕緊推了秋紋一下，笑著說道：「這個褲子配上二爺身上的松花色棉襖正合適。」寶玉在一旁，就當什麼也沒聽見。一會兒讓秋紋和麝月去幫自己拿點東西，她們兩個轉身出去了。

寶玉悄悄地把身邊的兩個丫頭帶出了怡紅院，來到山後的一塊石頭上，小聲地問她們兩個人：「今天你襲人姐姐派人去看晴雯沒有？」這邊一個回答道：「派宋媽過去看了。」寶玉問道：「回來說什麼？」小丫頭說道：「回來說，晴雯姐姐直著脖子叫了一夜，今天早上就閉了眼、斷了氣。」寶玉忙問：「這一夜叫的都是誰？」小丫頭說道：「這一夜叫的都是娘。」寶玉擦著淚說道：「還有誰？」小丫頭說道：「沒聽見叫別人了。」寶玉說道：「你糊塗，一定是沒有聽清楚。」

---

❶【癆病】結核病俗稱「癆病」，是結核桿菌侵入體內引起的感染，是一種慢性和緩發的傳染病。

黃昏人靜時，他命小丫頭捧上四樣晴雯愛吃的食物，供到芙蓉前，恭恭敬敬行了禮，把詩文掛在芙蓉枝上，哭著讀了一遍。

旁邊的一個小丫頭最機靈，聽見寶玉這麼問，就信口胡說道：「她是糊塗，我不但聽得清楚，還親自偷偷去看了。」寶玉聽了，忙問：「你怎麼親自去看了？」小丫頭說道：「我想著晴雯姐姐平時待我們很好，如今她受了委屈，被攆了出去，我們沒法子救她，只能親自過去看看，也不枉她疼我們一場。她看見了我，就拉著我的手問道：『寶玉去哪兒了？』我告訴了她，她歎著氣說道：『不能見了。』我就說：『姐姐為什麼不等寶玉回來，見一面再走？』晴雯姐姐說道：『你們不知道，我不是死，是天上少了一位花神，玉皇大帝派我去管花，馬上就得去上任，一刻也不能耽擱。』說完就斷了氣，我還想著怎麼會有花神呢？」

寶玉說道：「你不認得字，所以不知道。不但有花神，還有總花神，不知道她是去做哪一種花的花神？」這丫頭聽了，一時編不出來了，正好看見園內的池子裡芙蓉花❷已開，便觸景生情，忙說道：「我也問了她是什麼花神，她說只可以告訴寶玉一個人，除他之外，不可洩露天機，說她是專管芙蓉花的。」

寶玉聽了這話，不但不悲傷了，反倒高興起來，看著那滿池子的芙蓉花笑著說道：「此花也需得這樣一個人去管理，我就料定她必要幹一番大事業。雖然超脫塵世苦海，可是我們

---

❷【芙蓉花】原產中國。喜溫暖、濕潤環境，不耐寒。忌乾旱，耐水濕。對土壤要求不高，瘠薄土地亦可生長。花瓣美麗，多是白色或粉紅色，到夜間變深紅色。

從此就不能相見，怎能不傷感思念。」又想著，她臨終的時候沒能見到一面，現在怎麼也得到靈前去拜一拜，也算盡了自己的情意。想到這兒，就告訴兩個丫頭，他去看黛玉了，轉身一個人出了園子，去了晴雯的哥嫂家。

誰知她哥嫂見晴雯一咽氣，便去稟告了王夫人。王夫人便賞了十兩銀子，又吩咐道：「立刻送到外頭焚燒了，女子癆死的，斷不可留。」她哥嫂聽了這話，一面拿著銀子，一面催人立刻入殮，把人抬到城外去了。晴雯剩下的衣裳首飾也都自己留起來了，二人將門鎖上就去送殯了。

寶玉一來，看見門已上鎖，自己撲了個空，站了半天，沒有辦法只能回到園子裡。順路來到了瀟湘館找黛玉，見屋內無人，就見一個丫鬟走來說道：「林姑娘去寶姑娘那裡了。」寶玉又到了蘅蕪苑，只見院內寂靜無人，屋內搬得是空無一物，不覺得大吃一驚。他才想起前幾天彷彿聽見寶釵因為上次抄檢大觀園，自己雖然沒被抄，也覺得再住下去不好，就告訴賈母自己要搬出來。寶玉因為近日功課忙就給忘了，這時看見屋內如此，才知道是真的搬出去了。正站在那兒愣神呢，就見王夫人屋裡的一個丫頭跑過來找他，說道：「老爺找你作詩呢，你快回去吧。」

寶玉來到賈政書房，看見賈政正在與幕僚❸們談論一個故事，說是當年有一位王爵，被封為恆王。他最愛女色，又崇尚習武，就選了許多美女學習戰功鬥伐之事。其中有個姓林的姑娘，姿色最美，武藝最精，大家都稱她為林四娘。恆王看重她，就讓她統領這些美女兵。一年，盜賊起事，攻打青州，恆王輕敵戰死，官員們嚇得或要開城降賊，或要棄城逃跑。只有林四娘率眾美女夜襲賊營殺敵無數，終因寡不敵眾全部壯烈捐軀。事情報到朝廷，當今天子和文武百官聽到此事，無不歎息，都對林四娘大加褒獎。賈政就以此為題，讓寶玉、賈環、賈蘭各作一首詩。

說話間，賈蘭先寫了一首七言絕句，眾人看了稱讚道：「公子才十三歲，就能作出如此詩文，可知家學淵深，前途不可限量呀。」賈環一看，不肯落後，馬上寫了一首五言律，眾人又誇。只有寶玉還在那裡愣神，見眾人問他，就說道：「這種題材用律詩、絕句，受字數的束縛，難以抒發感情，只有用歌行體才能盡情表達。」賈政一聽，正和心意，就命人備了紙筆，笑著說：「你念，我記，若不好，當心我捶你，誰叫你先大言不慚。」寶玉吟一句，賈政記一句，眾人品評一番，齊聲稱好；待到轉韻，眾人更叫絕；待到鋪敘，眾人齊讚委婉。寶玉文思泉湧，一氣兒收了尾，眾人更是讚不絕口，只有賈政說：「雖然說了幾句好詞，但還是不大貼切，去吧！」三人聽了，如同被大赦一般，急忙出來，各自回房去了。

賈蘭等人回去後，都早早睡了。只有寶玉，滿心淒涼，一回到園子裡，猛然看到池子裡

❸【幕僚】古代將幕府中參謀、書記等稱爲幕僚，後泛指文武官署中的輔助人員（一般指有官職的）。

的芙蓉，想起小丫鬟說晴雯做了芙蓉花神，心裡又高興起來，看著那芙蓉，又歎息了一會兒，忽然想：「她死後自己也沒能到靈前祭拜，如今何不在芙蓉前祭拜，也算盡了心。」剛要拜，又想：「這不行，此事不能草率，須得衣冠整齊，祭奠器具齊備，方顯誠心。」於是回房後連夜寫了一篇祭文，用晴雯最喜歡的字體抄在紙上，題為《芙蓉女兒誄（ㄌㄟˇ）》，前序後歌。待黃昏人靜時，他命小丫頭捧上四樣晴雯愛吃的食物，供到芙蓉前，恭恭敬敬行了禮，把詩文掛在芙蓉枝上，哭著讀了一遍。

詩讀完了，也燒了紙錢。小丫頭催他快回去，他正要走，只聽有人叫：「請留步！」小丫頭回頭看了一眼，就見一個人影從芙蓉花中走出來，嚇得她失聲叫道：「不好！有鬼，晴雯顯靈了！」寶玉也嚇了一跳，仔細一看，原來是黛玉。只見黛玉慢慢走過來，笑著說：「好新奇的祭文，可與《曹娥碑❹》一樣傳於後世了。」寶玉一聽紅了臉，說道：「我想這世間的祭文都過於雷同了，所以就改了個樣，不過是一時好玩，誰想被你聽見了。有什麼不好的地方，還請改一改。」

黛玉把他的稿子拿過來仔細看了一遍，只見上面有幾句是這樣寫著：「紅綃帳裡，公子情深。黃土壟中，女兒命薄。」黛玉覺得這句應該改一改，和寶玉討論了一下。誰知寶玉一改，黛玉感覺竟像是丈夫悼念亡妻的詞了，滿腹狐疑卻也不便說出，反而含笑點頭稱妙，又說道：「你也不必再改了，趕快回去幹正經事吧。剛才太太派人來找你，說明兒一早得到邢夫人那邊去。你二姐姐迎春已經有人家來提親了，所以叫你們都過去呢。」寶玉拍著手說道：「那著什麼急呀。」黛玉見他這樣，就勸他把脾氣改一改。寶玉見她在風口裡站著，怕她著涼，就趕快讓人送她回去，自己也就回了怡紅院。果然王夫人派人來告訴他，明天都去賈赦那兒，自己也只好早早睡下了。

❹【曹娥碑】東漢年間人們爲頌揚曹娥的美德，紀念她的孝行而立的石碑。開始由蔡文姬的父親蔡邕書寫此碑，千百年來風雨滄桑之後，又由宋朝王安石的女婿蔡卞重新臨摹，一直保存至今。

第三十七回　薛蟠悔娶迎春誤嫁

第二天，寶玉早早起來，就去了邢夫人那裡。原來賈赦已將迎春許給孫家，這孫家老家在山西，祖上是軍官出身，祖父是當年榮國府的門生，兩家也算是世交。如今孫家只有一人在京，名叫孫紹組，相貌魁梧、體格健壯，擅長舞刀弄劍，年紀不滿三十，又世襲了祖上的官職。賈赦見他還沒有娶妻，家世也相當，就選中他做女婿。把這事告訴了賈母，賈母卻不願意迎春找個習武之人，但想兒女之事自有天意，而且是他親生父親做媒，自己又何必強出頭。因此，只說「知道了」三個字，其餘的也就沒多講。賈政卻很厭惡孫家，也知道孫紹祖口碑不好，勸過賈赦幾次，無奈賈赦不聽也只能算了。

寶玉不曾見過孫紹組，只聽大家說娶親的日子近了，今年就要過門的。又聽見邢夫人說把迎春接出大觀園，在家待一段日子。聽得寶玉心裡就更加傷感了，辭別了賈母，轉身就回到園子裡，正在樹下癡癡呆呆坐著，忽然聽見背後有人笑著說道：「你又發什麼愣呢？」寶玉忙回頭一看，原來是香菱。

寶玉忙道：「我的好姐姐，怎麼好久也不進來逛逛？」香菱笑著說道：「你薛大哥回來了，我就沒有以前那麼自由了。剛才去找鳳姐，丫鬟們說她去稻香村了，我剛要去找，誰想碰見了你。我還要問你，晴雯姐姐怎麼好端端的就沒了？這二姑娘和寶姑娘都搬出了園子，這地方一時間怎麼空落落的。」寶玉一味答應著，拉著她去怡紅院喝茶，香菱說道：「現在不行，等我找到璉二奶奶，說完正經事，再去你那兒。」寶玉忙問道：「什麼正經事？」香菱說道：「還不是為了你哥哥娶嫂子的事。」寶玉說道：「原來是這事，到底是哪一家呀？聽著吵鬧了半年，一會兒張家，一會兒王家的。這些人家的女兒也不知造了什麼孽，好端端的被別人議論。」

香菱說道：「如今定了，你哥哥上次出門時，順路去了個親戚家。那家也是個大戶人家，城裡城外都叫他們是『桂花夏家』。」寶玉忙問：「為什麼這麼叫？」香菱接著說道：「那家本姓夏，非常富貴。其餘的田地不用說，光是桂花就種了十幾畝地。連宮裡的盆景都是他們家進貢的。如今夏家老爺沒了，就剩一個奶奶帶著一個親生姑娘過日子。」

寶玉又問：「那你家大爺是怎麼看上這位姑娘的？」香菱笑著說道：「一是緣分，二是情人眼裡出西施吧。當年兩家也有些來往，小的時候他們就在一起玩過。這次你哥哥去他們家，夏奶奶因為沒有兒子，見你哥哥長得這麼大了，高興得不得了，又讓他們兄妹兩個見了面。幾年不見，夏姑娘已經出落得和朵花似的，你哥哥一眼就看上了，回來就央求太太去提親。太太以前見過這姑娘，也覺得門當戶對就同意了。只是娶得太急，我們這都手忙腳亂的了。」寶玉說道：「雖然這麼說，但我倒替你擔心。」香菱問道：「這叫什麼話？我不懂。」寶玉笑著說道：「這有什麼不懂的，只怕再有個人來，薛大哥就不疼你了。」香菱一聽，頓時紅了臉，說道：「你怎麼就會胡說，怪不得人人都說你是一個親近不得的人。」說完，轉身就走了。

寶玉見她這樣，悵然若失，呆呆地站在那裡半天，只得無精打采地回到怡紅院來。他一夜都沒有睡安穩，第二天就發起了高燒。王夫人見他這樣，以為是晴雯的事鬧的，心中不免後悔，但嘴上也不能說，讓大夫給開了藥。寶玉吃了一個月，才漸漸好起來。

這邊薛蟠已經娶親進門，擺酒唱戲異常熱鬧。又過了幾天，迎春也出了嫁。寶玉想到姐妹在一起的時候，是何等的親熱，今日一別，不知何日才能再見面，即使見面也不可能像以往那樣親熱了。想到這兒，又覺得心裡淒涼，不自覺地哭了出來。

香菱自從那日見了寶玉後，以為寶玉是故意唐突，心裡想著還是遠遠避開他才好，以後連大觀園也不常進了。現在薛蟠娶親過門，香菱想著薛蟠娶的太太是大家閨秀，一定端莊穩重，自己也有了護身符，便在一旁小心地侍候著。

再說薛家的新奶奶夏金桂，今年十七歲，長得還算有些姿色，也認識幾個字。只是從小就沒了父親，又無兄弟姐妹，母親就難免溺愛，凡女兒的一舉一動，母親都百依百順，所以

「這是誰家的規矩，婆婆在這裡說話，媳婦隔著窗戶拌嘴，虧你還是大戶人家的小姐。」

就養成了蠻橫跋扈的性格。論潑辣，不比鳳姐差多少，在家中做小姐的時候，和丫頭們賭氣，輕則罵重則打。如今出嫁要做當家奶奶，更得拿出些威風來才能鎮得住。今又見薛蟠脾氣暴躁、舉止輕浮，如果現在降不住，以後還了得，所以處處得理不饒人。薛蟠本就是個喜新厭舊的主，如今剛娶的妻子，還覺得新鮮，凡事都讓著她一些。那夏金桂見他這樣便步步緊逼，過了兩個月，薛蟠的氣焰就被慢慢比下去了。

一天，薛蟠喝了酒，回來和金桂商量事情，金桂執意不肯。薛蟠便忍不住罵了她幾句，賭氣走了。這金桂便哭得像淚人一般，茶飯不進裝起病來。大夫來看，只說是氣著了，急得薛姨媽狠狠地罵了薛蟠一頓，說道：「如今你也娶了親，怎麼還這麼胡鬧！人家跟鳳凰似的，好不容易養了個女兒，看你像個人才給你做老婆。你不說收收心，安分守己地過日子，還這樣胡鬧，喝了點酒，就回來折磨人家，這會兒還得花錢吃藥白遭罪。」

一席話，說得薛蟠後悔不已，反過來安慰金桂。金桂見婆婆這樣說，心裡更加得意，就是不理薛蟠。薛蟠沒了主意只能服軟，過了十多天才把金桂哄好了。自此之後，薛蟠更是加倍小心，氣焰又下來半截。那金桂見丈夫倒了，婆婆又善良，所以凡事更加張狂，不把任何人放在眼裡。寶釵看出了其不軌之心，每每隨機應變，暗地裡以言語彈壓她。金桂看她不好惹，也就不敢在她面前太放肆。

誰知薛蟠天性是得隴望蜀❶，又見金桂的丫頭寶蟾（ㄔㄢˊ）長得有幾分姿色，而且舉止輕浮，便時常要茶要水的，故意挑逗她。寶蟾雖明白，但害怕金桂，不敢亂來。金桂早就看香菱長得漂亮，心裡妒忌，想要除掉。想著不如把寶蟾給了薛蟠，他也就和香菱疏遠了，自己正好可以藉機除掉香菱。寶蟾是自己人，以後也好相處。所以就遂了薛蟠的心意，讓香菱過來和自己睡。

過了半個月，這金桂忽然裝起病來，說自己心痛難忍、四肢不能動，大夫看了也說不出個所以然來。鬧了兩天，又從金桂的枕頭裡翻出個紙人來，上面寫著金桂的生辰八字，用針扎在紙人的心和四肢上。大家趕快把這事告訴了薛姨媽，薛姨媽手忙腳亂地過來，薛蟠見狀立刻要拷打眾人。金桂說道：「別冤枉大家了，大概是寶蟾搞的鬼。」薛蟠說道：「你誣賴好人，她都有好長時間不在你房裡了，香菱天天跟著你，先拷問她就知道了。」金桂冷笑道：「拷問誰，誰又能承認。依我說，大家都裝作不知道，管我死活，也沒什麼要緊的，我死了你再娶好的，本來就嫌我多餘。」一面說，一面痛哭起來。

薛蟠被這些話給激怒了，順手拿起一根棍子，抓住香菱不容分說劈頭蓋臉就打了下去。香菱叫屈，薛姨媽忙跑來制止，罵道：「也不問明白就打人，這丫頭也服侍了你好幾年，什麼時候不是小心謹慎，她怎麼能做那麼沒良心的事！你也不問個青紅皂白，就亂打人。」金

❶【得隴望蜀】已經取得隴，還想攻取西蜀。比喻貪得無厭。

桂見婆婆這樣說，怕薛蟠心軟，便放聲大哭起來，說道：「這半個多月，你把寶蟾霸佔了。只有香菱跟著我睡，我說是寶蟾，你護著。現在又賭氣去打香菱，根本是在做戲，只等我一死，你就去娶那更標緻的人！」薛蟠聽了這些話，更是著急。

薛姨媽見她那百般無賴的樣子，真是十分可恨。而且句句要脅兒子，偏偏兒子被她挾制慣了，就是硬氣不起來。俗話說清官難斷家務事，實在也是沒辦法，氣得只能罵薛蟠，說道：「你個不爭氣的孽障，狗也比你體面些！我知道你是個喜新厭舊的主，白白辜負了香菱的心。既然覺得她不好，你也不許打。我現在就讓人把她賣了，大家就都清淨了。」一面說，一面把香菱帶了出來。

薛蟠見母親動了氣，早已低下了頭。金桂聽了這話，便隔著窗子又是哭又是鬧。薛姨媽聽了氣得直哆嗦，說道：「這是誰家的規矩，婆婆在這裡說話，媳婦隔著窗戶拌嘴，虧你還是大戶人家的小姐，滿嘴大呼小叫的，喊的都是什麼。」薛蟠見金桂這樣號叫，急得是直跺腳，是說也不好、勸也不好，央求也不好，只能唉聲歎氣，嘴裡不住抱怨說自己運氣不好。

薛姨媽被寶釵勸進了屋，又命人把香菱賣了。寶釵笑著說道：「我只知咱們家買人，什麼時候賣過人？母親真是氣糊塗了。讓別人聽見，不是要笑話咱們了？哥哥嫂嫂嫌她不好，就留著我使喚吧，我正缺人呢。」薛姨媽說道：「留下她還要惹氣，不如賣了乾淨。」寶釵笑著說道：「跟我也一樣，再也不叫她到哥嫂那屋去，不是跟賣了一樣麼。」香菱早已跑到薛姨媽跟前痛哭哀求，不願出去情願跟姑娘，薛姨媽只得罷了。自此，香菱就跟了寶釵，再也不去薛蟠屋裡。雖然如此，不免對月傷悲、挑燈自歎，身體也一日不如一日了。

那金桂吵鬧了幾次，又開始嫌棄寶蟾。寶蟾可不像香菱那樣好欺負，也是個乾柴烈火的個性，又和薛蟠情投意合，早就不把金桂放在眼裡。見金桂作踐她便不肯服軟，先是兩人拌嘴，金桂急了，就又打又罵。寶蟾雖不敢還手，也是撒潑打滾、尋死覓活，鬧得家裡是雞犬不寧。薛蟠被她們鬧得沒辦法，就躲了出去。這金桂樂得一個人在家，高興了就叫人來打牌、喝酒，喝多了就胡言亂語。薛家母女也不去搭理她，薛姨媽只能暗自在屋裡落淚。薛蟠此時也沒了主意，後悔不該娶這麼個禍害。寧榮二府上上下下無人不知、無人不歎。

這邊迎春自從嫁到孫家之後，也好久沒回來了。那日，回家來待幾天，把孫家的婆子送走後，迎春才哭哭啼啼地對王夫人和眾人說出了自己的委屈。只聽她哭著說道：「這孫紹組好色、好賭，而且酗酒，喝多了，動不動就拿我撒氣。還說是老爺欠了他五千兩銀子，是拿我過去抵債的。時常賭輸了，回來就把我揍一頓，攆到下人房裡去睡。」一面說，一面哭得嗚嗚咽咽，連王夫人和眾姐妹都跟著落淚。王夫人只能勸解道：「遇見了這樣的人，又能怎麼辦呢？想當初你叔叔也勸過大老爺，不讓他定這門親，可是大老爺不聽。我的兒，這就是你的命呀。」迎春哭著說道：「我不信我的命就這麼苦，從小就沒娘，幸虧到嬸子這邊過了幾年靜心的日子，如今偏是這個結果。」

王夫人一面勸，一面讓人服侍她歇息。寶玉見迎春這樣，心裡很傷心。王夫人見他一個人在那兒落淚，就過來勸了一會兒，又囑咐他不要告訴賈母，免得她傷心。迎春在家住了幾天，孫家的人就過來接，迎春雖然不願意回去，但想到孫紹組的惡行，只能含淚告別眾人，回孫家去了。

第三十八回　黛玉噩夢中驚醒

賈政不想讓寶玉每天在園子裡閒逛，就專門請了個先生教他念書。寶玉每天都去上學，怡紅院也就清淨了不少。寶玉不在家，襲人就隨手做點針線活，一邊做一邊想著寶玉現在天天念書，丫頭們也不再像以前那樣只知玩鬧，早要如此，晴雯怎麼會落得如此下場！襲人想著想著，心裡悲傷，不自覺地哭了起來。她心裡想著找個人聊聊天，剛好黛玉這兩天病了，就想過去看看。便放下針線，去了瀟湘館。

黛玉此時正坐在那裡看書，一見襲人來了，趕緊起身讓坐。襲人連忙迎上來問道：「姑娘這幾天身子可好些？」黛玉說道：「哪有那麼快，不過是稍微好了一點，你在家裡幹什麼呢？」襲人說道：「如今寶二爺上了學，房中也沒什麼事，因此過來看看姑娘，說說話。」

兩人正在那裡聊著家常，只聽院子裡一個婆子問道：「這裡是林姑娘的屋麼？」雪雁出來一看，模模糊糊記得是薛姨媽那邊的人，便問道：「有什麼事？」婆子說道：「我家姑娘派我給林姑娘送東西。」雪雁說道：「稍等一下。」雪雁進來回了黛玉，黛玉便讓她把人帶

進來。

那婆子進來先請安，站在那裡也不知說什麼好，只是盯著黛玉上下打量，看得黛玉反倒不好意思起來，就問道：「寶姑娘叫你送什麼？」那婆子才笑著說道：「我們姑娘讓我過來給你送一瓶蜜餞❶荔枝。」回頭又看到了襲人，便問道：「這不是寶二爺屋裡的襲人姑娘麼？」襲人笑著說道：「媽媽怎麼認得我？」婆子笑著說道：「姑娘們有時去我們太太那兒，我模模糊糊記得是你。」說著，一邊把瓶子遞給雪雁，一邊又回頭看看黛玉，笑著對襲人說道：「怨不得我們太太老說，這林姑娘和你們寶二爺是一對，今兒一見，果真跟天仙似的。」襲人見她說話造次，連忙打岔說道：「媽媽，你累了，快坐下喝茶吧。」那婆子笑嘻嘻地說道：「不了，我還有事呢。」說完，就顫顫巍巍告辭出去了。

黛玉雖然惱這婆子出言莽撞，但想到是寶釵派來的，也不好把她怎麼樣，等她出了屋門，才說了一聲：「告訴你們姑娘，就說讓她費心了。」那婆子只管嘴裡嘀嘀咕咕地說道：「這樣的好模樣，除了寶玉，誰還能受得起。」黛玉只裝沒聽見，襲人笑著說道：「怎麼人越老，就越會胡說八道，叫人聽著又生氣，又好笑。」雪雁把瓶子遞給黛玉看，黛玉說道：「我懶得吃，你先放起來吧。」又說了一會兒話，襲人才回去。

到了傍晚，黛玉卸了妝，正準備睡覺，猛抬頭看見了那個荔枝瓶，不禁想起了白天婆子的那番話，心裡像針扎一般的疼。此時又是夜深人靜，千愁萬緒一下都湧上了心頭，又想：

「自己身體不好，年紀又大了，寶玉雖然心裡沒有別人，但是又不見老太太和舅母有半點意思，深恨父母在時，何不早定了這樁婚姻。」心內七上八下，輾轉反側，歎了一會兒氣，掉了幾滴眼淚，穿著衣服就躺下了。

睡夢中，朦朦朧朧就見一個小丫頭走來說道：「賈雨村老爺過來了，請姑娘出去坐坐。」黛玉說道：「雖然我自小跟他讀過書，但又不是男孩子，見我幹什麼？」就對那個小丫頭說道：「你就去說我身上有病，不能出來，你替我請安就行了。」小丫頭說道：「只怕是要給姑娘道喜，南京有人來接了。」說著，就見鳳姐和邢夫人、王夫人、寶釵等人，都過來笑著說道：「我們一來道喜，二來送行。」黛玉慌忙說道：「你們在說什麼呀？」鳳姐笑著說道：「你怎麼傻了，難道還不知道你父親升了官，又娶了一位繼母。如今想著總把你放在這兒不好，就託了賈雨村做媒，將你許給了你繼母的什麼親戚，還說是續弦❷，所以來人把你接回去。」聽得黛玉是一身冷汗。

黛玉恍惚中看見父親做官的樣子，心裡著急，就說道：「沒有的事，鳳姐姐胡說。」

---

❶【蜜餞】蜜餞也稱果脯，是以桃、杏、棗或冬瓜、生薑等果蔬爲原料，用糖或蜂蜜醃製後而加工製成的食品。除了作爲小吃或零食直接食用外，蜜餞也可以放於蛋糕、餅乾等點心上作爲點綴。

❷【續弦】古時以琴瑟來比喻夫妻，故稱喪妻爲斷弦，再娶爲續弦。

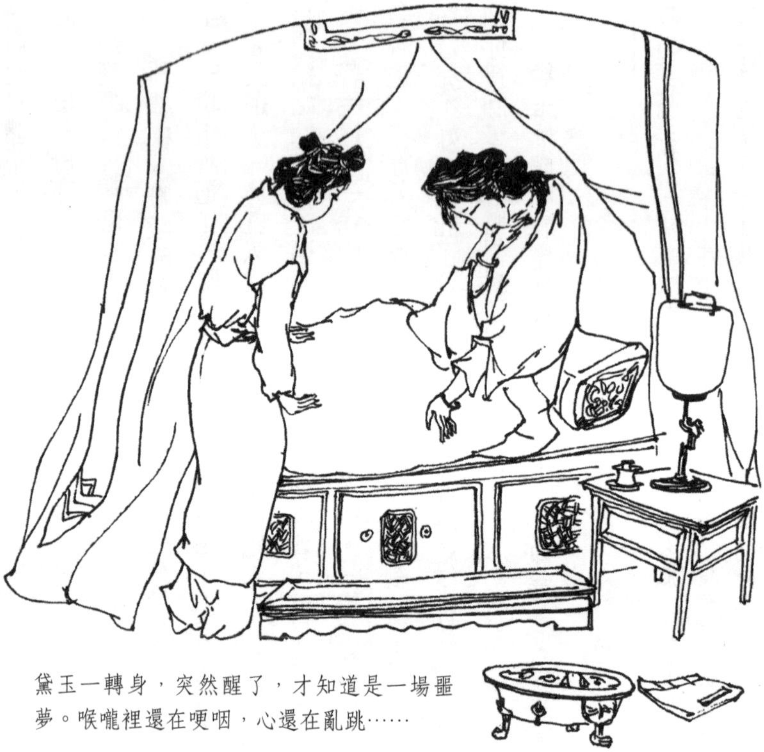

黛玉一轉身，突然醒了，才知道是一場噩夢。喉嚨裡還在哽咽，心還在亂跳……

只見邢夫人向王夫人使了個眼色，說道：「她還不信呢，咱們走吧。」黛玉含著淚說道：「二位舅母再坐坐。」眾人不言語，都冷笑而去。黛玉此時心裡乾著急，又說不出來，哽哽咽咽，又好像看見了賈母，心裡想著只有賈母能救她了，就趕緊跪下抱著賈母的腰說道：「老太太救我！我死也不回南邊去。況且有了繼母，又不是我親娘，我情願跟著老太太一塊兒過。」只見老太太繃著臉說道：「這不關我的事，續弦也好，就是多了一份嫁妝錢。」黛玉哭著說道：「倘若讓我跟著老太太，絕不花家裡的一分錢，只求老太太救我。」賈母說道：「不行呀，女孩子，總是要出嫁的。」黛玉說道：「我情願在這裡做個奴婢也不回去，求老太太作主。」賈母不言語，黛玉就抱著賈母的腰說道：「老太太，你向來是最慈悲、也是最疼我的，到了這要緊的時候，怎麼就不管我了。我是你的外孫女，雖然隔了一層，但我的娘是你的親閨女呀，看在我娘的份上，你也該護著我呀。」說著，就撞到賈母懷裡大哭。只聽賈母說道：「鴛鴦，你扶姑娘去歇歇，我被她鬧得也乏了。」

黛玉一看已是無路可走了，再求也沒用，不如自己了斷了乾淨，站起身來就往外走。深痛自己沒有親娘，老太太和姐妹們平時待我再好也都是假的。又一想：「今天怎麼不見寶玉，或許他還有辦法。」就見寶玉從遠處走了過來，笑嘻嘻地說道：「妹妹大喜呀。」黛玉聽了這話更加生氣了，也顧不得什麼了，把寶玉緊緊拉住說道：「我今天才知道你是個無情無義的人。」寶玉說道：「我怎麼無情無義了，你既然有了人家，咱們就該各幹各的了。」黛玉越聽越傷心，拉著寶玉哭著說道：「好哥哥，你真願意我嫁給別人？」寶玉說道：「我當然不願意，這些年我對你怎麼樣，你心裡還不清楚麼。你要是不信我，我就把心挖出來給你看。」說完，就拿著一把小刀，往自己胸口上一劃，只見鮮血直流。把黛玉嚇得是魂飛魄散，忙哭著說道：「你這是幹什麼，不如先殺了我吧。」寶玉說道：「不怕，我把我的心拿給你看看。」說著，就用手在劃開的地方亂抓，黛玉嚇得直哆嗦，抱著寶玉痛哭。突然聽見寶玉說道：「不好了，我的心沒有了，活不了了。」說著兩眼一翻，撲通一聲就倒在了地上，黛玉放聲大哭，只聽紫鵑叫道：「姑娘，姑娘，快醒醒。」

黛玉一轉身，突然醒了，才知道是一場噩夢。喉嚨裡還在哽咽，心還在亂跳，枕頭已經濕透，身上也都是冷汗，又想著父親已經死了，哪裡能升什麼官。紫鵑幫她蓋好被，黛玉翻來覆去，怎麼都睡不著，只聽外面淅淅瀝瀝又像風聲、又像雨聲，剛停了一會兒又響起來了。剛要睡著，就聽外面的竹子上不知來了多少鳥，唧唧啾啾地叫個不停。隔著窗戶，漸漸有陽光透了進來。

黛玉此時已經完全清醒了，一會兒又咳嗽起來。紫鵑連忙給她拿過痰盒，黛玉對著痰盒咳了一會兒，就躺下了。紫鵑去倒痰盒，出了門，有了點陽光，就見那痰中有好多的血，嚇了紫鵑一跳，不覺失聲叫道：「哎呦，這還了得！」黛玉在裡面問道：「怎麼了？」紫鵑忙說道：「沒什麼。」說著，紫鵑心中一酸，眼淚就流了下來，聲也變了。

黛玉因為喉嚨中有些血腥味，早就疑惑，又聽見紫鵑說話帶悲音，心裡也就猜到了八九分，就叫紫鵑進來。紫鵑推門走過來，手裡還拿著手帕擦眼淚。黛玉說道：「大清早好好的，你哭什麼？」紫鵑勉強笑著說道：「誰哭了？我只是早上起來，眼睛不舒服。姑娘感覺身上怎麼樣，昨天咳嗽了大半夜。」黛玉說道：「還不就那樣。」紫鵑說道：「姑娘身體不好，依我看，自己也要多開解些，身體才是最重要的，俗話說留得青山在，不怕沒柴燒。況且老太太和太太，哪個不疼姑娘。」這一句話，又勾起黛玉的夢來，只覺得心口一疼，眼前一黑，神色都變了。紫鵑趕忙端來痰盒，雪雁捶背，好半天才吐出一口痰來，痰中帶著幾縷血。紫鵑和雪雁嚇得臉都綠了。兩人在旁邊守著，黛玉便昏沉沉地躺下了。紫鵑看著不好，連忙叫雪雁去叫人。

雪雁才出屋門，只見翠墨等人笑嘻嘻地走了過來，說道：「林姑娘怎麼這麼晚了還不出門？幾位姑娘都在四姑娘那兒看畫呢。」雪雁連忙擺手，讓她們別說了，翠墨等人嚇了一跳，忙問怎麼了。雪雁就把剛才的事都告訴了她們。眾人聽了吐了吐舌頭，說道：「你們還不快去告訴老太太，這還了得。」雪雁說：「我馬上就去。」說完就走了。

這邊探春和湘雲正在惜春那兒看畫，就見翠墨進來，把黛玉的事情和大家說了。探春聽了很詫異，說道：「真的麼？」翠墨說道：「我們進去看了看，臉色也不對了，連說話都沒力氣了。」惜春說道：「林姐姐是多麼聰明的一個人，但就是看不破，一點事都要認真起來，可這天下的事，哪能都那麼認真？」探春說道：「既然這樣，我們就過去看看，如果真是病得厲害，我們就去告訴老太太，找個大夫給瞧瞧才是正事。」

於是，湘雲和探春就帶著丫頭們，到了瀟湘館。到了房中，黛玉一見是她們，又想起在夢中老太太也不過如此，何況是她們？心裡是這樣想，但面子上總要過得去，就讓紫鵑扶她起來，忙讓坐。探春和湘雲坐在床沿上，看到黛玉這樣，心裡也傷感。探春說道：「姐姐身上又不舒服了？」黛玉說道：「沒什麼大事，就是覺得身上有點軟。」紫鵑在黛玉身後，伸手指了指那痰盒。湘雲到底年輕，性情又直爽，伸手就把那痰盒打開看。不看還好，一看真的是嚇了一跳，說道：「這是姐姐吐的，這還了得。」剛才黛玉昏昏沉沉，吐了也沒仔細看，見湘雲這麼說，就回頭看了一眼，心裡一下子就涼了半截。探春見湘雲冒失，連忙解釋道：「沒什麼，不過是肺上火，發了點炎，帶出一點血也是常事。就這雲丫頭，最愛大驚小怪。」湘雲紅了臉，後悔不該失言。

探春見黛玉精神不好，趕緊讓她躺下歇歇，自己和湘雲就出了瀟湘館，往賈母那邊走。到了賈母那兒，剛好雪雁也到了，提到了黛玉的病，賈母很心煩，說道：「怎麼就這兩個玉，總是多病多災的。這林丫頭也大了，身上卻總是多病。我看那孩子就是心太細。」眾人聽了也不知該怎麼回答。賈母又對鴛鴦說道：「明天找個大夫去她屋裡瞧瞧。」鴛鴦答應著出來，告訴了婆子們，婆子們自去傳話。

第二天，鳳姐找來大夫給黛玉診脈，又開了藥，讓她慢慢調理。寶玉看她病了，急得不行，也沒什麼好辦法，只能每天都過去探望。黛玉這一病，身子比以前還要糟了，即使天天吃藥，也不見大好，再加上夜裡做的那個夢，整日是愁眉不展，病病懨懨，心裡有話卻又無處訴說。

第三十九回　賈母安排寶玉婚事

這天，宮裡傳來旨意，說是元妃病了，宣家裡女眷進宮探視。賈母、王夫人和邢夫人等人連忙梳洗打扮，進宮探視元妃。眾人在宮女的指引下，來到了元妃的寢宮，只見屋內燈火輝煌、異常華麗。大家請安完畢後，元妃賜坐，問賈母：「最近身體可好？」賈母被宮女扶著，顫顫巍巍地站起來，說道：「託娘娘洪福，身體還算健康。」元妃向邢夫人和王夫人問了好，又問鳳姐：「家中的日子過得怎麼樣？」鳳姐忙起身回奏道：「還可以維持。」元妃說道：「這幾年，難為你操心。」鳳姐剛要起身回奏，就見一個宮女拿過一個單子，請娘娘過目。元妃一看，原來是男眷名單，賈赦賈政等人都在單子上面。因為男人不能入內，只能在外面候著。元妃看了，眼圈一紅，禁不住流下淚來，宮女忙遞來手絹。元妃一邊擦淚，一邊吩咐道：「讓他們不要候著了，先回家去吧。」又對賈母等人說道：「父母兄弟，倒不像小家子那樣，可以時常親近。」大家見元妃落淚，忙安慰。賈母忍著淚說道：「娘娘不用傷心，家裡託著娘娘的福，已經很好了。」元妃又問道：「寶玉最近怎麼樣？」賈母說：「因為他父親管得

嚴，也肯念書了，現在也可以寫文章了。」元妃聽了很高興，說道：「這樣才好。」於是吩咐賜宴，賈母等人吃過飯，又耽擱了一會兒，看天色不早了，才辭了元妃回家來。

過了幾天，宮裡傳話過來，說是元妃的病好了，全家上下都很高興。這天，賈政到賈母那兒去，母子倆談話，說到了寶玉。賈母就對賈政說道：「娘娘心裡惦記寶玉，前幾天我們去，還問起他呢。」賈政笑著說道：「只是寶玉不大肯念書，辜負了娘娘的美意。」賈母說道：「小孩子讀書，急不來。提起寶玉，我還有一件事要和你商量。如今他也大了，你們也該留神，看哪家女孩子好，給他定一門親事。這是他的終身大事，不能馬虎，也別說什麼窮啊富啊的，只要姑娘脾氣性格好，模樣端莊就行。」賈政說道：「老太太說得對，但人家姑娘好，給了他這樣一個人，不是被白白糟蹋了？」

賈母一聽這話，心裡很不高興，說道：「說起來，這事該你們父母操心，只是他從小就跟在我身邊，我難免多疼了一些。我看他長得端正，心也實在，將來也不一定就沒出息，怎麼就糟蹋了人家姑娘？不是我偏心，我看寶玉就是比環兒好。」賈政見賈母這樣說，連忙賠笑說道：「老太太能看上他是他的造化，可能我是望子成龍，太著急了。」賈母一聽這話也笑了，又說道：「你現在是年紀大了，所以才越來越老成，想你年輕的時候，那脾氣比寶玉還要古怪呢！只是等到娶了媳婦才懂點事，如今就只會怪寶玉，我看寶玉就比你那時要強得多。」賈政在一旁也只能點頭，在賈母那兒吃過飯就回去了。

這天，薛姨媽、鳳姐和寶玉等人都在賈母那兒聊天，賈母就問薛姨媽：「你家蟠兒，如今也娶了親，過得怎麼樣呀？」薛姨媽一聽這話，歎了口氣說道：「老太太快別提這個了，自從蟠兒娶了那個不知好歹的媳婦，成天嘰嘰咕咕，鬧得家也不像家了。我說過幾次，她就是不聽，我也沒那個心思和她吵，由著她胡來吧。」賈母說道：「新進門的小夫妻，總有磕磕碰碰，過段時間就好了。」薛姨媽哭著說道：「老太太不知道，如今這媳婦專和寶丫頭慪氣，前天老太太派人來，我們家裡正鬧著呢。」賈母說道：「我看寶丫頭性格溫順，雖然年輕，比大人還要強幾倍。像寶丫頭那樣的心胸、脾氣，真是百裡挑一呢。不是我說，要是哪天給誰家做了媳婦，怎麼能叫公婆不疼，家裡上上下下不服呢？」

寶玉一聽這話就煩，轉身就走了。薛姨媽又問了黛玉的病，賈母說道：「林丫頭那孩子，就是心太重，所以老是愛生病。要說靈性，和寶丫頭不差什麼。要說寬厚待人，卻不如她寶姐姐有擔待、肯謙讓。」薛姨媽剛想說，就聽有人來報，說巧姐病了，鳳姐趕忙回去了。薛姨媽等人坐了一會兒也都走了。

賈政把賈母想給寶玉說親的事，告訴了賈赦。賈赦想起一個遠房親戚，說這家姓張，家財萬貫，姑娘也是個知書達理的大家閨秀，剛好可以配給寶玉。賈政聽了，就告訴王夫人讓她考慮考慮這件事情。這天，王夫人到賈母這兒來請安，剛好邢夫人也在，就問邢夫人知不知道這個張家。邢夫人說道：「張家和咱們雖是近親，但是已經多年不來往了。因為寶玉的事，前幾天託人去打聽，說這家的女孩十分嬌貴，認得幾個字，沒見過什麼大陣仗，常在房中不出來。張老爺只有這麼一個女兒，不肯嫁出去，怕人家公婆管得嚴，讓姑娘受委屈。只說要找個女婿，入贅❶他家，幫著料理家事。」賈母聽到這裡，不等說完，就說道：「這可不行，我們寶玉被別人服侍慣了，我還怕丫頭們侍候得不夠好呢，怎麼能去給人家當上門女婿。」又對王夫人說道：「你回去告訴你老爺，就說是我說的，張家的親事萬萬不行。」王夫人連忙答應，賈母又說道：「不知道巧姐的病怎麼樣了，一會兒咱們過去看看。」眾人忙答應。晚飯後，賈母帶著一大堆的人到了鳳姐那裡。

鳳姐見賈母等人來了，趕緊讓坐、斟茶，又讓人把巧姐抱過來。只見巧姐被棉被裹著，臉色發青，只有眉間微微在動。賈母怕她著涼，就趕緊讓奶媽把孩子抱回去。賈母問了問巧姐的病，又說到寶玉的事情上來，鳳姐一聽就知道是怎麼回事了，便問道：「老太太是不是說寶玉的親事呢？」邢夫人說道：「可不是呢。」鳳姐笑著說道：「我當著老祖宗和太太的面說句大話，現成的天賜良緣，何必要到別處找呢。」賈母笑著問道：「在哪兒呢？」鳳姐說道：「一個寶玉，一個金鎖，老祖宗怎麼忘了？」賈母笑了笑，說道：「昨天他薛姨媽在，你怎麼不提呢？」鳳姐笑著說道：「老祖宗和太太跟前，哪有我說話的份兒。況且姨媽過來是看老祖宗，怎麼能說這個？要說也得太太去提親。」賈母一聽樂了，邢夫人和王夫人也笑了，大家坐著聊了一會兒天就都回去了。

大家走後，鳳姐因為巧姐的藥裡需要牛黃❷，自己手上剛好沒有了，就讓人去管王夫人要一些。丫鬟們一拿回來，鳳姐就讓人趕快放到藥裡，一起煎上。這時，就見賈環掀開簾子進來，說道：「二姐姐，你們巧姐怎麼樣了？」鳳姐一看他們母子就討厭，就說道：「好些了，你回去跟你母親說，謝謝她想著。」那賈環嘴裡答應，眼睛卻四處瞧，對鳳姐說道：「我剛才進來的時候，聽見你們丫鬟說拿來了牛黃，我只聽說過卻沒見過，牛黃長的什麼樣呀？拿出來給我瞧瞧吧。」鳳姐說道：「你別在這兒鬧了，我閨女才好些，那牛黃都煎上了。」賈環看爐子上有個藥鍋，伸手就掀開蓋子去看，誰知蓋子太燙，一下子就失了手，把藥鍋也弄灑了。賈環一看大事不好，自己先溜了。鳳姐在那裡氣得直冒火星，罵道：「真是一對死冤家，你媽媽平時看我就不順眼，如今你還來害我女兒，我和你們真是幾輩子的仇呀！」

鳳姐正罵著，就見一個丫鬟過來找賈環。鳳姐說道：「你去告訴趙姨娘，說她未免也太操心了，巧姐死定了，不用她惦記了。」平兒急忙配藥再熬，那丫頭摸不著頭腦，就悄悄

---

❶【入贅】舊社會婚姻模式的一種。簡單說，就是男子如同女子出嫁般，成爲女方家庭成員，視岳父母爲父母。入贅的男子稱爲贅婿或贅夫。

❷【牛黃】一種常用藥物，一般是黃牛或水牛的膽囊結石。牛黃完整者多呈卵形，質輕，表面金黃至黃褐色，細膩而有光澤。可用於解熱、解毒、定驚。

「要說寬厚待人，林丫頭卻不如她寶姐姐有擔待、肯謙讓。」

問平兒：「二奶奶為什麼生氣？」平兒就將環哥打翻藥罐子的事說了一遍。丫頭說道：「怨不得他不敢回來，跑到別處去了，這環哥以後還指不定怎麼樣呢。平姐姐，我替你收拾吧。」平兒說道：「這倒不用，幸虧牛黃還有一點，我已經配好，再去熬了，你也回去吧。」

丫頭回去後，把這件事告訴了趙姨娘。趙姨娘氣得趕快讓人找賈環。賈環在裡間屋子裡躲著，被丫鬟找了出來。趙姨娘指著他罵道：「你個下流的東西，為什麼弄灑人家的藥，還招人家的咒罵？我就叫你去問一聲，不用進去。你偏進去，還待在那兒不走，惹人嫌。看我不去告訴老爺，打死你。」

賈環聽到這些話，心裡一時氣不過，發狠地說道：「我不過是弄灑了一鍋藥，那丫頭又沒死，值得她這樣罵我？連你也說我心壞，把我往死裡糟蹋。等我趕明兒要了那小丫頭的命，看你們能怎麼著，你就讓他們提防著我吧。」那趙姨娘聽了，趕緊捂住他的嘴說道：「你別胡說八道，你還要人家的命，恐怕人家先要了咱們的命呀！」娘倆又吵了一會兒，趙姨娘想著鳳姐的話，是越想越氣，也不派人去安慰鳳姐一聲。過了幾天，巧姐的病好了，但這兩邊的仇怨結得更深了。

第四十回　黛玉聽謠言求死

這天是晴雯的祭日，寶玉祭奠完晴雯後，心裡悲傷，就想去找黛玉聊天。黛玉正在屋中寫字，看見寶玉進來了，就說道：「你先坐，我這兒還剩下兩行字，等寫完了再和你說話。」寶玉說道：「你別動，只管寫。」寶玉突然想起前幾天聽到黛玉撫琴，不知道那曲子是何意思，就問了黛玉，黛玉給他解釋了一下。寶玉聽了，說道：「原來如此，可惜我不是你的知音。」黛玉說道：「自古以來，真正的知音能有幾對？」寶玉聽了，覺得出言冒失，又怕讓黛玉寒心。坐了一會兒，覺得好像有好多話要說，卻又沒法講出來，見黛玉也沒怎麼搭理他，就站起來說道：「妹妹繼續寫字吧，我還要到三妹妹那裡去。」黛玉說道：「你如果見了三妹妹，替我問候一聲吧。」寶玉答應著，便出來了。

黛玉送寶玉到門口，自己回來，呆呆地坐在那兒，心裡想著：「最近寶玉總是忽冷忽熱，說話也是吞吞吐吐，不知道是什麼意思。」正想著，紫鵑進來說道：「姑娘，不寫字了？那我把筆硯[1]都收好。」黛玉說道：「不寫了，你收吧，我去躺一會兒，你先出去

吧。」說完，就走到裡屋，倒在床上，慢慢地細想。

紫鵑出來，見雪雁一個人在發呆，便走過去問道：「你怎麼了？好像有心事。」雪雁只顧發呆，被她這麼一問，反倒嚇了一跳，就說道：「你別叫，我今天聽到了一句話，我告訴你，你可千萬別告訴別人。」這邊，黛玉正好起來要喝茶，剛走到門口，聽見雪雁在小聲嘀咕，就趴到門上細細地聽。只聽雪雁對紫鵑說道：「姐姐聽沒聽說，寶玉定親了。」紫鵑聽了嚇了一大跳，說道：「這怎麼可能呢，恐怕是假的吧？」雪雁說道：「我聽探春身邊的丫鬟侍書說的，是個什麼張家，家裡條件好，人也好。」

黛玉聽到這裡，心如死灰。思前想後，正應了前幾天的夢，千愁萬恨湧上心頭。心裡想著，不如早點死了算了，要不然親眼見著寶玉娶別人，不是比死更難受？又想到自己沒有爹娘，身體本就不好，如果從今天開始糟蹋自己身子，恐怕最多一年半載也就該咽氣了。黛玉打定了主意，便開始被子也不蓋、衣也不添，躺在床上裝睡。紫鵑和雪雁進來幾次，不見動靜，也不好叫。到了晚飯時間，紫鵑去叫，掀開床上的簾子見黛玉還在睡，被也沒蓋，怕她著涼就輕輕地幫她把被子蓋好。黛玉不動聲色，等紫鵑出去後，又把被子踢到一邊。紫鵑出來對雪雁說道：「咱們剛才說的話，恐怕是被姑娘聽見了。從今以後，我們再也不要提這件

---

❶【筆硯】毛筆和硯台，文房四寶中的兩樣。

事了。」說完，兩人收拾了一下也睡了。

黛玉滿腔的心事，怎麼睡得著。到了半夜，看見紫鵑等人已經睡熟了，自己穿了一件單薄的衣服就走了出去。屋外夜深風大，她也渾然不覺，就在外面的長椅上呆呆地坐了一夜。第二天清晨，紫鵑醒來，看見黛玉已不在床上，忙出門去找，只見黛玉披頭散髮的躺在外面的椅子上，不知是什麼時候起來的。她驚訝地問道：「姑娘怎麼起得這麼早？」黛玉說道：「可不麼！睡得早，所以醒得早。」紫鵑連忙伺候她梳洗。黛玉對著鏡子，只管呆呆地看著，一會兒眼淚就像斷了線的珠子劈里啪啦地滾了下來。

紫鵑在一旁也不敢勸。過了好一會兒，黛玉才梳洗完畢，對紫鵑說道：「把香點上。」紫鵑說道：「姑娘，你也沒多睡一會兒，現在又要點香，是要寫字麼？」黛玉點點頭，紫鵑說道：「姑娘今天起得早，現在又要寫字，恐怕是太勞神了。」黛玉說道：「不怕，我就寫寫字解解悶，以後你們見了我的字跡，就像見到了我本人一樣。」說著，淚就流了下來。紫鵑聽了這話，不但沒法勸，自己也撐不住流下淚來。

黛玉自從打定主意後，就有意糟蹋身子，飯也吃得越來越少。寶玉倒是時常抽空過來問候。只是黛玉雖有千言萬語，但自知年紀已大，不像小時候可以隨意玩笑打鬧，所以滿腔心事就是說不出來。寶玉想安慰，卻也不知該怎麼說。兩人見了面，只能浮言勸告，真是親極反疏❷了。

黛玉雖有賈母、王夫人等人的憐恤，也不過是請醫調治，只說黛玉經常有病，哪裡知道她是心病？紫鵑等人雖然明白是怎麼回事，但也不敢說。從此之後，黛玉的飯量是一天天遞減，半個月之後，連粥都喝不進去了。黛玉迷迷糊糊，只感覺聽見的都是寶玉要娶親的話，看見怡紅院中的人，無論是誰都像在忙著寶玉要娶親的事情。薛姨媽來看，黛玉不見寶釵，更加起疑心，索性不肯吃藥，只求速死。她躺在床上奄奄一息，只剩下一口氣了。

黛玉病的這半個月，賈母等人輪流過來看望，她有時還說幾句話，現在索性不大說話了。賈母見她病得奇怪，像是有什麼緣由，就把紫鵑叫過來盤問，但紫鵑怎麼敢說。雪雁也知道是自己傳話才弄得林姑娘現在這個樣子，更是不敢向人提起。這天，黛玉滴水不進，紫鵑看了也覺得沒指望了，守著哭了一會兒，出來偷偷對雪雁說道：「你到屋裡來守著姑娘，我去回老太太，我看姑娘今天這個樣子，恐怕是不好了。」雪雁答應，紫鵑忙出去。

雪雁在屋裡守著黛玉，見她昏昏沉沉，這個年紀怎麼能是這樣，只怕是要死了。雪雁心裡是又痛又怕，盼著紫鵑趕快回來。正想著，就聽窗外有腳步聲，雪雁以為紫鵑回來了，趕緊掀開簾子去看，只見侍書走了過來，原來是探春派她來看黛玉的。侍書看見雪雁就問道：「姑娘怎麼樣了？」雪雁點點頭，讓她進來。侍書跟了進來，見紫鵑不在屋裡，又看了看黛

❷【親極反疏】指人與人之間親近到了極點反而顯得很生疏。

玉，真的是苟延殘喘，把侍書嚇得夠嗆。

雪雁覺得黛玉已經人事不知了，紫鵑也不在屋裡，就悄悄地拉著侍書的手問道：「你前幾天告訴我，寶二爺定了親，是真的麼？」侍書說道：「當然是真的，但是又被老太太給回絕了。你還不知道老太太有多疼寶玉，他的親事當然是老太太說了算。估計老太太心裡早就有人了，想著親上加親，橫豎跑不出咱們家。」雪雁一聽這話，說道：「你怎麼不早說，白送了我們姑娘的命。」侍書問道：「這是怎麼說的呀？」雪雁說道：「你還不知道，我把你說寶玉定親的事告訴了紫鵑姐姐，誰想被她聽見了，就鬧到了這般田地。看這樣子，也熬不過這幾天了。」正說著，只見紫鵑掀開簾子進來，說道：「你們有什麼話，不能出去說，非得在這裡說！是不是想把她逼死呀。」

這邊正說著，只聽黛玉忽然又咳嗽了一聲，紫鵑連忙跑過去，侍書和雪雁也都不吱聲了。紫鵑彎著腰，在黛玉身旁輕輕地問道：「姑娘喝水麼？」黛玉微微答應了一聲。雪雁連忙倒水，紫鵑接過來托著，侍書也走了過來。紫鵑試了試水溫，扶著黛玉的頭，把水放在她嘴邊餵她喝了一口。紫鵑才要把碗拿開，黛玉示意還要喝一口，紫鵑又餵了她一口。黛玉躺下後，喘了口氣說道：「剛才說話的不是侍書麼？」侍書聽了，連忙過來問候。黛玉睜眼看了看她，點了點頭說道：「回去給你們姑娘問好。」侍書見她這樣說，以為是黛玉嫌她煩，就悄悄地退了出來。

原來這黛玉雖然病勢沉重，心裡還是明白的。剛才聽到侍書和雪雁的對話才明白是自己誤會了，寶玉根本就沒定親。又聽侍書說老太太想親上加親，還是自己家的姑娘，選中的人應該是自己。這麼一想，心裡頓時豁然開朗，所以才喝了兩口水。這邊賈母、王夫人和鳳姐等人聽了紫鵑來報的話，以為黛玉真的不行了，都匆匆趕了過來。黛玉心中疑團已解，也就不像先前那樣尋死覓活。雖然身子軟，精神也不好，但也勉強回了一兩句。鳳姐就把紫鵑叫過來問道：「姑娘也不至於像你說的那樣，淨嚇唬人。」紫鵑說道：「剛才看實在是不好，所以才去回稟的。但一回來，就看姑娘好了許多，真奇怪了。」賈母笑著說道：「不要怪她，一個小孩子家懂什麼，不懶就行了。」大家在黛玉這兒待了一會兒，賈母覺得

黛玉滿腔的心事，怎麼睡得著。到了半夜，自己穿了一件單薄的衣服就走了出去……

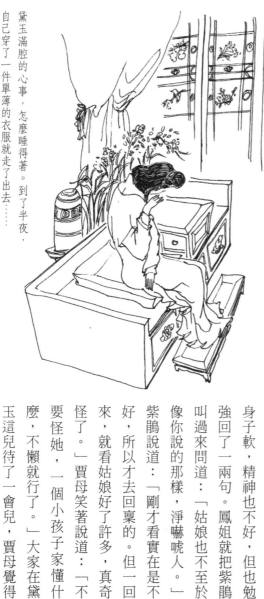

她無礙了，就帶著眾人走了。

過了幾天，黛玉的病漸漸好了，雪雁和紫鵑心裡高興的，不知該感謝誰，整天阿彌陀佛地念叨。這天，雪雁對紫鵑說道：「虧得姑娘好了，只是這病來得奇怪，好得也奇怪。」紫鵑說道：「病得倒不怪，好得倒奇怪。想來寶玉和姑娘肯定能成就一樁好姻緣。俗話說好事多磨，這樣看來，天意是要把他們配到一起了。還有那一年，我說姑娘要回家了，沒把寶玉急死，鬧得舉家不得安寧。如今一句話，又把這個弄得是死去活來，可真是對歡喜冤家呀！」說著，兩個人悄悄抿著嘴笑了一會兒。

雪雁又說道：「幸虧好了，以後可什麼都不敢說了。就是以後寶玉娶了別人家的姑娘，我親眼看見他們在那兒拜堂，我也不敢回來露一句話了。」紫鵑笑著說道：「這就對了。」不但紫鵑和雪雁在私下裡講這件事，眾人三三兩兩都在背後議論著，連鳳姐都知道了。邢夫人和王夫人也覺得疑惑，倒是賈母猜到了八九分。

這天，邢夫人、王夫人和鳳姐在賈母房中聊天，提起了黛玉的病。賈母說道：「我正想告訴你們，寶玉和林丫頭從小就在一塊兒，以前小，也沒什麼。但現在畢竟都大了，林丫頭的病也好了起來，如果還像以前那樣都住在園子裡，恐怕不成體統，你們說呢？」王夫人一聽這話，愣了一下，說道：「林姑娘是有心計的，至於寶玉呆頭呆腦，不懂得避嫌，總覺得自己是個小孩。俗話說男大當婚女大當嫁，老太太今天想起，倒不如把他們的婚事早點辦了。」賈母皺了皺眉頭說道：「林丫頭孤僻，雖然有她的好處，但我不把她配給寶玉也是因為這個。再說我看林丫頭這樣虛弱，恐怕也不會長壽。還是寶丫頭配寶玉最合適。」

王夫人聽了說道：「不僅老太太這樣想，我們也這樣認為，但林姑娘也得給她說個好人家才是。不然，女孩家大了，怎麼能沒有心事。倘若真跟寶玉有私心，若知道寶玉定了寶丫頭，恐怕又要鬧了。」賈母說道：「當然是先給寶玉定親，再給林丫頭說人家，況且林丫頭也比寶玉小兩歲。照你們這麼說，寶玉定親的事，不能讓林丫頭知道。」鳳姐便對眾丫鬟吩咐道：「你們聽見了，寶二爺定親的話，誰也不許到外面瞎說。如果有多嘴的，小心你們的腦袋。」丫鬟們忙答應。大家又說了一會兒話，就都散了。

第四十一回　薛蟠再惹官司

一天清晨，寶玉梳洗完畢後就去私塾，剛走出院門，就聽一陣吵嚷聲，寶玉也不知是何事。只見賈芸慌慌張張跑過來，看見寶玉連忙請安，說道：「叔叔大喜，老爺升了郎中❶，人們都來賀喜了。」寶玉一聽，心中十分高興。賈母又讓人去私塾給他請了幾天假，寶玉高興得連忙跑到賈母那兒去。進屋一看，黛玉、惜春和鳳姐等人都在，只是不見寶釵。原來，王夫人已經向薛姨媽提起了寶玉和寶釵的婚事，薛姨媽很高興，已經答應了。只是薛蟠因為躲著家裡的潑婦，已經去南方了，薛姨媽只等著他回來再商量兩人的婚事，寶釵因此不便過來。寶玉這邊忙拜見賈母，又給王夫人道喜，見過眾姐妹後才坐下。大家商量，決定選個日子慶賀一下。

到了慶賀這天，王子騰送來一個戲班，大家就在賈母的正廳前搭起了戲臺，準備聽戲。賈母又擺了十幾桌的酒席。一會兒，就見鳳姐帶著眾丫頭簇擁著黛玉過來了。湘雲、探春、李紈都讓她坐首座，黛玉就是不肯。賈母笑著說道：「今日你就坐了吧。」薛姨媽站起來問

道：「今天林姑娘有喜事麼？」賈母笑著說道：「今天是她的生日。」薛姨媽說道：「哎，我倒給忘了。」走過去對黛玉說道：「恕我健忘，回頭叫寶琴來給你拜壽。」黛玉笑著說：「不敢。」大家坐下，黛玉留心一看，獨不見寶釵，便問道：「寶姐姐可好，為什麼不過來？」薛姨媽說道：「她本該來，但沒人看家，所以只能讓她待在家裡。」黛玉紅著臉，笑著說道：「姨媽那裡不是又添了個大嫂子麼，怎麼還用寶姐姐看家？大概是她怕人多熱鬧，懶得來吧，我倒是挺想她的。」薛姨媽笑著說道：「難為你惦記她，她也常想你們姐妹。過幾天，我讓她過來和你們好好聊聊。」說著，丫頭們斟酒上菜，臺上已經開戲了。

大家正看得高興呢，忽見薛家的人滿頭是汗地闖了進來，向薛姨媽的侄子薛蝌說道：「二爺快回家，再到裡面去告訴太太也速回家，家中有急事！」薛蝌一聽，來不及告辭就趕緊出來了。薛姨媽聽到丫鬟來報，不知是什麼大事，嚇得面如死灰，急忙起身回家了。這邊弄得大家都錯愕不已，賈母說道：「派人過去聽聽，到底是什麼事？」眾人忙答應。

薛姨媽一進屋，就聽金桂在裡面號啕大哭，細問才知道原來是薛蟠又打死了人，被官府抓了起來。寶釵見薛姨媽回來，連忙迎了出去，說道：「媽媽不要著急，辦事要緊。」薛姨媽這才回過神來，一邊抹淚，一邊拿出銀兩讓薛蝌先去打點。

---

❶【郎中】官名，即帝王侍從官的通稱，是職位僅次於尚書、侍郎、丞相的高級官員。

那人一下子就出了好多血躺在了地上，開始嘴裡還在罵，後來就沒聲音了。

寶釵這邊勸住了薛姨媽，那邊金桂趁空抓住了香菱，和她嚷道：「平常你們不是說他打死了人，一點事都沒有麼？如今真的打死了人，平時都講有錢、有勢、有好親戚，這時候怎麼都嚇得慌手慌腳了？大爺明兒要是有個好歹不能回來，你們就都走吧，留下我一個人在這兒受罪。」說完，就大哭起來。薛姨媽一聽這話，更是氣得發昏，寶釵也是急得沒辦法。正鬧著，賈母派人過來打聽消息，寶釵就把她哥哥打死人的事情說了一遍，那丫鬟就走了。

薛姨媽和寶釵在家急得不行。過了兩天，薛蝌派一個小廝送回來一封信，信上說薛蟠是誤殺，不是故意的，並且著急要錢打通關係。薛姨媽看了，哭著說道：「這麼看來，還是把人打死了。」寶釵說道：「媽媽先別傷心，把送信的小廝叫進來，問問再說。」一面說一面吩咐丫鬟把人叫進來。薛姨媽便問小廝：「你把大爺的事，細細講給我聽。」

那小廝說道：「我聽得也不是很清楚，就聽大爺和二爺說，自從家裡鬧得厲害，大爺也懶得在家待，所以就到南邊販貨去。路上遇見了大爺以前的好友蔣玉菡，他正好帶著一幫小戲子進城，大爺就請他到一個酒館裡喝酒敘舊。因為店內一個跑堂的，總是拿眼瞧著蔣玉菡，大爺就生氣了。第二天，蔣玉菡走了，大爺又請別人喝酒。酒後想起昨天的事情就來了氣，叫那跑堂的拿酒，那跑堂的稍微慢了一點，大爺就罵了起來。那個人不依，大爺就拿起酒碗砸到了那人腦袋上，那人一下子就出了好多血躺在了地上，開始嘴裡還在罵，後來就沒聲音了。」薛姨媽聽了，歎了一口氣，就讓小廝先出去了。

薛姨媽趕緊讓人在當鋪❷裡兌了銀子，就讓那小廝給薛蝌送過去。過了三天，果然有了回信。寶釵忙拿過去念給薛姨媽聽，念了一半，只聽信中說還是給薛蟠定了死罪。薛姨媽哭著說道：「這是救不了了，可怎麼辦呀？」寶釵說道：「媽媽不用哭，還沒念完呢。」只見那信中還寫著，那縣官知道薛家有靠山，要他們在京裡給他謀一份好差事，再送一份大禮，

---

❷【當鋪】收取動產和不動產作爲抵押，向對方放債的機構。舊稱質庫、解庫、典鋪，亦稱質押，又有以小本錢臨時經營的稱小押。現在被稱作典當行。

才可以復審重新定案。

薛姨媽聽了，急忙到王夫人那裡說明緣由，懇求賈政幫忙。賈政只肯託人去和那縣官說情，不肯提及銀兩。薛姨媽怕不行，求鳳姐和賈璉說了，託人送去了幾千兩銀子，才買通了縣官，重新審訊。又賄賂證人翻了供，說是失手砸的，最後衙門定了個誤殺，但一時也放不回來。薛姨媽見總算是保住了命，才稍稍放了點心，又變賣了田產，四處籌錢，準備把薛蟠贖出來。

寶釵這些天因為薛蟠的事，心裡著急。到底是嬌貴的小姐，一下子就病了，一連七八天都不好，後來想起了冷香丸，吃了幾丸，才漸漸好了起來。一天，王夫人對賈政提起寶釵的事，說道：「真是苦了這孩子，既然是我家的人了，也該早點娶過來，別叫她糟蹋壞了身子。」賈政說道：「我也是這麼想，但是家裡忙亂，況且又到了年底，各家都要準備過年。不如今年先定了親，到了明年春天，過了老太太生日，再定日子迎娶，你把這番話先告訴薛姨太太吧。」王夫人聽了很高興，便將賈政的話告訴了薛姨媽，薛姨媽想著這麼辦也好。

到了飯後，王夫人和薛姨媽來到賈母房中。賈母問起了薛蟠的事，薛姨媽便細說了一遍。寶玉剛好在一旁，聽見了蔣玉菡這一段，因為這蔣玉菡也是他的好友，心裡想著：「他既然回了京城，怎麼也不來見我。」又見寶釵沒有過來，不知是什麼緣故，坐了一會兒，覺得沒什麼意思，就走了。王夫人見寶玉走了，便把賈政的話告訴了賈母，賈母聽了，也很高興。

寶玉從賈母那兒出來，就到了瀟湘館，掀開簾子進去，只見紫鵑一個人，便問道：「你家姑娘呢？」紫鵑說道：「到老太太那兒去了，聽說薛姨媽來了，就過去請安。」寶玉說道：「我剛從老太太那兒過來，沒看見林妹妹呀。」紫鵑說道：「那就奇怪了。」兩人正在納悶，就見黛玉帶著雪雁，走了進來。寶玉見了，趕快過去，說道：「妹妹回來了。」黛玉脫下外衣，坐下說道：「你去老太太那兒，見沒見到薛姨媽，她可曾提起我？」寶玉說道：「見是見了，只是不但沒有說起你，連跟我都不像以前那麼親熱了。我今天問起寶姐姐的病，她只是笑了笑也不回答，難道是怪我這兩天沒有去看寶姐姐？」

黛玉笑了笑說道：「那你為什麼不去呀？」寶玉說道：「老太太不讓我去，太太不讓我去，連老爺也不讓我去。況且現在通到她那裡的小門也堵上了，要從前面繞行才可以，很不方便。」黛玉說道：「寶姐姐怎麼知道這裡面的原委。」寶玉說道：「寶姐姐是最體諒我的。」黛玉說道：「你可不要自己打錯了主意。以前我們都在園子裡，大家一塊兒寫詩、賞花、飲酒，是多麼熱鬧。如今她搬了出去，家裡又出了事，自己又病到這步田地，你還像個沒事人一樣，她怎麼能不生氣？」寶玉說道：「難道寶姐姐從此就不和我好了？」說完，就瞪著眼呆坐在那兒。黛玉見他這個樣子，也不理他，自己拿出一本書來，坐在那兒細看。一會兒就見寶玉把眉一皺，腳一跺，說道：「天地間為什麼要有我這麼一個人，要是沒有我也就乾淨了。」黛玉見他這樣，便說道：「我問你一句話，不知你怎麼回答。」寶玉說道：

「你講。」

黛玉說道：「寶姐姐和你好，你怎麼樣？寶姐姐不和你好，你怎麼樣？寶姐姐以前和你好，如今不和你好了，你怎麼樣？今兒和你好了，明兒不和你好了，你又怎麼樣？你和她好，她偏不和你好，你怎麼樣？你不和她好，她偏要和你好，你怎麼樣？」

寶玉愣了一下，也聽明白了是黛玉故意試探他，就笑著說道：「單憑弱水三千，我只取一瓢飲❸。難道我的心思，妹妹還不明白？」黛玉一聽這話，也紅了臉，只能低頭不語。就聽屋外幾隻烏鴉，呱呱地叫了兩聲，飛走了。寶玉說道：「不知是吉兆還是凶兆。」黛玉說道：「人有吉凶事，不在鳥音中。」正說著，忽然看見秋紋走了進來，說道：「二爺快回去吧，老爺剛才還派人來問你回來了沒有。」寶玉一聽這話，嚇得趕緊起身往外走，黛玉也不敢留。寶玉走後，黛玉想起剛才寶玉說的那些話，心裡仍是暖暖的。

---

❸【單憑弱水三千，我只取一瓢飲】寶玉講這句話，是表明他的心裡只有黛玉，不管寶釵再好，他的心也不會變。

第四十二回　海棠花開預知禍事

黛玉清晨起來，聽到園子裡一陣吵鬧聲，就讓人出去瞧瞧。紫鵑回來說道：「怡紅院裡的海棠樹❶本來都枯死了，也沒人去澆灌。昨天寶玉去看，卻見樹枝上長出了好多花骨朵兒，說給別人聽，大家都以為他胡說，沒人理他。誰知今天一早上起來，看見滿樹的海棠花都開了，眾人驚訝，都跑過去看。連老太太、太太都驚動了，也都過去賞花呢。」

黛玉聽見老太太來了，想著自己也該過去給她請安，就讓紫鵑扶著去了怡紅院。進了院子，看見賈母斜躺在椅子上，和眾人一起正看那滿樹的海棠花呢。黛玉忙過去給賈母請安，又見過了眾姐妹，除了鳳姐有病沒來，寶釵不方便過來，其餘的女眷都到齊了。大家說笑了一會兒，講到這花開得奇怪。賈母說道：「這花應該在三月裡開，現在是十一月，按理不

❶【海棠樹】喜陽，也能耐陰、耐寒，對環境要求不嚴。適於在疏鬆肥沃、土層深厚、排水良好的砂質土壤中生長。四月下旬開花，一直到五月下旬花落結果。

應該開，但現在天氣暖和，開花也屬正常。」邢夫人說道：「我聽說這花枯萎了一年，現在又在不該開花的季節盛開了，肯定有什麼原因。」李紈笑著說道：「在我看來，肯定是寶兄弟有喜事，此花先來報信的。」探春在旁邊雖沒有吱聲，心裡卻想著：「此花只怕並非好兆頭。草木知時運，非花期而開，必是妖孽。」她雖心裡是這麼想，但嘴上又不好說出來。

黛玉聽李紈說是喜事，心裡很有感觸，便高興地說：「當初田家有一棵荊樹[2]，因三兄弟不和，分了家，那荊樹也枯萎了。後來三兄弟和好如初，那荊樹又活了。可知草木也是通人性的，如今二哥哥認真念書，舅舅高興，海棠花就開了。」賈母和王夫人聽了很高興，都說她說得對。

正說著，賈赦、賈政等人也過來看花。賈赦看了便說：「按我的主意，還是把樹砍了吧，現在一定是花妖在作怪。」賈母聽了，生氣地說：「誰在這裡胡說，人家有喜事，你們偏說是怪事，簡直是一派胡言。」賈赦聽了不敢再言語，和賈政一塊兒出去了。

賈母高興，就叫人傳話到廚房，預備酒席，大家賞花。又讓寶玉、賈環、賈蘭各作一首詩來賀喜，探春等人在旁邊陪著喝酒聊天。一會兒工夫，他們三人就寫好了詩，李紈一一念給賈母聽。賈母聽完，說道：「我不太懂詩，但聽著是蘭兒寫得好，環兒寫得不好，寶玉寫得一般。」大家又都品評了一番，喝酒吟詩，很是熱鬧。寶玉見賈母和眾人都很高興，又想起晴雯死的那年，海棠樹枯萎，如今大家都好，花也重新開了，但晴雯卻不能像花一樣死而復生，頓時轉喜為悲。

賈母又坐了一會兒，就讓鴛鴦扶她回去，王夫人等人也都跟著走了。剛出院門，就見平兒笑嘻嘻地走了過來，對賈母說道：「我們奶奶知道老太太在這裡賞花，自己不能過來，就派我過來送兩匹紅綢子當作賀禮。」賈母笑著說道：「還是鳳丫頭想得周到。」說完就帶著眾人走了。平兒進到怡紅院，把綢子交給襲人，又把她拉到僻靜地，悄悄地說：「我們奶奶說，這花開得奇怪，叫你剪一塊紅綢子掛到樹枝上，壓壓邪。」襲人點頭答應，又送平兒出去。

寶玉見眾人都走了就回屋休息。看見那海棠花開得漂亮，一會兒就出來看一下，又是賞，又是歎，又是愛，心中無數的悲歡離合，都攢到這棵樹上去了。襲人回來要給寶玉換衣服，看見寶玉脖子上沒有掛著那通靈寶玉，便問道：「玉呢？」寶玉說道：「剛才老太太等人過來，我急忙換衣服，就把玉放在炕桌上，沒有戴。」襲人又去炕桌那兒找，但是沒有，又四處找尋，還是沒見到，嚇得襲人出了一身冷汗。寶玉說道：「不用著急。肯定是在屋裡，你問問別人。」

襲人以為是誰藏起來嚇唬她，但問了眾人，沒有人看見。襲人這一下也慌了神，趕緊讓

---

❷【荊樹】落葉喬木，稀灌木，奇數羽狀複葉。喜光，對霜凍較敏感。喜深厚肥沃濕潤土壤，常見於平原或河谷地帶。多數種類能耐輕鹽鹼性土壤。

誰知今天一早上起來，看
見滿樹的海棠花都開了，
眾人驚訝，都跑過去看。

怡紅院的所有丫頭都過來找，大家翻箱倒櫃、四處搜尋，但還是毫無蹤影。襲人實在是沒辦法，就讓麝月到各處去問問，是不是誰撿到了，趕緊給送回來，又對眾人說道：「這可不是小事，真丟了這玉，比丟了寶二爺還厲害呢。」大家趕忙到各房裡去問，但都說沒看見。這回寶玉傻眼了，襲人也急得直哭。大家是找沒處去找，尋沒處去尋，又不敢去告訴老太太和太太，個個都嚇得面如死灰，像木頭人一般。

怡紅院裡的人正在那兒發呆，只見各處知道的人都來了。探春讓人把園門關上，讓幾個婆子帶著丫鬟，再到各處去找，又跟眾人說道：「如果誰找出來，重重有賞。」大家一聽要重賞，都不顧命似的拼命找，連茅廁裡都找了一遍，但那玉就像繡花針掉到了大海裡，毫無蹤影。這下子，大家又洩了氣，一點兒頭緒都沒有了。

王夫人這邊聽見底下的丫鬟私下議論說寶玉的玉丟了，還不信，到了怡紅院，看見眾人都驚慌失色，才信了剛才聽見的話。王夫人進屋坐下，問道：「那玉真丟了？」眾人都不敢出聲，便叫襲人，嚇得襲人趕緊含淚跪下。王夫人說道：「你快起來，讓人再去找，一亂就更不好了。」襲人就把剛才大家是如何找的和王夫人說了一遍。王夫人一聽，也急得是淚如雨下，不知該如何是好。剛好鳳姐讓人攙扶著過來，王夫人就對她說道：「你也聽說了吧，這不奇了麼！上午我們還在這兒賞花，下午玉就沒了。我看還是告訴老太太，仔細查出來才好，不然不是把寶玉的命根子給丟了麼！」

鳳姐說道：「咱們家人多眼雜，俗話說知人知面不知心。若是一聲張，恐怕那偷玉的人知道被抓住也是死無葬身之地，不如把東西給毀了，到時該怎麼辦？要我說，不如先不告訴老太太，再派人在暗處查訪，找到了就給哄騙出來，到時也好定罪。」王夫人聽了點了點頭，對眾人說道：「那玉好端端的在家，怎麼就沒了，難不成還飛了？此事大家不許聲張，限襲人三天內給我找出來，要是三天內找不著，大家以後就都別想過安靜日子了。」說著，便叫鳳姐跟著她到邢夫人那兒去商量此事。

過了兩天，眾人為了找玉忙得焦頭爛額，又是算卦，又是去當鋪找，但始終沒有找到。這天，王夫人正坐在屋內，為玉的事情發愁，忽聽有人來報，她的哥哥王子騰升為內閣大學士，過幾天就要進京了。王夫人一聽這個消息，心裡很高興，想著娘家榮耀，寶玉和自己將來也都有了依靠，失玉的悲傷也就化解了許多，天天在家盼著哥哥來京。

忽然有一天，賈政進來，滿臉淚痕，氣喘吁吁地說道：「你快去稟告老太太，即刻進宮，人不用多。娘娘忽然得了暴病，現在太監就在外面等著呢，太醫已經奏明人是無法醫治了。」王夫人一聽，便大哭起來。賈政說道：「現在不是哭的時候，快去請老太太，說得和緩些，不要嚇著老人家。」賈政說完，就吩咐家人進來侍候。王夫人趕緊擦了淚，去請賈母，只說元妃有病，進宮請安。大家穿戴好，就坐著轎子進宮了。

這元春自從進宮後，聖眷優渥，身體漸漸發福，行動未免吃力，後來又得了肺病。前天赴宴回宮著了涼就勾起舊病，不料此次非常嚴重，太醫調治了許久也不見好，到最後連湯藥都喝不進去了。太醫已奏明皇上，恐怕她時日不多，讓提早預辦後事。皇上才下旨讓賈氏入宮見元妃最後一面。

賈母和王夫人等人進宮後，見元妃已不能言語。見了賈母，只有悲泣之狀卻沒有眼淚。賈母進來請安，說了些寬慰的話。賈政等男眷只能在宮外候著，不能入內。一會兒太監來報，說娘娘寢宮不能久留，讓她們到宮外候著。賈母和王夫人怎麼忍心離開，但皇家制度威嚴只能出來。剛走到宮外，見到賈政等人，就聽一個太監來報：「賈娘娘升天，時年四十三歲。」賈母和王夫人等人聽了心裡悲痛又不敢哭，只能忍著上轎回家。到了家裡，眾人早已出門迎接，聽聞元妃死訊都啼哭不已。

到了第二天早上，凡是有品級的，都進宮去哭喪。元妃因為沒有孩子，就封為賢淑貴妃。賈府中的男女天天進宮，忙得不得了。幸虧鳳姐的身子好了一些，還能出來管理家事，又預備著給王子騰進京接風等諸多事。

誰知禍不單行，這天，鳳姐聽說王子騰在來京的路上死了。到了晚上，看見王夫人從宮裡回來了，就趕緊過去說了這件事。王夫人一聽，頓時愣在那兒，眼淚早已流了下來，擦了擦淚說道：「你讓璉兒打聽明白了，再來告訴我。」鳳姐答應著出去了。王夫人呆坐在那兒，不免暗自落淚，悲女哭弟，又為寶玉擔憂。如此不幸的事接二連三地發生，她怎麼能受得了，只覺得心口有些疼。

賈璉打聽明白後來回王夫人，說道：「舅太爺是趕路疲勞，加上偶感風寒。到了十里屯，就停下來請醫調治。怎奈那個地方沒有名醫，誤用了藥，只吃了一副就死了。」王夫人聽了，一陣心酸，心口疼得坐不住，趕緊叫丫鬟給扶到炕上去躺著，還掙扎著讓賈璉去把這件事告訴賈政。賈政聽了以後，讓賈璉即刻起程，幫著去料理王子騰的喪事，事情完畢後，回來告訴太太，好讓她安心。賈璉不敢違命，辭了家人後起身。王夫人幾天之內沒了女兒又沒了弟弟，心裡悲痛便一病不起，請醫調治了半個月才漸漸好了起來。

第四十三回　寶玉失玉變癡呆

寶玉自從丟了玉以後，每天也懶得動，說話也越來越糊塗。賈府上上下下因為要忙著元妃的喪事，也都沒心思管他。有時賈母等人出門回來，派人叫他過去，他就去。沒人叫他，他就不去。丫鬟們以為他是生氣了，都不敢去招惹。每天的飯菜，端到他面前他就吃；不給他端來，他也不要。襲人見他這個樣子不像是生氣，倒像是有病。

這天，襲人偷偷去瀟湘館找黛玉，說道：「二爺現在這個樣子，恐怕不太好，還請姑娘過去開導開導他。」黛玉想著和寶玉的親事，一定是自己了。現在要去見他，反倒不好意思，只能推脫，不肯過去。襲人背地裡又去找探春，探春心裡明白那海棠花開得怪異，玉更是丟得奇怪，緊接著元妃姐姐又死了。恐家道不祥，天天愁悶，哪有心思去勸寶玉？況且兄妹畢竟男女有別，親自去過怡紅院一兩次，見寶玉懶得和她說話，也就不常來了。

寶釵這邊也知道寶玉失玉的事情，只是前段時間，王夫人和薛姨媽說了她和寶玉的親事，薛姨媽當晚就回來問她的意思。寶釵說道：「女孩家的事，當然由父母作主，我父親雖

然死了，也應該是母親作主，再不然也可以去問哥哥，現在怎麼問起我來了？」薛姨媽聽了很高興，心裡想著不愧是我的女兒，真是大家閨秀，自此便更加疼惜她，怕寶釵難為情，在她面前也不好再提起寶玉。薛姨媽也因為薛蟠的事攪得舉家不寧，心裡焦慮也就顧不得寶玉的事了。只是苦了襲人，每天在寶玉跟前低聲下氣地服侍安慰，寶玉竟像是一點兒也不明白，襲人也只能暗暗著急。

過了幾天，元妃出殯，賈母等人送殯出去了幾天。豈知寶玉一天比一天呆，也不發燒、也不疼痛，只是吃不像吃、睡不像睡，連說話也是一點兒頭緒都沒有。襲人和麝月一見他這樣，都慌了神，忙把事情告訴了鳳姐。鳳姐過來一看，只見他失魂落魄，真像是傻了。自己也沒辦法，只能天天請醫調治。但藥吃了一大堆，卻一點兒起色都沒有。問寶玉哪裡不舒服，他也說不出來。

直到元妃的事情結束，賈母因為聽說寶玉病了，便親自到園內探視，王夫人也跟了過來。賈母見了寶玉，便說道：「我的兒，聽他們說你病了，現在看好像也沒什麼大礙，這我就放心了。」寶玉在一旁也不回答，只是嘻嘻地笑。賈母又問了他幾句話，他也不回答，襲人教一句他才回答一句。賈母越看越疑惑，便說道：「我剛進來的時候，看他好好的不像是有病，但現在看來好像是丟了魂兒的樣子，到底是怎麼回事？」王夫人知道事情無法再隱瞞了，便把玉丟了的事告訴了賈母。

賈母聽了，急得站了起來，眼淚直流，說道：「這玉怎麼能丟呢，你們也太不懂事了！」王夫人見賈母生氣了，連忙讓襲人等人跪下，自己低著頭說道：「我怕老太太著急，老爺生氣，就沒敢告訴你們。」賈母邊咳邊說道：「這是寶玉的命根子，現在丟了，他才像丟了魂似的！這下還得了，況且滿城裡都知道他這塊玉，誰要是拿走了，還能還給你們麼？」又吩咐人說道，「你們到外面去貼上布告，就說是我說的，如果有人撿到送來，賞銀一萬兩。如果有人知道是誰撿到的，過來送信，賞銀五千兩。如果真有人來歸還玉，你們也不可以吝惜銀子，這樣找不就快了麼。如果就靠咱們家這麼幾個人找，恐怕一輩子也找不出來。」王夫人也不敢多說。賈母發話，底下人都速速去辦了。

賈母讓人把寶玉的隨身之物都搬到她屋裡去，以後寶玉就跟著她住，只讓襲人麝月等人過來侍候，其餘人都留在園子內看家。寶玉聽了也不言語，只是傻笑。賈母便帶著寶玉回到了自己屋，對王夫人說道：「你懂我的意思麼？園子裡本就人少，怡紅院的樹一會兒枯萎一會兒開，很奇怪。以前因為有玉還能避避邪，現在玉丟了，我怕邪氣入侵，所以把他帶過來和我一塊兒住。這幾天也不讓他出去，大夫如果來了，就讓他到我屋裡來瞧。」王夫人聽了，就說道：「老太太想的是，如今寶玉和老太太一塊兒住，老太太福氣大，不論什麼都壓得住。」賈母說道：「什麼福氣，只是我屋裡乾淨些，經卷也多，隨時可以念念，定定心神。」又問寶玉好不好，寶玉見問他也不回答，只顧傻笑。襲人叫他說好，他就說好。王夫人見他這樣不免落淚，在賈母面前也不敢出聲。賈母知道她著急，便讓她先回去休息了。

晚上賈政坐著轎子回家，就聽路邊的行人說：「人要發財也容易，聽說榮國府的一位公子丟了玉，張貼告示說有人撿到了送還就給一萬兩，報信的還給五千兩呢。」賈政聽得不是很清楚，心裡詫異，急忙趕回，問了下人，都說是老太太傳的話。又把王夫人找來問，王夫人就把事情一五一十全都說了。賈政知道是賈母的意思，也不好違拗，只是歎著氣說道：「家道真是該衰敗了！怎麼就生出這麼一個孽障，剛出生就滿街的謠言，現在過去了十多年才好了一些，又滿大街地找玉，真是成何體統。」又吩咐人瞞著老太太，悄悄把布告揭下來，但有那遊手好閒的人已經給揭走了。

第二天，還真有人來送玉，丫鬟們忙把玉送來給賈母和王夫人確認。這下子把全家都驚動了，都爭著來看。賈母一邊看那玉，一邊用手摸，說道：「奇怪，這玉倒像是真的，怎麼裡面的綠色沒了呢。」王夫人看了一會兒也認不出來，便叫鳳姐過來看，鳳姐看了說道：「像是像，但是顏色不大對，不如讓寶兄弟自己看一看就知道了。」襲人在一旁，看那玉也不像是寶玉那塊，但又不敢說出來，於是拿著玉過去給寶玉瞧。這時寶玉才睡醒，鳳姐和他說道：「你的玉找到了。」寶玉睡眼矇矓，把玉拿到手裡瞧了瞧，就扔到了地上，說道：「你們又來騙我。」鳳姐連忙撿起來說道：「這也奇怪了，你也沒仔細看，怎麼就知道不是呢。」寶玉也不回答，只管傻笑。王夫人說道：「這還用說，他從胎裡帶來的古怪東西，自然最了解。肯定是有人見了布告，照樣兒仿做的。」大家此時才恍然大悟。

鳳姐聽了這話，便出來吩咐人說道：「把那人給我拿繩子捆起來，這樣的事也敢來騙。」那人見有人來捆他，還說要把他送到衙門去，早就嚇得魂飛魄散，一下子就全都招了。原來真是他找人按照布告的樣子做出來的玉，就想來騙點錢花。這時賈母派人來傳話，說道：「不要難為這個人，他也是窮瘋了，才想出這樣的主意。把玉還給他，放他走就行了。」鳳姐只好放了他，那人趕忙磕了兩個頭，抱頭鼠竄似的跑了。從此，街上便有了這麼一句諺語：「賈寶玉弄出假寶玉。」

皇上念賈政勤政節儉，就升了他的官，讓他到江西去上任，沒幾天就要起程了。眾親朋好友都來賀喜。但賈政想著寶玉失玉以後，神智昏聵（ㄎㄨㄟˋ）、醫藥無效，心裡煩悶也就無心應酬。這天，賈母把他叫過去說道：「你過幾天就要走了，我有太多的話想和你說，不知道你聽不聽。」說著就掉下淚來。賈政忙說道：「老太太有話，只管吩咐，兒子怎敢不遵命呢。」

賈母哽咽地說道：「我今年八十一歲了，如今你又要走了，不知道什麼時候才能回來，我現在疼的只有寶玉，偏偏他又病得糊塗。我以前也跟你說過把寶釵配給他，我想趁著你在家，不如把這樁親事辦了，也好給他沖沖喜❶。今天叫你來就是和你商量這個事情，你是想寶玉好呢，還是想隨他去呢？」賈政賠笑說道：「老太太疼孫子，難道我就不疼兒子麼？只因為寶玉不上進，我心裡也是恨鐵不成鋼啊。」這時，襲人把寶玉帶過來給賈政請安。賈政見寶玉臉瘦成一條、目光呆滯，比前幾天還要傻，便叫人把他扶回去。賈政心裡一酸，眼圈不禁紅了，對賈母說道：「老太太這麼大年紀，還想著法兒疼孫子，做兒子的當然支持，要怎麼做，但憑老太太作主。只是娘娘剛死，寶玉就娶親，恐怕不太合適。」

賈母說道：「我也知道不合適，但若是再過段時間，你走了，他又越來越糊塗，可怎麼辦才好，不如越過這些禮節，越早辦越好。現在只要收拾好屋子把東西置辦全，我們按照禮節把人娶過來就行。也不請親友、不擺筵席，等寶玉好了再擺酒宴請。」賈政聽了本不願意，但是賈母作主又不敢違命，只能勉強賠笑說道：「老太太說得對，這樣很妥當。」又吩咐眾人，此事不許大肆宣揚。賈母又把這事和薛姨媽說了，薛姨媽雖不願意，但想著薛蟠還在獄中，指望著賈家能託人給弄出來，也就不好不答應。王夫人叫鳳姐幫著辦婚事，置辦結婚用品。鳳姐領命後，就開始四下張羅起來。

---

❶【沖喜】一種迷信習俗。家中有人病危時，企圖通過辦喜事來驅除病魔，以求轉危爲安。

第四十四回　黛玉焚稿斷癡情

這天，黛玉吃過早飯後，就帶著紫鵑到賈母這邊來，一是想給賈母請安，二是想著出去走走散散心。剛出了瀟湘館，沒走幾步，忽然想起自己沒帶手絹，就叫紫鵑回去取，自己一邊慢慢走一邊等。剛走到假山那裡，就聽到有人在那兒嗚嗚咽咽地哭。黛玉停住腳步，聽不出是誰的聲音，也聽不清那人嘴裡在叨叨些什麼話，心裡疑惑，便走了過去。到了跟前，就見一個濃眉大眼的丫頭在那兒哭呢，黛玉從未見過她，心想不定是誰屋裡的丫頭，心裡有什麼不順心的事，所以在這裡發洩發洩。那丫頭見黛玉來了，也就不敢再哭，站起來擦眼淚。

黛玉問道：「你為什麼在這裡哭呀？」那丫頭一聽，又傷心起來，哭著說道：「林姑娘，你評評理，我做錯了什麼，姐姐就要打我？」黛玉聽了，不懂她在說什麼，就笑著問道：「你姐姐是誰？你又是誰？」那丫頭說道：「我姐姐是珍珠，我叫傻大姐。」黛玉一聽，才知道是賈母房裡的丫鬟珍珠，就笑著問道：「你姐姐為什麼打你呀？」那丫頭說道：「還不是為了寶二爺娶寶丫頭的事情。」黛玉聽了這話，如同被雷擊一般，心裡亂跳，略定

黛玉把詩稿拿起來，看了一眼，扔到了火盆裡。那詩稿和手絹沒一會兒就化成了灰燼。

了下神，把那個丫頭帶到僻靜地方，問道：「寶二爺娶寶姑娘，幹嘛要打你呢？」

只聽那丫頭說道：「我們老太太和太太商量了，想趕在老爺起身上任前，把寶姑娘娶進家門。頭一件事是給寶二爺沖喜，第二件事是給林姑娘說婆家呢。」黛玉聽得已經呆了。那丫頭還接著說道：「我只跟襲人姐姐說了一句，咱們屋裡以後可要熱鬧了，這又是寶姑娘，又是寶奶奶的，以後可怎麼叫呢？誰知道珍珠姐姐上來就給了我一巴掌，說什麼我不聽上面的話，再胡說就把我攆出去。我怎麼知道上頭為什麼不讓說，他們又沒告訴我，就打我！」說著，又哭了起來。

黛玉此時心裡，真像打翻了五味瓶，酸甜苦辣都湧了上來，也說不出是什麼滋味了。她愣了一會兒，說道：「你別胡說了，讓人聽見，還要打你，快走吧。」說著，自己轉身往瀟湘館走，感覺身上像有千百斤重，兩腳卻像踩著棉花，早已經軟了，只能一步一步慢慢地走。紫鵑取了手絹回來，看見黛玉在那兒晃晃蕩蕩，眼睛直勾勾地瞅著前方，東轉西轉。紫鵑過去輕輕問道：「姑娘這是要去哪裡呀？」黛玉模糊說道：「我要去問寶玉。」紫鵑聽了，也摸不著頭緒，就扶著她去了賈母那裡。紫鵑見黛玉神情呆滯，也猜到她恐怕是聽到了什麼不好的話。只是現在寶玉已經瘋瘋傻傻，她又是這樣恍恍惚惚，兩人見面要是說出什麼不成體統的話，該如何是好？心裡雖然這樣想，但嘴上卻不能違拗，只能攙著她走過去。

進了賈母的屋子，正趕上賈母在睡午覺，黛玉就沒有過去請安，直接去了寶玉的房間。屋內只有襲人在服侍，寶玉看見黛玉來了，也不給她讓坐，只是瞅著她傻兮兮地笑。黛玉自己坐下，也瞅著寶玉笑。兩個人也不問好、也不說話、也不推讓，只管臉對著臉傻笑起來。坐了一會兒，突然聽見黛玉說道：「寶玉，你為什麼病了？」寶玉笑著說道：「我為林姑娘病的。」襲人和紫鵑兩個人嚇得面色灰白，趕忙打岔岔開。紫鵑看黛玉神色恍惚，就說道：「姑娘，我們回去吧。」黛玉說道：「可不該回去了麼。」說完就轉身出來。說來奇怪，她突然不用丫鬟攙扶了，自己走得飛快，紫鵑忙在後面跟著。到了瀟湘館門口，就聽紫鵑說道：「阿彌陀佛，可算到家了。」只是話還沒說完，只見黛玉身子往前一歪，哇的一聲，一口血吐了出來，就暈死了過去。

紫鵑忙把黛玉扶回房間躺下。過了一會兒，黛玉才漸漸甦醒過來，見紫鵑在哭，就問道：「你們哭什麼呢？」紫鵑見她已經不糊塗了，說話也明白，便說道：「姑娘剛從老太太屋裡回來，身上覺得不好，嚇得我們沒了主意所以才哭。」黛玉笑著說道：「我沒那麼容易死。」原來黛玉今天聽見寶玉和寶釵的事情，這本是她這麼多年的心病，所以一時急火攻心，回來後吐了一口血，心中才漸漸明白過來，模模糊糊想起傻大姐的話，反倒不覺得悲傷，只求速死。

紫鵑派雪雁把這邊的事情告訴賈母，賈母一聽，趕忙和王夫人等人一塊兒過來。大家見黛玉面色灰白，臉上沒一點血色，神氣昏沉，氣息微弱，一會兒又咳嗽了一陣，咳出的痰中都帶血，大家都慌了。黛玉微微睜眼，看見賈母在身邊，便氣喘吁吁地說道：「老太太，你白疼我了。」賈母一聽這話，心裡很難受，說道：「好孩子，別怕，養著吧。」黛玉微微一笑，就把眼睛閉上了。一會兒，大夫進來診脈，賈母等人就出去了。

賈母看黛玉神色不好，出來後就對鳳姐說道：「不是我咒她，只是我看這孩子的病，恐怕是難好，你們也該幫她預備預備，不至於臨時忙亂，況且我們家這兩天還有正事呢。」鳳姐忙答應。賈母回到房中，把紫鵑叫來問了問，又把襲人叫過來問話。襲人就把這些年的事情，還有黛玉剛才來看寶玉的情形都說了。賈母說道：「孩子從小在一塊兒玩，感情好些是有的，可是如今大了，也該守著女孩的本分。如果心裡有什麼別的想法，那我可真是白疼她了。況且咱們這種人家，什麼事都好說，只是心病是斷斷不能有的。林丫頭要不是這個病，我花多少錢也要給她治；如果是這種病，不但治不好，連我也成了薄情寡義❶的。」襲人聽了，連忙安慰。

黛玉自從病了，雖然每天吃藥，但病卻一天比一天重。紫鵑在一旁勸道：「事情到了這個份兒上，我也不得不說。姑娘的心事我們都知道，不會有什麼意外的，姑娘不信，看寶玉就知道，病成那樣，怎麼能娶親？姑娘別聽外面傳的瞎話，自己安心保重才好呀。」黛玉微微一笑，也不回答，又咳嗽了幾聲，吐出好多血來。紫鵑看她，只有一息尚存，明知勸不過來，唯有天天守著流淚，每天都派人把這邊的事情告訴賈母。鴛鴦猜賈母近日已經不像從前那樣疼黛玉了，也就不常去回。況且這幾天賈母的心思都在寶釵和寶玉的事情上，沒有黛玉的音訊也不大提起，只是請醫調治。

黛玉從前生病，自賈母到眾姐妹都常來問候。今見賈府中上下人等都不過來，連一個問

---

❶【薄情寡義】人際關係冷淡，對親人朋友從不熱情熱心，不管別人對他付出了多少，他總是認爲是應該的，從沒考慮或者很少回饋。

的人都沒有，睜開眼，只有紫鵑一個人，想著人情不過如此，還不如早死早乾淨。她掙扎著起來對紫鵑說道：「妹妹，你是最知我心的，雖是老太太派你服侍我，但這幾年我拿你就當我的親妹妹。」說到這裡，氣都喘不上來了。紫鵑聽到這話一陣心酸，早就哭得說不出話來了。

過了一會兒，黛玉一面喘，一面說道：「紫鵑妹妹，你扶我起來坐坐。」紫鵑說道：「姑娘身上有病，起來又該著涼了。」黛玉聽了，閉上眼不言語了。紫鵑沒辦法，只能把她扶起來，兩邊用軟枕墊著讓她依靠。黛玉哪裡坐得住，只覺得渾身疼，但也硬撐著，叫雪雁把她的詩本子拿過來。雪雁忙把詩稿找出來，遞到她跟前。黛玉點點頭，又回頭看那箱子。雪雁不解，只是發呆。黛玉氣得兩眼直瞪，又咳嗽起來，吐了一口血。雪雁連忙去拿水給她漱口。紫鵑猜到她肯定是要那塊帶字的手絹，那手絹是寶玉送給她的定情之物，上面還有寶玉親手寫的詩，黛玉一向都很珍惜，讓人放在箱子裡。紫鵑見她這樣就忙從箱子裡取出，遞到了黛玉的手裡。黛玉接過去就狠命地撕扯那手絹，但手都在哆嗦，怎麼能撕得動。紫鵑知道她是恨透了寶玉，但又不好說破，只說道：「姑娘何苦生氣？」黛玉點點頭，把手絹藏在袖子裡。

黛玉閉眼坐著歇了一會兒，又說道：「拿火盆。」紫鵑以為她冷，就說道：「姑娘躺下，多蓋一件吧，那炭火恐怕你受不了。」黛玉搖了搖頭，雪雁只能端來火盆，放在地上。黛玉又示意，讓她拿近一些，雪雁只能把火盆往她那裡挪了挪。只見黛玉略微欠著身子，紫鵑用兩手扶著她，黛玉就把剛才的手絹拿出來，扔到了火盆中。紫鵑嚇了一跳，剛要過去搶，只見那手絹已經燒著了。紫鵑勸道：「姑娘，這又何必呢？」黛玉只當沒聽見，回手又把詩稿拿起來，看了一眼就都扔到了火盆裡。只見那詩稿和手絹沒一會兒就化成了灰燼。紫鵑在旁邊看著，只能乾著急。

黛玉把眼睛一閉，身子往後一仰，差點沒把紫鵑壓倒，連忙叫來雪雁，兩人把黛玉扶著放倒。看見黛玉氣息微弱恐怕不好，紫鵑想要去叫人，但天色已晚不好驚動。只能和雪雁等人守在黛玉身旁，寸步不離。終於熬到了第二天早上，黛玉才稍稍緩過來一點，大家也才放心了。黛玉自從把東西都燒了，也了卻自己對寶玉的一片癡情，從此以後萬念俱灰只求一死。

第四十五回　寶玉誤娶薛寶釵

襲人自從知道寶玉和寶釵定了親，想著寶釵為人寬厚，以後也會善待她們，心裡十分高興。但轉念一想，自己這些年跟在寶玉身邊，最明白他的心思，他的心裡恐怕只有林姑娘，那年就因為紫鵑說了句林姑娘要走的玩笑話，他便哭得死去活來，差點沒丟了性命。現在如果他知道娶的是寶姑娘，而不是林姑娘，還不一定怎麼鬧呢。除非他真的人事不知，如果稍微明白點，恐怕不是沖喜，反是催命呀。襲人心想要是不把話說明白，恐怕只會害了三個人。襲人打定主意，就去了王夫人屋裡。

襲人到了王夫人那裡，見屋裡沒旁人，跪下便哭。王夫人見她這樣，趕忙把她拉起來，問她怎麼了。襲人說道：「這話本不該我說，但現在也是沒有辦法了。」王夫人讓她慢慢說，襲人就接著說道：「寶二爺的親事，老太太和太太已經定了寶姑娘，這當然是好事，但就我這些年看來，寶二爺心裡只有林姑娘，沒有寶姑娘啊，那年只因為聽到林姑娘要走，就鬧得差點沒瘋掉。現在如果讓他知道娶的是寶姑娘，真不知會怎樣啊！」王夫人聽了，也覺

得她說的話在理，自己也沒了主意，就讓襲人先回去，自己去找賈母商量。

王夫人到了賈母那兒，就和賈母說了這件事。鳳姐剛好也在，就說道：「這事也好辦，不如就告訴寶玉娶的是林姑娘，到時拜了堂即便看出是寶姑娘，木已成舟，他再想怎麼樣也沒辦法了。」賈母聽了，笑著說道：「你個鬼靈精，屬你主意多，就按你的意思辦吧。」

這天，鳳姐吃過早飯，就來到寶玉房間，對他說道：「寶兄弟大喜呀，老爺已經選擇了吉日，要給你娶親了。你高不高興？」寶玉聽了，一點反應都沒有，也不搭理人。鳳姐又笑著說道：「給你娶林妹妹好不好？」這回寶玉一聽，拍著手大笑起來。這回鳳姐也看不透他是明白還是糊塗，就說道：「老爺說了，你要是好了就讓你娶林妹妹，要是還這麼傻，就不讓你娶。」寶玉聽了忙說道：「我不傻，你才傻呢，我要去看林妹妹，讓她放心。」鳳姐忙拉住說道：「林妹妹要做新媳婦了，當然害羞，怎麼肯見你。」寶玉聽了，像是懂了，就坐了下來。鳳姐見他這樣，是又好笑又著急，想著襲人的話還真是不假，一提林姑娘，好像是比先前明白些了。鳳姐和寶玉又說了幾句話，就轉身出來告訴賈母。賈母聽了笑了笑說道：「如今先不用理他，讓襲人好好安慰他就行了。」

這邊，王夫人把賈家要提前娶親的事和薛姨媽說了，薛姨媽只能同意。回去後，她把這事告訴了寶釵，寶釵聽後低頭不語，暗自流淚。薛姨媽好言安慰，又勸了一些話，寶釵就回房間睡了。薛姨媽又讓人給牢裡的薛蟠帶去口信。薛蟠只說不用等他，讓寶玉和寶釵盡快成親。賈

丫頭扶著新人走下轎，寶玉見新人蒙著蓋頭，穿著大紅袍，笑得合不攏嘴。

母見家裡已經收拾得差不多了，就和薛姨媽商量了一下，把娶親的日子定在了幾天後。

寶玉這時雖然失玉，人也變得糊塗了，但一聽見是娶黛玉為妻，真是從古至今第一件讓他順心滿意的事，身子頓時好了起來，雖然不像從前那樣有靈性，但也不癡傻了，天天盼著結婚的日子早點到，恨不得能馬上見到黛玉，整天樂得是手舞足蹈。

娶親這天終於到了，寶玉忙叫襲人幫他穿戴好，坐在屋裡等，只是一直盼不到吉時，就問襲人：「林妹妹就在園子裡，為什麼這麼長時間了，還不過來？」襲人笑著說道：「到了時辰才能來。」這時，就聽鼓樂齊鳴，前面由一隊丫頭們提著十二對大紅燈籠領路，後面是一個大紅轎子被人抬著，從大門進來。落轎後，寶玉忙出去，請新人❶下轎。丫頭扶著新人走下轎，寶玉見新人蒙著蓋頭❷，穿著大紅袍，笑得合不攏嘴。再看旁邊扶著的丫鬟，原來是雪雁，寶玉還在想怎麼不是紫鵑來，但又一想：「雪雁是林妹妹從南邊家裡帶過來的，紫鵑是老太太那邊賞給她的，出嫁當然是雪雁陪在身邊最合適。」這雪雁本不想過來，但賈母

❶【新人】新娶的妻子或新嫁的丈夫。

❷【蓋頭】古時候婚禮時，新娘頭上都會蒙著一塊別致的大紅綢緞，被稱爲紅蓋頭，這塊蓋頭要入洞房時由新郎揭開。最早的蓋頭約出現在南北朝時的齊國，當時是婦女避風禦寒使用的。從元朝開始，蓋頭在民間流行起來，並成爲新娘不可缺少的喜慶裝飾。

的命令她不敢不從，看見寶玉樂的那個樣子，又想起林姑娘現在病得都不省人事了，他卻如此快樂，真是心寒到了極點。可寶玉哪裡知道這些，以為自己娶的是林妹妹，便高高興興扶著新人進了屋，拜了天地，又給賈母、王夫人和賈政磕頭。禮畢之後，就送入洞房。賈政本來不信沖喜之說，只因為是賈母作主不敢違拗。但今天見寶玉倒像個明白人了，心裡也十分高興。

新人坐上床，就等著揭蓋頭。鳳姐早有防備，就讓賈母和王夫人等人進去照應。寶玉到底還是有些傻氣，便走到新人跟前說道：「妹妹，最近身體好些了麼？好幾天不見了，頭上蓋著這個幹什麼？」說著就要去揭頭蓋。賈母在旁邊看著，急得出了一身的冷汗。寶玉又一想：「林妹妹愛生氣，不可魯莽。」等了一下，仍是按捺不住，伸手就把頭蓋揭開了。這時雪雁因為惦記林姑娘的病，就讓鶯兒來替換，自己已回瀟湘館去了。寶玉看著眼前的人兒不像黛玉，卻像是寶釵，心裡不信，便一手拿著燈，一手揉著眼睛看，可不就是寶釵！只見她盛裝豔服、臉色微紅、不勝嬌羞。寶玉發了一會兒呆，又不見雪雁，此時心裡是一點兒主意都沒了，還以為是在做夢，只管呆呆地站在那裡。眾人忙把他扶過去坐下，只見他兩眼直勾勾的，一句話都沒有。賈母害怕他又犯病，便親自扶他上床，寶釵在一旁低頭不語。

寶玉定了定神，見襲人在身邊，就輕輕地問道：「我這是在哪兒？不是在夢裡吧。」襲人說道：「今天是你的好日子，不要什麼夢不夢的胡說，老爺可在外面呢。」寶玉悄悄拿手指著問道：「坐在那邊的美人是誰？」襲人捂住嘴笑，過了一會兒才說道：「是新娶的二奶奶。」眾人聽了，也都笑起來。寶玉問道：「二奶奶是誰？」襲人說道：「寶姑娘。」寶玉說道：「林妹妹呢？」襲人說道：「老爺作主娶的是寶姑娘，怎麼又說起林姑娘了。」寶玉說道：「我剛才看見林妹妹了，還有雪雁，怎麼能說沒有呢？」鳳姐走過來，輕輕說道：「寶姑娘就在屋裡坐著呢，別胡說，回頭得罪了她，老太太可不讓。」寶玉聽了，更加糊塗了，本來神智就不清，現在更沒主意了，也不管別的，哭著鬧著要去找黛玉。賈母忙上前安慰，寶玉只是哭鬧，一句話都聽不進去，大家看見寶釵坐在屋內，也不好明說。賈母只好讓人點起香，給他定定神。寶玉哭鬧夠了，就昏睡過去，寶釵在裡屋也穿著衣服躺下。賈政因為明天就要起程，也就早早回去休息了。

第二天一早，賈政拜別賈母後，去外地上任了。賈母想讓寶玉出來給他磕頭送行，賈政說道：「不必麻煩了，只要他從此以後認真讀書，我就比什麼都高興。」賈母聽了，很欣慰。家裡眾親友擺酒送行，送了十幾里地才辭別。賈政憂心家事，但皇命不可違，只能忍痛離別赴任去了。

寶玉自新婚那日以後，就覺得頭昏腦脹，懶得動彈，連飯都不吃，每天就是昏睡。賈母忙請醫診治，喝了好多湯藥就是沒效，到了最後，連人都認不明白了。薛姨媽來看了幾次，心裡懊悔不已。寶釵看見寶玉這樣，心裡怨母親辦事糊塗，但事已至此，只能認命。府裡為了寶玉的事情連著鬧了好幾天，寶玉卻病得越來越嚴重，連坐都坐不起來了。王夫人和薛姨媽慌了手腳，遍請各地名醫，卻沒一個人能治得了此病。只有城外破寺內住著一個窮大夫，說是能治此病，來診脈後開了藥，王夫人忙讓人煎藥後給寶玉喝下。到了晚上，寶玉果然清醒了一些，還管人要水喝，大家才稍稍放了心。

第四十六回　林黛玉淒慘離世

寶玉成親這天，黛玉白天已經昏死過去，只剩下一口氣了。紫鵑在旁也哭得死去活來。到了晚上，黛玉像是緩過來一些，微微睜開雙眼要水喝。紫鵑忙拿過來一碗梨汁，餵她喝了幾口。黛玉閉著眼睛，靜養了一會兒，突然睜開眼睛，一把抓住紫鵑的手，說道：「我恐怕是不行了，你服侍了我幾年，本指望我們能一直在一起，不想我……」說著，又喘了一會兒，閉了眼睛歇著。紫鵑見她拉著自己的手不肯鬆開，也不敢挪動。聽她剛才的話，心也是涼了半截。過了半天，黛玉又說道：「妹妹，我在這裡沒有親人。我的身子是乾淨的，你好歹讓他們把我送回南方去。」說到這裡，就閉了眼不言語了，連喘氣都吃力了。

紫鵑看她不好，一下子就慌了神，因為大家都忙著寶玉的親事，根本也找不到人來幫忙，就想起了李紈。因為她是寡婦❶，娶親這樣的喜事應該忌諱她這樣的人，就派人去找

❶【寡婦】死了丈夫的婦人。

她。李紈正在家中給賈蘭改詩呢，就見一個小丫頭慌慌張張跑進來說道：「大奶奶，林姑娘恐怕是不行了。」李紈聽了，嚇了一大跳，也來不及多問，趕快起身往出走，一邊走一邊落淚，心裡想著：「姐妹畢竟在一起處了那麼久，她的樣貌才情更是世間少有，怎麼就小小年紀客死他鄉呢，真是可悲可歎呀！」一面想一面急急往瀟湘館趕。

黛玉這邊，剛好探春過來探視。紫鵑見了，忙悄悄地說道：「三姑娘，你快去瞧瞧林姑娘吧。」說完，就淚如雨下。探春過來，摸了摸黛玉的手，已經冰涼了，忙叫人端水過來給她擦洗。正擦著，猛然聽到黛玉大聲叫道：「寶玉，寶玉！你好……」說到這裡，就渾身出冷汗，不作聲了。紫鵑忙給她攏攏頭髮，只見黛玉兩眼一翻，一縷香魂就此歸天了。

黛玉斷氣的時候，正是寶玉和寶釵拜堂成親的時候，紫鵑等人大哭起來。探春想起她昔日的可愛、今日的可憐，更加傷心。因瀟湘館離新房較遠，所以那邊也沒聽見。大家正在痛哭，忽然聽見一陣音樂之聲，再細聽，又沒有了。探春走出門，只看見風吹竹動，好不淒涼。

李紈走到瀟湘館門口，聽見裡面有哭聲，估計是人已經死了，進了門，看見紫鵑便問道：「怎麼樣了？」紫鵑想說話，但是哽咽得一句話都說不出來了，那眼淚就像斷了線的珠子一般往下滾，只能伸手指了指黛玉。李紈過去一看，黛玉已經斷氣，想起昔日的姐妹情誼，也是禁不住流下淚來。

李紈哭了一會兒，回身不見紫鵑，便趕忙出來找。只見紫鵑正坐在外面的椅子上，臉色蠟黃，閉著眼，只是流淚，那鼻涕眼淚已經把衣服弄濕了一大片。李紈忙叫她，她才慢慢睜開眼，李紈說道：「傻丫頭，這都什麼時候了，還只顧著哭，還不給林姑娘擦洗，換上新衣服。難道讓她一個女孩家，光著來也光著走麼？」紫鵑聽了這話才止住了哭聲，進去給黛玉擦洗穿戴。

這邊，賈母等人把寶玉安頓好後，剛走出來，鳳姐便把黛玉死的事情說了。賈母和王夫人聽了都嚇了一跳。賈母流著淚說道：「是我弄壞了她呀，只是這丫頭也太傻了。」說著，就要去園子裡，但又惦記著寶玉，兩頭難顧。王夫人含淚說道：「老太太還是別去了，身子要緊呀。」賈母無奈，只好叫王夫人去一趟，又哭著說道：「你替我告訴她，不是我忍心不去送她，只是有個親疏遠近。她是我外孫女，當然也是親的，但要是和寶玉比起來就不行了。倘若寶玉有個好歹，我怎麼見他父親呢。」王夫人忙安慰，過去之後，吩咐人要好好辦喪事，因為惦記著寶玉，就急匆匆地回來了。

寶玉這邊，自從吃了那大夫的藥，有時還算清醒，大家擔心他的病都不敢告訴他黛玉去世的消息。一天，寶玉見眾人不在，只有襲人，便拉著她的手說道：「寶姐姐怎麼來了，我記得老爺給我娶的是林妹妹，怎麼被寶姐姐給趕出去了？她為什麼要賴在這兒不走？我想說，又怕得罪她，你們聽見林妹妹哭了麼？」襲人不敢明說，只能說道：「林姑娘病著呢。」寶玉說道：「我瞧瞧她去。」說著掙扎著就要起來，只是連著好幾日沒吃什麼東西，身子也不能動了，就哭著說道：「我要死了，只是有一句心裡話，希望你去告訴老太太。反正林妹妹也是要死的，我如今恐怕也不行了，兩處兩個病人反正都要死，不如現在就騰出一間房子，趁早把我和林妹妹放到一起，活著我們就在一塊兒醫治，死了我們就葬在一起。你要是聽我的話，也不枉我們這幾年的情分。」襲人一聽這話，哭得是哽咽難言。

寶釵剛好回屋，聽到這段話，便說道：「你放著病不治，幹嘛要說這些不吉利的話？老太太才好了點，你又來惹事。老太太一生就疼你一個，如今八十多歲的人了，雖然不圖你什麼，但盼著你將來成人，也不枉她這些年的苦心。太太就更不必說了，一生的心血都在你的身上，膝下又只有你這一個兒子，你要是死了，叫她以後怎麼辦？我看你這病就是邪病，沒什麼大礙，養養就好了。」寶玉聽了，一時也不知該怎麼回答，就說道：「你說這些大道理給誰聽？」寶釵聽了這話，便說道：「實話和你說吧，那兩日你人事不省的時候，林妹妹已經死了。」寶玉忽然坐起來，大聲叫道：「真的死了麼？」寶釵說道：「當然死了，難不成我還咒人死？老太太和太太知道你們兄妹關係好，都不敢告訴你。」

寶玉聽了，不禁放聲大哭，倒在床上，突然眼前一片漆黑昏了過去。朦朧之中就感覺有人走了過來，仔細一看，原來自己到了陰曹地府❷，走過來的是兩個陰間的小鬼。寶玉忙上前去問：「你們見到林黛玉了麼，我要找她。」那兩個小鬼說道：「是姑蘇林黛玉麼？」寶玉忙點頭說正是。小鬼說道：「她不在這裡，已經歸入太虛幻境了。」寶玉忙問：「那我怎麼樣才可以見到她？」小鬼說道：「你若有心尋訪、潛心修養，終有一天是可以見到的，但若是你自己尋死，恐怕是無緣再見了。」寶玉聽了這話，心口一疼，忽然聽見有人在叫他，睜開眼睛一看，不是別人，正是賈母、王夫人、寶釵等人圍著他哭泣，自己躺在床上，看見桌上紅燈、窗前明月，原來還身處人世之間。他定神一想，原來是場夢，不禁嚇得一身冷汗。大夫進來診脈，發現寶玉的病倒是比以前好了許多，脈象也平穩了。

過了幾天，寶玉漸漸好了起來，雖然想起黛玉也不免傷心，但襲人每天都在旁勸慰，又說寶姑娘為人是如何寬厚、如何善良。寶玉聽了想起黛玉也心酸落淚想要尋死，又想到夢中之言，自己也怕老太太和太太傷心，心中又想起金玉姻緣這一說，到現在算是相信了，也只能認命。

寶玉的病雖然一天天好起來，但是仍癡心不改，總想要去黛玉的靈前看一看。賈母知道他病還沒有痊癒，不讓他胡思亂想。可越是這樣他心中越鬱悶，病情更是反覆。倒是大夫看出了他的心病，勸說賈母等人不如讓他趁早打開心結，病還可以好得快些，賈母便答應了。

寶玉聽了，馬上就要去瀟湘館。賈母只能讓人找來長椅子，把他抬過去，自己帶著王夫人等人先過去。一到了瀟湘館，看見黛玉的靈柩❸，賈母已經哭得淚乾氣絕，鳳姐再三安

---

❷【陰曹地府】又稱陰司、陰府，或稱冥界等，是神話和宗教中的概念，指人死以後居住的世界。

慰，她才好一些。李紈又把賈母、王夫人請到裡屋坐著，自己到一旁獨自落淚。寶玉一到，想起以前和林妹妹的種種，今日卻屋在人亡，不禁號啕大哭。又想起他們以前是何等親密，今日卻是生離死別，怎能不傷心欲絕。眾人怕寶玉再犯病，都過來勸解，寶玉卻已經哭得死去活來，大家忙把他攙扶起來。寶玉又要見紫鵑，問林妹妹死前可有什麼話。紫鵑本來深恨寶玉，現在見他如此傷心心裡才好受點，但是賈母和王夫人在這裡也不好數落他，便將林姑娘怎麼得病，怎麼燒手帕、燒詩稿，還有臨死之前的話都一一告訴了他。寶玉聽了，哭得差點沒昏死過去。探春趁勢又把黛玉臨終前囑咐把她的棺木帶回南方的話告訴了賈母。賈母和王夫人等人又哭了起來，多虧鳳姐巧言安慰才好了一些。鳳姐便請賈母回去。寶玉哪裡肯走，怎奈賈母逼著只能勉強回房。

過了段日子，寶玉的病好了。寶釵有時高興，就找書來看，和寶玉談論書中的內容。他雖然也能說上幾句，卻沒有以前那麼機靈了。寶釵知道他是丟失了玉的緣故，不好再勉強。寶玉到底是愛動不愛靜，時常回園子裡去逛逛，但賈母等人怕他觸景生情舊病再復發，所以也不讓他去。再說親戚姐妹們，史湘雲因為叔叔回來給接回家了，而且已經定了親，過不了多久就要出嫁了，所以也不怎麼過來。偶爾有事過來，也不肯再像從前那樣和寶玉談笑風生了。現在只有李紈、探春和惜春仍在園子裡住。賈母因為元妃的事情之後，家裡接二連三地出事，鳳姐的病也是時好時壞無暇顧家，就讓李紈和探春搬出園子，就近照顧家裡的事情。

惜春一個人也不敢在園子裡住，也就跟著搬了出來。自此之後，大觀園就沒人居住了，園子也就漸漸荒廢了。

❸【靈柩】死者已經入殮的棺材。

第四十七回　探春遠嫁金桂自焚

這天，寶釵在賈母屋裡，聽到王夫人告訴賈母要給探春定親一事。賈母說道：「既然是同鄉，當然好，只是聽說那孩子來過咱們家，怎麼老爺沒提起過？」王夫人說道：「連我們也不知道。」賈母說道：「好是好，只是路太遠。雖然老爺現在在那裡做官，但如果老爺哪天調任，我們孩子自己在那兒不是太孤單了麼？」王夫人說道：「兩家都是當官的，那邊也許還能調入京城，也說不定。再說，那人家是老爺的頂頭上司，人家都開了口，老爺好意思不給麼？我想老爺已經打定了主意，只是不好作主，派人回來問問老太太。」

賈母說道：「你們願意就行。但是三丫頭這麼一走，不知道幾年才能回家一趟，恐怕都不能回來看我最後一眼。」說著，就掉下淚來。王夫人說道：「女孩子大了，都要往外嫁。迎春倒是嫁得近，可我時常聽說她被女婿打，甚至飯都不夠吃。就是我們給她送東西過去，也是到不了她的手。可憐這孩子什麼時候才能出頭呀！前幾天我惦記她，派人悄悄過去看看，迎丫頭躲在房裡不肯出來。老婆子們非要進去，一進屋看見我們迎丫頭這樣冷的天還穿

著幾件舊衣服，含著淚告訴婆子們說：『回去別說我在這裡受苦，這都是我的命，也不用送什麼衣服東西過來，不但我收不到，還要挨一頓打。』老太太想想，這倒是在眼前，可是她過得不好，我們心裡不是更難受。大太太居然也不管，大老爺也不出頭，如今這迎丫頭連我們這裡的三等使喚丫頭都不如。」

賈母聽了，更加傷心。王夫人接著說道：「我想探丫頭雖然不是我生的，但是老爺見過女婿，不好他也不會定親的。只請老太太示下，選個好日子，多派幾個人送到老爺任職的地方，該怎麼辦，老爺也是不肯將就的。」賈母聽了，也只能同意。只是寶釵在旁邊聽了這些話，心裡暗暗叫苦，想著：「我們家的姑娘，屬探春最出類拔萃，現在卻要嫁得這麼遠，眼看著家裡的人是一天比一天少了。」見王夫人告辭出來，自己也跟了出來。

趙姨娘聽說探春這件事，倒是很高興，心裡想著：「我這個丫頭，在家也看不起我。心裡哪有我這個娘呀，還不如她的丫頭親呢。遇事不但不護著我，還淨拿我開刀。如今老爺要接走，我也清淨了。」一面想，一面跑到探春那邊給她道喜，說道：「姑娘，你也是要高飛的人了，到了姑爺那邊自然是比家裡好的。我生了你，卻沒能借上你的光。就看在我平時有七分不好，總還有三分好的分上，不要一走了，就把我忘在腦後了。」探春聽了，只管低頭繡花，也不說話。趙姨娘見她不理人，就賭氣走了。

這邊探春是又氣、又笑、又傷心，只能獨自落淚。坐了一會兒，就到寶玉那兒去了。

幾天後，探春含淚辭別賈母和王夫人等人，遠嫁他鄉了。

寶玉見她就問道：「三妹妹，我聽說林妹妹死的時候，你也在身邊。我還聽人說聽見了音樂聲，你聽到了麼？」探春說道：「那夜是奇怪，確實有樂聲，聽起來也不像是平常的音樂。」寶玉聽了，更加相信是真的，又想起那日的夢，覺得黛玉肯定是回仙境了。過了一會兒，探春走了，寶玉就去見賈母，把紫鵑要過來服侍自己，賈母也答應了。

紫鵑心裡本不願意，但是賈母的安排自己也不能違抗，只能從命。只是在寶玉跟前，不是唉聲就是歎氣。寶玉背地裡拉著她，低聲下氣地要問她黛玉的事情，紫鵑也從沒好話回他。寶釵倒覺得她很忠心，也不怪她。雪雁被賈母放出去嫁人了，其他服侍過黛玉的小丫鬟，也都分給了眾人。

寶玉本就想念黛玉，聽探春說起音樂，更覺得黛玉是回仙界了，心中也就高興了許多。突然又聽到寶釵和襲人說探春要遠嫁，不禁悲從心中來，大哭大鬧。寶釵等人忙安慰，他才好了。賈母知道探春要遠行，就讓鳳姐置辦嫁妝，鳳姐領命後就去辦了。幾天後，探春含淚辭別賈母和王夫人等人，遠嫁他鄉了。

再說薛姨媽這邊，薛蟠還在牢裡關著，他那媳婦金桂也不是能耐得住寂寞的人，整天找茬兒惹事，氣得薛姨媽天天抹淚。這天，金桂又想起平時和香菱的恩怨，就心生歹意，想要作踐死她。她跑到薛姨媽跟前，又是哭又是鬧，把香菱要到了自己房裡。這天，香菱病了，金桂就讓她的丫頭寶蟾去做兩碗湯，說要和香菱一塊兒喝。寶蟾看她對香菱這麼好，氣得直瞪眼，但也只能照辦。這邊香菱和金桂正在喝湯，就見那金桂突然大喊一聲，躺在地上打起滾來，兩手在心口那兒亂抓，兩腳在那兒亂蹬，鼻子裡和眼睛裡都冒出好多血，不一會兒就斷了氣。薛姨媽等人過來一看，這不是中毒是什麼？

寶蟾在旁邊，一把就抓住了香菱，說是她下藥害死了金桂。薛姨媽一時也沒了主意，就讓人先把香菱捆起來，又把賈璉找來幫忙。寶釵剛好回來，就對薛姨媽說道：「我看這毒不像是香菱下的，不是說湯是寶蟾做的麼，她的嫌疑應該最大，不如也把她捆起來審問。」薛姨媽聽了覺得也對，就讓人把寶蟾也捆起來。寶蟾剛剛還在張狂得意，這下也沒了聲。

夏家的人聽說金桂死了，夏母就連忙趕了過來。因為金桂出嫁，夏家後繼無人，夏母就又過繼❶了一個兒子，誰知也是個不爭氣的，沒幾年就把家當都敗光了。金桂的母親一來，看見女兒死得慘，便又哭又鬧。夏家那個兒子上來就要打人，被賈璉攔住，夏家跟過來的人也都一擁而上跟賈家的下人們打了起來，薛姨媽這兒鬧得是人仰馬翻。夏母一定要去報官，薛姨媽看此事也瞞不住，就讓賈璉去通知官府的人過來驗屍。

寶釵在旁邊對夏母說道：「你們也不用在這兒鬧，那湯是寶蟾做的，問問她不就知道了。」說著就讓人把寶蟾帶過來。見了她，夏母就問道：「小蹄子，是不是你害死了你們奶奶？」寶蟾一聽這話急了，亂嚷嚷道：「別人賴我也就算了，怎麼你們也說是我，不是你常和我們奶奶說，叫她別受委屈，把他們薛家鬧得家破人亡時就捲了東西一走，再找個好姑爺。」還沒等金桂的母親說話，周瑞家的就說道：「真是什麼樣的人家，養出什麼樣的姑娘！」夏母恨得咬牙切齒，對寶蟾說道：「我們待你不錯呀，現在居然這麼和我們說話，一會兒見了官，我就說是你藥死你們奶奶的。」寶蟾氣得瞪著眼睛說道：「請太太放了香菱吧，犯不著白害人，等見了官我自然會把事情說明白的。」

寶釵聽出這是話裡有話，就讓她說明白。寶蟾也怕見官受苦，就說道：「我們奶奶天天抱怨說，怎麼就瞎了眼，嫁給了薛蟠這麼個混帳東西，假如當初是嫁給薛蝌就好了。又見薛蝌每次見香菱都是和顏悅色的，見自己卻是避之唯恐不及，就對香菱心生怨恨。」夏母說道：「你胡說，她要是恨香菱，想害她，怎麼會自己喝了那碗有毒的湯？」寶蟾接著說道：

「奶奶今天讓我做湯，我心裡一時氣不過，想著憑什麼讓我侍候香菱呀，就在一碗湯里加了一大把鹽，並做上了記號，本想著是給香菱喝的。誰想還沒等進屋，奶奶就出來讓我去辦事，把湯也端走了。等我回去的時候，在門口看到奶奶不知道在往湯裡放什麼，我也沒多想。看那有鹽的湯放到了奶奶這邊，我怕奶奶喝了會罵我，就說外面有人找奶奶，先把奶奶支出去了，再把那兩碗湯調換了一下。現在想來，是奶奶往香菱的湯裡下藥，想要毒死她，怎承想卻毒死了自己，這真是害人反害己呀。」眾人聽了，又把事情前前後後想了一遍，覺得恐怕就是如此，便把香菱放了。

夏母一聽這話，心虛起來，還想狡辯。薛姨媽等人你一言我一語說著金桂這些年的惡行惡狀。正吵著，就聽有人來報說官府的人來了。夏母怕這樣的醜事傳出去，對女兒不好，況且人已經死了，何苦再讓她背個惡名，就對薛姨媽說道：「千錯萬錯，都是我這該死的女兒不長進，這也是她自作自受。若是事情驚動了官府，大家臉面上都不好看，求太太把這件事就這麼了了吧。」薛姨媽也想息事寧人，就讓賈璉打發了官府的人，又命人買棺入殮了事。

---

❶【過繼】指自己沒有兒子，收養同宗之子爲後嗣。也指入養父之家爲其後嗣。

第四十八回　錦衣衛查抄寧國府

話說那賈雨村後來一直是官運亨通，一直做到了知府。一天，賈雨村正坐在轎內趕路。哪知一個人喝醉了，過來攔轎子，小廝讓他走開，他卻藉著酒勁耍起酒瘋來。雨村看他目無規矩，生氣地問道：「你是何人，膽敢如此放肆？」那人說道：「我就是醉金剛❶倪二。」雨村聽了對下人說：「給我打一頓，我倒要看看他是不是金剛不壞之身。」下人將那人痛打了一頓，又帶回衙門關進了牢中。

倪二的老婆見自己丈夫被賈雨村帶走，心中著急。因以前倪二和賈府有些來往，就去求賈府幫忙，但是被賈府拒絕了。好在後來倪二被打了幾板子，也沒什麼大罪就被放了。回來後她老婆和他說了賈府不肯幫忙的事，倪二生氣地說道：「我有事他們就不管了，以為我不知道他們家幹的那些醜事呢，等哪天我非得把這些事情給他們捅出去不可。」原來這倪二認識尤二姐以前定過親的那個張華，知道尤二姐和賈府的一些隱情，他老婆以為他是一時的氣話就沒當真。

這天，王夫人正在屋裡，就聽有人來報：「賈政因縱容手下被參，上面已經下旨把他貶職，讓他仍回京城任職。」王夫人一聽嚇了一跳，但轉念一想，回來就回來吧，反正老爺年歲已高，在家還能享幾天清福。

府上眾人知道賈政回來了，忙設宴擺酒給他接風。大家正喝得熱鬧，只聽有人來報說：「錦衣衛的趙老爺帶著一堆人說來拜望，已經到門口了。」賈政心裡想著：「我和他素無往來，怎麼今天來看我？」正想著，那趙堂官已經到了門口。賈政忙過去迎接，見他身後還帶了一些人，自己也沒見過，剛要讓坐，就聽有人來報：「西平王爺到了。」賈政等人慌忙去迎接，只見西平王已經進來了。賈政等人知道事情不妙忙跪了下來，西平王把他扶起來，說道：「我是奉旨而來，如今看你們筵席未散，看來是有親友在此，還請各位先散了，賈府眾人留下就可以了。」那些親友一聽這話，都一溜煙地跑了，只有賈赦、賈政等人嚇得面如死灰。

只聽西平王又說道：「小王奉旨，來查抄賈赦家產。」賈赦等人聽了，一下全跪倒在地。只見西平王拿出聖旨念道：「宣旨：賈赦仗勢欺人，有負皇恩，有背祖德，現革去世職，沒收全部家產。欽此。」只聽趙堂官一聲令：「拿下賈赦，其餘人等都不許動。」那錦衣司官上來就押走了賈赦。

---

❶【金剛】本來是指神話中的武器。現多比喻身材巨大有力的人。

趙堂官又吩咐手下，分頭按房間查抄，然後一一登記。一句話嚇得賈政等人面面相覷，錦衣司官們聽了，高興得摩拳擦掌，準備立刻動手。西平王說道：「我聽說賈赦與賈政雖是同府，但已經分家，我們理應遵旨先沒收賈赦的家產，其餘的封存好，等覆旨後，再作定奪。」趙堂官說道：「賈政和賈赦並沒有分家，我聽說賈政的侄兒賈璉現在是榮國府的總管，所以理應全抄。」西平王聽了，也不言語。趙堂官便要親自帶人去查抄，西平王又說：「不用忙，先去通知女眷，讓她們先迴避。」還沒等說完，這趙堂官已經派人去抄家了。

一會兒，一人過來稟告說道：「在一間屋內查出很多御用衣物，都是禁用的，不敢擅自作主，只能來請示王爺。」這邊又有人來回報，說道：「東邊的房子裡還抄出了兩箱房契，還有放高利貸的借據。」趙堂官說道：「好個重利盤剝，就該全抄了。請王爺坐下，等奴才全抄了再作定奪。」這時只聽有人來報：「北靜王過來傳旨。」趙堂官一聽，心想怎麼碰上了這個酸王，只怕自己是不能耍威風了。一面想，一面迎了出去。只見北靜王已經進入大廳，站著說道：「趙全聽旨，現讓錦衣司官捉拿賈赦，其餘事情交給西平王辦理，欽此。」趙全一聽，只能帶著賈赦等人走了。

西平王對北靜王說道：「我正與趙全生氣呢，幸虧王爺來傳旨，不然這裡要吃大虧了。」北靜王說道：「我在朝內聽見王爺奉旨查抄賈府，我很放心，想這裡也不至於被荼（ㄊㄨˊ）毒。誰想趙全這麼混帳，不知現在政老和寶玉那裡，鬧得怎麼樣了。」便吩咐人把

「小王奉旨，來查抄賈赦家產。」賈赦等人聽了，一下全跪倒在地。

賈政叫過來。賈政過來跪下含淚謝恩，北靜王忙把他拉起來，說道：「把賈赦那邊的東西交出來就可以了，不可以再有所藏匿。」賈政聽了連忙答應。

再說賈母這邊女眷也在擺家宴，鳳姐正病著本不想來，但是為討老太太歡心，也硬撐著過來了。大家正吃得熱鬧，只聽邢夫人那邊的人大聲嚷嚷跑進來說道：「老太太、太太！不好了！好多穿靴戴帽的強盜來了，翻箱倒櫃地拿東西呢。」賈母聽了嚇了一跳。又見平兒披頭散髮，拉著巧姐，哭哭啼啼地進來說道：「我正與巧姐在那兒吃飯，就聽有人來報說：『姑娘快到裡面去傳話，讓老太太她們先迴避，王爺帶人來抄家了！』我聽了，正要到房裡去拿些重要的東西，就被一夥闖進來的官兵給轟了出來。」王夫人等人聽得是魂飛魄散。賈母還沒等說完，就嚇得鼻涕眼淚直流，連話都說不出來。只有鳳姐先前還瞪著眼睛聽，隨後便一仰身昏倒在地。

這時，一屋子人是拉這個，扯那個，正鬧得天翻地覆。就見賈璉氣喘吁吁地跑過來說道：「好了，好了，幸虧王爺來救我們了。」眾人剛要發問，賈璉見鳳姐昏死在地上，急得是死去活來，又哭又叫，多虧平兒把鳳姐叫醒讓人扶著。老太太也回過氣來，哭得是氣都喘不勻，躺在炕上，李紈再三寬慰。賈璉定了下神，就把兩王的恩典告訴了大家，說完就出來往自己的屋裡走。一進屋，只見箱開櫃破，物件都被搶走了，他急得是眼淚直流，就聽外面賈政在和兩王清點賈赦這邊的財物，要一一登記。有人報：「有金銀首飾幾百件、珍珠幾十串，金碗幾十個，各種狐皮、貂皮、羊皮幾百件。」清點完畢後，兩王就下令將東西封存妥當。

只聽西平王說道：「政老，剛才老趙在的時候，搜出來的御用之物雖屬違禁之物，但是可以說是貴妃來省親時你們置辦的。只是從東屋搜出的這些放高利貸的借據，到底是誰的，你們府內怎麼能靠放高利貸來謀利呢？」賈璉一聽，東屋不就是自己屋麼，怎麼搜出來這些東西？他可從來不知道啊，但轉念一想，知道一定是鳳姐幹的，便氣得牙根直癢癢。賈政見王爺這樣問，自己也糊塗這是怎麼回事，就說道：「我不理家事，這件事實在是不知。」賈璉連忙跑出來說道：「那些東西是從我屋裡搜出來的，我也不敢說不知道，只求王爺開恩。我叔叔確實是不知道此事，我認了就完了。」北靜王說道：「既然你認了，只有把你看押起來。」說著就吩咐人把賈璉帶走。北靜王又對賈政說道：「政老，你須小心候旨，我們進宮覆旨去了。」說著，就帶著人和搜出的東西，上轎走了，賈政等人連忙跪送。

此時賈政還是驚魂未定，正在那兒發呆。賈蘭便過來說道：「請老爺先進去看看老太太，再想大老爺的事吧。」賈政連忙起身過去，只見各屋內的丫鬟婆子都亂糟糟的，自己也無心過問。一直到了賈母房間，見眾人都淚流滿面，王夫人等人圍著賈母，屋內鴉雀無聲，都獨自落淚。只見賈母微微睜開雙眼，看見賈政，說道：「我的兒呀，沒想到還能見到你。」還沒等說完，就號啕大哭起來，滿屋人也都哭個不停。賈政怕賈母哭壞了身子，就勸道：「老太太放心吧，蒙皇上開恩，又有兩位王爺的恩典。只是大老爺被扣押，等問明白了就會放出來。」賈母一聽賈赦被抓了，又哭了起來，賈政再三安慰才好一些。賈政看過賈母后就忙出去候旨。

眾人都不敢走，只有邢夫人回到了自己那邊，看見門已上鎖，丫鬟們也不見了蹤影，自己無處可去，就放聲大哭起來。她往鳳姐那邊去，只見旁邊的屋子也都貼著封條，只有一間屋門開著，裡面是哭聲不絕。邢夫人進去，見鳳姐面如死灰，閉眼躺著，平兒在旁邊嗚嗚咽咽地哭。邢夫人以為鳳姐死了便哭了起來，平兒忙說：「太太不要哭，奶奶剛才是跟死了一樣，現在回來躺了一下，已經好多了。」邢夫人聽了，心裡寬慰了一些，就到賈母那邊去。見賈母那邊都是賈政的人，自己的丈夫兒子被抓、兒媳婦病危、女兒受苦，連個家都沒了，不禁大哭起來。眾人忙安慰，李紈令人收拾房間，請邢夫人暫住，王夫人又派人過去服侍。

賈政在外面，正心驚肉跳地等候旨意，就聽寧府那邊不知怎的又鬧了起來，好像是官兵過來抓人。賈政出門一看，見寧府內來了好多錦衣司官，下人們正四下逃竄。只聽寧府內的焦大在那兒號哭道：「我天天勸這些不長進的爺，倒都拿我當冤家！我焦大跟著太爺不知道受了多少苦，才有了今天。現在卻弄到了這步田地，連珍大爺和蓉哥都被抓了！」賈政一聽，忙向人打聽是怎麼回事，原來說賈珍強佔民女、逼人退親，還扯出一個姓張的。賈政聽了，也不知道是怎麼回事，但心如刀絞，哭著說道：「完了，完了，不料幾代家業竟一敗塗地至此。」

這時，北靜王派人送來口信，說：「皇上念及貴妃去世不久，不忍加罪，賈政暫還原職，不受牽連。但賈赦和賈珍實屬罪大惡極，審理後才能定罪，現在仍不能放回，但他們二人的世職都將被革去。賈璉的官職也被免去，放高利貸的銀兩被沒收，之後可以釋放。」那人放下賈璉就走了，賈政忙謝恩。

賈璉雖然無罪釋放，但想到自己和鳳姐這些年積攢的東西，一夕之間就全沒了，怎麼能不心疼。賈政含淚叫他，問道：「我因官事在身不大管家，故叫你們夫婦總管家事。你父親所為你不好勸諫，只是放高利貸，到底是誰幹的？我們這樣的為官之家，讓人知道做這種事，還有什麼臉面做人？」賈璉忙跪下說道：「侄兒辦家事，不敢存一點私心，所有出入帳目，都有賴大等人登記，老爺只管查就是了。只是這幾年，府內的銀子出多入少，雖然有一些補貼，但還是在各處欠下了好多錢，請老爺問問太太就知道了。至於放高利貸，我也不知道是哪兒來的銀子。」賈政說道：「這麼說，你連你自己屋裡的事都不知道。我現在也不問你什麼，你快去外面打聽打聽你父親和珍大哥的事吧。」賈璉滿腹委屈，含著淚出去了。

賈政歎氣，心想：「我祖父一生辛勞，才得了這兩個世職，現在竟都被革了。瞧著這些孩子也沒有一個是有出息的，沒想到我們賈家竟會落得如此地步。」想著想著不由得老淚縱橫，泣不成聲。

第四十九回　賈母升天鴛鴦死

賈璉在外面也打聽不到父親的消息，只能回到家中。看見平兒正守著鳳姐哭泣。賈璉走近一看，鳳姐已經奄奄一息，就是有多少怨言，一時也說不出來了。平兒哭著說道：「如今事已至此，東西沒了還可以再置辦，可是奶奶這樣怎麼能行，還是請個大夫來看看吧。」賈璉說道：「我的性命保不保得住還難說呢，哪有心思管她。」鳳姐聽了，微微睜開眼睛也不說話只是流淚，見賈璉出去，就對平兒說道：「事情雖是大老爺惹的，但是我如果不貪財，也不會有我什麼事，我一輩子要強，如今卻落到人後了。如果你還記得我曾經的好，我死之後你就好好撫養巧姐，我在陰曹地府也會感激你的。」平兒聽了，哭得死去活來。賈母聽說鳳姐病了，因為平時疼她，就讓鴛鴦給她拿些銀兩過去，並找人給她醫治，鳳姐這才稍稍好了一點。

賈母見祖宗世職被革去，子孫被關押，邢夫人和尤氏等人日夜啼哭，鳳姐也一病不起。雖然有寶釵、寶玉在身邊勸慰，但也不能分憂，所以日夜不寧，思前想後，總是哭泣。一

天，北靜王過來傳旨，對賈政說道：「現已查明，賈赦有聚眾賭博、霸佔民女為妻的惡行，現革去他的世職，發配到邊遠地區效力贖罪。賈珍等人的事情也已查明，他雖沒有霸佔尤二姐，但在其含冤死去後，卻罔顧法紀，私自掩埋，現也革去他的世職，發往邊疆效力。賈蓉因年幼，暫不追究就地釋放。念賈政多年在外為官，就不治其管家不嚴之罪。」賈政聽了，感激涕零，忙叩謝皇恩。

送走北靜王後，賈政忙把這件事告訴了賈母。賈母聽到賈赦和賈珍被發配邊疆，心裡不免傷心。又想到他們要遠行，少不得需要些銀子，但賈赦等人的家當都被抄沒了，就問賈政：「我這幾年也不管家，他們那邊東西也都被抄沒了，現在你這兒究竟還剩下了多少？」賈政見賈母問，只能據實以告，說府裡不但沒了積蓄，還欠下了不少外債，賈母聽了只能連連歎氣。

過了幾天，賈赦和賈珍回來辭行，賈母拉過他們的手便大哭起來。眾親人又團聚在一起，不免傷心，沒一個不落淚的。賈母知道他們馬上就要走了，忙止住哭聲，讓鴛鴦把她放在裡屋內的十幾個箱子都搬了出來，裡面是賈母從當媳婦起到現在幾十年來積攢下的金銀錢財等物。賈母又吩咐道：「我如今就剩下這些東西了，你們聽我安排。給賈赦三千兩銀子，但只准拿走兩千兩當盤纏❶，剩下一千兩給你太太過日子。賈珍也分三千兩銀子，只准拿走一千，剩下兩千也給你太太，這樣各房仍過各房的日子。可憐鳳丫頭操了一輩子心，如今卻弄得精光，也給她三千兩，讓她自己收著。還有這五百兩給璉兒，明年將林丫頭的棺木送回南方去。」分派好了，又對賈政說道：「你也是我的兒子，我也不能偏心。剩下的這些金銀等物，大約還值個幾千兩都給寶玉了。珠兒媳婦向來孝順我，蘭兒也好，也分給他們一些。我能給你們的已經都給了。」

賈赦、賈政等人見賈母這樣，都跪下哭道：「老太太這樣大的年紀，兒孫們不說孝順，反倒讓您散財，兒孫們真是無地自容！」賈母忙安慰了一番，賈赦和賈珍不敢再耽擱，趕快上路了。賈母看著他們走，又是一陣傷心落淚。

一天，寶玉過來給賈母請安，賈母便高興地說：「你過來，我給你一樣東西。」寶玉走到床前，賈母便把一塊漢白玉遞給了寶玉。寶玉接過來一瞧，只見那玉晶瑩剔透，真是難得的珍品，讚歎個不停。賈母說道：「你喜歡麼？這是我祖爺爺傳給我的，我傳給你吧。」寶玉笑著叩謝，賈母又笑著說道：「這玉他們誰都沒見過，你也別和你老子說，到時候讓他們知道了，該說我疼孫子不疼兒子了。」寶玉笑著出去了。

自那日以後，賈母就覺得胸悶、咳嗽、頭暈目眩，飯也吃得少了。賈政忙讓人請醫調治，大夫來了說年紀大了，感染了風寒，過些日子就好了，開的也都是些家常的藥。賈母吃了藥，非但沒好，病倒是一天比一天重了。賈政便請城裡的大夫過來診治，還是沒效。賈政著急，知道賈母恐怕是不行了，便日夜守候在她身旁。

一日，賈母略微能吃進去點東西了，精神也好了一點。一個婆子在門外東張西望，王夫人就讓彩雲過去看看，問問是誰。彩雲看了是陪迎春嫁到孫家去的人，便問道：「你來幹什麼？」那婆子說道：「我著急呀，迎春姑娘不好了。昨天和姑爺鬧了一場，姑娘哭了一夜，昨天就被痰給堵住了，他們又不肯給請大夫，今天就更厲害了。」王夫人在裡屋已經聽見了，怕老太太聽見了難受，便讓彩雲把人帶出去說。豈知賈母偏偏聽見了，便問道：「迎丫頭死了麼？」王夫人說道：「沒有，就是病了，到這裡問問有沒有大夫。」賈母說道：「給我看病的大夫就很好，快請過去。」王夫人忙安排人過去。

這裡賈母悲傷起來，說道：「我有三個孫女，大丫頭是享盡了福死了，三丫頭又遠嫁，不能見面。迎丫頭雖然苦，我想著總能熬出來，哪曾想年紀輕輕也要死了。留下我這麼大年紀的人，活著幹什麼？」王夫人等人忙安慰。誰知過了一會兒，就有人悄悄來告訴邢夫人：「迎春姑娘死了。」邢夫人看賈母病重，不敢告訴，忙出來，回到屋就痛哭了一場。因為賈赦不在家，只能讓賈璉過去看看。可憐一位如花似玉的姑娘，嫁過去沒幾年，就讓孫家人給折磨死了。又趕上賈母病重，眾人不能走開，只能容許孫家草草了結。

賈母的病越來越重，一時想起湘雲，便讓人過去瞧。回來的人告訴鴛鴦：「我們到了史

❶【盤纏】指如今說的路費，也可指生活費。

大姑娘那兒，看她哭得不行，原來她的姑爺得了暴病，大夫看過說不能好了，最多是挨個幾年。史姑娘著急，也知道老太太有病，只是不能過來請安了。還請我們千萬不要在老太太跟前提起，免得她傷心。」鴛鴦聽了，也不敢把這事告訴賈母。

賈政看賈母的病不好，就悄悄讓賈璉置辦棺木。這天，賈母讓人扶著坐起來說道：「我到你們家已經六十多年了，從年輕的時候到老，福也享盡了。自你們老爺起，兒子孫子都是好的。就是寶玉呢，我疼了他一場。」說到這裡，拿眼睛四下裡瞅。王夫人便把寶玉推到床前，賈母從被窩裡伸出手來拉著寶玉說道：「我的兒，你要爭氣啊。」寶玉嘴裡答應，心裡一酸眼淚便流了出來，又不敢大哭，只能在旁邊站著。

賈母又說道：「我還想再見一個重孫子，就安心了，我的蘭兒呢？」李紈忙把賈蘭推過去，賈母又拉著賈蘭的手說道：「等你將來長大成人，要孝順你母親，也讓她風光風光。鳳丫頭呢？」鳳姐本來就在旁邊站著，聽到叫她便趕忙過去，說道：「在這裡呢。」賈母說道：「我的兒，你是太聰明了，將來還是積積福吧。心眼實吃點虧，不見得就是不好。」鳳姐忙答應著。賈母接著說道：「我們大老爺和珍兒在外面可樂了。最可惡的就是史大丫頭，太沒良心，怎麼老不來看我。」鴛鴦知道緣故，也不敢告訴她。賈母又瞧了瞧寶釵，歎了口氣，突然臉上發紅。賈母又咬緊牙關，睜開雙眼，把滿屋子裡的人都瞧了瞧，王夫人和寶釵忙過去，輕輕扶著她。只聽賈母喉間略微動了一下，嘴角掛著笑就斷了氣，享年八十三歲。

賈母病故的消息一出，賈府上上下下的人連忙換上孝服，府內孝棚高掛。禮部聽說此事，上報皇上，皇上念及賈家世代功勳，又是元妃的祖母，賞銀一千兩，讓禮部去辦理。眾親友雖然知道賈家敗落，但看到皇上憐憫，也都來奔喪。賈府選擇了吉時就開始入殮出殯。

因為鳳姐在寧府辦過喪事，這次賈母的喪事也讓鳳姐來操持。鳳姐不顧自己有病在身，仗著自己的才幹，想著這次能有一番大作為。鴛鴦也悄悄過來求她，希望她能把老太太的喪事辦得風風光光。鳳姐當然答應。但是賈政因為剛被抄了家，不想鋪張浪費，凡事都要求從簡，把辦喪的銀兩都給了邢夫人。邢夫人知道鳳姐大手大腳，鳳姐去管她要錢，十次有九次是不給。

下人們知道沒錢，哪個肯辦事？不肯端茶，也不肯做飯，來弔唁（ㄧㄢˋ）的人連口熱茶都喝不上，屋裡亂成了一鍋粥。鳳姐沒錢給下人，也不敢把他們怎麼樣。鴛鴦看她以前是多麼俐落的一個人，現在怎麼變成了這樣，以為是她辦事不用心。王夫人看見屋內亂糟糟的，也把她叫來數落了一頓。鳳姐滿肚子的委屈不敢說，只好含淚出來請求大家幫幫忙。眾人見她這樣，新仇舊恨加在一塊兒，更加往死裡作踐她。一天，鳳姐忙了一上午，剛坐到亭子裡歇歇，就見一個小丫頭跑過來說道：「二奶奶在這裡呢，難怪大太太說，裡面人多照應不過來，二奶奶裝病躲出去了。」鳳姐聽了這話，一口氣喘不上來，眼淚直流，只覺得眼前一黑，嗓子裡一甜便噴出鮮紅的血來，身子站不住就蹲到了地上，幸虧平兒過來把她扶住。

平兒忙告知了邢夫人和王夫人，邢夫人還不信，以為她是裝病。下人們見鳳姐都病倒了，更加亂了。鴛鴦見喪事辦得不像樣，在老太太靈前哭得昏死過去，大家把她扶起來躺了一會兒，才好點。鴛鴦說道：「老太太疼我一場，我就跟著去了。」眾人都以為她是太過悲傷，也都沒多理會。到了晚上，鴛鴦想起老太太平時對自己的好，又想到大老爺雖然現在人在外面，將來如果回來自己也是難逃魔爪，不如死了倒乾淨，當晚就上吊自殺了。第二天，琥珀過來找她，才發現人早已涼透了。

大家趕緊把這事告訴了王夫人等人，大家聽了都哭著去瞧。賈政等人進來，歎息著說道：「好孩子，不枉老太太疼你一場。」又命賈璉去準備棺木，第二天給賈母送殯，就讓她的棺木停在了老太太的棺木後，也算了卻了她的心願。因為銀兩短缺，賈母的喪事最後只能草草了事。

第五十回　鳳姐病故惜春出家

賈母的喪事辦完之後，榮府又被強盜搶了，還把櫳翠庵的妙玉❶給劫走了。惜春從小就性格孤僻，卻和這個妙玉很投緣，經常在一起下下棋，談談畫。聽說她被賊人劫走，想著這樣一位高潔的姑娘，這一去恐怕是再也回不來了，心裡不免悲傷。又想到黛玉、迎春等人的悲慘命運，聯想到自己將來也只能是這樣的下場，心中便起了出家的念頭。一天，趁著王夫人有空，就把自己的想法說了。王夫人當然死活不同意，無奈惜春心意已決，王夫人怎麼勸她也不聽，只得成全了她，讓她在櫳翠庵帶髮修行。紫鵑聽說惜春出了家，想到林姑娘當初和寶玉如何好，如今不也是塵歸塵土歸土，可見天下的男兒都是薄情寡義的，自己哪天也會被他們送出去嫁人，不如現在自己出家，一了百了。打定主意後，就去請求王夫人也讓她出

❶【妙玉】是一個帶髮修行尼姑，原本是仕宦人家的小姐，極端美麗、博學、聰穎，但也極端孤傲、清高、不合群，不爲世俗所容。家道敗落後投奔賈府，居於大觀園中櫳翠庵。

家，自己正好可以去照顧惜春，王夫人也答應了。

家裡的事情是一件接著一件，賈政和王夫人正為此感到頭疼，哪承想趙姨娘又突然得了暴病人事不省，只會胡說八道。賈政忙讓人過去看，只見她一會兒趴在地上說道：「殺了我吧，紅鬍子老爺，我再也不敢了。」一會兒又合上雙手，嘴裡不住地叫。眼睛裡和嘴裡都冒著鮮血，披頭散髮，嚇得人都不敢靠前。那時天也黑了，趙姨娘的聲音又有些嘶啞，聽起來就像是鬼嚎一般，根本就沒人敢和她在一塊兒待著，只能叫幾個有膽量的男人進來陪著。趙姨娘一會兒昏死過去，一會兒又緩過來，整整鬧了一夜。

第二天賈政找大夫來看，那人一摸脈，已是脈象全無，就讓他們準備後事。賈環聽了，放聲大哭起來，眾人忙安慰賈環。趙姨娘躺在床上不一會兒就斷了氣，賈政派人給趙姨娘草草辦了喪事。賈環哭了幾天，也就不那麼傷心了。

趙姨娘的事一傳十，十傳百，眾人都說是因為她用毒計害人，被閻王給拷打死的，又傳璉二奶奶以前是那樣壞，估計這次也是跑不了了。平兒聽了這話，心裡很是著急。鳳姐自從上次病後，就真的像是不行了，整日滴水不進。賈璉也不像以前那樣對鳳姐了，加上本來就事多，就把鳳姐拋下不管不顧，平兒只能在她跟前勸慰。鳳姐想著邢夫人和王夫人這幾天只是派人來看，也不親自過來，賈璉回來也沒有一句貼心的話，心中更是淒苦。

鳳姐只求速死，還總是夢到尤二姐向她來索命。這天，有人來報說劉姥姥來了，鳳姐忙讓人把她請進來。鳳姐睜眼一瞧，就見劉姥姥帶了一個小姑娘進來。劉姥姥忙上前去請安，鳳姐見了她，心裡不免傷心，說道：「姥姥最近可好麼？你瞧你外孫女都這麼大了。」劉姥姥見鳳姐骨瘦如柴，神情恍惚，心裡就悲傷起來，說道：「我的奶奶！不過是幾年不見，怎麼就病到了這個份兒上？我真是糊塗，該早點來看看奶奶。」說著又讓她的外孫女青兒給鳳姐請安，青兒只是笑著。鳳姐倒是很喜歡她，讓人帶出去玩。

劉姥姥說道：「我們鄉下人，一般是不會病的，若是病了就求神許願也不吃藥。奶奶這病也沒什麼，求求神就好了。」鳳姐聽了笑笑說道：「姥姥，你見過趙姨娘，她死了，你知道麼？」劉姥姥一聽，詫異地說道：「阿彌陀佛，好端端的一個人，怎麼就死了。我記得她還有一個兒子，以後可怎麼辦呀？」平兒說道：「這怕什麼，還有老爺和太太呢。」劉姥姥說道：「姑娘，你哪裡知道，再不好也是親娘。隔了肚皮的總是不行的。」這句話勾起了鳳姐的愁腸，想到自己死後巧姐的處境，便嗚嗚咽咽地哭起來了。

巧姐聽見她母親哭，便走到炕前，拉著鳳姐的手也哭了起來。鳳姐一邊哭一邊說道：「你見過姥姥沒有？你的名字還是她給起的呢，就跟你乾娘一樣，你過去給她請個安。」巧姐過去請安，劉姥姥趕忙拉起她說道：「這不是要折殺我麼。巧姑娘，你還認得我麼？」巧姐說道：「怎麼不認得，你那年來園子裡，我還小，還管你要蟈蟈（ㄍㄨㄛ）呢。」劉姥姥笑了笑，又和鳳姐聊了一會兒，平兒怕鳳姐身體吃不消，就拉了拉劉姥姥說道：「你老人家

說了半天，口也乾了，不如出去喝杯茶吧。」鳳姐說道：「忙什麼，你坐下。我問你，家裡最近過得好麼？」劉姥姥說道：「這些年，多虧了姑奶奶幫著，我們才過得下去，要不然早就餓死了。前幾天聽人說老太太沒了，我嚇得差點沒暈過去，在家裡狠狠哭了一場。把這事和我女婿說了，女婿也不是那沒良心的，也哭了一場，一早就讓我過來看看。」還沒等劉姥姥說完，平兒就把她拉了出去。

無奈惜春心意已決，王夫人怎麼勸她也不聽，只得成全了她，讓她在櫳翠庵帶髮修行。

劉姥姥出來就要到賈母的靈前祭拜，又對平兒說道：「阿彌陀佛，奶奶怎麼病成這樣？」平兒問道：「依你看是能好不能好？」劉姥姥說道：「哎，我看著是好不了了。」鳳姐這邊剛剛還在和劉姥姥說話，一會兒又像是著了魔，兩手在空中亂抓，丫鬟們嚇得連連哭叫。賈璉過來一瞧，腳一跺說道：「這不是要我的命麼！」劉姥姥和平兒急忙又回來。劉姥姥見她這樣恐怕是有心病，就在鳳姐床前不住地念佛，鳳姐竟慢慢安靜下來，緩緩睜開眼睛。劉姥姥便把剛才的事告訴了她。鳳姐說自己最近經常做噩夢，劉姥姥便說自己家那邊有個廟，廟裡的菩薩很靈驗，可以去拜拜。鳳姐信了，還讓姥姥幫著去禱告，劉姥姥也答應了。青兒和巧姐因為年紀相仿，此時已經玩在一起，巧姐不願意讓她走，她也願意留下。鳳姐就讓青兒留下來住幾天，劉姥姥也答應了，於是辭別鳳姐就回家去了。

自劉姥姥走後，鳳姐的病一天比一天重。這天傍晚，寶釵和寶玉聽說鳳姐病危，正要趕過去。王夫人那邊就派人過來說：「璉二奶奶不好了，但還沒有斷氣，二爺和二奶奶還是等一會兒過去吧。璉二奶奶這病說來也奇怪，從三更❷到四更嘴就沒停過，淨說些胡話，什麼要船要轎的，要到金陵歸到冊子裡去。璉二爺沒辦法，只能讓人用紙糊成船和轎，還沒拿來，二奶奶還在那兒喘著氣等著呢。」寶玉說道：「她這話是什麼意思，真奇怪。」襲人在一旁輕輕拍拍他說道：「你不是那年做夢，夢到過什麼金陵的冊子麼？」寶玉聽了點點頭說道：「是呀，可是我都不記得上面說的話了，可見人都是有定數的，但不知林妹妹到哪裡去了呢。」

---

❷【三更】古代時間名詞。古代把晚上戌時作爲一更，亥時作爲二更，子時作爲三更，丑時爲四更，寅時爲五更。後來一般用三更來指深夜。

寶玉因想起黛玉，正在悲傷，就聽王夫人派人過來說：「璉二奶奶斷氣了，所有人都去了，請二爺二奶奶趕快過去。」寶玉聽了，跺著腳就哭了起來。寶釵雖然傷心，見寶玉這樣就說道：「有在這兒哭的工夫，不如到那邊哭去。」於是兩人一同到了鳳姐那裡，只見好多人圍著哭。寶釵走到跟前，見鳳姐已經斷氣就傷心地哭起來。寶玉也拉著賈璉的手大哭不止。賈璉想起鳳姐平時的好，又見巧姐哭得死去活來更是傷心。平兒見無人來制止，只能含淚上來勸住大家。賈璉此時手足無措，忙傳人進來辦理喪事。因為手頭裡也沒什麼銀兩，做事不免拮据，鳳姐的喪事也只能草草了事。

鳳姐的喪事剛辦完，賈赦那邊就傳來消息，說是大老爺病重，恐怕是不行了。賈璉忙跟賈政說明了此事。賈政聽了，趕快讓賈璉過去，再怎麼說賈赦也是賈璉的父親，他讓賈璉把一切安頓好再回來。賈璉這一去不知要多久，可憐巧姐的母親剛死，父親又要走了，日夜啼哭不止。賈璉沒辦法，便求王夫人在他走後能照顧一下巧姐，王夫人說道：「邢夫人是她的親祖母，你怎麼不讓她去照顧？」賈璉無言，跪著求王夫人，王夫人只能答應。

賈璉剛走，賈環因記恨鳳姐，又想到以前的事，心裡就更加氣憤。想著鳳姐已死，就把這筆帳算到了巧姐頭上，非要禍害死她不可。一天，賈環跟人喝酒聽說一個藩王想要買幾個使喚丫頭，就悄悄跑到邢夫人房裡，說道：「現在藩王在選王妃呢，雖說不是正室，但是我們這樣的犯官之家也只能這樣了，不如把巧姐給了他，以後大老爺也能跟著借光。」邢夫人利慾薰心也就同意了，誰想被她的丫鬟聽到了，告訴了平兒。平兒知道這肯定不是什麼好事，就去求王夫人救救巧姐。王夫人聽了就去勸邢夫人，怎奈這邢夫人根本不聽。王夫人想巧姐畢竟是邢夫人的親孫女，自己再干涉也沒什麼用。

平兒想到了劉姥姥，想著不如就讓巧姐先躲到她那兒去，等賈璉回來這事就好說了。便急忙請示了王夫人，讓人把劉姥姥找過來。劉姥姥一聽，即刻答應下來，就讓巧姐打扮成外孫女青兒的樣子，躲到了鄉下。

第五十一回　寶玉中舉後出家

賈府的事情都辦理妥當後，賈政就向朝廷請了假，要帶著賈母和黛玉的棺木回南方。臨走時囑咐寶玉和賈蘭，明年一定要參加鄉試❶。賈環因為有孝在身，不能參加，但也要好好讀書。又囑咐了王夫人一些話，就上路了。

沒過多久，寶玉的舊病又犯了，人又開始變得呆傻起來。王夫人忙請醫調治，但始終不見好，最後大夫乾脆讓家人準備後事。王夫人等人正哭得死去活來的時候，就聽見門外有人來報說：「門口來了一個和尚，手裡拿著二爺丟的玉，說要賞銀一萬兩。」王夫人以為又是來騙錢的，正要讓人給攆出去，忽然想起寶玉以前的病也是和尚給治好的，這會兒又有和尚來，沒準又能治寶玉的病呢，於是忙讓人把他請進來。那和尚聽了便自己衝進院子內，下人們忙攔住他說道：「你亂跑什麼，裡面還有女眷呢。」只聽那和尚說道：「遲了恐怕就來不及了。」

王夫人等人正圍在寶玉身邊哭呢，見一個瘋和尚跑了進來，逕直來到寶玉跟前說：「寶玉，寶玉，你的玉回來了。」一會兒，就見寶玉把眼睛一睜。襲人說道：「好了。」只聽寶玉問道：「在哪兒呢？」那和尚便把玉遞給了他。寶玉一接過來，就死死地攥著不放，又仔細地瞧那玉，果真就是自己丟的那塊。王夫人高興得直流眼淚。

一會兒，王夫人想起了那和尚，讓人先款待他，準備再變賣了自己的東西把銀子給他。下人們出來找，人早已不見了蹤影。寶玉聽了卻說道：「恐怕他要的不是銀子。」眾人不解，但也都沒深想。過了一段時間，寶玉的身體漸漸恢復，神智雖然清醒了，但性情有些不同以往，雖仍舊厭惡官場，但把那兒女私情也都看淡了，倒是和惜春很聊得來，經常跑去櫳翠庵和她談佛說道。寶釵看他這樣怕又節外生枝，只能好言勸慰，而且考試的日期也快到了，便把老爺臨走前的話又和他說了一遍。寶玉一愣神，像是想到了什麼似的，忽然就開始認真讀起書來。寶釵心中納悶，也不多問。

到了考試這天，寶玉和賈蘭都早早穿戴整齊，過來辭別王夫人。王夫人擔心他們沒出過遠門，路上再有什麼閃失，不免傷心。只見寶玉滿眼含淚，走過來給王夫人叩頭，說：

❶【鄉試】明、清時在各省省城和京城舉行的科舉考試。照例每三年舉行一次，由皇帝欽命正副主考官主持，凡獲秀才身份的府、州、縣學生員、監生、貢生均可參加。考中的稱爲「舉人」，頭名舉人稱「解元」。中了舉人便具備了做官的資格。

一天黃昏，賈政讓人把船停在安靜的地方，自己正坐在船中寫家書。寫到寶玉的時候，賈政抬頭，忽然看見遠處雪地裡有一個人，光著頭、赤著腳，披著一件大紅斗篷，跪下來向自己叩拜。

「母親生了我，我卻無以為報。只有進去考試，用心作文章，好好地中個舉人回來。到時太太高興，兒子一輩子的事也就了了，一輩子的不好，也都遮蓋住了。」王夫人聽了，更加傷心，哭著說道：「你有這個心就好了。」

李紈見王夫人如此，怕又勾起寶玉的病來，就說道：「太太，這是大喜事，怎麼還傷心呢？況且寶兄弟最近孝順，也肯用功念書，只是帶著侄兒進去考試，考完了就回來了。」邊說邊攙起寶玉。只見寶玉起來給李紈作了個揖說道：「嫂子放心，我們兩個都是必中的，日後蘭哥有了大出息，大嫂子還要戴

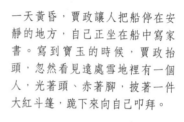

鳳冠穿霞帔呢。」李紈笑著說道：「但願應了叔叔的話，也不枉……」說到這裡，又怕王夫人傷心，只好打住。寶玉笑著說道：「只要有個好兒子，可以接續祖宗基業，就算大哥哥見不著，也算了了他的後事。」李紈點點頭，見天色不早，催他們趕快起程。

一旁的寶釵見寶玉說的句句都是不祥之兆，卻又不敢認真，只能忍淚無語。只見寶玉走到她跟前，深深作了個揖道：「姐姐，我要走了，你好好跟著太太，聽我的喜訊吧。」寶釵說道：「是時候了，你不必再說這些嘮叨話了。」寶玉說道：「你就是不催我，我自己也知道該走了。」寶玉回頭又看了一眼眾人，只是沒見到惜春和紫鵑，就讓寶釵給她們帶好，說完就走了。眾人聽他說的這些，也不知是好話，還是瘋話，只有寶釵心中猜出了幾分，胸中一陣酸痛。

再說賈環本想把那巧姐送給藩王，誰知竟找不到人，氣得要命。巧姐被劉姥姥接回家後，家裡人也不敢怠慢，把最好的東西都拿出來給她吃，巧姐又有青兒陪著，倒也開心。鄉下有幾戶大戶人家，聽說劉姥姥家來了個賈府的姑娘，都過來瞧，見巧姐果然生得標緻，都有的送這個、有的送那個，好不熱鬧。其中有個姓周的富貴人家，家財千萬，有良田千頃。家裡只有一個獨子，長得文雅清秀，年紀十四歲，已經是個秀才，他父母也是飽讀詩書的。那日她母親來看了巧姐，心裡歡喜，又想：「我們這樣的鄉下人，哪配得上這樣的世家小姐。」劉姥姥看出了她的心思，拉著她的手說：「你想的我知道，不如我來給你做媒❷

吧。」周母笑著說道：「你別騙我了，那是什麼人家，怎會肯把姑娘許給我們這樣的鄉下人？」劉姥姥說道：「這也不一定。」

賈璉去見賈赦，賈赦見賈璉來了，父子重逢，心裡高興，之前染的風寒也好了幾分，賈璉又急忙往回趕。回到家，平兒便把賈環要禍害巧姐的事說了，氣得賈璉要去找賈環拼命，好歹被平兒死活攔住。賈璉又忙去劉姥姥那兒接巧姐，劉姥姥便把說親的事和他講了。賈璉四下打聽了一下，覺得這樣的人家倒也安穩，總比把巧姐放在家讓人禍害的好。回來向王夫人稟告，王夫人聽了，也就同意了這門親事。

考試結束後，王夫人只盼著寶玉和賈蘭早些回來，卻怎麼等也不見人，便派人去找。到了晚上，見賈蘭回來了，眾人高興，問道：「你二叔呢？」賈蘭也來不及請安，哭著說道：「二叔丟了。」王夫人一聽這話，一下子就傻了。李紈忙問道：「糊塗東西，你和他不是在一塊兒麼，怎麼能丟了呢？」賈蘭說道：「我和二叔進了考場，離得也不遠。今天一早，二叔很快就寫完了文章，還等我呢。我們倆一塊兒交了卷子，一同出來，走到門口人多一擠，二叔就不見了。我帶著眾人分頭去找，各處找遍了都沒有。」

王夫人哭得一句話都說不出來，寶釵心裡卻已猜出了七八分，襲人在一旁痛哭流涕。王夫人又吩咐人四處去找，一連數日，竟一點消息都沒有。眼看王夫人哭得是滴水不進，命在旦夕，忽然聽有人來報說：「探春明天就回京了。」王夫人聽了雖不能解寶玉的愁，但也略微寬了點心。第二天，眾人迎接探春，見探春穿著華麗，出落得比以前更好看了。探春見王夫人病成這樣，心裡難受，又見惜春做了尼姑就更加傷心了。眾人又在一塊哭了一會兒，李紈等人在旁勸解才稍稍好了點。

這天，王夫人等人正坐在屋內說話，就見幾個小丫頭高興地跑進來說：「太太奶奶們大喜。」王夫人以為是寶玉找到了，就高興地站起來說道：「在哪裡找到的？快叫他進來。」那人說道：「中了第七名舉人。」王夫人問道：「寶玉呢？」家人不言語，王夫人仍舊坐下。探春便問：「誰中了第七名？」那人說道：「是寶二爺。」正說著，外頭又嚷道：「蘭哥也中了，是一百三十名。」李紈聽了，心中很高興。王夫人見賈蘭也中了，高興地說：「若是寶玉也回來了，咱們這些人，還不知怎麼樂呢。」只有寶釵心裡悲傷，又不好掉淚。眾人又勸王夫人，說寶玉一定能回來的。惜春卻說道：「這樣大的人，怎麼能走丟呢？只怕是看破紅塵遁入了空門，這樣就難找了。」這句話又招得王夫人大哭起來。探春說道：「一個人，不可有太奇的地方。二哥哥生來帶塊玉，都說是好事。現在看來，也不見得是好事。若是再有幾天找不見，不是我讓太太生氣，只能當沒生這個兒子了。以後他若真的修成了正果，也算是太太積了幾輩子的福了。」寶釵聽了不言語。襲人哪裡忍得住，心裡一疼就暈過

❷【做媒】當媒人，給人介紹結婚對象。

去了。王夫人看她可憐，就讓人把她扶回去。

第二天，宮裡傳話讓賈蘭和寶玉進宮謝恩。原來是皇上親自閱卷，看見第七名是金陵賈寶玉，第一百三十名又是金陵賈蘭，便問這二人是不是和賈妃出自一家。大臣查閱後，便一一回奏。皇上聖明仁德，想起賈家祖輩功勳，讓寶玉和賈蘭進宮面聖，知道寶玉走失也沒追究。又免除了賈赦等人的罪，還把沒收的家產歸還。全家一看，可算是柳暗花明，王夫人也略感寬慰。皇上看現在百姓安居樂業、萬民歸心，特下旨大赦天下。薛姨媽聽說後，忙讓人四處籌措銀子，把薛蟠贖了出來。母子兄妹見面，自不必說，更是悲喜交加。薛蟠經此一劫，發誓再也不為非作歹。又想到薛家經過這次的事已經敗落，而香菱還像以前一樣跟著他，就把她扶成了正室，薛姨媽也不反對。只是沒過多久，香菱卻因為難產死了。

賈府這邊還在四下尋找寶玉，始終沒有結果，王夫人已經料到寶玉恐怕真的是拋下父母走了。這天，王夫人哭著和薛姨媽說道：「寶玉拋下了我，我恨他。可憐的是寶釵，結婚才一年，他怎麼就狠心拋下她不管呢？」薛姨媽聽了也很傷心，寶釵只能暗自落淚。只聽薛姨媽說道：「這也是她的命，好在現在有了身孕，將來給你們賈家生個一兒半女，撫養成人，也是她的造化。」王夫人說道：「寶釵已是明媒正娶，如今也有了孩子，只能守著。只是這襲人，該怎麼辦呢，也沒個名分，總不能讓她等一輩子吧。」薛姨媽也點頭稱是，於是大家商量了一下，覺得還是給她找個好人家嫁了。襲人聽了本不願意，但也不好讓王夫人為難，只能同意。上花轎那天，襲人是抱著必死的心去的，哪承想要嫁的人竟是寶玉以前的好友蔣玉菡，反倒信了姻緣是注定的一說，只能認命。

再說那賈政帶著賈母和黛玉的棺木回了南方，剛剛安葬好，就接到王夫人的家書，信上說寶玉和賈蘭都已考中，心中自是寬慰，又看到寶玉走失，心中很是煩悶，匆匆坐船往回趕。

一天黃昏，賈政讓人把船停在安靜的地方，自己正坐在船中寫家書。寫到寶玉的時候，賈政抬頭，忽然看見遠處雪地裡有一個人，光著頭、赤著腳，披著一件大紅斗篷，跪下來向自己叩拜。賈政急忙出來，才看清那人竟是寶玉，賈政忙叫道：「可是寶玉嗎？」那人不應，似喜似悲。賈政剛要上前，就見來了一僧一道，拉住寶玉道：「俗緣已盡，還不快走。」說完，三個人就飄然而去。賈政顧不上雪天路滑忙去追趕，只聽那僧人唱道：「我所居兮，青埂之峰。我所遊兮，鴻蒙太空。誰與我遊兮，吾誰與從。渺渺茫茫兮，歸彼大荒。」三個人剛轉過一個小山坡，就忽然不見了蹤影。賈政還想往前追，只見前面白茫茫一片並無一人。

巧讀紅樓夢／（清）曹雪芹原著；高欣改寫. -- 一版.-- 臺北市：大地, 2019.05
面：　公分. --（巧讀經典：7）

ISBN 978-986-402-320-2（平裝）

1. 紅樓夢　2. 通俗作品

857.49　　108004519

巧讀紅樓夢

巧讀經典 007

作者	（清）曹雪芹原著、高欣改寫
發行人	吳錫清
主編	陳玟玟
出版者	大地出版社
社址	114台北市內湖區瑞光路358巷38弄36號4樓之2
劃撥帳號	50031946（戶名：大地出版社有限公司）
電話	02-26277749
傳眞	02-26270895
E-mail	support@vastplain.com.tw
網址	www.vastplain.com.tw
美術設計	成樺廣告印刷有限公司
印刷者	博客斯彩藝有限公司
一版一刷	2019年05月

大地

定　價：280元

Printed in Taiwan